1950년대생
비평가 연구
2

오늘의 문예비평
엮음

보고사
BOGOSA

'1950년대생 비평가 연구포럼'의 기획과 추진 방향

'1950년대생 비평가 연구포럼'은 1980년 전후로 비평 활동을 시작해 한국문학의 중심과 변화를 견인해온 1950년대생 비평가에 대한 본격적인 논의의 장을 열기 위해 기획한 것이다. 강단비평의 성격이 두드러진 한국문학 비평에서 최근 대학에서 정년퇴임을 했거나 정년을 앞둔 비평가들이 연구 대상이다. 1952년생인 권오룡부터 1959년생인 한기에 이르기까지 20여 명의 비평가가 해당하는데, 한정된 연구 기간과 발표 지면의 제한 등 현실적인 제약으로 인해 이들 가운데 16명을 우선 연구 대상으로 삼아 포럼을 진행했다. 연구포럼은 월례 발표회, 비평가와의 대화, 심포지엄 등 다양한 형식으로 2023년 4월부터 12월까지 매월 부산 지역 독자와 함께 진행하게 됐다. 조금은 낯설고 어렵게 느껴지는 비평가 연구포럼을 일반 독자들과 공유하기 위해 포럼의 주체인 『오늘의 문예비평』을 중심으로 부산대학교 대학원 국어국문학과, 부산대학교 여성연구소를 비롯한 학계, 부산작가회의, 고석규비평문학관 등 지역의 문학 관련 단체 등과 협력하여 지역 인문학 운동에 보탬이 되도록 했다. 이를 통해 생산된 성과물은 비평 전문 계간지 『오늘의 문예비평』에 게재하고, 연말에 2권의 공동비평집으로 출간하여 앞으로 1950년대생 비평가 연구의 기초적 토대를 마련하는 것이 이번 연구포럼의 목적이며 그 결실이 바로 이 책이다.

한국문학에서 '비평'의 자리와 역할은 시, 소설과 같은 작품의 영역 뒤에서 존재를 드러내는, 그래서 그 자체의 장르적 독립성이 인정되기까지 상당히 오랜 시간이 필요했다. 1930년대생 비평가들에 의해 비평의 장르적 분화가 체계화되기 시작했고, 식민과 해방 그리고 분단으로 이어지는 KAPF 이후 한국문학 비평의 역사적 흐름이 문학사적으로 정리되었다. 그리고 1960년 4월혁명을 전후로 등장한 1940년대생 비평가들에 의해 순수참여론, 민족문학론, 민중문학론 등 70~80년대 비평 담론이 논쟁적으로 제기되면서 비로소 '비평'은 장르적 독립을 이루었다고 할 수 있다. 이러한 비평사의 전통에 힘입어 1980년대 이후 한국문학 비평은 연속적이면서도 비판적인 쟁점을 계속해서 생산해 나갔고, 1980년을 전후로 등장한 1950년대생 비평가들에 의해 시와 소설의 뒤에서 머무는 차원이 아닌 시와 소설을 앞에서 이끌고 가는 문학 담론으로서 비평의 위상과 역할이 정립되었다고 평가할 수 있다.

지금까지 한국문학비평사는 1940년대생 이전 비평가를 대상으로 한 연구를 통해, KAPF, 일제 말, 해방 전후, 한국전쟁 그리고 1960년 4월혁명 이후 산업화 시대에 이르는 비평 담론의 역사적 흐름을 정리하는 데 주력했다. 따라서 앞으로의 비평사 연구는 다음 세대인 1950년대생 비평가들이 1970년대 말에서 80년대에 보여준 비평의 토대와 1990년대 이후부터 현재에 이르는 비평 지형의 급격한 변화를 어떻게 담론화했는지에 대한 본격적인 논의가 필요하다. 한 사람의 작가가

문학사적 연구의 대상으로 편입되는 데 50년 전후의 시간이 필요하다
는 학계 일반의 인식을 염두에 둘 때도, 1950년대생 비평가들의 비평
적 출발이 1970년대 중후반에서 1980년대 초반에 이루어졌다는 점을
생각한다면 이젠 이들을 대상으로 한 비평사적 논의가 시작될 시점에
이르기도 했다. '1950년대생 비평가 연구포럼'은 이러한 비평사의 흐
름을 토대로 1940년대생 비평과 1960년대생 비평가를 이어주는 비평
사의 연속성과 차별성을 1950년대생 비평가의 비평 세계를 통해 분석
하고 이해하는 데 주된 목표를 두었다.

　이번 포럼을 주관하는 주체는 부산 지역에서 발간되고 있는 비평
전문 계간지『오늘의 문예비평』이다. 1950년대 전후 비평의 세 가지
양상 가운데 한 지점인 고석규를 시작으로 한국 시론 연구사의 획을
그은 김준오의 비평적 세례를 받고 성장한 부산의 지역비평은 한때
부산을 비평의 도시로 불리게 할 만큼 다른 지역에 비해 영향력이 컸
던 것이 사실이다. 이러한 평가는 30여 년 넘게 비평전문지의 역할과
위상을 이어가고 있는『오늘의 문예비평』이 있어 가능했다. 여전히
비평은 비평가들만의 전유물로 인식되어 생산적인 독자의 자리를 만
들어 내지 못한 채 소수의 영역 안에 머물러 있는 상황에서, 그것도
지역이라는 열악한 토대 위에서 비평전문지를 30년 넘게 지켜내는 일
은 여간 곤혹스러운 일이 아니었다. 비평의 전문성과 공공성을 함께
모색하면서 한국문학 비평의 전통과 현재를 이어가겠다는 확고한 의
지와, 지역에서 새로운 비평가를 육성함으로써 세대를 넘어 연속성을
확보하려는 노력과 함께 이루어 낸 결과가 아닐 수 없다.

　이번 포럼은 그동안『오늘의 문예비평』이 견지해온 비평 정신을
구체적으로 실천하는 생산적인 비평 운동으로서의 의미도 지니고 있

다. 비평을 연구하거나 혹은 비평가를 지망하는 사람들로 이루어진 소위 그들만의 리그에 머무르지 않고, 지역에서 공부하고 활동하는 대학원생, 문인, 독서전문가, 일반 독자들과 포럼을 공유함으로써 생산적인 비평 독자의 자리를 넓히는 것도 중요한 과제로 삼았다. 특히 남송우, 황국명, 구모룡 세 비평가와 함께 하는 〈비평가와의 대화〉는 중심의 논리에 편승하지 않고 '지역과 비평의 관계'에 대한 이론과 실천 비평을 모색해온 비평가와의 직접적인 대화라는 점에서 중요한 의미가 있다. 또한 '여성'이라는 문제의식을 집중적으로 공유한다는 차원에서 부산대학교 여성연구소와 협업하는 김정란, 정효구 두 비평가에 대한 논의도 아주 특별하다. 뿐만 아니라 지역비평 연구의 활성화를 위해 부산대학교 대학원 국어국문학과 박사과정의 공부 모임을 지원하고 그 성과를 발표하도록 하는 학문후속세대 프로그램도 주목할 만하다. 이처럼 이번 포럼은 지역의 다양한 시선을 한데 모아 한국문학비평사를 다시, 새롭게 쓰는 의미 있는 출발점이 될 것으로 기대된다.

이상의 기획 및 추진 방향을 토대로 지난 1년간 수행한 모든 원고를 두 권의 책으로 묶었다. 그동안 포럼에 참여한 필자분들께 진심으로 감사드리고, 묵묵히 모든 수고로움을 감당해 준 부산대 박사과정 양수민, 그리고 마지막 책 발간 작업을 도맡아 수고해 준 부산대 박사수료 백혜린에게 특별히 고마움을 전한다. 문학을 공부하는 일 자체가 너무도 힘겨운 시대를 살아가고 있는 듯하다. 이런 현실에서 비평을 공부하고 비평을 쓴다는 일은 참으로 곤혹스러운 일이 아닐 수 없다. 그럼에도 불구하고 비평을 연구하고 쓰는 데 큰 동력이 되고 이정표가 되어 준 1950년대생 비평가들에게 깊은 존경과 감사의 마음을

전한다. 이 책을 계기로 한국현대문학비평사 연구가 더욱 활발히 전
개되기를 기대하면서, 비평 전문 계간지 『오늘의 문예비평』은 비평
을 중심으로 한 문학장에서의 역할에 더욱 매진할 것을 다짐한다.

2024년 2월

글쓴이와 엮은이를 대표하여 하상일 씀

차례

▋제3부 비평가 연구 서지 목록

제1부

비평가와의
대화

제1회 비평가와의 대화

일시   2023년 4월 27일 금요일 18:30~20:30

장소   부산작가회의 사무실

참석   황국명(문학평론가, 요산김정한문학관 관장)

        고봉준(문학평론가, 경희대학교 교수)

        하상일(문학평론가, 동의대학교 교수)

하상일(사회)   안녕하십니까. '1950년대생 비평가 연구포럼'에 참석해
주신 모든 분들께 감사드립니다. 이 포럼은 1980년 전후로 비평
활동을 시작해 한국 문학의 흐름과 변화를 견인해온 1950년대생
비평가에 대한 본격적인 논의의 장을 열기 위해 기획한 것입니다.
강단비평의 성격이 두드러진 한국 문학 비평에서 최근 대학에서
정년퇴임을 했거나 정년을 앞둔 20여 명의 비평가가 해당되는데

요, 한정된 연구 기간과 발표 지면의 제한 등 현실적인 제약으로 인해 이들 가운데 16명을 우선 연구 대상으로 삼아 포럼을 진행할 계획입니다. 연구포럼은 월례 발표회, 비평가와의 대화, 심포지엄 등 다양한 형식으로 4월부터 12월까지 진행할 예정인데요, 조금은 낯설고 어렵게 느껴지는 비평가 연구포럼을 일반 독자들과 공유하기 위해서 포럼의 주체인 『오늘의 문예비평』을 중심으로 부산대학교 대학원 국어국문학과, 부산대학교 여성연구소를 비롯한 학계, 부산작가회의, 고석규비평문학관 등 지역의 문학 관련 단체 등과 협력하여 지역 인문학 운동에 보탬이 되고자 합니다. 이를 통해 생산된 성과물은 비평 전문 계간지 『오늘의 문예비평』에 게재하고, 연말에 2권의 공동 비평집으로 출간하여 앞으로 1950년대생 비평가 연구의 기초적 토대를 마련하는 것이 이번 연구포럼의 궁극적 목적입니다. 오늘 그 첫 번째 시간으로 〈비평가와의 대화〉를 마련하고 황국명 평론가를 모셨습니다. 황국명 선생님께서는 인제대학교 국어국문학과를 정년 퇴임하시고 현재 〈요산김정한문학관〉 관장으로 재직하고 계십니다.

황국명 안녕하십니까? 소개받은 황국명입니다. 1950년대생 비평가 포럼에 초대해주셔서 고맙습니다.

하상일 비평가와의 대화 첫 대상인 황국명 선생님의 비평 세계에 대해서는 경희대학교 후마니타스칼리지에 재직하고 계신 고봉준 평론가께서 수고를 해주시겠습니다.

고봉준 안녕하십니까? 고봉준입니다.

하상일 한국 문학에서 '비평'의 자리와 역할은 시, 소설과 같은 작품의 영역 뒤에서 그 존재를 드러내는, 그래서 그 자체로 장르적 독립성이 인정되기까지 상당히 오랜시간이 필요했습니다. 1930년대생 비

평가들에 의해 비평의 장르적 분화가
체계화되기 시작했고, 식민과 해방
그리고 분단으로 이어지는 KAPF 이
후 한국 문학 비평의 역사적 흐름이
문학사적으로 정리되었습니다. 그리
고 1960년 4월 혁명을 전후로 등장한
1940년대생 비평가들에 의해 순수참

하상일

여론, 민족문학론, 민중문학론 등 70~80년대 비평 담론이 논쟁적
으로 제기되면서 비로소 '비평'의 장르적 독립이 일정 부분 이루어
졌다고 할 수 있습니다. 이러한 비평사의 전통에 힘입어 1980년대
이후 한국 문학 비평은 연속적이면서도 비판적인 쟁점을 계속해서
생산해 나갔고, 1980년을 전후로 등장한 1950년대생 비평가들에
의해 시와 소설의 뒤에서 머무는 차원이 아닌 시와 소설을 앞에서
이끌고 가는 문학 담론으로서 비평의 위상과 역할이 정립되었다고
평가할 수 있습니다.

　지금까지 한국문학비평사는 1940년대생 이전 비평가를 대상
으로 한 연구를 통해, KAPF, 일제 말, 해방 전후, 한국전쟁 그리고
1960년 4월혁명 이후 산업화 시대에 이르는 비평 담론의 역사적
흐름을 정리하는 데 주력했습니다. 따라서 앞으로의 비평사 연구
는 다음 세대인 1950년대생 비평가들이 1970년대 말에서 80년대
에 보여준 비평의 토대와 1990년대 이후부터 현재에 이르는 비평
지형의 급격한 변화를 어떻게 담론화했는지에 대한 본격적인 논의
가 필요하다고 생각합니다. 한 사람의 작가가 문학사적 연구의 대
상으로 편입되는 데 50년 전후의 시간이 필요하다는 학계 일반의
인식을 염두에 둘 때도, 1950년대생 비평가들의 비평적 출발이

1970년대 중후반에서 1980년대 초반에 이루어졌다는 점을 생각한다면 이제는 이들을 대상으로 한 비평사적 논의가 시작될 시점에 이르기도 했습니다. '1950년대생 비평가 연구포럼'은 이러한 비평사의 흐름을 토대로 1940년대생 비평과 1960년대생 비평가를 이어주는 비평사의 연속성과 차별성을 1950년대생 비평가의 비평 세계를 통해 분석하고 이해하는 데 그 의의가 있습니다.

오늘 진행 순서는 황국명 평론가께서 그동안 걸어 온 비평의 길을 간략히 회고하는 말씀을 먼저 듣고, 고봉준 평론가께서 황국명의 비평 세계에 대해 발제를 한 후 지정토론을 이어가겠습니다. 그리고 청중들과 질의응답을 하는 시간도 갖도록 하겠습니다.

황국명 (발제 내용은 본지 28쪽 발제문 「내가 걸어온 비평의 도정」 참고)

하상일 80년대 초반 부산 지역을 중심으로 전개된 무크지 운동과 연계된 비평가로서의 출발과 이후 비평 세계의 변화와 흐름을 회고의 형식으로 잘 정리해주셨습니다. 이어서 고봉준 평론가께서 본격적으로 황국명의 비평세계에 대해 말씀해 주시겠습니다.

고봉준 (발제 내용은 본지 35쪽 발제문 「소설이란 무엇인가를 묻는 일 – 황국명의 비평 세계」 참고)

하상일 고봉준 선생님의 발제에서도 확인되듯이, 황국명 선생님의 비평적 출발은 1985년 무크지 『전망』입니다. 올해가 2023년이니까 거의 40년 가까운 시간이 지났습니다. 이렇게 긴 세월 비평의 궤적을 통시적으로 정리하려고 하니까 상당히 많은 이야기를 하지 않을 수 없었던 것 같습니다. 비평의 비평으로부터 출발해서 작품 비평으로 초점을 이동했다가, 작품 비평 중에서도 시 비평 쪽에도 한동안 관심을 뒀다가 다시 소설로 돌아온 흐름을 정리해주셨습니다. 그런데 이런 게 사실상 통시적으로 가능한 설명인지는 잘 모르겠습니다. 어쨌든 그동안 황국명 선생님이 발간한 비평집을 순서대로 정리하다 보니 이런 흐름에 대한 정리가 가능한 것 같습니다. 루카치를 비롯한 서구 리얼리즘 이론가의 영향과 한국 시학 이론의 대가이신 김준오 교수님으로부터 직접 배운 가르침도 황국명 선생님의 비평을 형성하는 중요한 토대가 된 듯합니다. 그럼, 이제부터 두 분의 발제를 토대로 좀더 직접적인 대화와 토론의 시간을 가져볼까 합니다. 고봉준 선생님께서 발제 중간중간에 토론의 화제를 미리 제시하시긴 했는데, 고봉준 평론가께서 발제문을 준비하시면서 생각한 질문부터 몇 가지 해주시면 좋겠습니다.

고봉준 황국명 선생님께 몇 가지 여쭤보고 싶은 것이 있습니다. 첫 번째는 메타비평의 대상이 왜 하필 '문지'(문학과 지성)였느냐 라고 하는 문제가 궁금합니다. 두 번째는 근대 문학의 핵심을 소설이라고 이해하는 관점에서 보면 '서정시'는 전(前)근대적, 그러니

고봉준

까 근대라는 역사적인 맥락에 부합하지 않는 것으로 볼 수 있습니다. 그렇기 때문에 '서정시'에 대한 비판이 반복적으로 제기되는 것이구요. 이러한 평가에 대해서는 어떻게 생각하시는지 궁금합니다. 이 질문을 드리는 이유는 1990년대에 선생님이 '서정시'에서 대안적인 것을 적극적으로 읽어내려고 하고 있기 때문입니다. 세 번째는 오늘날 많은 사람들이 소설의 새로운 돌파구를 장르 문학이나 과학소설(SF)에서 찾고 있습니다.

역사철학적 관점에서 '소설'이 근대적인 서사 형식이라고 이해하고 있는 선생님은 장르 문학이나 과학소설(SF)의 유행에 대해

어떻게 생각하고 계신가요? '소설'이라는 장르에 대한 선생님의 생각을 좀 더 구체적으로 들려주시면 좋을 것 같습니다.

하상일 고봉준 선생님이 하신 첫 번째 질문이 왜 '문지'인가입니다. '창비'와 '문지'가 다 폐간됐던 시대에 무크지 운동을 촉발하면서 황국명 선생님이 냈던 『문학과 지성 비판』이라는 공동 비평집이 있죠. 그 책은 '문지'가 가지고 있는 여러 제도적인 문제들을 정리해서 펴낸 도전적인 비평집이었습니다. 사실 아시다시피 '창비'가 1966년에 창간이 되고 '문지'가 1970년에 창간이 되거든요. 전사를 훑어보면 '문지'는 1962년에 '산문시대'라는 서울대 문리대 출신들로부터 시작해서 '사계', '68문학' 이렇게 이어졌고, '창비'는 현실주의라는 관점에서 '한양', '청맥' 등과 같은 선상에서 있었다고 볼 수 있습니다. 이런 점에서 '창비'는 현실주의적인 측면을 갖고 있었고 '문지'는 미학주의적인 측면을 갖고 있었다고 설명할 수 있죠. 이런 구도가 있었던 시대에 황국명 선생님은 작품 비평이 아닌 메타비평을 하면서 왜 하필이면 '문지'비판에 초점을 두었느냐가 첫 번째 질문인 것 같습니다. 선생님 비평의 출발이기도 하니 그 이야기를 좀 해주시면 좋을 것 같습니다.

황국명 이 비슷한 질문을 그 당시에도 들었어요. 왜 '문지'인가. '문지'가 타깃이 된 건, 70년대를 벌벌 떨면서 건너갔던, 그러면서도 80년 5월의 그런 끔찍한 경험을 소문으로만 들었던 그런 것들을 그 당시 모인 사람들과 공유했기 때문이 아닐까 합니다. '문지' 식의 지성, 개인 또 자유주의적인 그런 측면이 타깃이 된 것 같다 이런 생각이 듭니다. 제 기억으로는 '창비'도 하려고 했어요. 그런데 그 모임 자체가 여러 가지 이유로 지속이 안 됐습니다. 그러다 '오문비'가 창간되면서 그 일에 집중을 하다보니 시간이 흘렀죠. 그래서

저는 특히 '문지' 멤버들한테 다 찍혔어요.(웃음)

하상일   지역의 시선에서 서울이라는 중심의 제도화된 비평의 도그마
     를 깨뜨려보겠다는 그런 의식을 가지셨다는 건데, 그렇다면 왜 작
     품 비평이 아니라 비평의 비평이냐는 질문도 있었는데요.

황국명   글쎄요. 그거는 아까 말씀드린 대로 이제 80년대가 좀 착잡하
     잖아요. 그런 시대에 중요한 매체가 폐간되면서 한국 문학에 일종
     의 큰 구멍이 하나 생긴 거죠. 그에 대응하려고 각 지역에서 운동이
     활발하게 일어났고요. 그런데 당시 부산 지역에서 모였던 사람들
     은 대부분 다 공부하는 사람들이어서 아카데믹한 성격이 강했지
     만, 한국문학사와 지역문학에 대한 새로운 성찰을 위해 그동안 중
     앙이 세워왔던 논리나 이념을 비판하는 역할을 할 수밖에 없는 거
     죠. 부산지역에서 이미 70년대에 선배 문인들이 시도한 것이기도
     하고요. 부수적으로 중앙의 권위에 대해서 기죽지 않고 중앙을 비
     판하면서 자기를 세우는 방법이기도 하겠지요.

하상일   황국명 선생님 작업 이후에 우리 비평 문단에서 메타비평이
     다시 화두가 됐던 시기가 2000년대에요. 비평 제도가 가진 여러
     가지 문제점들 을 비판하기 위해서였는데, 그 당시에도 '문지'나
     '창비'를 비판하는 글, 문학상을 비판하는 글들이 굉장히 많이 쏟아
     져 나왔던 것 같습니다. 그런데 지금의 평론가들, 즉 2020년대를
     살아가는 평론가들은 메타비평을 거의 안 하는 추세인 것 같아요.
     어떤 의미에서 보면 지금 비평이 매체에 종속되어 있다는 건데 이
     에 대해서도 고민해봐야 하지 않나 하는 생각이 듭니다. 그래서
     선배 비평가가 해왔던 작업들이 가진 의미에 대해서 살펴볼 필요
     가 있다는 그런 생각이 들었습니다. 고봉준 선생님이 발표하시면
     서 몇 가지 질문들을 하셨기 때문에 한 가지만 더 하고 청중 질의응

답으로 넘어가겠습니다.

고봉준   선생님께서 시 비평에 집중했던 시기가 있었고, 후반부에는 소설에 집중하는 평론들이 나왔는데 이를 계기적으로 볼 수 있는 면이 있지 않느냐라는 거죠. 그리고 근대적이라는 것에 사유의 바탕을 두고 소설론을 해명하는데, 시는 동일성론을 끌어온 것을 보면 상당히 복고적이고 회고적인 측면에서 이야기를 한다고 말할 수 있죠. 그러면 장르상의 차이에 의해서 비평을 바라보는 시선에서의 어떤 격차가 나타난다고 볼 수 있는데, 이 부분을 우리가 어떻게 이해해야 될까 하는 생각이 듭니다.

황국명   제가 별로 의식하지 못했던 걸 읽어내시고 또 질문을 해주셔서 감사하게 생각하고 공부가 됩니다. 아무래도 김준오 선생님의 장르론이 제가 시를 읽는 데 아주 중요한 작용을 했을 거에요. 서정 장르에 대한 어떤 지배적인 해석, 의미에 토대를 두고 시를 읽어냈던 거죠. 그래서 후에 제가 시 평론을 별로 쓰지 않았던 걸지도 모르겠습니다. 저는 재밌었는데, 저하고 잘 맞지 않았거나 다른 이유가 있었겠죠… 무엇보다도 저는 시 읽기가 좋았고 재미도 있었지만 저한테 시를 읽어내는 역량은 아무래도 부족하다는 생각이 들었던 것 같아요. 그러다보니까 제가 조금 쉽게 할 수 있는 소설 쪽으로 경도되지 않았을까 하는 생각이 듭니다.

하상일   보통 평론을 쓰면 시를 대상으로 할 때도 있고, 소설을 대상으로 할 수도 있는데, 평론가에 따라서 그걸 썼던 순서대로 모아서 내는 경우도 있고 혹은 시는 시대로 소설은 소설대로 모으는 경우도 있죠. 그래서 그런 출간 연도가 가지고 있는 교착되는 의미가 나오는 것 같습니다. 이제 청중의 이야기를 좀 들어보고자 하는데요. 오늘 참석하신 분들 가운데 질문하실 게 있으면 말씀해 주시기

바랍니다.

청중   안녕하세요. 고석규비평문학관 관장 이진서입니다. 이런 자
리에서 뵙게 돼서 너무 좋아요. 제 개인적인 경험입니다만, 글과
사람이 대개는 일치하지 않잖아요. 선생님이 쓰시는 글과 선생님
의 삶이 충돌하는 경우는 없으셨나요?

황국명   비평에서 주장하는 지론과 실제
생활이 불일치할 때가 있느냐는 질문
이신 것 같습니다. 제가 마지막으로
책을 내고 5년 가까이 손 놓고 있는
이유 중 하나이기도 합니다. 요즘 저
는 내가 어디가서 나이값을 못하면
어쩌지 하는 고민을 해요. 그동안 내

황국명

가 너무나 거짓말을 많이 하면서 살았다. 비평으로는 어떤 작품을
찢어발겨서 작가보고 이렇니 저렇니 또는 이래야 된다 저래야 된
다고 했는데 과연 내가 그렇게 살았나 하는 느낌이 굉장히 강하게
들기 시작하는 거에요. 제 개인적으로는 그게 참 힘들더라고요.
그러니까 점점 글쓰기 싫어져요. 글에서는 이렇게 주장하면서 나
는 그렇게 안 한다는 거죠. 그러니까 글을 쓰기가 점점 어려워지
고, 그러한 가운데 나는 왜 그랬을까 하고 나를 또 이해하고 싶었던
거에요. 말과 행동이 불일치하는 걸 해명할 수 있는 하나의 단서가
진화론이었어요. 그렇다고 해서 제가 저를 합리화하자는 건 아닙
니다. 그냥 저를 이해하는 단서가 거기에 있었고 저는 그것을 가지
고 내 개인 이외에도 좀 더 확장할 수도 있겠다 하는 이런 뜻에서
진화론을 공부하고 있는 거죠. 조금 해명이 되겠습니까.

하상일   비평가뿐만 아니라 글을 쓰는 행위 자체가 가진 운명인 것 같

기도 합니다. 아까 고봉준 선생님 세 번째 질문 중에 왜 또 루카치
냐 하는 이야기가 있었거든요. 선생님께서 루카치에 기반을 두고
아주 많은 이야기를 해오셨는데, 지금 소설 지형이 급격하게 달라
졌고 그래서 루카치 소설론으로 해명될 수 없는 여러 소설들이 나
와 있는데 그렇다면 이런 소설 지형을 변화를 루카치주의로 봤을
때 어떻게 해명될 수 있을까 그런 이야기인 것 같습니다. 앞서 고
봉준 선생님의 첫 질문도 이 부분이었는데, 아직 답을 안 해주셨는
데요.

황국명   그런 맥락에서라면 지금 SF나 이런 각종 장르 문학에 대해서
는 비판적인 시선이 나올 수밖에 없을 겁니다. 그런데 진화론을
가지고는 이야깃거리들이 많죠. 제가 자꾸만 진화론 이야기를 하
는데, 제가 여러분들 꼬시는 겁니다. 한번 해보시라고.(웃음) 진화
론을 통해서는 장르론적인 맥락을 떠나서 흥미롭게 읽어낼 부분이
있죠. 그런데 루카치의 입장에서 본다면 방금 말씀하신 것과 같은
작품에 대해서는 비판적인 시선을 견지할 수밖에 없을 것이고 그
럼에도 불구하고 이런 작품들이 우리 문학의 주류를 이루고 이게
당연시된다면 21세기는 정말 루카치에 대한 조종(弔鐘)을 울려야
되는 그런 시기가 아닌가 생각합니다.

하상일   굉장히 뜨거운 논쟁거리이기 때문에 질문에 대한 답이 명확하
게 있다고 할 수는 없을 것 같습니다. 요새 뜨겁게 논의되고 있는
소설가 중에 김초엽이라는 작가가 있죠. 그런 측면에서 보면 옛날
우리가 가진 어떤 소설적인 관점이나 이런 걸로 볼 수 없는 지점들
이 꽤 많이 있어서 지금 새롭게 공부하는 분들한테는 이걸 어떻게
해명해야 될까 하는 문제가 제기된 것 같습니다.

청중   부산대학교에서 학생들을 가르치는 김경연입니다. 제가 지난

번에 선생님이 80년대에 작업하셨던 '전망'과 또 앞서 나왔던 '지평'이라고 하는 무크지를 보게 될 기회가 있었습니다. 처음부터 이제 쭉 한번 살펴봤는데, 그걸 보면서 제가 너무 놀랐거든요. 그 당시에 전망과 지평에 참여하셨던 황국명 선생님이나 구모룡, 남송우, 민병욱 등등의 선생님들이 그 당시에 연세가 20, 30대 초반이었는데 그 젊은 비평가들이 엄청난 문화 권력이라고 하는 창비나 문지에 도전하는 굉장히 도발적인 발언을 할 수 있었다는 게 저로서는 굉장히 경이로울 만큼 놀라고 정말 존경스럽다는 생각을 하면서 그 매체를 쭉 살핀 적이 있습니다. 고봉준 선생님께서 왜 '문지' 비판이었느냐 '창비'는 어떤 이유에서 제외된 것이냐는 질문을 해주셨는데, '문지' 비판만큼 타이틀화되지는 않았지만 '창비'에 대한 비판도 굉장히 신랄하게 전개되고 있더라구요. '문지'에서는 '전망' 동인들이 했던 작업에 대해서 별반 반응하지 않았는데, '창비'에서는 이에 대해 아주 편협한 폐쇄된 지방주의라고 했는데, 그에 대한 반발로서 비판을 쭉 이어가셨던 거죠. 그래서 80년대가 어떻게 보면 황국명 선생님과 부산의 비평 세대들한테는 정말 신나는 시절이 아니었나 이런 생각도 합니다. 당대 최고의 문화권력

과 싸우면서 문화의 민주주의라고 하는 걸 쟁취하기 위해서 분투했던 그 시절이 80년대가 아니었을까 했습니다. 아까 고봉준 선생님께서 90년대에 메타비평에서 이제 작품 비평으로 넘어온 것이 비평이 무엇을 해야 될 것이냐에 대한 길을 찾지 못했기 때문에 작품 비평에 좀 더 집중하신 게 아니냐는 말씀을 하셨는데, 제가 보기에는 꼭 그런 것만도 아니었다 라는 생각을 하게 됐어요. 1991년에 비평 전문 매체인 『오늘의 문예비평』 발간을 하셨단 말이죠. 그리고 그 머리말에서 올곧은 비평 정신을 얘기하고 비평 정신의 회복을 얘기하면서 하나의 비평 매체를 가지고 또 비평을 시작하신 거죠. 그래서 90년대 오늘의 문예 비평이라고 하는 그 매체의 출간과 그것을 매개로 한 이제 비평 작업이 선생님께 어떤 의미였는지 그것을 좀 여쭤보고 싶습니다.

황국명 계속 다른 비평가들의 비평을 비판하다보니 저는 조금 시들해지더라구요. 비평의 비평이라는 게 중요한 것은 사실이지만 사실 재미가 없죠. 실제로 시나 소설을 봐야하는 것이 비평이고 그런 면에서는 비평가로서의 본령으로 넘어왔다고도 볼 수 있습니다. 90년대 당대는 그런 면이 있다고 봐요. 제가 참여했던 문예지에 대해 말씀 드리는 것이 조금 불편합니다만, '오문비'가 없었더라면 제가 비평가로 성장할 수 없었을 것은 분명합니다. 비평전문지로 오늘에 이르고 있는 '오문비'는 문학사적 혹은 비평사적 사건일 겁니다.

고봉준 『오늘의 문예비평』은 창간 당시에는 보편성을 지향하는 잡지였던 걸로 기억합니다. 여기서 말하는 '보편성'은 지역 문학의 특수성보다는 문학/문예 일반에 대한 관점이 강했다는 의미입니다. 실제로 창간 당시에는 지역 작가에 대한 탐구보다는 이론적 성격이

강했고, 특히 해외 이론의 번역 소개처럼 아카데믹한 꼭지가 많았
던 걸로 기억합니다. 그래서 지금의 '오문비'가 되기까지 몇 번의
변화를 겪은 것으로 이해합니다. 분명한 것은 창간 초기에는 훨씬
더 학문적인 느낌이 강했고, 그런 면에서는 소위 수도권에서 발행
되는 잡지들과의 차이는 크지 않았다고 생각합니다.

하상일   당시 『오늘의 문예비평』의 인적 구성이 그랬던 것 같아요. 영
문학, 독문학, 불문학 등 외국문학을 전공하셨던 분들이 함께 해서
해외 이론 소개라든지 이런 것들을 했던 것 같은데, 제 기억에 창간
호 특집이 포스트모더니즘이고 그 다음이 리얼리즘이었던 것 같아
요. 한국 비평의 지형을 이론적으로 그리려고 하는 시도들이 있었
던 것 같습니다. 그리고 메타비평이라는 건 어떻게 보면 제도에
대한 싸움이잖아요. 지금 우리 사회가 너무 완고한 제도로 도그마
화 되어 있기 때문에 비판을 해봐야 돌아오는 반작용들이 없으니
큰 의미를 갖고 지속하기가 어렵지 않은가 하는 생각이 듭니다.
이제 마무리하면서 한 가지만 더 여쭤보고 싶은 게 황국명 선생님
의 전체적인 비평 지형에서 큰 주제 중의 하나가 '지역'에 있는 것
같습니다. 지금 지역의 문학 혹은 비평에 대해서 선배 비평가로서
진지하게 충고 한마디 해주신다면, 그게 지역 문학 발전을 위한
고언이 되어 변화의 계기를 만드는 데 도움이 되지 않을까 생각합
니다.

황국명   요즘 저는 농부에 가깝습니다. 말씀드렸지만 요새 저는, 내가
하는 말과 글이 내 생활에서 어느 정도 되나 하는 생각에 사로잡혀
있습니다. 그러니까 말이 굉장히 조심스러워집니다. 이게 조심스
러우면 비평을 못해요. 그냥 질러야 되는데 그걸 따지니까 글이
안 되는 거죠. 지금 비평 공부하시는 분들께 해드리고 싶은 말은,

여러분들끼리 친하게 지내면서 우리 지역 작가 작품에 대한 애정 어린 비판도 했으면 좋겠다는 겁니다. 천진한 지역주의라고 비판할지도 모르겠습니다만, 한국문학사는 지역문학들의 총체적 관계 속에서 기술되어야 한다고 믿습니다.

하상일 우회적으로 지역이 지역을 어떻게 바라봐야 되는지에 대해 말씀해주신 것 같아요. 들으면서 생각했던 게, 요산 김정한 선생님 작품을 보면 부산에 관련된 지명들이 엄청나게 많이 나오거든요. 그런데 요즘은 지역 소설가들의 소설에서 부산이라는 구체적인 지명이 거의 안 나와요. 왜 부산 소설에는 '서면'도 없고 '광복동'도 없느냐라고 하니까, 대답의 요지는 그렇게 쓰면 좀 촌스럽지 않을까 하는 이야기였던 것 같아요. 이런 대답에서 지역 문학이 안고 있는 어떤 내부적인 문제가 드러나는 게 아닌가 하는 생각도 듭니다. 1시간 반 정도 예상했는데 열띤 토론을 이어가다보니 벌써 두 시간이 지났습니다. 이제 정리를 해볼까 합니다.

이번 포럼을 주관하는 주체는 부산 지역에서 발간되고 있는 비평전문지 『오늘의 문예비평』입니다. 1950년대 전후 비평의 세 가지 양상 가운데 한 지점인 고석규를 시작으로 한국 시론 연구사의 획을 그은 김준오의 비평적 세례를 받고 성장한 부산의 지역비평은 한때 부산을 비평의 도시로 불리게 할 만큼 다른 지역에 비해 영향력이 컸던 것이 사실입니다. 이러한 평가는 30여 년 넘게 비평전문지의 역할과 위상을 이어가고 있는 『오늘의 문예비평』이 있어 가능했습니다. 여전히 비평은 비평가들만의 전유물로 인식되어 생산적인 독자의 자리를 만들어내지 못한 채 소수의 영역 안에 머물러 있는 상황에서, 그것도 지역이라는 열악한 토대 위에서 비평전문지를 30년 넘게 지켜내는 일은 여간 곤혹스러운 일이 아니었습니다. 비평의 전문성과 공공성을 함께 모색하면서 한국문학 비평의 전통과 현재를 이어가겠다는 확고한 의지와, 지역에서 새로운 비평가를 육성함으로써 세대를 넘어 연속성을 확보하려는 노력과 함께 이루어낸 결과가 아닐 수 없습니다.

이번 포럼은 그동안 『오늘의 문예비평』이 견지해온 이러한 비평 정신을 구체적으로 실천하는 생산적인 비평 운동으로서의 의미도 지니고 있습니다. 비평을 연구하거나 혹은 비평가를 지망하는 사람들로 이루어진 소위 그들만의 리그에 머무르지 않고, 지역에서 공부하고 활동하는 대학원생, 문인, 독서전문가, 일반 독자들과 포럼을 공유함으로써 생산적인 비평 독자의 자리를 넓히는 것도 중요한 과제로 삼았습니다. 특히 남송우, 황국명, 구모룡 세 비평가와 함께 하는 〈비평가와의 대화〉는 중심의 논리에 편승하지 않고 '지역과 비평의 관계'에 대한 이론과 실천 비평을 모색해온 비평가와의 직접적인 대화라는 점에서 중요한 의미가 있습니다. 오늘 함께 해주신 〈비평가와의 대화〉는 이런 점에서 아주 뜻 깊은 시간이 아닌가 생각합니다.

장시간 자리를 지켜주신 청중 여러분들께 진심으로 감사드립니다. 그리고 처음에는 이런 자리에 나와서 말씀 나누시는 게 좀 어렵다고 하셨는데, 열띤 토론도 이끌어주시고 앞으로의 비평 세대에게 생산적인 화두도 제시해주신 황국명 선생님께도 다시 한 번 감사 인사를 드립니다. 또한 황국명의 비평 세계를 일목요연하게 정리해주시고 핵심적인 질문도 해주신 고봉준 평론가께도 고맙다는 말씀 올립니다. 제2회 비평가와의 대화는 남송우 평론가가 대상입니다. 많은 기대와 성원 부탁드립니다.

내가 걸어온 비평의 도정

황국명

1. 개인과 세대

'1950년대생 문학비평가'라니!

55년생으로 전후 베이비붐 시대에 태어난 필자는 지금껏 '1950년대'라는 시대 혹은 역사 속에서 내 존재의 의미를 사유한 적이 없는 듯하다. 그래서 생각해보니, 필자는 전쟁의 참화 속에서 유년시절을 보낸 해방둥이가 될 수 없고, 타락한 정치의 탁류를 온몸으로 헤쳐간 4·19세대일 수도 없다. 1950년대생으로 1974년에 대학에 입학하였으니, 사람들은 필자를 두고 아마 유신세대라고 할 것이다.

이른바 '유신세대'라는 용어가 한 동년배의 정체성을 구성할 만한 변별성을 갖는지 혹은 한 세대의 특수한 역사성이나 운명의 독자성을 드러낼 수 있는 것인지 알 수 없다. 필자의 경우로 제한하여 말하자면, 나는 역사의 격랑에 몸을 던지거나 정치적 격변을 주도할 수 없었고, 낡은 전통에 침을 뱉고 새로운 사상과 문화의 기치를 내건 주역도

될 수 없었다. 많은 사람들이 '나는 짐승이 아니다' 혹은 '나는 기계가 아니다'라며 불의와 싸웠지만, 필자는 폭력과 억압으로 국민을 겁박하던 시대를 견딜 뿐이었다.

34개월의 병역의무를 끝내고 복학한 필자는 대학의 마지막 학년을 1980년의 봄과 함께 시작하였다. 독재가 종식된 듯 봄날은 따뜻하였지만, 5월의 바람결에 실려 온 소문은 참혹하고 진저리나는 것이었다. 계엄이 전국으로 확대되면서 학교도 휴교에 들어갔다. 시기가 정확하게 기억나지는 않지만, 5월 말이나 6월 초가 아니었던가 싶다. 분노와 무기력, 절망과 두려움에 사로잡혀 있던 필자는 존경하는 교수님 한 분에게 조언을 얻고자 하였다. 대학의 정문은 굳게 닫혀 있었다. 넓은 운동장에는 군인들의 막사 몇 동이 설치되어 있고 탱크도 포진하고 있었다. 닫힌 정문 앞에는 얼룩무늬 전투복을 입고 대검을 꽂은 엠식스틴 소총을 허리로 받친 일단의 군인들이 출입을 통제하고 있었다. 사격 경험도 있는 예비역 복학생이었지만, 필자는 이들 앞에서 오금이 저린다는 것을 생생하게 경험하였다. 얼굴에 검은 칠로 위장한 장병들의 무표정과 햇살을 받아 번쩍이던 대검이 무서웠다. 다리오금이 떨어지지 않았지만, 가까스로 교내로 들어가 교수님과 면담할 수 있었다. 면담을 마치고 나오던 3층에서 나는 우연히 잔디밭을 건너는 한 군인을 보았다. 아니, 우연이 아니었을 것이다. 휴교령이 내려진 대학의 교정엔 그 병사 외에 아무도 없었기 때문이다. 학생들이 모여 놀기도 하고 시위도 하던 잔디밭을 풀어헤친 복장으로 한가롭게 가로지르는 군인의 모습이 나의 내면에 깊은 인상을 남긴 것도 우연이 아닐 것이다.

아래에서 필자가 길어온 비평과 연구의 도정을 요약하면서 때로는 여기저기 썼던 단편적인 글로 빈 곳을 기웠음을 기록해둔다.

2. 소설을 공부하다

80년대 신군부의 등장은 나쁜 꿈이 아니라 모질고 지독한 현실이었고, 『창작과비평』, 『문학과지성』이라는 대표적 계간지도 폐간을 면할 수 없었다. 대학원 과정에 있던 필자에게 이는 군부독재의 부수적 피해가 아니었다. 그러나 문학의 암흑기처럼 여겨졌던 시간도 잠시이고, 곧 전국적으로 소집단문학운동이 동인·무크지를 토대로 활발하게 전개되었다. 필자는 1985년 부산에서 출판된 『전망』 2집에 「소설대중화론의 수용자 지향성」이라는 글로 비평을 시작하였다. 같은 시기에 몇 명의 평론가들이 '비평의 비평' 세미나를 꾸렸고, 그 결과물의 하나로 『'문학과 지성' 비판』(1987)이라는 소책자를 발간하였다. 그 책에 필자는 「「문학과 지성」의 도식적 기술체계 비판」이라는 장문의 글을 수록하였다. 이들 글이 수록된 첫 평론집 『비평과 형식의 사회학』(1988)을 보면, 나의 비평적 행적이 기존의 문학론이나 평론을 비판하는 데 집중되었음을 알겠다. 평론집을 상재하면서 케니드 버크의 말을 빌려 제사(題詞)로 삼았는데, 그것은 비난하는 자는 비난받는 자에 가깝다는 의미로 이해해도 좋을 것이다. 이는 비평(가)조차 비판의 피안에 있지 않음을 일깨울 뿐 아니라, 물적 제도와 연관된 비평이 억압적인 권력형식이 될 수 있음을 환기한다. 적은 집의 안팎에 있지 않겠는가.

작가에게 언어는 운명일 수도 있고, 모험의 대상일 수도 있다. 한 개인이 특정 민족의 구성원으로 태어나는 데 필연성이 있을 까닭이 없는 것과 같은 이치로 언어란 그 사용자에게 우연한 것에 불과할 것이며, 이는 민족이나 민족어의 경우에도 예외가 아닐 것이다. 그렇다면 모든 것을 표현할 수 없는 언어일반의 한계처럼, 민족어도 가능성과 함께 한계를 지닐 것이다. 필자는 이런 사정을 어떤 글에서 다음과 같이 요약한 바 있다. 즉 민족어의 가능성에 몰두할 때 작가에게 언어는 일종의 운명으로 다가오고, 한계에 절망할 때 언어는 모험의 영역이 될 것이다. 민족어를 운명으로 여기는 작가가 언어의 현재적 상태에서 자신의 고향을 발견하고 문제를 해결하고자 한다면, 민족어를 모험으로 여기는 작가는 언어의 현재 상태에 대해 문제를 제기하고 언어의 다양한 잠재적 가능성을 탐구할 것이다. 운명으로서의 언어와 모험으로서의 언어라는 양면성은 우리 근대문학이 감당해야 했던 민족어 내부의 긴장이며, 이 긴장은 오늘에까지 이어진다고 할 것이다. 필자가 리얼리스트뿐 아니라 형식실험을 감행한 시인 소설가를 함께 읽은 것은 이런 사정에 말미암는다.

그동안 지역작가들이 이룬 성취를 주의 깊게 다루되 지역의 순정성을 강조하거나 지방색에 매몰된 편협한 지방주의를 경계하였다. 한국사회의 근대화는 지역 간의 불평등한 발전을 생산하고, 주변부에 정치적 차별과 억압을 집중하며, 지역의 다채로운 경험과 실천을 몰수하였기 때문에, 한국근대화가 그 지역과 주민에게 무엇을 의미하는가를 민중의 관점에서 탐구하고자 하였다. 그러나 필자의 탐구는 빈곤하다.

몇 권의 평론집을 상재한 바 있지만, 평문의 대부분은 소설 장르에 집중되어 있다. 특정 갈래에 대한 편식이 바람직한 것은 아니지만, 근대세계에서 미적 형식으로서 소설이 지닌 가능성에 대한 공부가 우선이었기 때문이다.

근대소설에 관한 공부 길에서 루카치, 벤야민, 지라르, 골드만 등의 글을 읽고 깊이 이해하고자 하였다. 그러나 고백하자면, 아직도 게오르그 루카치의 소설론조차 충분히 이해했다고 할 수 없다. 사실 루카치에 이르는 길은 김윤식 교수의 비평을 통해서였다. 그러니까 어떤 면에서 루카치에 대한 나의 이해는 김윤식을 통해 본 루카치일 수 있다. 필자는 이 강력한 선배의 영향에서 벗어나 루카치의 소설론에 관한 이해의 수정비율을 높이고자 하였으나, 그것은 쉬운 노릇이 아니었다. 또 루카치의 소설론이 근대의 폭풍으로부터 서구문명을 구원하려는 지적 모색이었다는 지적, 근대의 내용을 규정함에 있어 보편적 근대를 재인식하고 한국 근대의 특수성을 새롭게 인식하자는 정당한 주장에도 불구하고, 나는 루카치의 소설론에서 자유롭지 않다.

필자의 소설공부를 조금 냉소적으로 요약하면, 근대소설이 〈옛날옛적 호랑이 담배 먹던 시절에〉로 시작할 수 없는 이유를 발견했다는 정도이다. 소설의 기본시제가 과거이긴 하나, 일상의 물리법칙이 작동하는 인물과 독자의 세계와 전혀 다른 세계일 수 없다는 뜻이다. 다른 한편, 근대소설이 〈그 뒤 그들은 행복하게 살았습니다〉로 맺어질 수 없는 이유도 알아차렸는데, 헤겔식으로 말하면 소설주인공은 자신의 혼을 발견하기 위해 편력한 끝에 속물로 떨어지고 말기 때문이다.

3. 걸어갈 길

심지어 아직 출현하지 않은 작품에 대해서도 말할 수 있는 것이 비평이긴 하나, 평문이 비평가 개인의 열망이나 심적 상태를 전적으로 외면할 수도 없을 것이다. 그러한 평문에 함께 살아가는 동시대인의 흔적을 담을 수만 있다면, 필자의 자원낭비가 조금은 용서받을 것 같다.

『현대소설의 역사의식과 기억투쟁』(2018) 이후 필자는 이렇다 할 평문을 작성하지 못하고 있다. 여기엔 외부적인 요인도 여럿이지만, 필자의 게으름과 탈진한 마음이 초래한 비평주제의 고갈 때문이다.

문학비평과 연구에 현대 진화론이 거둔 성과를 접맥하려고 시도한 것도 이런 맥락에 있다.

문화의 생산과 수용을 해명하려는 지적 노력에서 그동안 맑스주의와 정신분석학이 큰 영향력을 행사한 것과 비교하면, 진화론은 한국의 문화와 문학에 대한 설명력을 거의 갖지 못하는 것처럼 보인다. 또 인간에 대한 프로이드적 이해나 맑스주의적 이해가 집단적인 심적 저항에 직면했던 것처럼, 모든 생명형태의 친족관계, 모든 생명의 평등성과 깊은 공통성을 강조한 다원적 인간이해도 만물의 영장인 인간에 대한 모욕으로 여겨졌고 이 때문에 문학의 이해에 진화론적 관점을 의심하였을 것이다. 또 진화의 논리는 강자 혹은 배신자의 논리로 비판되었다. 적자생존이라는 진화의 법칙은 계급투쟁이라는 역사의 법칙에 동기를 부여한다는 이유로 적극 수용되는가 하면, 같은 이유로 진화론은 강력한 혐오를 유발하기도 했다.

그러나 진화의 법칙이 문학연구의 불량배는 아닐 것이다. 자연선택을 통한 적응 혹은 적자생존이 문학사의 악당이기만 한 것도 아닐 것이다. 문학작품을 진화의 선택압과의 관계 속에 두려는 발상에 저항할 수 있겠지만, 그러나 지구의 생명현상이나 자기복제적인 DNA는 사유와 언어를 선행하지 않겠는가?

지금까지 문학비평은 개개인이 품은 생각과 감정 그리고 사회적 행동의 생물학적 기초에 대해 충분히 답하지 않았다. 그 결과, 자연과 문화의 분리, 본성과 양육의 대립, 생물학과 윤리학의 괴리를 당연시했고, 생물학적 관찰과 증거에 대한 도덕적 억지력이 바로 문학의 미덕인 것처럼 여겨왔다. 그러나 다윈이『종의 기원』과『인간의 유래』에서 강조한 것처럼, 인간 상상의 산물을 포함해 인간적인 모든 것, 즉 인간의 몸과 뇌, 인간의 동기와 인지, 사유와 행동이 생물학적 진

화의 범위 내에 포함된다면, 현대 진화론의 발견물에서 문학연구와
비평의 새로운 틀을 모색할 만하다. 생물학적 증거와 관찰에 맹목적
인 적의를 드러내기보다 자연환경과 인간사회가 맺는 특수한 상호연
관을 인식하고, 이로써 사회적으로 책임 있는 비평이 될 필요가 있을
것이다. 보통사람들의 구체적인 삶과 실제로 관계하는 방법을 탐구할
수 있다면, 문학비평은 사회적 남루를 모면하고 서로 공유할 수 있고
진보할 수 있는 인문학적 지식을 축적할 수 있을 것이다.

이상과 같은 맥락에서, 필자는 문학비평이나 연구에 대한 근본적인
재사유가 요청된다고 생각한다. 아래에 『현대소설의 역사의식과 기
억투쟁』의 책머리를 인용함으로써 필자 스스로를 편달하고자 한다.

그동안 필자가 역사 속에 놓인 인간을 주목하였다면, 그 시선을 진화사
혹은 자연 속에 놓인 인간에게로 확장하고자 애쓴 것이다. 또 그동안 인
간의 행위와 의식에 대한 필자의 입장이 리얼리즘에 뿌리를 둔 것이었다
면, 그 입장의 외연을 인간 마음과 행위, 감정과 도덕의 생물학적 토대로
확대할 수 있음을 입증하고자 한 것이다. 또 자연선택에 의해 진화된 심
리나 행동이 원칙적으로 로컬의 환경에 대한 적응의 결과라는 사실은 지
역민의 삶과 이를 품어낸 지역문학이 인간을 포함한 생태계 전반에 대해
보편적 의미를 담보할 수 있는 근거가 될 것이다. 지역과 지역문학에 대
한 필자의 관심이 진화론에 대한 관심과 동궤에 놓일 수 있다고 믿는 것은
이런 근거에서다. 물론 필자에게 인문학과 생물학의 생산적 대화, 문학론
과 진화론의 융합은 아직 미완의 기획이지만, 고갈상태에 이른 필자의
공부길에서 진화론을 만난 것은 일종의 지적 모험이라 할 것이다. 후속
연구가 뒤따르겠지만, 동료 학자들과 함께한다면 문학연구의 패러다임을
바꿀 수 있으리라는 기대도 적지 않다.

소설이란 무엇인가를 묻는 일

황국명의 비평세계

고봉준

1. 80년대의 '무크' 운동과 '비평의 비평'

황국명은 1985년 무크지 『전망』 2집에 「소설 대중화론의 수용자 지향성」을 발표하면서 평론 활동을 시작했다. 그의 초기 비평(1980년대)은 1980년대 초반의 무크지 운동(『전망』)부터 그 운동의 연장선이라고 말할 수 있는 〈비평의 비평〉 세미나, 그리고 첫 번째 평론집 『비평과 형식의 사회학』(지평, 1988)까지라고 정리할 수 있다. 주지하듯이 1980년대는 이른바 무크지, 즉 '운동'의 시대였다. 쿠데타로 집권한 신군부 세력은 1980년 11월 언론과 출판의 자유를 제한하는 언론 통폐합을 단행했다. 이 조치로 인해 전국 64개 언론사는 신문사 14개, 방송사 3개, 통신사 1개로 강제 재편되었다. 당시 문화공보부는 이 조치 이전인 7월에 『창작과비평』, 『씨알의 소리』, 『뿌리 깊은 나무』 등 정기간행물 172종의 등록을 취소했고, 11월에는 다시 66개 정기간행물의 등록을 추가로 취소시켰다. 1980년대의 무크지 운동은 바로 이러한 탄압 국면을 돌파하기 위해 고안된 것이었다.

1980년대에 부산에서 창간된 두 개의 무크지, 즉『지평』과『전망』의 탄생도 이러한 흐름 속에서 이해되어야 한다. 1970년대 후반 부산의 문학인들은 서울(중앙)에 의존하는 행태에서 벗어나기 위해 부산에서 발행되는 문예지가 필요하다고 생각하기 시작했다. 이러한 문제의식은 1982년 가을부터 본격적으로 논의되었고, 1983년 4월 무크지『지평』의 탄생으로 현실화되었다. '비평'을 중심으로 창간 당시의 면모를 살펴보면『지평』은 남송우, 민병욱 등이 주도적인 역할을 담당했던 듯하다. 이 무렵 남송우(81년〈중앙일보〉), 구모룡(82년〈조선일보〉), 민병욱(83년〈동아일보〉) 등이 잇달아 신춘문예에 당선되어 이른바 젊은 비평가 그룹이 형성될 인적 조건이 갖춰진 상태였는데, 서울(중앙) 중심의 문단 질서는 물론이고 기성 문인들에 대해서도 비판적인 태도를 갖고 있던 이들이 이전 세대와는 다른 방식의 문학, 특히 새로운 매체에 대해 고민한 것은 필연에 가까운 것이었다.

하지만 새로운 매체로서 주목받던『지평』은 84년 봄 3집을 준비하는 과정에서 구성원들 사이의 갈등에 직면하게 되었고, 그것은 남송우, 민병욱 등이『지평』의 활동을 정리하고 무크지『전망』을 창간하는 것으로 이어졌다.[1] 창간호의 비평 필진(남송우, 정형철, 류종열, 민병욱, 박남훈, 구모룡)을 살펴보면『전망』의 핵심 멤버들이 부산대학교 출신들이었음을 확인할 수 있다. 황국명은『전망』2집(1985.7)에 비평을

---

1 무크지『지평』과『전망』을 둘러싼 당사자들의 기억은 조금씩 다르다. 이것은 '기억'의 왜곡 현상으로 당연한 것이라고 말할 수 있으며, 그 왜곡의 진위를 밝히는 것이 이 글의 관심이 아니므로 언급하지 않는다. 다만 오늘날의 관점에서 보면『지평』은 상대적으로 문예지의 성격, 특히 전국적인 규모의 문예지를 지향한 느낌이 강한 반면,『전망』은 '지역문학운동'을 강조한 측면, 특히 비평이 중심이었던 것으로 보인다.

발표하면서 평론 활동을 시작했는데, 그는『전망』2집이 발간된 직후
에 '운동'의 하나로 기획된 〈비평의 비평〉 세미나에서 담론적인 층위
에서 주도적인 역할을 담당한 것으로 보인다.[2]

비평의 비평은 80년대 비평계의 한계인 해석의 전제적 현상과 해석공
동체들 간의 분파적 단절 및 이것들에서 비롯된 다양한 역기능들을 극복
하기 위한 방법론적인 비평전략으로 출발한다. 비평의 비평은, 우선 80년
대 비평계를 형성하고 있는 민중실천주의, 지성주의, 교양주의, 지방주의
등의 상이한 준거집단들을 부정하지 않는다. 오히려 그 집단들의 존재양
식을 적극적으로 인정하면서 그 집단들이 다양한 준거를 가지고 있으며,
그 준거틀로써 그 집단이 설명될 수 있다는 것까지 수용한다. 아울러 준
거집단의 준거틀이 해석행위의 방략, 약호 및 그 방략을 작동시키는 기제
임을 지나치지 않는다. 이것은 해석이 언어행위이면서 정치적, 경제적,
사회적, 문화적 행위를 포괄하고 있는 담화체계라는 것과 다르지 않다.[3]

황국명의 초기 비평은 1970~80년대 프레드릭 제임슨의 비평(『맑스
주의와 형식』(1971) - 『언어의 감옥』(1972) - 『정치적 무의식』(1981))의 작업을
연상시킨다. 즉 작품에 대한 세밀한 읽기와 해석보다는 강력한 메타

---

2 이 운동의 첫 성과물이『『문학과 지성』비판』(지평, 1987)이다. 이 책의 맨마지막
   페이지에는 〈비평의 비평 세미나〉에 대한 소개글이 실려 있다. 이 글에 따르면
   이 세미나는 "1985년 10월 무렵, 남송우 민병욱 박남훈 정형철 황국명이 오륜대에
   서 발기하여 지금까지 진행되"고 있으며, 1986년에는 총 일곱 차례의 세미나가
   진행되었다. 황국명은 이 세미나의 세 번째 발표자였고, 그가 발표한 글의 제목은
   「해석의 정치학 혹은 비평의 이념적 지평」이었다. 민병욱 외 『『문학과 지성』비
   판』, 지평, 1987, 201쪽.
3 같은 책, 12쪽.

비평, 문학과 그것의 형식이 갖는 이데올로기적 기능에 대해 관심을 집중하고 있다는 점에서 그렇다. 이언 뷰케넌은 프레드릭 제임슨의 『정치적 무의식』에 대해 논하는 자리에서 "무엇을 의미하는지가 아니라 어떻게 작동하는지 질문하라"라는 들뢰즈·가타리의 슬로건을 인용한 적이 있는데, 황국명의 초기 비평 또한 동일한 문제의식을 공유하고 있는 듯하다. 당시 〈비평의 비평〉 세미나에 참여한 사람들은 이러한 메타비평을 '비평의 비평'이라고 명명했는데, 이는 80년대 초반에 본격적인 비평 활동을 시작한 이들이 자신들의 비평적 방향성을 '80년대 비평'에 대한 메타비평에서 찾고자 했음을 보여준다.

이들은 동시대, 그러니까 "80년대 비평계의 한계"를 "해석의 전제적 현상"과 "해석공동체들(혹은 준거집단들) 간의 분파적 현상"으로 요약하고, '비평의 비평'을 이러한 부정적 현상에서 기인하는 다양한 역기능을 극복하기 위한 방법론적인 전략으로 간주한다. 흥미로운 점은 '비평의 비평'이 80년대의 비평을 개인이 아닌 집단, 즉 "해석공동체들"의 문제로 이해한다는 사실이다. 황국명과 함께 쓴 「장르로서의 「비평의 비평」」에서 민병욱은 비평, 즉 해석이 "언어행위이면서 정치적, 경제적, 사회적, 문화적 행위를 포괄하고 있는 담화체계"라는 시각을 제시하며, 황국명은 이것을 〈창비〉와 더불어 80년대를 주도한 〈문지〉라는 해석공동체에 적용하여 비판적으로 분석하는 작업을 오랫동안 실행했다. 이 작업은 황국명의 초기 비평에서 상당한 의미를 갖는다. 비평적 해석을 개인이 아니라 '해석공동체'의 문제로 이해할 때 우리는 비평=해석에서 "준거집단이 특정한 언어관습, 언어사용규범, 언어변이, 즉 그 집단이 암암리에 허용하는 범위 내에서 원칙적으로 질서화된 약호를 가지고 있다"라는 사실을 발견할 수 있다. 이것은 또한 특정한 해석공동체에 속한 비평이 반복적·공통적으로 사용하는 언어 범주가 결국 특정한 "집단을 위해 봉사하거나 다른 집단을 비판하는 기능"을 수행한다는 사실로 이어진다.

그렇다면 "해석공동체들 간의 분파적 현상"은 왜 문제일까? 이 물음에 대한 대답은 "해석의 전제적 현상"이 "삶과 세계에 대한 해석적 자유"를 위협하기 때문이며, 나아가 "특정한 가치체계 신념 체계만을 진실이라고 강요하는 전제주의" 경향으로 연결되기 때문이라는 것이다. 황국명은 「장르로서의 「비평의 비평」」에서 F.제임슨의 논의에 근거하여 "비평 텍스트의 이데올로기적 은폐 기능"을 이론적 층위에서 고찰했고, 같은 책에 수록된 「「문학과 지성」의 도식적 기술체계 비판」과 첫 평론집에 수록된 「「문학과 지성」-내성의 문학론 비판」에서는 80년대 비평의 한 축이라고 말할 수 있는 〈문지〉라는 해석공동체에 대한 본격적인 메타비평을 전개했다. 전자의 텍스트에서 황국명은 "①순수/참여 대립의 극복론 ②열림의 반(反)도그마적 도그마 ③내성의 문학(문화)론 ④형태 실험 문학의 사회기능성 ⑤중산층 각성론"[4]이라는 다섯 가지 항목을 중심을 "〈문지〉의 문학적 지향, 편집 이데올로기, 해석상의 전략, 문학관 사회관에 기입된 이념상의 비평" 등을 고찰했다. 이러한 고찰을 통해 그는 〈문지〉의 비평이 "자기 집단의 문화적 관점을 대변하고 그들의 사회적 입장을 표명하며 문학적 판단 규범을 사회에 유포시키는 화성"에 불과하다는 결론에 이른다. 황국명(과 민병욱)이 행한 이러한 분석은 현대비평사에서 유례를 찾기 힘든, 사실상 최초의 본격적인 메타비평이라고 평가할 수 있으며, 나아가 '문학 권력' 비판의 선구적인 작업이라고 말할 수 있을 듯하다.

---

4 같은 책, 51쪽.

2. 비평과 이데올로기

황국명의 첫 평론집 『비평과 형식의 사회학』(지평, 1988)은 두 개의
문제의식("비평 행위와 그 실천의 주체에 관한 것"과 "소설 형식의 내적 논리에
대한 관심")을 중심으로 구성되었다. 이러한 문제의식은 그 이면에 "문
학 형식이나 비평은 일정한 사회역사적 준거를 반영한다는 가설"을
전제하고 있는데, 이는 메타비평의 생산적 가능성이 "비평 준거체 및
그 생산물을 사회, 정치, 역사라는 맥락 속에 재구성하고 이로써 그들
의 의미 해석상의 중심틀을 드러내는" 것에 달려 있다는 주장과 연결
된다. 이러한 접근법에서 '형식'에 대한 F.제임슨의 시각("장르는 (…)
본질적으로 사회-상징적인 메시지"이며, "형식은 내재적·본질적으로 그 나름의
이데올로기"[5])의 영향력을 읽어내는 것은 그다지 어려운 일이 아니다.
황국명은 특정 해석공동체의 비평에 대한 메타비평은 그 공동체의 비
평적 준거를 전경화함으로써 그것이 개인이 아닌 집단의 언어이며,
제도화된 기존의 비평 집단들이 제시하는 문학 이해와 해석, 미적 규
범 등이 절대적인 것이 아니라는 사실을 환기한다. 이것은 이데올로
기를 드러냄으로써 기성의 제도화된 비평의 한계를 가시화하는 작업
이며, 따라서 하나의 비평적 준거가 사실은 특정 집단의 이데올로기
에 불과하다는 사실을 해명하는 작업이기도 하다. 황국명은 첫 평론
집에 수록된 「「문학과 지성」-내성의 문학론 비판」에서 〈문지〉 그룹
의 비평을 대상으로 이 작업을 이어간다. 그에게 '비평'은 이데올로기
를 배제하는 작업이 아니라 그것을 충실하게 드러내는 작업이라고 말
할 수 있다.

---

5   F.제임슨, 이경덕·서강목 옮김, 『정치적 무의식』, 민음사, 2015, 180쪽.

그는 〈지성인의 탐구는 무한한 의문의 계기이며 그 의문은 현재에 대한 두려움 없는 비판〉에서 생성한다고 하면서도, 〈외부의 모순을 자기의 내적 고통으로 받아들여야 한다〉고 주장한다. 이는 타인의 고통을 자신의 아픔으로 내재화한다는 뜻이 아니다. 이는 외부의 객관적 모순을 내부의 주관적 모순으로 전환시킨 변증법의 내면화이다. 외부의 객관적 모순은 사회적 모순이며 또 사회역사적으로 지양되어 가야 할 문제들이다. 그러나 이를 자기 내부의 〈고통〉으로 변질시킬 때 사회적으로 해결되어야 할 모순은 영원히 해결불가능한 형이상학적 이율배반이 된다. 이는 인간은 신이 아니기 때문이기도 하지만, 어느 한 쪽의 일방적 승리로 끝날 수도 있을 사회적 모순의 지양과 달리 김병익식 고민하는 지성은 그런 승리 자체를 회의하기 때문이다. 결국 지성인의 가장 큰 적, 회의와 반성의 대상은 바로 자기 자신이며, 의혹과 질문은 자기 내부에 영원히 해결할 수 없는 문제를 설정하는 자기 비판에 다름 아니다.[6]

전작 「「문학과 지성」의 도식적 기술 체계 비판」과 이어지는 이 글에서 황국명 첫째, 비평 집단의 전문적 소집단화의 산물인 자기 폐쇄적 소통 회로가 "비평과 독서 공중이 민주적으로 만나야 할 공적 영역"의 상실을 초래하며, 이들의 "자기 훈육적 엘리트주의"가 "우리 사회에 있을 수 있는 계급 갈등의 가능성 자체를 은폐 혹은 회의"하는 효과를 낳을 수 있다고 지적한다.[7] 또한 그는 "특정 비평 집단의 파행적 주류화"는 몇몇 비평가가 매체(에 기고)를 독점함으로써 "대량 생산된 비평의 물신화"를 가져올 것이며, 물신화된 비평과 독점 매체의

---

6 황국명, 『비평과 형식의 사회학』, 지평, 1988, 87쪽.
7 같은 책, 83~84쪽.

결탁이 결국 비평을 '비평산업'으로 타락시킬 것이라고 경고한다. 여기에서 '비평산업'이란 "비평 상품은 독자에게 작품과 비평을 판매하는 것이 아니라 출판사에게 독자를 판매하고 있는 것"이라는 표현에서 드러나듯이 비평이 상업적인 출판에 종속되는 현상을 의미한다. 이 글에서 황국명이 지적하고 있는 '비평'의 문제는 2000년 이후 반복적으로 지적되고 있는 '문학 권력'과 '주례사 비평' 현상에서 크게 벗어나지 않는다.

그런데 황국명의 〈문지〉 비판은 이런 현상적인 문제와는 별개로 세계, 현실, 문학 등을 인식하는 〈문지〉 그룹의 고유한 태도를 문제 삼는다는 점에서 한층 근본적이라고 말할 수 있다. 황국명은 〈문지〉의 기본 태도/입장을 "방법론적 부정을 지성에 고유한 진리 탐구의 단초로 제시"[8]하는 것으로 규정한다. 요컨대 〈문지〉는 "고정된 모든 것을 선험적 도덕주의, 획일적 윤리주의"라고 비판한다는 것이다. 그는 이것이 '결과'보다는 '과정'을 중시하는 태도라고 해석하면서 이것은 "고립된 단자적 개인을 진실의 절대적 주체"로 간주하는 입장이라고 지적한다. 김병익의 '지성'에 대한 논점이 바로 그렇다는 것이다. 문제는 이러한 주체가 "순수 사변적 존재"일 수밖에 없다는 것, 그리하여 이러한 반성적 지성은 "궁극적으로 그들은 외적 대상 세계와 관계하지 않고도 독자적 자율적으로 자기 정립이 가능"하다는 데 있다. 이상을 요약하자면, 〈문지〉의 비평이 전제하는 주체는 '집단'이 아니라 '개인', 그것도 "고립된 단자적 개인"이며, 그러한 주체는 외적인 세계(현실)와 관계를 맺으면서 행동하는 존재가 아니라 자신의 내면과의 관계에 집중한다는 것이다. 앞의 인용에서 황국명은 '개인=고립된 단

---

8 같은 책, 85쪽.

자적 개인'이 수행하는 '자신의 내면과의 관계'를 "외부의 객관적 모순을 내부의 주관적 모순으로 전환시킨 변증법의 내면화"라고 표현하면서 이러한 주관화/내면화가 "사회역사적으로 지양되어 가야 할" "외부의 객관적 모순"을 "자기 내부의 〈고통〉으로 변질"시킴으로써 그것을 "영원히 해결불가능한 형이상학적 이율배반"으로 만든다고 요약한다. 이러한 지성/자유는 "사회적 무기능성의 내적 자유"일 뿐만 아니라 "사회적 고통과 부정 및 그것들의 발전을 외면"하는 데서 그치지 않고 그것을 "참고 견디기만 하는 자학적인 자기 방기"로 몰아감으로써 "정치적 긴장, 사회적 적대감을 배제하는 보수적 전략"으로 귀결된다는 것이 황국명의 주장이다. 그는 비평의 이러한 경향을 "비평의 내성화"라고 표현한다.

3. 전망 부재의 시대를 견디는 법

황국명은 1990년대에 두 권의 평론집(『떠도는 시대의 길찾기』(세계사, 1995), 『존재의 아름다움』(전망, 1996))을 출간했다. 이 평론집들의 공통점은 '비평의 비평', 즉 메타비평이 약화되고 대신 작품론, 작가론 등이 전면화된 것이다. 거칠게 요약하면 황국명은 90년대에 메타비평을 통해 특정한 해석공동체의 이데올로기와 약호를 드러내는 비판적 작업에서 한 발짝 떨어져 작품 읽기에 집중했다고 말할 수 있다. 이 변화를 어떻게 이해해야 할까? 물론 이것이 비평관의 변화, 그러니까 비평의 본질은 작품에 대한 세밀한 읽기에 있다거나 비평은 오직 작품을 검토해서만 묘미를 낼 수 있다는 메스프주의에 대한 긍정을 뜻하는 것은 아닌 듯하다. 이 의문에 대한 실마리, 즉 1990년대 황국명의 내면 풍경을 확인하기 위해 두 평론집의 서문을 읽어보자.

(1) 이념을 솎아낸 현실의 어지러움 속에서 그들은 설 자리와 갈 길을 찾는다. 그 행위는 낡았지만 비범한 것이기도 하고, 문 없는 심연에 갇히는 일이거나 끝없는 미로 속에서 황홀하게 자기를 지우는 것이기도 하다. 작가들의 복잡한 표정과 작품의 다양한 징후 가운데 특히 중요한 것은 불가능한 자유에 관한 성찰이 아니었을까. 그들은 진정한 삶의 불가능성을, 폭력과 억압의 온갖 굴레를, 심지어 자유로워야 한다는 강박의 함정까지 보여준다. 그들은 삶에 드리워진 모든 형태의 고통과 반성하지 않는 무지, 온갖 유형의 맹목으로부터 자유롭기를 소망한다.[9]

(2) 90년대의 한국문학은 내적으로 주류의 상실 혹은 중심의 부재라는 문제를 안고 있다. 중심의 상실이 문제가 되고 있음은 이데올로기의 무거움을 걷어낸 문학의 자리에 현실의 또 다른 협잡물, 상업적인 성공을 표적으로 하는 타락한 복제 욕망이 은밀하게 스며들고, 글쓰기의 가치에 대한 비관이 걷잡을 수 없을 정도로 퍼져 있기 때문이다. (…) 다행히 나는 그 악몽을 걷어낼 단서를, 우리 문학의 희망을 발견할 수 있었다. 희망이 될 90년대 문학은 역사의 생성 원리를 탐구하는 한편, 그것에 닿아 있는 개별존재의 운명을 주목하고 있다.[10]

두 권의 평론집, 즉 두 개의 '서문'에서 공통적으로 확인되는 것은 90년대에 대한 부정적인 인식이다. 황국명에게 90년대는 "이념을 솎

---

9   황국명, 『떠도는 시대의 길찾기』, 세계사, 1995, 4~5쪽.
10 황국명, 『존재의 아름다움』, 전망, 1996, 4쪽.

아낸 현실의 어지러움"을 견뎌야 하는 시기였고, 문학적인 측면에서
도 "주류의 상실 혹은 중심의 부재"라는 문제에서 벗어나기 어려운
위기의 시간이었다. 이념과 주류의 상실, 그리고 중심의 부재라는 말
에서 암시되듯이 그에게 90년대는 '비평'과 '담론'이 길을 잃은 시대,
"이데올로기의 무거움을 걷어낸 문학의 자리"에 "상업적인 성공을 표
적으로 하는 타락한 복제 욕망"이 스며들어 "글쓰기의 가치에 대한
비관"이 광범위하게 자리 잡은 우울한 시대였다. 비평과 담론이 출구
없는 심연과 미로에 갇힌 상태에서 '창작'은 "불가능한 자유에 관한
성찰"과 "역사의 생성 원리를 탐구하는 한편, 그것에 닿아 있는 개별
존재의 운명"에 주목함으로써 그에게 '희망'을 가져다 주었다는 것이
90년대 문학에 대한 황국명의 평가이다.

  그렇다면 그가 말하는 90년대의 현실은 어떤 것이었을까? 그는
「변화된 현실과 소설의 지형」에서 90년대 문학(소설)을 둘러싸고 있
는 현실적 맥락을 다음의 네 가지("첫째, 국내외 정세 변화와 인식론적 동
요, 둘째, 후기구조주의 철학, 후기자본주의 사회이론, 포스트모더니즘 등 각종
포스트증후군, 셋째, 과학 기술의 혁신적인 발전에 따른 영상매체의 영향력 강화,
넷째, 저속한 상업대중문화의 범람")으로 요약한다. 요컨대 현실사회주의
의 몰락과 그 영향, 다양한 포스트 담론의 등장, 영상매체의 확산, 그
리고 이념의 공백을 빠르게 채워나간 소비자본주의의 등장은 90년대
한국사회를 단적으로 보여주는 기호들이라고 말할 수 있다. 이러한
변화로 인해 한국사회의 담론 지형이 급속하게 바뀌었고, 특히 80년
대까지 진보적인 흐름을 주도한 세력들이 한순간 방향성을 상실하고
긴 침체기에 접어들었던 것은 사실이다. 이 변화에 직면하여 "문학의,
혹은 민족문학의 위기론"을 언급하는 것으로 보아 황국명 또한 동일
한 좌절감을 경험한 듯하다. (하지만 90년대 이후에 문학 활동을 시작한 세

대들에게 90년대는 위기와 좌절의 시간이 아니라 새로운 문학이 꿈틀대던 가능성의 시간으로 기억된다.)[11] 평론집 『떠도는 시대의 길찾기』(세계사, 1995)의 첫머리에 배치된 「변화된 현실과 소설의 지형」은 바로 이러한 '위기론'에 맞서 "전망의 위기"와 "위기의 주체적 요인"에 대해 적극적으로 사유하려는 몸짓을 보여준다. 흥미로운 점은 이러한 몸짓이 '비평'이나 '담론'이 아니라 바로 작품을 통해 찾아졌다는 사실이다.

　「우리에게 포스트모더니즘이란 무엇인가」에서 황국명은 90년대의 담론장을 주도한 포스트모더니즘에 대해 근본적인 물음을 던지고 있다. 그는 포스트모더니즘을 (프레드릭 제임슨과 마찬가지로) "후기자본주의 사회의 내적 논리 혹은 문화현상"으로 간주하며, 그것이 "우리의 구체적 현실"에 적절한 것인지, 그리고 "모더니즘 및 리얼리즘과의 관계"는 어떠한 것인지에 대해 반복적으로 질문한다. 황국명은 포스트모더니즘의 공통적인 특징을 '총체성에 대한 불신', '역사에 대한 불신', '주체성에 대한 불만', '현실 재현에 대한 불만' 등으로 요약하면서 다음과 같이 정리한다. "리얼리즘이 현실을 재현한다면, 서술장치를 노출하는 모더니즘은 재현 가능성 자체를 의심하고, 포스트모더니즘은 현실 자체, 곧 이미지로서의 현실을 문제시한다."[12] 사실 1990년대의 포스트모더니즘에 대한 학문적·비평적 논의는 뒤틀리고 착종된 상태로 진행되어 그것의 성과와 한계에 대한 정확한 실상조차 제대로 평가되지 못한 측면이 있다. 하지만 담론으로서의 포스트모더니즘은 우리가 의심 없

11　황국명이 90년대의 비평을 살피는 「비평전략의 새로움과 역설」에서 90년대에 활동을 시작한 비평가들이 90년대를 "모든 억압적인 족쇄와 이데올로기적인 부담감"으로부터 해방된 시기로 전망하는 인식에 대한 부정적인 태도를 보이는 장면이 대표적이다.

12　황국명, 『떠도는 시대의 길찾기』, 세계사, 1995, 111쪽.

이 받아들였던 주장에 대한 근본적 성찰을 가능하게 했다는 사실 자체
는 부정할 수 없다. 또한 '포스트-'라는 접두사를 달고 있는 다양한
흐름을 거칠게 동일시하고, 나아가 그것들을 간략하게 후기자본주의의
이데올로기로 치부하는 태도 또한 생산적인 것은 아니다. 90년대의
포스트모더니즘 논쟁이 별다른 성과를 남기지 못하고 후기구조주의에
대한 논의로 나아간 데는 당시 학계와 비평계의 무능력이 책임이 크다.
그것을 소개하는 사람들도 제대로 이해하지 못한 상태에서 새로운 상품
으로서 그것을 '수입'하는 데 급급했고, 정확한 번역이나 심도 있는
논의가 부재하는 상태에서 그것을 비판하는 논자들 또한 다양한 '포스
트-' 담론을 '포스트모더니즘'이라는 단일한 기호로 환원해버리기 일
쑤였기 때문이다. 이런 맥락에서 보면 "포스트모더니즘의 해체가 갖는
더 큰 맹점은 세계에 위치한 그 자신의 역설처럼, 해체의 최종언어를
가질 없다는 데 있다. 해체의 과정을 정지할 수 없는 것이기 때문에,
포스트모더니즘의 해체전략을 그대로 진보적인 문학에 전용할 수 없음
은 자명한 이치이다."[13]라는 평가에는 아쉬운 점이 없지 않다. 요컨대
황국명은 소설(문학)에 대한 리얼리즘적 전통을 계승하면서 문학이 우
리의 삶을 역사적 맥락과 연결시키는 작업을 수행해왔고, 그러한 맥락
에서 진보적 문학운동 혹은 민족(민중)문학의 가능성에 상당한 의미를
부여해왔다고 말할 수 있다. 이것은 황국명 개인만의 문제의식이 아니
라 80년대에 '비평'을 수행한 상당수의 사람들이 공유하고 있던 감각이
었고, 그것은 '비평'은 단순한 해석, 해설이 아니라 "궁극적으로는 삶
세계를 〈다르게〉 인식·해석함으로써 그것의 변화를 모색하는 작업"[14]

---

13 같은 책, 174쪽.
14 황국명, 『비평과 형식의 사회학』, 지평, 1988, 27쪽.

이라는 믿음과 연결되어 있었다. 하지만 90년대, 즉 본격적인 소비사회가 시작됨으로써 대중문화, 영상매체의 영향력이 급증하고, 현실사회주의의 몰락으로 인해 변혁에 대한 이론적 동력을 상실한 시기에 '비평'은 담론의 층위에서 마땅한 돌파구를 찾지 못하고 긴 침체기에 접어들 수밖에 없었다. 이 이념의 공백 지대를 바르게 채워나간 것이 바로 다양한 '포스트-' 담론이었으나, 소위 진보적 문학 진영에게는 이 거대한 변화는 물론이고 새로운 담론에 대처할 역량도 없었다. 황국명의 비평적 관심이 '비평의 비평'에서 '작품'으로 이동한 것도 이러한 변화와 무관하지 않은 듯하다.

1995년에 출간된 『떠도는 시대의 길찾기』가 '소설'을 중심으로 한 작품 읽기라면 1996년에 출간된 『존재의 아름다움』은 '시'를 중심으로 한 작품 읽기라고 말할 수 있다. 이 평론집의 〈머리말〉에서 황국명은 표제인 '존재의 아름다움'에 대해 다음과 같이 설명하고 있다.

존재의 아름다움이라니! 개별존재나 역사를 단순히 삶이라 불러도 그렇다. 아름다운 삶이라니! 우리 시대의 시인 작가들이 보인 삶의 풍경은 고통과 절망, 무기력과 체념의 슬픈 운명을 하고 있지 않은가. 또한 존재의 역사는 반성 없는 편견과 덧없는 희생, 시효가 없는 한의 얼굴을 하고 있지 않은가. 그러나 이런 슬픈 표정을 그려냄으로써 우리 시대 시인과 작가는 그 거친 운명을 넘어서고자 한 것. 이는 지옥의 아가리에서 천국을 발견하려는 것이 아닌가. 그렇다면 우리 시대의 문학은 불구적인 존재를 통해 그 완전함을 꿈꾼다고 할 수 있을 터이다. 존재의 완전, 혹은 삶의 진정성을 나는 존재의 아름다움이라 불러보았을 따름이다. 모든 부자유에 대한 반립형태로서 세계에 충격을 가하면서 우리 시대 문학은 존재의 아름다움에 도달하는 다양한 방법과 복잡한 우회로를 보여준다.

　황국명은 "삶의 풍경"을 "고통과 절망, 무기력과 체념의 슬픈 운명"
으로 그린 시인들의 작품에서 "지옥의 아가리에서 천국을 발견"하려
는 유토피아적 충동을 발견한다. 현실을 '불구적인 존재'로 그린다는
것은 곧 '완전함'을 꿈꾼다는 것이고, 이런 맥락에서 '결핍'에 대한 관
심은 "존재의 완전"에 대한 욕망을 내포한다는 것이다. 그는 "존재의
완전, 혹은 삶의 진정성"에 "존재의 아름다움"이라는 기호를 부여한
다. "모든 부자유에 대한 반립형태로서 세계에 충격을 가하면서 우리
시대 문학은 존재의 아름다움에 도달하는 다양한 방법과 복잡한 우회
로를 보여준다."라는 진술처럼 그것은 "부자유에 대한 반립형태"로서
의 문학이 갖는 공통적인 속성이라고 말할 수 있다. 이러한 '존재의
아름다움' 문제가 문학 일반의 속성인지 '시' 장르 특유의 속성인지,
혹은 그것은 90년대 문학의 특이성인지 모든 문학에 공통적으로 적용
되는 것인지는 또 다른 논의가 필요할 듯하다. 다만 이때의 '존재'가
"대상 세계와 내면세계의 조화, 자아와 세계의 동일성 추구는 문학유
기론과 관련된다. 유기론적 입장에서 시는 우주의 이치나 자연의 질
서, 생명의 근원, 존재의 본질을 표현하는 것이다. 존재의 근원과 본
질의 탐구를 김준오 교수는 '존재의 바로잡기'라 지적하고 있다. (…)
서정시는 비유기적 기계적인 근대세계의 불모성을 뛰어넘을 희망인
것이다."[15]라는 진술에 대해서는 추가적인 논의가 필요할 듯하다. 여
기에서 황국명은 김준오의 논의를 원용하여 서정시의 장르적 특징을
"대상 세계와 내면세계의 조화, 자아와 세계의 동일성 추구"로 규정한
후 그러한 동일성에의 의지를 분열된 현실을 극복하려는 충동으로 간
주한다. "존재의 시학"이 "근대의 불모성에 반립하는 시적 대응"이자

---

15 같은 책, 106쪽.

"상이한 기반과 규칙을 지닌 다른 존재와의 화해를 추구"하는 것이라는 인식은 바로 이러한 논리적 연관 속에서

현실에 대한 부정, 또는 현실을 결핍의 상태로 그려내는 시적 상상력을 "근대의 불모성에 반립하는 시적 대응"으로 해석하는 이러한 인식은 디스토피아적 상황에서 유토피아, 즉 새로운 가능성과 변화를 찾고자 했던 프레드릭 제임슨의 '유토피아' 개념을 연상시킨다. 알다시피 제임슨은 예술과 문학은 모순된 현실에 대한 사회구성원들의 반응이 무의식적으로 드러나는 장이라고 보았다. 그리하여 그는 프로이트의 '꿈-작업'과 마찬가지로 예술과 문학에는 사회체제의 모순을 해소하려는 충동이 내재한다고 주장했다. 그는 문학과 예술은 현실의 모순을 이데올로기적인 방식으로 봉쇄하기도 하며, 반대로 유토피아적인 방식으로 이 모순을 해결하려는 의지를 함축하기도 한다고 보았다. 물론 제임슨이 말하는 '유토피아'는 미래, 즉 지금-이후의-삶에 대한 구체적인 이미지가 아니라 "유토피아가 기록하는 것은 미래가 아니다. 그것은 언제나 바로 지금에서 나온 것, 오늘의 질서가 놓치고 있는 것이다."라는 보드리야르의 말처럼 대안의 가능성에 대한 증언일 뿐이며, 그런 한에서 부정적 비판의 양식은 그 내부에 희망을 담고 있다는 주장이 성립될 수 있다. 다만 제임슨은 이러한 문제의식을 소설, 특히 과학 소설("Archaeologies of the Future: The Desire Called Utopia and Other Science Fictions")을 중심으로 논의한 반면 황국명은 "자아와 세계의 동일성 추구"를 특징으로 하는 서정시를 중심으로 사유하고 있는 것이다.

4. 소설이란 무엇인가/무엇이어야 하는가

황국명은 1990년대에 "자아와 세계의 동일성 추구"가 특징인 서정시에서 "비유기적 기계적인 근대세계의 불모성을 뛰어넘음을 희망"을 찾고자 했으나 2000년대 이후 '소설'의 세계로 되돌아왔다. 이러한 변화는 황국명이 2000년대에 출간한 비평서와 연구서(『삶의 진실과 소설의 방법』(문학동네, 2001), 『한국현대소설과 서사 전략』(세종, 2004), 『우리 소설론의 터무니』(세종, 2005), 『지역 소설과 상상력』(신생, 2014), 『현대소설의 역사의식과 기억 투쟁』(신생, 2018))의 표제만 대략 살펴보아도 쉽게 확인된다. 여기에서 주목할 점은 이 시기 '소설'에 대한 그의 관심이 "우리 소설이 드러낸 일상의 풍경과 실존의 초상을 구체화하고 이를 당대 현실과의 내적 연관 속에 두는 일"[16], 즉 작품 읽기에 국한되지 않고 '장르로서의 소설'에 대한 학술적·비평적 관심과 나란하게 진행되었다는 사실이다. 이러한 관심의 변화는 한편에서는 '소설'의 위기에 대한 소문이 떠돌고, 다른 한편에서는 "'소설'이라는 용어 못지않게 '서사'라는 용어가 폭넓게 사용"되었던 90년대 비평적 현실의 산물이다. 『삶의 진실과 소설의 방법』(문학동네, 2001)과 『우리 소설론의 터무니』(세종, 2005)는 바로 이러한 비평적 개입의 산물이다. '소설론'에 대한 통시적인 접근을 통해 '장르로서의 소설'을 이해하는 이론적 성격이 짙은 것이 후자라면, 이 이론에 근거하여 그가 "내성적 신변소설"이라는 개념으로 통칭하고 있는 90년대의 소설적 경향이 지닌 "역사성의 결핍"을 비판적으로 지적하는 각론의 성격이 짙은 것이 전자라고 말할 수 있다.

---

16 황국명, 『삶의 진실과 소설의 방법』, 문학동네, 2001, 5쪽.

황국명에게 '문학'은 "인간학의 중요한 부문"이다. 이것은 문학이
'인간'의 삶과 운명, 그것에 대한 성찰에 기초하여 삶의 가능성을 타
진한다는 점에서 그러하다. 그는 소설이 "미적 형식일 뿐 아니라 우리
의 정체(正體)와 삶의 본질에 대한 감각적이면서도 지적인 발언"이라
는 점을 내세워 '소설'에 대한 물음(소설론)이야말로 문학적 인간학의
핵심이라고 주장한다. 이러한 문제의식은 자연스럽게 '소설'이란 무
엇인가라는 물음으로 집약된다. 황국명에게 소설은 "근대 시민사회의
산물"이라고 말할 수 있는 새로운 장르(형식)이다. 그에게 '근대'는 "신
이 떠나버린 세계, 내면과 외부, 의식과 존재, 정신과 자연이 화해불
가능한 지경으로 분열된" 상황이다. 이러한 근대 특유의 경험에 충실
하기 위해서는 "새로운 형식이 요구되며, 이것이 창조적 주관성의 출
현"을 불가피하게 만드는 바, 근대적 문학으로서의 소설은 자유와 필
연의 변증법적 긴장 속에 놓일 수밖에 없다는 것이다. '서사(형식)'는
"인간이 자신과 세계를 무엇으로 인식하며 자신과 다른 존재와의 관
계를 어떻게 규정할 것인가의 문제에 대한 응답형식"[17]이며, "변화하
는 사회적 조건과 역사적 맥락에 따라 서사적 응답형식"은 모양을 바
꾼다는 것, '소설'은 바로 근대적인 서사 형식이라는 것이 황국명의
주장이다. 이 주장에 따르면 어떤 서사 형식이 "인간이 자기 자신, 타
자와 세계를 향해 제기한 문제에 구체적으로 응답하지 못할 때", 그것
을 서사에서의 "역사성의 결핍"이라고 판단할 수 있다.

근대 시민사회의 산물이라 일컬어지는 소설형식의 토대 또한 필연의
인식 및 인간의 행동 가능성에 대한 믿음이다. 그렇기 때문에, 소설은

---

17 같은 책, 13쪽.

부르주아에 의해 탄생하고 양육되었지만, 동시에 부르주아의 가치와 갈등한다. 소설가의 사정도 이와 다르지 않다. 지배문화에 대해 작가는 그 속에 놓이면서 동시에 지배문화에 반립한다. 작가와 지배문화의 관계는 역설적 모순적 관계다. 소설의 주인공 또한 자신이 부정하는 세계 내에서 자신의 자유를 추구하고, 그의 갈망은 소설이 묘사하는 현실에 의해 부정된다. 의도와 성취의 이 같은 어긋남을 루카치는 아이러니라 하고, 아이러니를 근대 소설의 구조원리로 삼았다.[18]

'소설'에 대한 황국명의 이해는 G.루카치에 기대고 있다. "삶의 진실 앞에 소설은 이상과 현실의 괴리, 기대한 것과 이룬 것의 낙차라는 반어적 구조로 대응한다"[19]라고 강변할 때, 그는 '아이러니'를 근대적 문화/의식의 근본 태도라고 주장한 루카치를 반복하고 있는 것이다. 그의 비평 도처에 흩뿌려져 있는 표현들, 가령 자유와 필연의 변증법적 긴장, 내면성과 행동의 불일치, 자유로운 주체와 외부적인 강제의 모순적 대립, 이상과 현실의 괴리, 의도와 성취의 어긋남 등 또한 루카치가 "근대 소설의 구조원리"로 제시한 '아이러니'를 다른 방식으로 표현한 것이다. 이러한 맥락에서 황국명은 '소설적 실천'을 "필연과 자유, 현실의 힘과 행동이라는 양극을 동시에 밀고 나가는 것"이라고 요약한다. 이것은 "자신의 운명과 맞서 싸우는 인물에게서 그 사회의 본질을 발견할 때" 비로소 장르로서의 소설이 성립될 수 있다는 뜻이기도 하다. 이러한 인식을 근거로 90년대 소설의 흐름[20], 가령 "필연

18 황국명, 『우리 소설론의 터무니』, 세종출판사, 2005, 18~19쪽.
19 황국명, 『삶의 진실과 소설의 방법』, 문학동네, 2001, 7쪽.
20 "나는 90년대의 상당수 소설이 이런 혐의에서 자유롭지 않다고 생각한다. 90년대 초부터 범람하기 시작한 사이비 역사소설이나 위인소설, 값싼 민족주의로 포장된

을 강제하는 세계는 오로지 증오의 대상"일 뿐이고, 반대로 "주체가
존재의 의미를 확보할 수 있는 것은 내밀한 사적 영역"이라고 이해함
으로써 "세계와 주체 사이의 적대적 관계를 관조적"[21]으로 바라보는
소설은 진정한 의미의 소설이라고 말할 수 없다. 그것은 "사사로운
가족 이야기나 진부한 신변잡기, 자기탐닉이나 문화정보의 나열"일
수는 있어도 근대적인 서사형식으로서의 '소설'은 아니라는 것이다.
여기에는 "진정한 의미의 소설적 진실"이라고 말할 수 있는 "반어적
구조의 드러냄"이 존재하지 않는다.

　2010년 이후 '소설'에 대한 황국명의 비평적 관심은 '지역 소설'로
확장되고 있다. 여기에는 '지역'이 삶의 구체적인 배경이라는 현실적
인 이유도 없지 않겠지만 "지역 소설이 압도적으로 세계의 아이러니
를 주목한다는 사실"[22], "장소 혹은 지역은 상상과 담론의 산물이며
동시에 물질적 실천이나 권력이 작동하는 사회 과정 속에 놓인다"[23]라
는 진술처럼 '지역'이라는 문제를 전략적으로 사유해야 한다는 당위
성도 투영되어 있는 듯하다. 한편 황국명은 2018년 "현대소설이 담아
낸 개인의 초상과 사회의 풍경을 역사의식과 기억 투쟁이라는 맥락"[24]

　소설이나 보수 회귀적인 통속 대중소설은 말할 것도 없고, 현실의 구체성을 박탈하
고 비일상적 세계를 대상으로 삼은 환상소설, 위선적 권위를 전복한다고 강변하면
서 소설다운 육체성을 결여한 이른바 엽편소설 등이 그런 예에 속할 수 있다.
(…) 상당수 작품이 소설 형식의 역사성을 간과하거나 지금 여기의 현실을 다른
현실로 대체하고 있는 것도 사실이다. 구체적 상황에 기초하지 않은 대체 현실이란
소설 형식에 대한 일종의 기만이다. 왜냐하면 그런 현실은 작가가 창조신처럼
전능을 행사하는 세계이기 때문이다." 황국명, 『우리 소설론의 터무니』, 세종출판
사, 2005, 14쪽.
21　황국명, 『우리 소설론의 터무니』, 세종출판사, 2005, 20쪽.
22　황국명, 『지역소설과 상상력』, 신생, 2014, 7쪽.
23　같은 책, 14쪽.
24　황국명, 『현대소설의 역사의식과 기억투쟁』, 신생, 2018, 4쪽.

에서 조명한 연구서를 출간하기도 했다. 비평과 학술연구의 중간 성격을 지닌 이 책에서 저자는 자신의 작업을 "역사 속에 놓인 인간"[25]에 대한 주목에서 "진화사 혹은 자연 속에 놓인 인간"으로의 확장이라고 소개하고 있다. 제한된 지면에서 이 작업의 성취를 제대로 살피는 것은 어려운 일이지만 그가 근대/현대소설을 통해 개인을 "역사 속에 놓인 인간"으로 인식해왔다는 사실은 분명히 확인할 수 있다. 사정이 이러하다면 2000년 이후 황국명의 비평은 '소설'이라는 근대적 서사 형식을 중심으로 지역(공간), 역사, 인간으로 구성된 삼각형에 관심을 집중해왔음을 확인할 수 있다. 애덤 로버츠는 프레드릭 제임슨의 비평을 평가하면서 "비평가는 텍스트의 실질과 형식이 그 텍스트의 사회적·경제적 결정 요소들과, 즉 텍스트를 틀짓는 역사적 조건과 상호작용하는 방식을 이해해야 한다"[26]라고 주장했다. 이것은 "장르는 필연적으로 사회-상징적 메시지다. 다시 말해서, 형식은 내재적으로 그리고 본질적으로 당연히 이데올로기다."라는 프레드릭 제임슨의 주장을 자신의 방식으로 요약한 것이다. 애덤 로버츠가 말하는 비평가, 즉 텍스트의 실질과 형식, 텍스트를 틀 짓는 역사적 조건과 텍스트가 상호작용하는 방식을 예리하게 읽어내는 작업이야말로 황국명이 '장르로서의 소설'을 대상으로 행해온 일이라고 말할 수 있다. 이것이 바로 우리가 그를 '비평가'라고 부를 수 있는 이유가 아닐까.

---

25 위의 책, 6쪽.
26 애덤 로버츠, 곽상순 옮김, 『트랜스 비평가 프레드릭 제임슨』, 앨피, 2007, 183쪽.

제2회 비평가와의 대화

일시   2023년 6월 30일 금요일 18:00~19:30
장소   카페봄(문화공간)
참석   남송우(문학평론가, 고신대학교 석좌교수)
       박동억(문학평론가, 숭실대학교 강사)
       하상일(문학평론가, 동의대학교 교수)

하상일   계간『오늘의 문예비평』에서 주최하는 〈비평가와의 대화〉 두
번째 시간입니다. 한국문학비평사 연구에서 아직까지 본격적으로
논의됐다고 보기 어려운 1950년대생 비평가를 대상으로 학술적으
로 비평적으로 연구의 장을 열어보자는 의미에서 추진된 기획입니
다. 1950년대생 비평가들의 비평 세계를 조망한 비평문은 계간

『오늘의 문예비평』에 게재하고, 논문, 저서 등 연구 서지를 상세하게 정리해서 2권의 단행본으로 발간할 예정입니다. 오늘은 부산 지역을 중심으로 지금까지도 왕성한 활동을 이어오고 계시고 현재 고신대 석좌교수이면서 〈부산인문연대〉 등 지역 인문학 진흥을 이끌고 계신 남송우 평론가를 모셨습니다. 남송우 평론가의 비평 세계에 대한 발제는 최근 활발하게 활동하면서 숭실대학교에서 강의하고 있는 박동억 평론가가 해주시겠습니다. 진행 형식은 먼저 남송우 평론가께서 〈내가 걸어온 비평의 길〉이라는 제목으로 지나온 비평 세계를 간략히 정리해주시고, 이어서 박동억 평론가가 남송우의 비평 세계를 정리해주시겠습니다. 이후 지정 발제자인 박동억 평론가의 질의와 남송우 평론가의 답변 그리고 청중의 질의를 받는 형식으로 진행할 것입니다. 우선 두 분을 소개드립니다.

남송우 오늘 〈비평가와의 대화〉 자리에 초대해 주셔서 고맙습니다. 평론 쓰는 남송우입니다.

박동억 문학평론 쓰는 박동억입니다. 의미 있는 자리에 함께 하고 남송우 선생님의 비평 세계를 공부할 수 있는 기회를 주셔서 고맙습니다.

하상일 오늘도 지난 1회와 마찬가지로 지역 비평의 형성과 발전 과정을 이해하는 의미 있는 시간이 되기를 기대합니다. 먼저 남송우 평론가의 말씀을 듣겠습니다.

남송우 (본지 71쪽 「비평가의 길이란?」 참조)

하상일 네 고맙습니다. 지난 1회 때도 그랬지만 부산 지역 비평에서 중요하게 거론되어야 하는 80년대 무크지 운동, 종교와 문학 사이에서 공존을 모색해온 선생님의 비평적 형성 과정, 고석규, 이구홍, 김윤식 선생님과의 인연과 영향 등 지나온 비평 세계의 길을

잘 정리해주신 듯합니다. 이어서 박동억 평론가께서 남송우의 비
평 세계에 대해 본격적인 논의를 해주시겠습니다.

박동억   (본지 103쪽 「지역문화운동에서 해양문학론으로-남송우 평론가의 비평
세계」 참조)

하상일   수고하셨습니다. 발표 자료집 뒷면

에 보시면 남송우 평론가의 그동안 연구
활동과 비평 활동이 대략 정리되어 있는
데, 20여 권의 저서를 비롯하여 학술 활
동, 대외 활동 등 쉽게 정리하기 어려울
만큼 많은 내용이 담겨 있습니다. 이를
일목요연하게 정리한다는 게 상당히 어

하상일

려운 일이었을텐데 지역문학론, 생명문학론, 해양문학론 등 핵심
적인 키워드를 통해 남송우 평론가의 비평 세계를 전반적으로 이
해하는 데 큰 도움이 되는 발제였다고 생각됩니다. 그럼, 이제부터
본격적인 질문과 토론의 시간을 갖도록 하겠습니다. 우선, 발제하
신 박동억 평론가께서 발표문을 준비하시면서 의문을 가진 점이나
남송우 선생님과 중점적으로 논의하고 싶은 부분을 말씀해 주시면
좋겠습니다.

박동억   제 정리에 부족한 부분이 많습니다. 먼저 선생님의 초기 비평
에 대해서 여쭤보고 싶은 게 있습니다. 1980년대에 『지평』과 『전
망』이라고 하는 잡지를 통해 활동하시면서 서울 중심의 『문학과지
성』, 『창작과비평』에 대한 직접적인 비판의 글을 쓰셨는데요. 그
에 따른 직접적인 반격이나 역풍을 맞으면서 같이 활동하셨던 동
인들 사이에서는 어떤 의견이 있었을까요? 그때 선생님이 느끼셨
던 어떤 감정이나 일화 같은 것들을 조금 여쭐 수 있을까요?

하상일   예 지난번에 황국명 선생님과 〈비평가와의 대화〉를 진행할
때도 무크지 운동 이야기가 나왔었습니다. 이게 부산 지역 비평의
시작이라고 할 수 있을 것 같습니다. 당시 잡지들이 다 폐간된 상황
에서 무크지 운동이 촉발되면서 『지평』과 『전망』의 동인 활동과
무크지 창간으로 이어졌고, 이러한 지역 비평의 역사가 1991년 『오
늘의 문예비평』 창간으로 이어져 지금까지 이르게 되었습니다. 이
러한 지역 비평의 역사를 실질적으로 이끌어온 리더로서 남송우
편론가께서 가졌던 생각과 의견, 일화 등에 대한 이야기를 해주십
사 질문하신 것 같습니다. 말씀 부탁드립니다.

남송우   질문해주신 부분에 대해서는 기존
에 정리된 자료들이 몇 편 있습니다. 그
대표적인 논의가 김경연 교수의 「1980년
대 지역문학운동의 문화정치학」(『한국문
학논총』 제89집, 2021)라고 할 수 있는데,
당시 80년대 초 『지평』과 『전망』 그리고

남송우

지역의 비평 전문 매체였던 『오늘의 문예비평』으로 이어지기까지
의 과정들을 문화정치학적 관점에서 깊이 있게 정리해주셨습니다.
박동억 선생님 말씀은, 분위기가 너무 무거우니까 재밌는 일화가
있으면 들려주면 좋겠다는 말씀이신 것 같습니다.(웃음) 딱히 재밌
는 이야기는 아니지만 『지평』에서 『전망』으로 넘어가는 지점에서
생긴 에피소드에 대해 말씀드려볼까 합니다.
　　당시에 편집 회의를 하면서 새로운 시인이나 작가들 작품을
싣는 방향으로 무크지를 발간하자는 얘기가 나왔었는데, 그때 언
급된 시인 중에 최영철이라는 시인이 있었습니다. 당시로서는 많
이 알려지지 않았지만 지금으로서는 우리 지역의 중요한 시인으로

평가되죠. 그런데 그때 최영철 시인의 시를 가지고 이윤택 시인과
민병욱 평론가가 의견이 합일되지 않아서 격론이 일어났었어요.
시를 싣는 문제를 두고 일어났던 그런 갈등이 『지평』이 지속되지
못하고 『전망』으로 나아간 하나의 계기가 된 거죠. 그리고 정영태
라고 시에 미쳤다고 할 정도로 시 쓰기에 몰두했던 시인이 있었습
니다. 이 분이 저를 만나서 부산대 출신 비평가들과 시인들을 모아
새롭게 시작하자, 출판비는 내가 다 대겠다라고 해서 만들어진 게
『전망』입니다. 정영태 시인이 어느 정도로 시에 빠져 있었는가 하
면, 부산대 의과대학에 다니면서도 시를 쓴다고 공부를 제대로 못
해서 낙제할 뻔 했다고 합니다. 이후에 제가 간염에 걸려서 이 분이
근무하는 서면의 한독병원에 내원했는데, 의사가 환자 진료하는
일에 전념을 해야 하는데 책상 위에는 전부 시 쓰던 원고만 놓여
있었어요. 그래서 『전망』을 떠올리면 정영태 시인 기억이 선명하
게 나서 말씀을 좀 드렸습니다.

하상일   네, 아까 말씀드린 대로 80년대 이후 부산지역 문학을 논의하
려면 『지평』과 『전망』을 얘기하지 않을 수 없는데, 이 두 매체 간의
갈등 상황과 구성원들의 변화, 『지평』과 『전망』의 관계에 대해 이
야기해주셨습니다. 어쨌든 80년대 이후 지역 비평의 출발이 『지
평』과 『전망』이고, 이러한 무크지 운동의 역사가 90년대 초 『오늘
의 문예비평』으로 이어진 흐름은 지역문학사의 중요한 부분인 듯
합니다. 잘 아시다시피 『오늘의 문예비평』이 30여년을 지킨 부산
지역 대표적 잡지이면서도 재정적인 어려움을 견디지 못해 위기를
맞았다가 작년 후반부터 다시 잡지 간행을 정상화할 수 있었습니
다. 다시 처음으로 돌아가자는 마음으로 〈오문비〉 창간 당시의 출
판사인 『지평』에서 출판을 하고 있습니다. 박동억 선생님의 질문

한 가지를 더 듣고 청중 질의응답으로 넘어가겠습니다.

박동억 네, 저는 해양 문학론에 관해서 조금
더 구체적으로 여쭙고 싶습니다. 제가 자
료를 공부하다 보니 선생님께서 오랫동
안 전개해 온 다양한 생각들이 이 해양이
라는 개념 안에서 종합되고 있다고 생각
했습니다. 한편으로 이것은 해양문학론
이 수많은 인문학적 개념을 포괄하는 동

박동억

시에 다소 거시적인 성격을 띤다는 의미이기도 합니다. 따라서 이
것이 구체적인 문학 작품이나 사례 안에서는 어떻게 작용될까하는
궁금증도 가지게 되었는데요. 이에 대해서는 작품과 관련해서 이
해하기는 어렵기 때문에 최근에 문제시되었던 후쿠시마 원전수 사
례를 언급했던 것 같습니다. 후쿠시마 원전수를 방류하는 것이 지
리적 관점에서 보면 영해의 침범으로 생각되는데, 해양 문학론의
관점에서는 어떻게 다르게 읽을 수 있을까 하는 질문을 드려보고
싶습니다.

남송우 네, 아주 어려운 질문이네요.(웃음) 저는 지역적인 특성 때문에
해양 문학에 관한 글을 많이 쓴 편입니다. 향파 선생님이 수산대학
에 평생을 계시면서 그런 문제의식을 가지고 계셨기 때문에 저도
향파의 관점에서 해양문학론의 흐름을 파악한 적도 있습니다. 근
본적으로 저는 해양 인문학이라고 하는 차원에서 우리가 이 기후
위기의 시대를 새롭게 인식해야 한다는 생각을 갖고 있습니다. 바
다가 가진 원형적인 상징성이 있죠. 동양 문화권에서는 천지인이
라고 해서 사람, 하늘, 땅의 관계 속에서 세계를 인식하지만 사실
우리가 살고 있는 지구는 70% 이상이 바다죠. 그래서 지구라는

명명은 잘못된 것이고 수구라고 해야 한다는 의견도 있습니다. 그런 입장이 아니더라도 지구온난화의 위기에 바다를 어떻게 다스릴 것인가 하는 문제는 아주 시급하고 중대한 문제죠. 지금 수온이 높아져서 동해까지 아열대 어류들이 올라온 상태입니다. 태평양의 섬들도 잠기고 있고요.

그러니까 천지인이 아니라 천지해인의 관점에서 우리 시대를 재사유할 수 있어야 한다고 생각합니다. 영토를 중심으로 사유해 온 역사 속에서 우리는 땅을 놓고 전쟁해온 인류문화사를 확인할 수 있습니다. 땅과는 상대적인 바다가 가진 이 원형적인 상징성을 통해서 지금 현재 인류가 겪는 문제를 해결해나갈 수 있도록 삶의 새로운 가치, 세계관을 만들어 가야 한다고 생각합니다. 바다는 생명의 공간이죠. 해안은 이미 많이 오염되었지만 심해에는 바다를 재생할 수 있는 생명체로서의 바다가 있다는 겁니다. 그리고 바다는 육지와는 달리, 순환하고 교류하죠. 바다가 가진 순환성, 교류성은 인간에게 던지는 중요한 메시지의 하나가 될 수 있습니다. 그것은 관계의 문제입니다. 인간관계의 갈등은 대부분 소통의 부재에서 빚어집니다. 교류와 순환이 자연스럽게 이루어지지 못한 결과이죠. 그러므로 우리가 겪고 있는 삶의 갈등을 해소하기 위한 하나의 가치로 바다가 지닌 순환과 교류의 상징성을 새롭게 해석하고 적용할 필요가 있습니다.

또 바다는 모든 국가들이 공유할 수 있는 많은 공해를 갖고 있습니다. 공해라고 하는 이 공간 자체가 가지는 상징성을 생각해 보면, 국가단위로 구분되어온 육지의 역사를 되짚어볼 수 있습니다. 소유하는 것이 아니라 공유하는 공존의 삶이 공해라는 공간을 통해 실현되고 있고, 또 실현되어야 한다고 말하고 싶습니다. 그리고 마지막으로, 바다는 열림이라는 개방성을 갖고 있습니다. 이 열린 공간의 상징성이 우리 인류에게 자유와 함께 끊임없이 미래를 열어나갈 수 있는 근원적인 힘을 던져준다고 생각합니다.

이런 바다가 가지고 있는 몇 가지 원형적인 심상이 현재 우리 인류가 겪고 있는 육지 중심의 사고로부터 벗어날 수 있는, 대체할 수 있는 가치 개념이 될 수 있다고 보는 거죠. 그런 입장에서 해양 인문학을 새롭게 설정하고 그걸 우리의 삶에, 이 지구촌의 인류들에게 공유할 수 있는 새로운 가치관을 고민해 볼 필요가 있지 않겠느냐 그런 지점에서 드린 말씀입니다.

그리고 또 후쿠시마 원전수 방류에 관해서는 인류에 대한 죄악이라고 말씀드리고 싶습니다. 바다에 방류하지 않고 처리할 수 있는 방법이 있음에도 자본의 문제로 원전수를 방류한다는 사실에 대해서는 우리가 분노해야 할 일이라고 생각합니다. 안 그래도 육지에서 오염된 물이 강을 통해 바다로 흘러감으로써 바다가 심각하게 오염되고 있죠. 생명의 바다를 이렇게 죽여 간다는 것은 우리가 심각하게 고민해야 할 문제가 아닌가 싶습니다. 정치권에서는 수산물이 어떻고 하면서 현실적인 문제들을 놓고 갈등을 하고 있는데, 근본적인 문제를 지적할 필요가 있습니다. 결국 이런 환경에서 인간이 얼마나 더 살 수 있을 것인가. 어떤 환경을 미래세대들에게 유산으로 남겨줄 것인가 하는 질문들을 해야 하는 시기라고 생각합니다. 또 괜히 이야기가 너무 무거워져서 죄송합니다.

하상일　네, 남송우 선생님께서 해양 문학론에 관심을 갖고 연구를 하고 계셔서 이런 질문이 나온 것 같습니다. 선생님께서 기독교적인 세계관을 기반으로 인간 삶의 본질에 대한 비평적 탐색을 해오셨고 또 그런 비평 활동이 해양과 만날 수밖에 없는 게 아닐까 하는

생각도 해보게 됩니다. 예정된 시간보다 많이 지났지만 오늘 많은
분들이 참석해 주셨는데, 비평에 대한 논의는 늘 부족하니 아직
할 이야기가 많이 남은 것 같습니다. 객석에 계신 선생님들 중에서
남송우 평론가께 질문드릴 게 있으면 말씀 부탁드립니다.

청중 1   안녕하세요. 고석규비평문학관에 있는 이진서입니다. 지난 6
월 10일은 남송우 교수님 못지않게 저희 문학관 입장에서도 매우
경사스러운 날이었습니다. 부산 최초의 평전이랄 수 있는 『고석규
평전』이 올해 김달진 문학상 평론부문에서 수상을 했고, 그 시상식
이 서울 고려대 100주년 기념관에서 열린 날입니다. 그런데 저는
그 자리가 다소 불편했습니다. 지역에서 온 수상자에 대한 사적인
배려 차원을 떠나 이번 수상의 의미를 시상식에 참석한 일반 관객
이나 문인들에게 제대로 전달될 수 있도록 주최측의 적극적인 의
지가 있어야 하는 건 아닌가 하는 생각이 들었거든요. 이 부분과
관련지어, 지역에서 활동하는 비평가로서 지역문인이나 비평가들

이 여전히 문단에서 적합한 평가를 받지 못하고 있다는 생각을 하신 적은 없으신지 여쭙고 싶습니다.

남송우 사실 저뿐만 아니라 지역에서 활동하는 모든 시인, 소설가, 평론가들이 공통적으로 느끼는 바가 있을 듯합니다. 한국 문학계에서 평가라는 건 서울에서 이루어지는 게 절대적이기 때문에 그걸 극복해보고 싶다는 마음에서 창간 한 잡지가『오늘의 문예비평』입니다. 무크지 운동을 할 때부터 그런 인식이 있었지만 아직까지도 온전히 해결되지는 않았다고 봅니다.『오늘의 문예비평』을 맡아서 고생하시는 하상일 교수님을 비롯한 편집위원 선생님들이 가진 문제의식이 지금도 쭉 지속되고 있다고 생각하고 있거든요. 지역 소멸 담론이 대두되고 있지만 이는 문화영역에서도 마찬가지입니다. 이에 대해서는 지속적으로 고민할 필요가 있다고 생각합니다. 현재로서는『오늘의 문예비평』이라도 활성화시켜서 한국 문학판에서 지역 문학인들의 문학적 평가작업들을 유도해 갈 수 있도록 하려고 합니다.

하상일 지역 비평을 이야기하면,『오늘의 문예비평』을 이야기하지 않을 수가 없죠. 오늘의 토론 내용이 게재되는 가을호가 129호이고 1991년 창간되었으니 30년을 훌쩍 넘겼습니다. 서울에서도『오늘의 문예비평』이라는 잡지가 가진 위상에 대해서는 부정하지 않는 것 같습니다. 그런데 실질적으로 잡지가 운영되는 열악한 환경은 예나 지금이나 큰 숙제로 남아 있습니다. 부산문화재단과 같은 관련 기관의 재정적 지원 없이 잡지가 운영되지 않는다는 건 바람직한 구조는 아닌 것 같습니다. 지원을 받지 못하면 잡지 폐간을 걱정해야 하는 상황이라면 30여 년의 역사를 이어온 명성에 걸맞게 후속세대와의 연속성을 염두에 둔 잡지로서의 역할과 책임을 다하

지 못하고 있다는 생각이 듭니다. 『오늘의 문예비평』이 부산의 상
징적인 자산이 됐다고 하면, 공동체적 운명을 함께 하면서 이 잡지
를 꾸려나가야 하는데 어느 순간부터 부산 비평은 각자도생의 길
을 걸어가면서 철저하게 개인화되어 간다는 생각을 하지 않을 수
없습니다.

　　지난 번 〈제1회 비평가와의 대화〉 때도 부산작가회의 회장님
께 요청드려서 같이 행사를 진행해보고자 했었는데, 그때 실질적
으로 참석한 인원이라고 해봐야 비평에 관심을 둔 지역 대학의 대
학원생들뿐이더라고요. 오지 않은 분들을 탓할 문제가 아니라 비
평 자체가 가진 현실적인 한계가 아닌가 하는 생각이 듭니다. 아까
발표 내용에도 나왔지만 남송우 선생님 비평의 출발은 해석학이
죠, 그래서 대화 비평, 쉬운 비평, 대중들과 만날 수 있는 비평에
대해 평소에 많은 고민을 하셨는데, 지금 비평은 어떤 의미에서
보면 점점 더 어려워져 가고 있는 것 같거든요. 특히 젊은 비평은
더 그런 거 같습니다. 이론에 빠져있거나 이를 과시하려고 하는
게 최근 비평의 모습이라고 생각해 보면 비평과 독자의 관계는 점
점 더 멀어지고 있다고 봐야 할 것 같습니다. 비평이 아무리 중요하
다고 하더라도, 독자들과 만나지 못하고 대중들과 소통하지 못하
면 상징적인 의미만 남을 뿐이고 현실적으로는 공유할 수 없는 탁
상공론이 되는 게 아닌가 생각합니다. 선생님께서는 부산 지역 비
평단에서 어떤 의미에서 보면 가장 대표적인 위치에 계시니까, 지
금 우리 비평의 본질, 지역 비평의 역할에 대한 방향성을 어떻게
생각하고 계신지요?

남송우　갈수록 질문이 더 어려워지네요. 문학 자체가 위축되어가고
　　있는 문화지형 속에서 대중과 소통할 수 있는 비평의 실현은 더욱

힘든 작업이죠. 지금 대학원에도 문학 공부를 하는 젊은 세대가 거의 사라지고 있고, 대학원도 힘든 상황입니다. 후속세대가 계속 이어져 오지 못하면 비평 자체가 힘들어지니까 시간은 조금 걸리더라도 청소년들을 대상으로 비평에 대한 교육을 시작해보는 게 어떨까 싶어서 고석규비평문학관에서 청소년 비평학교를 만들었습니다. 사실 비평이 이어지기 위해서는 제도적으로 안정된 환경이 필요합니다. 민간 차원의 문화재단을 만들거나 하는 방식으로 재정적 문제에 관계없이 발간이 이어져갈 수 있는 그런 제도를 좀 고민해봐야 할 것 같습니다. 가장 큰 문제는 비평가들 간의 소통이 되지 않는다는 점입니다. 지역 비평가들이 의견을 공유하고 힘을 합쳐서 공동체로서 매체를 가꾸어 나갈 수 있는 장들을 만들어야 하는 게 아닌가 그런 생각을 개인적으로 하고 있습니다. 비단 문학계, 비평계만이 아니라 갈수록 세상이 개별화되어 가는 것 같습니다. 각자도생의 삶을 사는 게 일상적인 삶의 가치가 되는 것 같아요. 사회적인 혹은 시대적인 가치를 위해서 함께 길을 모색하는 정신들이 많이 약화되어 있는 것 같습니다.

『오늘의 문예비평』이 언제 숨이 끊어질지는 모르겠지만 김윤식 선생님 걸어가셨던 비평가로서의 길을 따라서 조금이라도 더 매체의 연속성이나 안정성에 보탬이 되고자 합니다. 제 이름을 위해서가 아니라 지역을 위해서 할 수 있는 게 무엇일까? 그런 고민을 계속 해봤고 또 하고 있습니다. 그래서 제 책은 지역에서만 내겠다고 제 자신과 약속을 했습니다만, 여러 사정으로 국학자료원에 원고를 넘긴 일도 있었습니다. 그 때문에 굉장히 가슴이 아프기도 합니다.

하상일 네, 아시다시피 올해 2023년 여름호 창비가 200호가 됐거든

요. 그래서 대대적으로 홍보도 하고, 기자회견도 하더라고요. 우리
로서는 부러운 일이죠. 호수로 따지자면 『오늘의 문예비평』 역시
전국에서 다섯 손가락 안에 들 것 같습니다. 그래서 부산이 지켜야
할 어떤 정신적인 부분이 아닐까 생각을 합니다. 마지막으로 청중
의 질문 한 가지를 더 듣고자 합니다.

청중 2 선생님들 반갑습니다. 부산대학교 국어국문학과 박사과정을
수료한 백혜린이라고 합니다. 최근 비평가론을 작성할 기회가 생
겨서 여러 자료를 읽고 있는데, 메타 비평이라는 게 정말 어려운
것 같습니다. 그 비평가의 사유와 경향을 파악하고 동시에 장악해
들어가야 한다는 점이 특히 어려웠던 것 같습니다. 작품을 어떠한
관점에서 읽고 있는지, 어떠한 지점을 문제 삼고 있는지, 혹 일관
되거나 상충 된 견해는 없는지 등을 파악하기 위해선 저만의 비평
적 사고가 기반이 되어야 하죠. 어느 비평 작업이 안 그렇겠냐만,
비평가론은 특히 나만의 비평적 사고가 절실히 요구되는 영역인
것 같습니다. 비평을 공부하는 학생의 입장에선 먼저 내용을 숙지
하고 이해하고 저만의 관점으로 이를 재체계화해야 한다는 점이
조금 막막하게 느껴지기도 했습니다. 이에 대한 조언의 말씀을 해
주시면 감사할 것 같습니다.

남송우 비평 중에 메타 비평이 가장 힘들거든요. 메타비평이라는 것
은 비평가들의 비평을 내 입장에서 다시 비평을 하는 작업이기 때
문에 우선은 공부가 상당량 필요합니다. 좀 시간이 걸리더라도 이
사람은 왜 이런 방법론으로 이 작품을 이렇게 평하고 있지, 해석하
고 있지 라는 문제의식을 가지고 꾸준히 파고드는 성실함이 필요
할 것 같습니다. 이를 위해서는 기본적으로 비평방법론에 대한 공
부가 전제되어야 하고, 이를 바탕으로 자신이 실제비평도 해보는

과정이 필요합니다. 비평이론을 통해 각 방법론들을 작품에 실제 적용해보는 실제비평의 경험이 쌓이면 다른 비평가들의 비평을 메타비평할 수 있는 눈이 조금씩 열리게 되죠. 즉 갑이란 비평가의 실제비평을 비평방법론적인 차원에서 바라보면서 이 방법론으로 이 작품을 비평했을 때, 볼 수 있는 강점과 약점을 조금씩 파악해 나아가기 시작하면 좀 더 깊이 있는 메타비평을 할 수 있는 힘이 생겨나게 되죠. 그렇게 계속 연습하다 보면, 내 나름대로의 작품을 보는 눈도 생깁니다. 그러니까 메타비평은 상당한 공부시간이 필요한 작업이죠.

하상일 　네, 남송우 교수님께 비평론 수업을 들었으면 좋았을텐데 아쉽네요.(웃음) 남송우 선생님께서도 메타비평을 쭉 해오셨기 때문에 선생님 비평집들을 읽어보면 도움이 될 것 같습니다. 최근 젊은 비평가들이 비평가론을 쓰지 않는데, 어렵기 때문이기도 하겠지만 이제는 비평적인 논쟁보다는 작품을 해석하는 데만 골몰하는 면이 있는 것 같아요. 다가오는 10월 행사에서 부산대 대학원생 다섯 분이 비평가론을 발표하게 될 텐데, 그간의 메타비평을 참고하셔서 좋은 비평을 쓰셔서 학문후속세대로서 부산 비평을 잘 이어나가줬으면 하는 바람입니다.

　　이제 정리를 해야 될 것 같습니다. 부산 지역 비평사를 정리하면, 먼저 1950년대 고석규 비평가로 시작됩니다. 고석규는 부산대 국어국문학과 52학번인데, 현대문학으로 부산대학교에서 석사를 받은 첫 번째 분으로 요산 김정한 소설가가 지도교수였습니다. 그런데 안타깝게도 26세라는 창창한 나이에 요절을 하셨죠. 그럼에도 네 권 분량의 책을 남기신 분입니다. 엄청난 에너지를 가지고 문학 작업을 하셨고 그러다보니 1950년대 비평을 이야기할 때 가

장 대표적인 비평가로 그 비평사적 위상이 높습니다. 그리고 다음
으로 김준오 선생님이 계시죠. 김준오 선생님이 부산대에 부임하
신 게 1977년으로 알고 있습니다. 고석규 선생님이 부산 비평의
정신사적인 측면이라고 하면 그 이론적인 수준을 높이는 데 결정
적인 역할을 하셨던 분이 김준오 선생님이죠. 그리고 그 다음 세대
가 『오늘의 문예비평』을 창간한 남송우 선생님을 비롯한 분들입니
다. 남송우 선생님은 이들 중에서 좌장 역할을 계속 해오셨고, 부
산 비평을 제도적으로 정착시키는 데 상당히 헌신해온 분이라는
생각이 듭니다. 결국 부산 지역 비평사의 정신, 이론, 제도의 역사
를 정리하고 체계화하는 데 큰 기여를 하신 분이 남송우 평론가라
고 생각됩니다. 오늘 발제와 토론을 맡아주신 남송우, 박동억 평론
가께 다시 한번 감사하다는 말씀드리고, 참석해주신 모든 청중 분
들께도 고맙다는 인사 드립니다. 그러면 이것으로 〈제2회 비평가
의 대화〉를 마치겠습니다. 다음 〈제3회 비평가와의 대화〉는 9월에
부산작가회의 사무실에서 개최할 예정입니다. 그 때도 많은 참석
부탁드립니다. 고맙습니다.

비평가의 길이란?

남송우

　나의 비평의 뿌리는 어디였을까? 1970년대 초 대학에 입학해서 도서관을 헤매고 다녔다. 유신의 엄혹한 시절이라 갈 곳이 별로 없었다. 국문학과 학생대표였을 때, 옛 정문이었던 무지개문 앞까지 학생들을 이끌고 나온 것이 데모의 처음이자 마지막이었다. 이후 나는 학생신앙운동(SFC)에 깊이 빠졌다. 몇 번 학교 당국에 불려다니기는 했지만, 큰 문제는 없는 순수 신앙운동체로 판명되어 붙들려가는 일은 없었다.

　이때부터 줄곧 도서관을 드나들며 이것저것 닥치는 대로 읽다가 신통찮으면 서가에 가서 다른 책을 집어드는 식이었다. 말 그대로 난독이었고, 무계획의 책읽기였다. 철학서에 우선 마음이 갔지만, 선이해의 부족으로 오래 가지 못했다. 사회과학과 자연과학은 관심거리가 되지 못했다. 소위 문사철에 해당하는 책들이 주로 나의 손에서 왔다 갔다 했다. 이런 가운데 윤동주 시집을 만났다. 비평가를 먼저 만난 것이 아니라 시인을 먼저 만난 것이다.

　그의 시를 읽으면서 가슴에 전해지는 분위기는 지독한 순정이었다.

어떻게 이렇게 순수하게 삶을 노래하고 살아갔을까? 그의 시에 빠져들수 있었던 이유 중의 하나는 나의 신앙심도 작동하고 있었다. 대학입학 후 신앙에 대한 회의가 심하게 밀려들고 있었기 때문이었다. 읽고또 읽으면서 윤동주의 시에 대한 촌평을 쓰기 시작했다. 지금 보면참으로 어설픈 독후감이었다. 그런데 이 어설픈 글들을 〈부대신문〉에발표하기 시작했다. 이것이 계기가 되어 당시 학부를 졸업하면서 졸업논문으로 윤동주론을 썼다. 1976년 6월 7일(월) 자 〈부대신문〉에 「윤동주의 시정신 – 초기시 길을 중심으로」라는 어설픈 단평이 실렸다.

1. 머리말

하늘과 바람과 별의 시인 윤동주는 정말 어떤 시인이었던가? 이의 해명을위해서 많은 분들이 그의 작품을 분석하고 이를 통한 그의 시 세계에 대한명명이 행해졌다. 지금까지의 견해를 살펴보면 첫째는 윤동주의 시를 의식분열과 좌절에서 오는 유희공간으로 파악하는 경우, 둘째 그의 시를 철저한저항시로 또는 민족시로 규정하려는 경우, 셋째 아직 규정은 되지 않았지만저항시로서는 볼 수 없다는 경우로 삼분할 수 있다.

문학작품이 다양하듯이 작품의 면모 또한 다양하다. 이러한 다양성은문학이 장르로써 정리되어 규명되어질 수 있는 것이다. 그러면 앞서 명명된견해들은 윤동주의 전모를 환히 보여주는 것일까? 우리는 여기에 다시 한번이의를 제기할 필요가 있다. 왜냐하면 작품 자체의 연구보다는 외적인 사실에 치중해서 윤동주를 논하고 있기 때문이다. 작가는 언제나 작품이 있어야존재하는 것이 명백한 명제이다. 이글에서는 배경적인 작품 외적 연구에서벗어나 작품 중심 연구에서 확실한 윤동주의 면모가 밝혀지길 기대하면서그 시론으로 그의 초기시 「길」에 나타나는 시 정신을 살펴보고자 한다.

2. 자아의식과 탐색

"잃어버렸습니다/무얼 어디다 잃었는지를 몰라/두 손이 주머니를 더듬어
/길게 나아갑니다" 무엇인지는 모르지만 잃어버렸다는 것으로 이 시는 시작
되고 있다. 이어지는 무얼 어디다는 완전히 모든 것을 잃었다는 것이다.
즉 무얼 잃어버렸는지 알 수 없다는 것이다. 이는 근원적인 방황을 의미하고
있다. 이는 그의 산문 「별똥 떨어진 데」에서 "나는 이 어둠에서 배태되고
이 어둠에서 생장하여서 아직도 이 어둠 속에 그대로 생존하나보다 내가
갈 곳이 어딘지 몰라 허우적거리는 것이다"에서 같은 양상으로 찾아볼 수
있다. 방황은 자기 자신을 의식하는 데서 시작되는 것이다. 잃어버린 곳,
장소성과 잃어버린 것, 대상을 찾기 시작하는 것은 자기를 새롭게 의식하는
양상의 표현이다. 잃었다는 것을 확실히 의식한 이후에는 누구나 잃은 것을
찾기를 원하는 것이 본능에 가까운 것이다. 이 찾는 작업이 두 손이 주머니를
더듬어 길게 나아가는 행동으로 나타난 것이다. 찾는 행동은 보통 눈에
의해서 행해진다. 그러나 이것에 의해 일어나는 찾음은 발견에 가까운 것이
다. 손으로 찾는 행위는 어떤 통과해야 할 과정으로서의 찾음인 것이다.
단지 피상적인 추구가 아니라 근본적인 추구를 위해 가해지는 마음의 자세
로 보아도 좋을 것 같다.

한 손으로 주머니를 더듬어 볼 수도 있지만 여기 나타나는 추구자는 모든
것을 동원해서 잃은 것을 찾아나서고 있다. 주머니는 손을 넣어서 길게
나아갈 수 없는 것이다. 그러나 작품 중 내가 추구하고 있는 통로가 되는
주머니는 여기서는 길게 뻗어져 있는 상상 속의 주머니로 받아들여야 할
것이다. 이 찾는 통로는 길로 변화되어 나타나고 그 길은 돌과 돌과 돌이
끝없이 연달아 길은 돌담을 끼고 갑니다로 형상화되고 있다. 길은 여러
종류가 있다. 딘지 흙으로민 된 아니면 그 길 위에 진디나 풀이 무성히
혹은 아담스럽게 펼쳐져 있는 혹은 모래나 자갈로 덮여진 길들이다.

　　그러나 지금 나아가는 잃은 것을 찾기 위해 떠나가는 길은 단지 돌로만 이루어진 길이다. 길게 뻗어져 있는 길이 전부 〈돌과 돌과 돌이〉로 형상화되고 있는 것이다. 발이 닿는 발바닥만 돌로 이루어진 것이 아니라 주위도 마찬가지이다. 길 주위에는 풀 나무 등이 쉼을 얻을 수 있는 한 치의 흙 땅이라도 있었으면 좋으련만 〈내〉가 가는 길은 굳은 돌이 장막처럼 내려쳐 있는 것이다. 이러한 길은 단지 상상에 의해서만 찾아볼 수 있는 것이다. 〈내〉가 잃은 것을 찾기 위해 가고 있는 길은 그의 시 〈한란계〉에서 찾아볼 수 있는 상황이다. 〈나는 또 내가 모르는 사이에/나는 아마도 진실한 세기의 계절을 따라/하늘만 보이는 울타리 안을 뛰쳐/역사같은 포지션을 지켜야 봅니다〉 하늘만 보이는 울타리는 〈내〉가 가고 있는 길의 형상인 것이다. 이러한 길을 잃어버린 것을 찾기 위해 묵묵히 걸어가는 것이다.

　　〈담은 쇠문을 굳게 닫어〉 이것은 이 길이 끝날 때까지 돌담은 계속된다는 것이다. 이 길이 끝날 때까지 계속 추구해가야 할 자신임을 미리 알고 있는 마음의 자세인 것이다. 하늘에 해가 나타나면 틔어진 창공, 그것도 오직 제한된 영역만 볼 수 있는 하늘을 바라보며 잃은 것을 찾아가고 있는 것이다. 하늘이 주는 밝음도 일시적인 것, 주위를 높이 두르고 있는 담이 만들어 낸 그림자에 다시 자신의 모습은 가리워지는 것이다. 이 그림자에 자신의 모습은 다시 가리워지고 추구해 가는 길의 험악성을 짙게 하고 있는 것이다.

3. 자아추구

　　〈길은 아침에서 저녁으로/저녁에서 아침으로 통했습니다〉 이는 시간성을 밝혀주고 있는 것으로 자신이 잃은 것을 찾기 위해 시작된 찾음의 작업은 그 길이 너무나 험악해져 있으나 이를 거부하거나 불평하지 않고 매일 매일 진행되고 있음을 볼 수 있다. 이 자세는 그의 산문 〈종시〉에서 다시금 확인할 수 있다. 〈나는 내 눈을 의심하기로 하고 단념하자! 차라리 성벽 우에 펼친

하늘을 쳐다보는 편이 더 통쾌하다 눈은 하늘과 성벽 경계선을 따라 자꾸 달리는 것인데 이 성벽이란 현대로 캄플라치한 금성이다. 이 안에서 어떤 일이 이루어졌으며 어떠한 일이 행하여지고 있는지 성밖에서 살아왔고 살고 있는 우리들에게는 알 바가 없다. 이제 다만 한 가닥 희망은 이 성벽이 끊어지는 곳이다〉 성벽이 끝나는 곳까지 단념치 않고 추구하고자 하는 뚜렷한 결의를 토하고 있다.

〈아침에서 저녁으로〉 이 시간은 하늘에 펼쳐지는 푸르름과 빛나는 밝음을 위안으로 삼을 수 있는 때이다. 그러나 해가 빚어낸 그림자는 자신을 더욱 무겁게 누르는 아픔이 있는 시간인 것이다. 그러나 피할 수 없는 자신인 것이다. 해가 황혼의 여운을 남기고 자취를 감추고 나면 이제 또 〈저녁에서 아침으로 통하는〉 길을 걸어가야 하는 것이다. 온 사방이 어둠에 묻혀 칠흑같이 어두운 험한 돌길을 걷는 자에게 무슨 위안이 있겠는가? 그러나 어둠을 지키는 파수병 – 별은 그에게 꿈의 나래를 언제나 달게 한 것이다. 그림자가 무겁게 내리는 낮보다는 별들을 가슴에 안을 수 있는 밤을 더욱 원했던 것을 「돌아와 보는 밤」에서 느낄 수 있다. 〈세상으로부터 돌아오듯이/이제 내 좁은 방에 돌아와 불을 끄옵니다./불을 켜두는 것은 너무나 피로롭은 일이옵니다/그것은 낮의 연장이옵기에〉 라고 말하고 있다. 그러면 여기에서 그에게 있어서의 별의 의미는 무엇이었던가 살펴볼 필요가 있다.

별의 고향은 밤이라는 역설이 성립될 때 밤의 고향은 별이란 또 다른 역설을 낳게 한다. 그러나 우주의 질서는 역설 아닌 극적 상대성의 신비 속에서 한 진리로 형성되고 있다. 어둠 속에서만 자신의 존재를 밝힐 수 있는 성좌, 그 뭇별로 하여 자신의 어둠을 수놓을 수 있는 밤은 상대성의 극한 속에서 우주질서를 형성하는 천체의 진리로 이어지고 있는 것이다. 이러한 숙명적인 대결에서 별의 의미는 무엇인가? 궁극적으로는 별을 찾게 되는 인간의 개안은 별의 숙명적 형이상학으로 고차원적 극지에의 이데아적 동경에서 비롯되는 것이다. 별의 의미는 천체 속의 소우주로서가 아닌, 살아서 어둠과 싸우다 죽어간 혼의 상징으로 환기될 수 있는 것이다. 그 별만이 한 세대가 가고 다시 어둠이 올지라도 그 빛은 꺼지지 않고 더 깊은 어둠을 비치는 별이 되는 것이다. 동시에 그 별은 다른 시대의 어둠과 싸우는 혼들의 벗이 되고 오늘을 사는 위로의 빛이 되기도 하는 것이다. 어둠이 존재하는 한 별은 항시 빛나고 별이 빛나는 한 언제고 어둠은 밝혀지기 마련인 것이다. 이러한 진정한 별을 찾는 인간의 의지는 한 시대의 어둠과의 대결에서 피안 아닌 대안으로 이끌어 들이려는 攻取의 의지로 확대됐을 때만 가능한 것이다. 이 노력을 우리는 윤동주의 시에서 찾아볼 수 있는 것이다.

윤동주는 이러한 별을 깊이 깊이 간직하면서 밤을 지새웠을 것이다. 별이 주는 위안이 하나 둘 사위어가면 다시 환경이 주는 아픔은 〈돌담을 더듬어 눈물 짓다〉와 같은 모습으로 이어지고 있다. 희망의 별을 안고 잃어버린 것을 찾기 위해 불평없이 걸어나온 길이지만 인간의 나약함은 어쩔 수 없어 눈물을 짓고 있는 것이다. 이 참을 수 없는 고난이 주는 아픔이 눈물로 조금은 해소될 수 있으리라. 그러나 근원적으로 잃어버린 것을 찾기까지는 완전히 해소될 수는 없는 것이다. 자신을 둘러싸고 있는 〈돌담〉 이것은 지금의 자신에게 많은 아픔을 주는 환경이다. 그러나 이것을 더듬지 않을 수 없는 연약해진 자신을 우리는 볼 수 있다. 돌담을 더듬는 것은 어쩔 수 없는 자신의 처절한 모습인 것이다. 돌담은 불가항력적인 존재며 절대에 가까운 것이다. 부수어버리거나 제거해버릴 수 없는 것이다. 여기에 순간의 위안이나 기댐을 받으려는 자신을 잃어가는 순간, 자신의 눈은 어둠을 밝히는 밤하늘의 별들에게로 옮겨진다. 그리고는 자신의 나약함을 하늘을 통해 부끄럽게 의식하고 있음이 〈쳐다보면 하늘은 부끄럽게 푸릅니다〉로 나타나고 있는 것이다. 낮에는 푸른 하늘이 나에게 푸르름을 주고 밤에는 그 하늘에 살아 있는 별들과 속삭이며, 연약한 빛이지만 자신을 희생시켜 희망의 빛을

던져주고 있는데, 나는 왜 환경 속에 파묻힐려고 하는가 하늘과 별은 자신의
뚜렷한 존재의식을 확인하고 변함없이 자신의 위치를 지키고 있는데 내
자신은 내가 잃어버린 것을 찾기 위해 나서고 있는 지금 왜 이 정도에서
피곤해져 자신을 잃어가고 있는가? 더욱 더욱 자신의 나약함이 부끄러워지
고 있는 것이다. 부끄러움 의식은 새롭게 자신을 정비할 수 있는 전제조건이
되어지는 것이다. 담에 기대었던 자신을 일으키며 자신의 위치와 목적을
재정립하고 있다. 즉 〈풀 한 포기 없는 이 길을 걷는 것은 담 저쪽에 내가
남아 있는 까닭이고〉 이제 여기에서 자신이 찾고 있는 것이 무엇인지를
알 수 있다. 그것은 〈담 저쪽에 있는 내〉 자신인 것이다.

4. 두 자아

〈담 저 쪽에 있는 내〉를 찾는 것은 두 개의 자기 자신을 의식하고 있음을
명백히 하는 것이다. 하나는 담 저쪽에 있는 〈나〉이고 다른 하나는 풀 한
포기도 없는 길을 걷는 〈나〉인 것이다. 전자는 마음 속의 〈나〉요, 후자는
몸뚱이의 〈나〉인 것이다. 마음 속의 〈나〉는 언제나 기리는 〈나〉요 몸뚱이의
〈나〉는 부끄러운 〈나〉인 것이다. 전자는 심상 범주에 속할 〈나〉이고, 후자는
사실 범주에 속할 〈나〉인 것이다. 전자는 돌처럼 굳은 〈관념의 성〉 속에
잠겨 있고, 후자는 그 성 속에 들고자 하나 언제나 그 그림자의 길을 밟을
뿐 뜻을 이루지 못하고 만다. 이러한 두 개의 자신을 하나로 통일시키려는
끊임없는 자기추구는 자신을 십자가의 험난한 길로 인도해주고 있는 것이다.
〈내가 사는 것은 다만 잃은 것을 찾는 까닭입니다〉 이 자기 자신을 찾기
위해 살아가는 시인의 모습을 우리는 다시 그의 「서시」에서 대하게 된다.

〈죽는 날까지 하늘을 우러러/한 점 부끄럼이 없기를/잎새에 이는 바람에
도/나는 괴로워했다/별을 노래하는 마음으로/모두 죽어가는 것을 사랑해야
지/그리고 나한테 주어진 길을/걸어가야겠다/오늘 밤에도 별이 바람에 스

치운다〉그의 삶의 자세는 처절할 정도이다. 또한 그의 시 「쉽게 씌어진 시」에서 〈인생은 살기 어렵다는데/시가 이렇게 쉽게 씌어지는 것은 부끄러운 일이다〉라고 고백하고 있다.

릴케는 〈누구든지 시를 쓰는 것은 좋다. 그러나 그대가 그대의 시의 한 줄을 쓰기 전에 머리 속으로 조용히 물어보라. 나는 이 시를 꼭 써야 하도록 이 시는 내게 중요한 것인가 누가 만일 이것을 못 쓰게 한다면 나는 내 생명을 걸고 이것을 추진시킬 자신이 있는가를. 그래도 그 대답이 쓰라 하거든 너는 비로소 붓을 들어도 좋다〉라고 시인들에게 묻고 있다. 윤동주는 영원히 하나 될 수 없는 두 개의 자아 결합을 위해 이러한 시 정신으로 추구해가고 있는 것이다.

5. 맺는 말

지금까지 윤동주의 초기시 「길」에 나타나 있는 그의 시 정신을 살펴보았다. 윤동주는 여러 가지 관점에서 파악되어져야 하리라고 본다. 시 분석 과정에 나타났던 환경 – 하늘만 바라보이는 사방이 꽉 막힌 성벽 – 을 그 당시의 조국 현실로 환원시켜본다면 이 시의 성격은 더욱 달라질 것이다. 그러나 서론에서 밝힌 바와 같이 우리는 이러한 선입관을 배제시키고 배경적인 측면은 보조적인 역할만 하도록 하면 족한 것이다. 「길」에 나타난 그의 시 정신은 주어진 환경에서 부단한 자기 극복을 통한 자기본질 추구를 매섭게 계속한 시인으로 마무리해도 좋을 것 같다. 한 편의 시를 통해 한 시인의 정신을 살핀다는 것은 많은 모순을 지닌다. 이 점 많은 비판을 바라며 글을 맺는다.

참고문헌: 오세영, 「윤동주시는 저항시인가」(『문학사상』, 1976.4); 박진환, 「어둠의 본질과 별의 형이상학」(『현대시학』, 1974.6); 김열규, 「윤동주론」(『국어국문학』 제27집, 1964).

　윤동주 시인의 시가 지닌 종교성 때문이었는지 자연스럽게 나의 관심은 문학과 종교에 대한 문제로 이어졌다. 1976년 4월 26일 자 〈부대신문〉에 발표된 「문학과 종교」는 그러한 관심의 결과물이었다. 여기서 제기된 핵심적인 몇 가지 문제는 다음과 같았다.

　문학과 종교와의 관계연구는 문학의 기원을 종교의식에서 찾음으로써 시작되었다고 보고 있다. 전통적인 물음에 의하면 문학과 종교에서 야기되는 실제적인 관심은 첫째 관념적인 용어로 그 관계상황을 이해하는 경우, 둘째 그와 같은 관계를 구체적인 작품 속에서 다루어보는 경우, 셋째 상호영향을 평가하는 경우로 나누고 있다. 즉 문화 현상 속에서의 문학형식의 표상과 종교경험과의 접합점에 대한 이론적인 측면, 종교적인 신앙이 작품이나 작자, 전통이나 시대상 속에서 어떻게 문학적인 경험을 조형했는가 하는 문제, 그리고 문학적인 통찰이 어떻게 도덕적인 이해나 종교적 신앙을 훼손하는가 증진시키는가 하는 문제를 실증하는 일에 집중된다. 그런데 앞서 제기한 문학과 종교와의 관계연구는 3자가 각각 분리되어질 때 완전한 면모를 갖추기는 힘든 것이다. 왜냐하면 문학과 종교의 확실한 관계상황을 이해하지 않고는 그 관계를 작품 속에서 다루는 것이 힘든 것이고, 이를 통한 상호영향의 평가는 더욱 기대하기 힘든 것이기 때문이다.
　국문학 연구에서 주로 다루어왔던 관점은 두 번째이다. 즉 문학에 있어서 배경적인 측면에서 종교를 고찰해 왔던 것이다. 이러한 시도는 매우 값진 것이다. 그러나 한 가지의 문제를 남기고 있다. 그 문제는 문학과 종교와의 확실한 관계가 다루어지지 않은 채 다음 단계로 진입했다는 점이다. 이러한 관계확립의 불명확성은 구체적인 작품 속에서 이 양자를 고찰하거나 상호영향을 살필 때 많은 혼란을 빚어내는 것이다. 이 양자 간이 연구는 앞서 언급한 문학의 기원을 종교의식에서 찾아볼 수 있다는 발생학적인 관점에서 각각의 영역을 독립적으로 인정하는 주권적 영역까지 나아와 있다. 각각의 영역이 확보됨으로써 우리는 문학과 종교의 공통점을 발견할 수 있게 되었다. 그 공통점은 첫째 문학과 종교는 다 같이 인간의 감정을 통한 호소에 의하여 초논리적인 것에서 출발한다는 점, 둘째 문학과 종교 사이에 가로놓인 문제는 생명에 관한 문제로 이들은 다 같이 영원의 생명을 갈구해 마지않는다는 점, 세째 문학과 종교는 다 같이 신비성을 파악하려는 데에 일치하고 있다. 즉 문학은 그 본질인 미의 신비를 추구하는데 골몰하고 종교는 우주에 편만한 영의 신비성을 파악하는 데 그 목적이 있다는 점이다. 그러나 이러한 문학과 종교의 공통 부분의 추출 작업은 이 양자 사이의 관계확립에 있어서 일면만 보여줄 뿐 확실한 선을 제시하기에는 미흡한 것 같다. 이제 이 점을 보완하기 위해 우리는 문학과 종교의 구별 즉 차이점을 언급할 필요가 있는 것이다.

문학과 종교의 한계점

아놀드가 문학의 목적을 인생의 비평이라고 갈파하고 프레데릭 로버트슨이 종교는 시요 시는 종교에 이르는 도중의 집이다 라고 한 것도 또 포사이드가 무릇 참된 시는 그 가운데 기독교적인 것을 지니며, 또 모든 참된 기독교는 일종의 시적인 것을 지니고 있다고 단언한 것은 경솔한 말은 아니다. 다만 전세기의 종교가가 종종 단언한 바와 같이 문학이나 종교나 필경엔 동일한 것이다 라는 식으로 문제를 해결하려고 했기 때문에 공연히 허다한 의문만 남겼던 것이다. 이 양자 사이에는 공통점이 있음과 동시에 크게 다른 점도 있는 것이다. 양자의 구별을 좀 더 명확히 말한다면 문학은 세상이 이러이러하다고 묘사할 뿐, 해결하지 못한 체 주제를 제출하며 교훈을 당면의 목적으로 하지 않고 오직 암시할 뿐이다. 이와 반대로 종교는 이러해야 한다 하고 설교하며 분규를 일으킨 복잡한 문제에 명쾌한 해결을 주고 또 항상 구원을 당면 목표로 삼지 않으면 안 된다.

　문학의 감상은 자기 자신을 잊고 바라보는 상태, 즉 이해에 대한 무관심이라든가 관조의 태도로써 할 수 있지만, 신앙은 자기를 버리고 신을 따르는 마음 즉 죄를 회개하는 마음과 죄를 용서받는데 대한 감사의 마음에서 출발하여 직접 실제 생활에 그 마음을 나타내는 태도를 필요로 하는 것이다. 이와 같이 양자는 몹시 비슷한 데가 있으므로 문학으로서 종교를 대신하고, 혹은 종교를 문학화 하여 만족하는 자들이 적지 않다. 그러므로 양자의 관계를 더욱 세밀히 하여 양자를 혼동하는 과오를 범치 않도록 해야 한다. 다시 말하면 문학은 암시를, 그리고 종교는 명령에 중점을 두고 있는 것이다. 즉 문학에 있어서는 명백한 교훈을 줄 필요가 없는 것이다. 없다기보다는 오히려 교훈적 설명은 없는 편이 더 나은 것이다. 그러나 종교에 있어서는 암시만으로는 부족하다. 명령이 있어야 하는 것이다. 때로는 준엄한 지상명령이 필요한 것이다. 문학은 인생의 진상을 적절하게 묘사하여 깊은 감명을 독자에게 줄 정도로 솔직하고 진실한 기술에 그쳐도 좋은데 어떤 종교적 혹은 도덕적 또는 정치적인 깊은 의의를 덧붙일 작정으로 점잔을 빼거나 그럴듯하게 꾸미거나 해서는 문학으로서의 가치가 없을 뿐만 아니라 지극히 비종교적인 방식이 되고 마는 것이다. 그것은 허위가 손쉽게 들어갈 수 있는 동굴이 되기 쉬운 것이다.

　앞에서 종교와 문학과의 관계가 매우 비슷하므로 혼동해서는 안 된다고 하는 것은 이러한 점에 있어서도 이해할 수 있는 것이다. 요컨대 종교나 윤리를 소홀히 다룬 문학 작품들에 탐닉하는 자는 탐미자가 되며 문학 감상의 여유도 없이 종교계에 매달려 있는 자는 광신자가 되기 쉬운 것이다. 어느 것이나 다 현실을 보지 않고 인생의 진상을 이해하지 못한 결과인 것이다. 이러한 관점에서 현실참여문학이 문제점을 파헤칠 수도 있으리라고 본다.

지금까지의 서술을 통해서 문학과 종교와의 한계는 일단 명백해졌으리라 생각된다. 요점은 종교는 문제의 해결 및 그에 따르는 실행을 필요로 하며, 문학은 문제들이 미해결인 채 제출하고 생각하게 만드는 것만으로서도 무방하다는 것이다. 이런 점에서 볼 때 문학은 미흡하기 이를 데 없으며 종교에 대해서 공헌하는 것이 없는 것 같이 생각될 수도 있으나 이것은 허다한 종교가가 빠지는 함정인 것이다. 문학은 수차 말한 바와 같이 인생의 모습을 그려서 문제를 제공함을 주요한 임무로 하기 때문에 문제해결은 다른 것에 다 맡겨도 좋은 것이다. 그러나 작가 자신은 그 문제해결을 위해서 노력해야 하며 작가가 이미 문제를 해결했다면 독자에게 그 열쇠를 제공해야 하는 것이다.

매슈 아놀드는 괴테를 두고 오직 병상 진단을 할 뿐 치료는 해주지 않는 의사라고 했다. 괴로움이 있는 자들에게 필요한 것은 진단서 뿐만 아니라 치료인 것이다. 아놀드는 이를 Healing power라 했다. 그러면 이러한 병근을 없애는 그 힘은 어디서 오는가. 그것은 종교인 것이다. 물론 종교에도 영혼의 악전고투가 있는 것이다. 도덕 수업에 칠천팔도의 고난이 있는 것처럼 신앙을 얻는 데에도 신이 베풀어주기까지 구원은 뜻대로 이루어지지 않는 것이다. 이러한 면에서 종교문학의 가능성과 어려움을 엿볼 수 있는 것이다. 이는 종교문학은 문학으로서의 모든 요건을 갖추고 있어야 할 뿐만 아니라 인생문제에 대한 가장 적절한 해결을 암시해 주지 않으면 안 되기 때문인 것이다. 우리는 이러한 보기를 단테의 『신곡』, 밀턴의 『실낙원』, 존 번연의 『천로역정』, 도스토에프스키의 『카라마조프 형제』 등에서 찾아볼 수 있는 것이다.

지금까지 문학과 종교라는 문제를 다루어 봤다. 이 엄청난 문제를 필자가 언급한다는 자체부터 모순이라는 것을 느낀 적이 한두 번이 아니다. 코끼리의 다리만을 만지고 코끼리 이야기를 하는 격이 되었음을 부인할 수가 없다.

그러나 이제 생활화되어가는 문학과 종교의 가시길이 나를 채찍질함에는 어쩔 수 없었다. 더욱 많은 비판을 바라며 글을 맺는다.

학부를 졸업하고 바로 대학원에 진학하면서, 신학 공부에 대한 욕심이 생겼던 이유가 바로 이 문학과 종교의 문제에 좀 더 다가서기 위한 몸부림이었다. 신학 공부를 위해 고려신학대학원에 동시에 입학했다. 젊은 패기로 송도와 장전동을 오가며 1학기를 마쳤다. 그러나 여름 방학 중 교통사고로 더 이상 신학대학원에서의 학업을 이어갈 수 없었다.

그러나 이러한 나의 문학과 종교에 대한 관심은 2003년에 노드롭 프라이의 『두 시선』(The Double Vision‒Language and Meaning in Religion)을 번역하게 된 계기가 되었다. 역자 후기에는 당시의 상황이 이렇게 기록되어 있다.

역자가 N. 프라이에 대해 관심을 가진 지는 상당히 오래 되었다. 1970년대 비평방법론을 공부하면서 그의 이름을 처음 접했으니, 연수로 치면 30년이 넘은 셈이다. 그래서 기회가 있을 때마다 프라이에 대한 연구서나 저술에 대한 수집과 검토를 계속해 왔다. 그러나 본격적으로 그의 문학에 대한 이론과 논의를 검토할 기회를 갖지 못했다. 그러던 중 2001년 8월 중순부터 2002년 7월 중순까지 약 1년의 연구년을 캐나다에서 보낼 수 있게 되어, 프라이의 저서와 그의 문학론에 대한 연구자료들과 깊이 접할 수 있는 시간을 가졌다.

프라이의 저술들이 30여 권으로 상당히 많은 편이어서, 다 각각의 특징들이 있지만, 역자가 우선적으로 관심을 기졌던 책은 『두 시선』(The Double Vision‒Language and Meaning in Religion)이었다. 관심을 특별히 가지게 된 이유는 이 책이 그의 마지막 저서라는 점과 부담을 주지 않는 소책자라는 점 때문이었다. 그래서 이 정도의 책 같으면 번역도 한 번 해볼 수 있겠다는 생각을 했다. 이 단순한 생각이 너무나 큰 잘못이었다는 것을 깨닫는데는 그렇게 많은 시간이 걸리지 않았다. 국내에서 이 책을 구할 수 있었기에 캐나다로 연구년을 떠나기 전에 번역을 시도는 해보았지만, 서문을 번역하는 정도에 그칠 수밖에 없었기 때문이다. 이 책 전체가 4장으로 이루어진 얇은 책이긴 하지만, 그 내용의 무게는 역자가 감당하기에는 역부족이었다. 프라이의 한 평생의 생각들이 집약되어 있을 뿐만 아니라, 프라이의 언어에 대한, 역사에 대한, 자연과 문화에 대한, 종교에 대한 전반적인 사상들이 농축되어 있었기 때문이다.

연구년으로 결정되어 캐나다로 향할 때, 이 책을 빼지 않고 챙겼다. 그래서 캐나다에서의 연구는 주로 이 책을 번역하는 일과 프라이의 문학론에 대한 연구서들을 읽는 것이 중심이었다. 번역을 하면서 많은 장애물에 부딪혔다. 우선은 영문학을 전공하지 않은 국문학 전공자가 가진 한계였다. 번역의 실질적인 난관이 어디에 있는지를 실감할 수 있었다. 번역을 하다가 어떤 때는 도서관 서가에 꽂혀 있는 번역이론서를 뒤적이기도 했다. 그러나 이론은 이론이었고, 번역의 실제에는 큰 도움이 되지 않았다. 좀 더 나은 번역을 위해서는 프라이의 문학론에 대한 전반적인 이해가 선결되어야 한다는 생각을 많이 하게 되었고, 그래서 번역의 벽에 부딪혀 진전이 되지 않을 때는 프라이에 대한 연구서들을 읽으면서, 번역을 위한 선이해의 폭을 넓혀갔다. 그러나 번역의 수준과 그 깊이는 역시 역자의 선이해의 수준을 넘어서지 못한다는 사실을 실감했다. 특히 이 책은 프라이가 그의 후반기에 성경을 중심으로 논의한 종교적 성격이 강한 두 책인 『위대한 법전』과 『힘있는 말들』의 속편이라 할 수 있어 번역 작업이 그렇게 쉽지는 않았다. 즉 종교 속에서의 언어와 의미를 추구하고 있어, 그 내용의 깊이에 도달하는 데는 상당한 시간이 필요했다.

 귀국 한 달 전쯤 번역 작업은 거칠게 끝이 났다. 번역도 번역이지만, 번역서 출판을 위해서는 저작권 문제가 해결되어야 할 문제였다. 귀국 일주일을 앞두고 이 책이 출판된 토론토에 있는 연합교회 출판사를 찾기로 했다. 출판사 주소가 바뀌어 힘들게 출판사를 수소문하여 찾았다. 편집장인 Rebekah Chevalier와 통화를 해서 만날 약속 시간을 정했다. 번역을 위한 저작권 계약은 출판사 사이에 이루어지기 때문에 한국출판사 사장의 위임장이 필요하다고 했다. 그래서 한국에 있는 출판사에도 연락을 해서 저작권 협의를 위한 위임장을 받아 그것을 들고 출판사를 방문했다. 출판사는 토론토 시내 블러워 서쪽 거리에 있는 캐나다 연합교회 본부가 있는 건물 안으로 이전해 있었다. 건물에 들어서니, 연합교회 교단의 총회장을 지낸 자들의 사진이 벽에 걸려 있었다. 그들 중 한국인으로 캐나다에서는 가장 큰 교단인 연합교회 총회장을 지낸 이상철 목사의 사진도 눈에 들어왔다.

 안내원에게 편집장을 만나러 왔다고 전갈을 하니, 옆에 있는 회의실에서 기다리라고 했다. 조금 지나니, 나이가 좀 든 여 편집장인 Rebekah Chevalier가 나타났다. 서로 인사를 하고, 그녀가 미리 만들어 온 저작권에 대한 초안을 두고 협의를 했다. 그녀가 말하기를, 이 책은 얼마 전에 이태리어로 번역이 계약되었다며, 저작권에 대한 계약내용은 이태리어 번역 계약내용과 같다고 했다. 그리고 한국어로 번역이 된다면, 세계에서는 두 번째로 번역이 된다고 일러주었다. 주요한 계약내용은 매년 판매부수에 따른 저작권료를 지불해야 함과 동시에 판매부수에 대한 현황을 팩스로 정한 시기에 보내어주어야 한다는 내용과 저적권료 비율이었다. 비율을 좀 낮추어보려고 제법 오랜 시간 협의를 했으나 이미 이태리어 번역 계약이 있었기 때문에 그 이하는 곤란하다고 했다. 또 계약한 이후 한 달 안에 계약금으로 $500을 지불해야 한다는 조건이 부담스럽기는 했지만, 현지에서 계약을 끝내는

것이 앞으로 출판을 진행하는 데는 손쉬울 것 같아 그녀가 제시하는 계약내
용을 받아들이고, 계약을 마무리했다. 그리고 2002년 12월이 지나기 전에
책을 발행해서 5부를 부쳐주기로 하였다.

 귀국한 후 우선적인 과제는 번역한 원고를 퇴고하고 정리하여 번역서를
내는 일이었으나, 일은 생각대로 잘 진행되지 않았다. 귀국하자마자 학교
교무처장 보직을 맡아 번역 원고를 살펴볼 여유가 없었기 때문이었다. 짬짬
이 시간을 내어 원고를 정리하다 보니 출판이 많이 늦어졌다. 번역을 하면
서 역주의 필요성을 절실하게 느꼈다. 그러나 역주까지 준비한다면 다시
해를 넘겨야 할 것 같은 생각이 들어 일단 출판한 후에 개정판에다 이 일을
미루어 두는 수밖에 없다고 스스로 타협했다. 오역의 가능성이 있는 부분도
다음 기회로 보완을 미루어 두었다. 독자들에게는 이 점을 참으로 미안하게
생각한다.

 이 책이 번역됨으로써 프라이의 저서는 이제 한국어 번역서가 5권(기존
번역서 『비평의 해부』, 『T.S 엘리엇의 시세계』, 『구원의 신화』, 『문학의
구조와 상상력』)으로 늘어났다. 단순한 숫자의 늘어남이 아니라, 한국에서
의 프라이에 대한 지금까지의 부분적인 이해가 전체적인 이해로 나아가는
징검다리 역할을 이 책이 조금이라도 해줄 수 있었으면 하는 바람을 가져본
다. 프라이의 문화적 견해와 역사의식 그리고 사상의 저변이 폭넓게 이
책 속에 펼쳐져 있기 때문이다. 지금 북미에서는 프라이에 대한 논의가
새롭게 다시 제기되고 있다. 그것은 신화원형비평방법론의 제안자로서의
프라이에 대한 논의라기보다는 문화연구의 텍스트로서 프라이의 논평들이
새롭게 논의되기 시작했다는 말이다. 즉 프라이가 남겨놓은 저술들이 문화
라는 넓은 스펙트럼 속에서 논의되어야 할 의미망들을 함축하고 있기에
문화연구자들의 주요한 텍스트가 되고 있다는 것이다. 이는 지금 문예비평
이 문화연구로 전이되고 있는 현상의 결과로 생각할 수도 있지만, 근원적으

로는 프라이의 비평론들이 지닌 문화적 성격 때문으로 보인다.

번역서를 펴내면서 부록으로 세 편의 글을 보태었다. 「N 프라이의 흔적을 찾아서」, 「노드롭 프라이, 그 비젼의 삶」, 「노드롭 프라이의 종교적 체험과 신성」이다. 첫째 글은 캐나다에 있을 때, 프라이가 다니고 재직했던 토론토 대학과 몽턴의 애버딘 고등학교를 찾아나선 문학기행기이고, 둘째는 프라이의 생애를 그의 중요한 저술과 관련해서 정리한 프라이의 전기에 해당하는 내용으로 이는 죠셉 아담슨(Joseph Adamson)이 쓴 『프라이의 비젼의 삶』(Northrop Frye, A Visionary Life)를 번안하여 정리한 내용이다. 이 글을 실은 이유는 한국에 프라이의 저서는 몇 권이 번역되어 있지만, 프라이의 비평적 삶을 이해할 수 있는 소개 글이 전혀 없어 프라이를 이해하는데 자료의 부족을 실감했기 때문이다. 마지막 세 번째 글은 프라이의 비평론을 종교적 측면과 관련시켜 본 1996년 캐나다 토론토 대학에 처음 갔다 와서 쓴 역자 나름의 프라이에 대한 미완의 논평이다. 이 무딘 글들이 프라이를 이해하고자 하는 독자들에게 조금이라도 이해의 지평을 열어줄 수 있었으면 하는 소망을 가져본다.

이런 역자의 후기에 대해 교수신문 강성민 기자는 〈교수신문〉 (2003.5.29.)에 당시 이런 촌평을 남겼다.

노드롭 프라이의 마지막 책 '두 시선'(세종출판사 刊)을 옮긴 남송우 부경대 교수(국문학)의 역자 후기는 비전공자로서 번역에 나서는 것의 비애 같은 것을 보여준다. 역자는 캐나다로 연구년을 떠난 2002년 벼르고 별렀던 프라이 번역에 도전했다. 영향을 받았던 이론가의 마지막 책이고 양도 부담없는 소책자었다. 사실 캐나다로 가기 전 원서를 구해 번역을 시도했지만 서문을 옮기는 정도에 그쳤다. 프라이 한 평생의 생각들이 압축됐으니 만만치 않았을 것이다.

캐나다에서 머문 1년 동안 역자는 불과 1백 쪽의 이 엔솔로지에 매달렸다. 연구서들을 찾아 읽고 저자의 삶의 흔적을 더듬는 등 애를 썼고 귀국 직전에야 흡족하지 않은 초벌 작업을 끝낼 수 있었다. 소중한 연구년을 모두 여기에 바친 셈이다. 한국에 돌아와 돌입한 역주작업은 번역만큼 고되고 오래 걸리는 일이었다. 결국 개정판에서나 하기로 타협하고 말았다. "독자에게 이 부분을 정말 미안하게 생각한다"는 역자의 말이 가슴에 와 닿는다. 책의 말미에 실린 프라이 문학기행, 프라이의 저술과 삶, 프라이에 대한 논평 등 세 편의 글은 역자의 이런 미안함과 책임감의 표현인 것이다.

국문과 대학원을 수료하면서 석사학위 논문을 또 윤동주론으로 준비했다. 대학원을 졸업하고 고등학교 야간부 교사로 발령을 받았다. 교사로 일하면서 석사학위 논문을 토대로 신춘문예 평론에 응모할 원고를 준비했다. 평론 원고를 준비할 때, 문학평론이 어떤 글쓰기인 줄도 모르고, 윤동주 시를 동일성(identity)의 입장에서 해석하고 정리해서 투고했다. 첫 투고는 1980년도 조선일보였다. 가작 입선의 통보를 받았다. 당시 당선은 이남호였고, 심사자는 신동욱 교수였다. 1월 한 달 동안 신문에 가작 작품이 발표될 줄 알고 기다렸지만 감감 무소식이었다. 결국 나의 가작 평론작품은 지상에 발표되지 않았다. 시간이 지날수록 오기가 생겼다. 한 해를 기다려 윤동주론을 다시 자기(self)문제로 주제를 바꾸어 중앙일보에 투고했다. 1981년도 당선은 행운이었던 것 같다. 당시 심사를 맡았던 유종호 교수도 특별한 평가 대신 평범하지만 성실한 글쓰기였다는 정도의 심사평이었다.

등단은 했지만 이후의 활동이 더 막연했다. 1980년대는 신군부의 등장으로 시절이 더욱더 엄혹했다. 『남부문학』에서 평론 1편을 청탁

해오고, 월간조선에서 에세이를 한 편 청탁해 온 것 외는 지속적으로 평론 활동을 이어나갈 수 있는 여건이 전혀 형성되어 있지 않았다. 부산지역은 오직 시동인지들이 문학매체의 중심이었던 시절이었다. 해를 넘겨 부산일보에서 기자 생활을 하던 이윤택이 연락이 왔다. 문학매체를 새롭게 만들어 보자는 것이었다. 1983년도에 동아일보 신춘 평론으로 등단한 민병욱 평론가가 합세하여 무크지의 구성과 참여 작가를 선정했다. 이윤택은 이미 1980년도에 열린시 동인을 결성해서 시운동을 하고 있었지만, 온몸에 연극의 기운으로 가득 찬 그 열정은 열린시 동인 활동만으로 다 해소되지 않았다. 모든 정기간행물이 거의 정간당하고 통합되는 상황에서 한국의 중요 문학 매체 역시 호된 독재 권력의 칼날 앞에서 무참하게 베임을 당했다. 그 척박한 토양에서 싹을 내민 것들이 무크지의 탄생이었다. 최초의 무크지는 1980년에 나온 『실천문학』이었다. 이어서 『우리 세대의 문학』(1983.5), 『언어의 세계』(1983.3), 『삶의 문학』(1983.4), 『문학의 시대』(1983.12) 등이 나왔고, 부산에서는 『지평』(1983.4), 『전망』(1984.9) 등이 선을 보였다. 『지평』은 일종의 종합문예지 성격을 갖추고 출범했다. 평론, 시, 소설, 희곡. 대담 등으로 꾸며졌다. 출판사는 〈부산문예사〉였다. 이 출판사는 당시 목요학술회 사무국 일을 맡았던 서세욱 씨가 만든 출판사로 인쇄는 1972년 동아사진식자사를 창업한 황성일 사장이 맡았다. 무크지『지평』이 발간된 후에 동아사진식자사는『지평』출판사란 새로운 이름을 얻게 되었다. 『지평』이 몇 호 지속되는 동안 내부적 갈등은 『전망』이란 새로운 무크지를 탄생시켰다. 한 집단 안에서 개인의 욕망이 지나치거나 생각이 다를 때 어떤 문제가 문학판에서 빚어지게 되는지를 처음 경험했다. 드러나는 논리 뒤에 숨겨진 인간의 욕망들이 현실 속에서 어떻게 포장되고 있는지도 경험했다. 『전망』에 참여했던 비평가들 중심으로 1980년대 중후반을 지나면서 비평을 공부하는 일군의 세대가 모였고, 매달 연구실에서 발표와 토론을 통해 비평공부를 계속해 나갔다. 얼마 지나지 않아서 부산지역에서 새로운 문학 매체를 만들어 보기로 의견을 모았다. 그것이 비평전문지의 발간이었다. 이것이 어쩌면 비평가로서의 내 삶이 험난한 길로 들어서게 되는 서막이었으리라. 어느 지역에서도 하지 못한 문학매체를 만들어 보기로 한 것이다. 그 첫 이름은 『오늘의 비평』이었다. 당시 『오늘의 소설』, 『오늘의 시』란 매체가 나오기 시작하던 때였다. 정기간행물 등록을 위해 1991년 초에 공보처에 등록을 신청했다. 얼마 후에 반려가 되어 돌아왔다. 제호의 명명이 무슨 비평인지 불명확하다는 것이었다. 다시 『오늘의 문예비평』으로 등록을 신청했다. 1991년 봄호 창간을 계획했으나 늦게 4월 15일 자로 창간호가 발행된 사연이 여기에 있다. 아무런 출판 자본도 제대로 준비되지 못한 상태에서 〈지평〉 황성일 사장을 만나 출판을 약속받았다. 내가 썼던 창간호 발행사에는 지역문학에 대한 당시의 인식이 이렇게 기록되어 있다.

지방자치제의 시대가 열렸다고 하나 아직 갈 길이 먼 형편에, 지역에서 비평전문지를 만드는 일이 너무나 고달픈 것이기는 하나, 기존 서울 중심의 문학구조로부터 탈중심화를 지향하는 지역문화운동이 또 다른 차원에서 민족문학을 풍요롭게 하는 길이라 생각하며 이 일을 시작하였다.

그리고 이를 통해 부산지역문학의 활성화와 함께 지역문화의 질적 제고를 기대함도 우리의 바람 중의 하나다. 이러한 미래적 전망을 토대로 『오늘의 문예비평』은 서평, 실제비평, 이론비평, 작가론, 작품론, 문학논쟁, 문단 현안문제, 외국문학이론 등 비평 전 영역에 걸친 새로운 문제제기를 통해 한국문학이 안고 있는 난제들을 풀어가고자 한다.

이렇게 한국문학이 안고 있는 난제들을 풀어보고자 출범한『오늘의 문예비평』이었지만, 지난 세월을 다시 되돌아보니 그 때의 문제는 여전히 아직도 난제로 남아 있는 형국이다. 『오늘의 문예비평』에 얽힌 굴곡의 매체사는 지역문화사를 위해서라도 한 번은 정리해야 할 과제로 남아 있다.

그 동안 필자의 비평적 관심은 출간된 몇 권의 평론집에 녹아있다고 할 수 있다. 첫 평론집『전환기의 삶과 비평』(1988)을 펴내면서 나의 비평에 대한 입장이 다음과 같이 드러나 있다.

> 이제 우리 사회는 정치적 변화와 함께 문학도 제자리를 찾아가야 한다고 생각한다. 그래서 모든 인간 삶의 영역은 자율적 힘에 의해 지탱되고 유지되어야 한다고 본다. 이러한 자율권의 확립이 문학에도 정착되어야 한다는 점에서 책명을 『전환기의 삶과 비평』으로 이름지었다.
>
> 우리 사회의 모든 영역이 너무 정치적 영향력에 대해서는 면역성을 갖지 못하고 쉽게 허물어져 버리는 취약성을 지금까지 지녀왔다. 그래서 우리의 문학도 너무 쉽게 정치력에 대해 저항하는 문학과 그렇지 못하고 체제에 순응하는 문학으로 이분화하는데 길들어져 왔다.
>
> 이러한 이분법적 시선을 다양화해가야 한다는 것이 평소의 문학에 대한 입장이다. 인간 삶이 다양하듯 그 다양한 삶의 형상화인 문학 역시 다양할 수밖에 없다고 생각하기 때문이다. 어쩌면 이러한 문학적 논리는 한국에 있어서는 정치적 발전이 어느 정도 성취된 이후의 요망사항이라고 비판할 수도 있을 것이다. 그러나 문학은 정치적 이데올로기에 대한 영향을 무시할 수 없지만, 그 이데올로기를 넘어서 가는 또 다른 속성을 지니고 있기 때문이다. 그래서 이 책에 실린 평문들은 어느 하나의 틀로 묶기 힘드 다양한 시선들이 산재해 있다.

출발지점에서 밝힌 비평적 입장은 이어 나온 『다원적 세상보기』
(1994)에서도 그대로 이어지고 있다.

비평의 생명은 작품에 대한 객관적 해석과 평가인데, 그 해석과 평가는
다원화되어 가고 있다. 모든 영역이 전문화, 다원화되고 있는 현실 속에서
이는 자연스런 현상이리라. 그래서 문화도 이제는 다양한 영역의 이해와
해석을 통해 전체에 접근함으로써 총체성을 확보하려는 시각이 필요하게
되었다. 이런 연유로 이번 평론집을 『다원적 세상보기』로 이름지었다. 그렇
다고 이 책에 실린 평문들이 모두 이름에 걸맞게 다양한 시각을 보여주고
있다고 확신하기는 힘들다. 이는 오히려 내 자신의 세계이해 방식과 글쓰기
의 태도가 더욱 크게 작용했으리라 본다. 비평에 있어서 다원주의가 지닌
한계가 없는 것은 아니다. 자칫 가치의 상대주의에 빠져 자신의 비평논리의
준거틀을 갖지 못하고 방향성을 상실할 함정이 있다. 그러나 가능한 한
극단의 논리나 편견으로 치닫기 쉬운 시선들까지도 일리 있는 부분은 다양
하게 수용하고 통합해 가야 한다는 소박한 생각에는 변함이 없다. 이것이
문학적 현실의 총체적 인식을 위해서는 우리가 거쳐가야 할 하나의 필연적
과정이라 생각하기 때문이다.

이런 비평적 입장과 함께 나에게 있어 가장 현실적인 과제로 인식
된 것은 지역문화에 대한 절박함이었다. 1990년대에 들어 형식적인
지방자치의 시작과 동시에 지역문화자치를 내세운 이유이다. 이런 생
각의 일단을 소박하게 정리한 것이 『지역시대의 문화논리』(1995)이다.
〈지역주의자의 변〉에서 다음과 같은 발언을 하고 있다.

실질적인 지방자치를 앞두고 많은 사람들이 기대에 부풀어 있다. 지방자

치의 실현으로 중앙집권 체제가 해체되면서 지역은 새롭게 태어날 수 있으리라 기대하고 있기 때문이다. 이러한 기대를 전적으로 부인할 수는 없다. 그러나 정치적인 지역자치만 실현되면 바로 지역시대가 열릴 것이라고 믿는 것은 너무 소박한 낙관론이다. 정치적 분권은 온전한 지역시대를 맞기 위한 하나의 계기가 될 뿐이다. 온전한 지역시대의 실현은 오히려 문화적 분권이 이루어져 각 지역이 개성적 문화의 색체를 띨 때 가능하다고 본다. 실질적 지역시대를 위해서는 정치적 분권 이상으로 문화적 분권이 절실하다는 것이다. 이러한 평소의 생각들을 구체화 해본 것이 이 책에 실린 내용들이다.

이러한 지역문화분권에 대한 지속적인 관심은 『부산지역문화론』(2013)으로 나아갔고, 결국은 『지역문학연구에서 지역문화연구로』(2017)로 나타났다. 이런 현실적 문제의식은 학교현장을 떠나 지역문화 현장의 업무를 감당해야 하는 부산문화재단에 몸을 담은 결과이기도 하다. 이러한 지역문화를 중심으로 한 넓은 의미의 문화비평 작업을 하면서 계속 머리를 떠나지 않는 두 가지 과제가 있었다. 그 하나는 생태계 파괴로 인한 생명의 문제이고, 또 다른 하나는 소위 비평의 대중화 문제였다. 당시 생태계 파괴로 인해 등장하기 시작한 시들을 환경시로 명명하던 단계를 넘어 1995년 처음으로 「생명시학을 위하여」란 글을 통해 생명시학의 개념을 제시했다. 이런 문제의식이 담긴 글들의 모음이 『생명과 정신의 시학』(1996)이다. 이러한 생명의식은 나중에 『생명시학 터닦기』(2010)로 나아간다.

평론집 제목을 『생명과 정신의 시학』으로 붙인 것은 세기말의 상황이 생명과 정신에 대한 논의를 새롭게 요청하고 있는 시기이기 때문이다. 또한 필자의 요즈음의 관심이 여기에 쏠려있기 때문이기도 하다. 이 평론집에 실린 글들 중 많은 부분이 생명, 정신, 신성의 담론에 초점이 맞추어져 있는 것은 이런 연유다.

이런 문제의식과 함께 현실적인 비평적 과제의 하나는 소설의 독자들처럼 비평도 일상적으로 재미있게 읽어낼 수 있는, 그래서 비평이 소수의 전유물에서 벗어나게 하는 길이었다. 이를 위해 일차적으로 시도된 것이 〈영광독서토론회〉였다. 작가의 작품을 두고, 작가와 비평가, 독자들이 한 자리에 모여 토론의 장을 마련하는 일이었다. 비평적 글 읽기에 익숙하지 않은 독자들을 작가와 비평가의 토론을 통해 작품을 읽고 해석하는 방식을 구어로 보여주는 형식이었다. 200회 가까이 진행되어 오면서 작가와 비평가가 나누는 구어비평을 통해 비평의 대중적 향유의 가능성은 확인할 수 있었다. 지금은 소위 작가와의 대화나 북토크쇼 형식으로 일상화되긴 했지만, 당시에는 독자들을 모으기도 힘든 시절이었다. 이런 경험의 산물로 나타난 것이 『대화적 비평론의 모색』(2000)이다.

사실 대화적인 글쓰기는 동서양의 고전 속에서 많이 찾아볼 수 있습니다. 그러므로 대화적인 글쓰기가 특별히 새로운 것은 아닙니다. 이 새롭지도 않은 비평적인 글쓰기를 지금 이 상황 속에서 새롭게 제기하는 이유는 지금 우리의 비평이 소통회로를 상실하고 있기 때문입니다. 비평가는 있지만 비평 독자는 없는 상황이 갈수록 악화되고 있고, 비평가와 비평가 사이에도 서로 열린 대화의 장이 마련되지 않음으로써 진정한 의미의 논쟁도 생산적인 대화도 찾아보기가 힘들기 때문입니다. 대화적 비평 양식으로의 글쓰기가 이러한 현안을 당장 풀어갈 수 있다고 생각하지 않습니다. 그러나 비평이 본질적으로 대화성을 지니고 있기 때문에 비평은 대화성을 외면할 수 없다는 사실을 강조하고, 이를 글쓰기에서나마 실현함으로써 우리 비평이 지닌 오늘의 과제를 넘어서 보자는 소박한 꿈이 담겨 있는 것입니다.

그래서 제1장에서는 대화적 비평론의 원리, 개념 등을 모색하는 글이며, 제2장은 시와의 대화, 제3장은 소설과의 대화, 제4장은 비평과의 대화로 나누어 책을 엮었습니다.

비평가의 길을 걸으며 많은 고충이 뒤따랐지만 비평적 글쓰기를 지속할 수 있었던 힘은 고석규 비평가와의 만남이었다. 묻혔던 그의 원고들을 복원하고 전집을 출간하는 과정을 통해 비평가의 정신을 다시 고쳐세울 수 있었기 때문이다. 그의 전집 발간을 주도하고, 나아가 아직은 기워야할 데가 많은 『고석규 평전』(2022)을 발간하게 된 이유이기도 하다. 고석규와 함께 그 동안 나의 '비평가의 길'에 영향을 주고, 부단히 나를 돌아볼 수 있게 한 또 다른 비평가는 김윤식이었다.

1976년으로 기억된다. 대학에 입학하여 학부를 마무리하고 대학원 진학을 준비하고 있던 시절이었다. 국어국문학과 학부 공부를 어느 정도 마무리하고 현대문학을 전공해야겠다고 전공을 정리하던 시기였다. 그해 가을학기가 시작되고 얼마 되지 않아 도서관 앞에는 초청강연회 광고가 나붙었다. 초청강사는 김윤식 교수였고, 주제는 「한국민족 문학의 어제와 오늘」이었다. 1973년 한국비평사 연구에 새 장을 연 『한국근대문예비평사』가 출간된 직후여서, 김윤식 교수에 대한 국문학계의 위상은 당시 가장 활발한 연구자, 나아가 비평가로 지목되던 시절이었다. 초청강연회가 있던 날 나도 말석에 앉아 그의 강연을 들었다. 강연장에는 자리가 꽉 찼다. 나의 기억에 남은 강연의 여운은 감동적인 강연은 이니었지만, 한국민족 문학에 대한 명쾌한 정리는 신선하게 다가왔다. 먼 발치에서 강연으로 접했던 그의 음성은 이후

자연스럽게 기억의 창고 속으로 묻혀들었다. 다행히 그의 강연초가 부산대학보(1976년 10월 16일자)에 실려있어 47년이 지난 시간의 기억을 다시 소환할 수가 있었다.

민족 문학이란 말은 현재 대한민국에서 민족 증흥이란 말과 함께 공적으로 쓰이고 있는 용어이다. 먼저 이 말을 가지고 지난 날의 우리 문학에 대해 이야기하고자 한다.

민족이라 한다면 그 전체적 연계성이 대체로 정신사적 문맥으로 사용된다. 이것은 주체성 문제로 존재하는 것이다.

더 쉽게 말해 1945년을 해방, 광복이란 말로 쓰는데 광복은 빛의 회복을 의미하고 있다. 엄격한 의미에서 해방은 객관적인 광복에 비추어 본다면 중립적이다. 그러므로 광복은 역사 회복을 전제로 하는 용어이다. 오늘은 이 광복이란 의미관념 속에서 이야기하려 한다.

먼저 서구식 전제부터 하나 하겠다. 이것은 간단히 말하면 1910년 한일합방이 되기 이전에는 조선왕조는 독립국으로 존재해 왔다. 즉 1910년까지는 국가적 민족적 양 측면을 지니고 살아왔는데 그 이후에는 국가적은 사라지고 민족민의 역사가 전개되어 1948년으로 이어지고 이때에 국가개념이 회복된다. 그런데 6·25 이후의 분단으로 보면 두 개의 국가개념과 한 개의 민족개념이 생겨난 것이다.

그러므로 1910년 이전으로 돌아가기 위해서는 이 분단문제가 해결되어야만 한다. 다시 말하면 분단상태에서는 민족 문학이라고는 할 수 있으나 국가적 차원의 문학이라고는 할 수 없다. 그런데 민족 문학을 이야기함에 또 하나의 선을 쳐두어야 하는 것은 3·1운동이다.

한 국가가 성립되기 위해서는 헌법으로써 보장되어져야 하는데 이 3·1운동으로 상해임시정부가 생기고 이로부터 헌법상의 국가가 성립하나

1948년 정부수립 그 이전까지는 국가의 수립으로 보기가 곤란하다.

19세기 서구의 충격이 동북아시아로 왔을 때 그 충격은 중국. 일본을 건드리게 되는데 그 이전까지도 중국은 하나의 보편성을 의미했다. 그러므로 한국은 그 주변국이고 일본은 그 말단이 되는데 한국은 일본보다 훨씬 빨리 중국을 통한 서구문물의 입수가 있었다. 그러므로 중국에서 이탈하기 위해서 노력이 있었으나 실패, 일본은 말단에 있었으므로 재빨리 중국권에서 탈피할 수 있었다.

그리하여 이 삼국은 각기 서구의 충격으로 인한 전통문화에 대해 공격을 하고 있었는데 한국에서는 이광수가 이에 속한다. 그는 격렬히 전통문화에 반기를 들고 일어났으나 그것은 그의 착각이었다. 왜냐하면 중국이나 일본은 그들 개화주의자들이 각기 자기나라 전통문화에 대해 공격을 가했으나 여전히 그들은 독립국으로 있었으며 이때 한국은 국가가 상실된 채 있었다. 아버지를 국가라고 볼 때 아버지의 상실기에는 아버지에 대한 공격이 아니라 부의식(국가개념)의 회복이 급선무인 것이다. 이런 문제로 해서 1910년 국가의 상실기에는 지식인을 세 분류로 나눌 수 있다. 첫째 서구와의 불타협을 주장한 위정척사파. 둘째 개화파, 셋째 독립자강파로 독립도 하고 개화도 하자는 것이었는데 물론 이 부류가 가장 타당했다.

그러나 우선 나라가 없으니까 이 부류들은 둘째와 셋째의 두 방면으로 갈라졌다. 이러한 민족전개에서 그 사상을 추출하면 2가지 큰 흐름이 나타나는데 그 하나가 단채에 의해 대표되는 저항의 명제-투쟁론이다. 그가 의열단의 선언서에서 주장한 것은 투쟁일변도, 즉 식민치하에서의 문화는 노예문화다. 그러므로 우선 싸워서 이겨야 한다. 그리고 당시 동아일보 등에서 연재되는 연애문학, 신문학에 흔들리는 청년들에 대해 우려를 표했다. 그러나 나는 그러한 그의 주장을 전적으로 받아들이기 힘들다

이에 대해 다른 하나는 도산의 명제-준비론이다. 이는 조금씩 조금씩

힘을 키워 우리나라를 되찾아야 한다는 것으로 점진주의와 상통한다. 그러나 이데올로기상 이것은 많은 단점을 내포한다. 그것은 도산의 민족의식이 서구제국주의의 민족의식인 때문에서 파생되는데 단적인 예로 도산을 신봉하던 이광수, 육당 등의 문인들이 친일로 빠져간 것은 도산사상 자체의 취약점에 의거한다. 청산리 전투를 배경한 안수길의 북간도 등에서 보면 도식적으로 이해할 수 없는 면이 있다. 그것은 우리 자신의 것이므로 더욱 그런 것이며 이런 면에서 우리 민족문학 작품의 섬세한 독법이 요구된다.

지금까지 민족문학 이해의 지표를 단채와 도산 명제로서 간단히 살펴보았다. 이것이 식민지 시대문학을 이해하는 지표가 되며 이것은 곧 저항과 창조의 등가성이라 할 수 있다. 살아야겠다 독립해야겠다가 서로 다른 것이 아니라 동질적이라 하는 것이다. 곧 이해의 지표가 된다. 대체로 이 시대 문학은 3.1운동을 기복해서 차이가 난다. 소위 문화주의라는 것과 결부되어 3.1운동 후의 양상은 현저히 시 쪽으로 편향되고 소설의 약화를 보인다. 전 계층을 초월한 민족적 운동이 실패로 돌아갔을 때 이의 자각성 등으로 민족의 저항의 양상도 달라진다.

이럴 때 한 사회가 나아갈 지평이 보이지 않는 한 행동 양상으로서의 추적을 더듬는 소설이 힘들어진다. 반면 한순간의 체험인 시가 허무. 퇴폐적 양상을 대두하는 것이다. 이렇게 되면 문학적 이유로서 장르의 선택문제가 대두하게 되는데 장편은 더욱 불가능하게 되고 만다. 그리하여 1924.5년 프로문학과 함께 소설 문학이 나타나게 되는데 역사적으로 우리도 어떻게 나아가야겠다는 지평이 보이기 시작할 때 소설이 나타난다. 이것이 30년대 초반까지 내려온다. 그리고 계속 시를 써온 사람들은 주변 인물이 되어 가장 민족적인 것에 결부되어 그들 존재를 명백히 하는데 만해와 소월이 그 대표적 인물이다. 이후 보수세력인 민족주의와 세계사조로서의 계급주의가 전개되는데 일본은 만주사변 이후 국내 사회주의 문학을 극력 탄압,

그러므로 민족문학도 그의 의미를 상실하게 된다. 그래서 1930년대를 기점으로 정치적 타부, 도덕적 타부가 결부되어 문학 양상도 달라진다. 정치적 타부의 계속은 문학을 이른바 순수문학으로 이끈다. 감각적 토착, 농본주의 역사소설 등에 중점이 주어지고 다음에 외국문학의 탐닉현상이 일어난다. 이것이 30년대 우리 문학의 몇 가지 줄거리이다.

이것을 넘어 40년대에 들어서면 완전히 말살 정책이 나타나서 침체기에 들어 한국문학의 명맥이 끊어진다. 이러한 문학적 해석방법은 45년을 기준해서 일단 끝이 난다. 다음 해방 이후 군정시기에는 문학에 있어서 민족주의와 좌익의 극단적 대립 현상이 일어나 이들의 이데올로기 쟁투장이 벌어졌다. 정부수립 후에 공산주의자의 월북으로 일단 수습이 되는데 여기서 해방을 맞은 문학인들의 태도는 어떠했는가.

염상섭은 보수주의–전통적 가족주의에 복귀로 귀착하고 채만식은 소설의 방법으로 풍자를 계속하여 일제기와 꼭 같다는 것을 암시하고 비풍자소설로서 친일했던 자기반성의 글을 쓴 유일한 문인이었다. 나는 이 두 네가 해방공간에 대처했던 방법이 한국문단의 저력을 지켜온 가장 온전한 방법으로 본다.

다음 6.25를 전후문학으로 보는데 이 50년대 문학은 극한상황을 가졌다는 점에서 세계의 동시성(카뮈, 사르트르)과 연결된다. 이것은 한국주의적인 것의 탈피이며 최대의 강점으로 새로운 문학의 탄생이 이뤄진다. 이 점에서 전후 세대는 우리 문학을 세계적 수준으로 끌어올렸다는 점에서는 높이 살만하다. 동시에 국적성을 잃었다는 단점도 생긴다. 그리고 대부분 전후문학의 평가로서 신인들만을 택하고 있는데 나는 구세대에 대한 평가도 있어야 되리라 본다.

1960년대부터는 전통에 대한 논의가 야기되고 4·19로서 대표된다. 즉 4·19는 자생적으로 지리난 최초의 혁명이기에 때문이다. 그러나 이로 인한 국민 작가들의 성장은 있었으나 허무의식을 벗어나지 못했다. 이미 10개를 안 사람에게 2, 3개만을 알기를 강요하는 사회현실 앞에서 그들은 자연 암담해질 수밖에 없었던 것이다. 70년대는 주로 국민문학으로 대표한다. 즉 민족민족 의식이 활발히 논의되면서부터 비롯되어진다. 이 시대의 특징은 ①세련된 지적작품이 아니다. 물론 이청준 등의 지적작품을 계속하고 있긴 하지만 ②역사소설로 전환한다. 대중문화의 성장이 문학의 저변확대와 관련되어 문체의 민중성 등을 가져왔다. 여기서 끝으로 리얼리즘이란 말을 쓰는데 오늘날 문학에서 리얼리즘을 논하지 않는 사람은 없다. ①디테일의 리얼리티로 사용하고 ②사조로서의 리얼리즘 즉 낭만주의 반동으로서 사용되는 것인데 이에는 E.졸라를 중심한 과학적 리얼리즘, 플로베르의 예술적 리얼리즘, 발작의 사회적 리얼리즘이 있다.

이런 것은 그 각각의 세계관에 입각하는 것인데 인간의 본질규명에는 2가지 방법이 있다. 하나는 던져진 존재, 세계내적 존재로 파악하는 방법으로서 혼자로서의 고독, 공포 등에서 인간본질을 규명한다. 그래서 이것은 무역사성을 가진다. 시대성의 고금을 통해 인간본질은 마찬가지라는 입장으로 이의 극단적 추구자가 카프카이다. 그는 병적 상태 집요한 추구를 계속해서 이를 반리얼리즘, 전위, 모더니즘으로 취급한다. 다음으로 인간본질을 사람과 사람과의 관계 – 실체적 존재 – 에서 보는 것으로 이가 리얼리즘이다. 그러므로 작가가 실천적 주체로 인간을 보느냐 병적 추구로 떨어지느냐에 따라 리얼리즘을 판단할 수 있다. 예술이 이상주의를 원본으로 하고 현실사회의 병폐를 그릴 때 리얼리즘도 이 테두리에서 벗어나지 않는다. 그러므로 리얼리즘도 이상주의이다. 이러한 사조를 한국현실과 맞추어 생각함이 중요하다.

결론을 말하자면 나는 문학은 음악이나 미술과 같은 순수예술이 아니라고 단언한다. 음악과 미술과는 달리 문학은 언어를 매개로 한다. 언어는 역사성 사회성을 가진다. 그러므로 문학은 그 자체의 역사성을 감안해서 다른 차원에서 연구되어져야 한다.

　문학은 어떤 독자적인 법칙이 없으며 이는 유사학문은 되나 엄밀한 의미의 학문이라 볼 수는 없다. 이 복잡한 상태에서 문학은 순수예술로 치부할 수 없다. 문학은 학문이 아닌 까닭이다. 그러므로 문학을 상상적 의식의 주체, 허구를 통한 진실의 포착방법으로 이해하지 않으면 더 이상 연구를 계속해 나갈 수 없는 것이다. (권봉영 기자 초)

　이후 김윤식 교수가 세상을 떠나기 전까지 개인적으로 몇십 년간의 지속적인 비평적 교류가 있었다. 마지막 병원에 실려가기 전까지 월평을 놓지 않았던 비평가의 글쓰기 정신은 나의 글쓰기를 추동하는 하나의 계기가 되었다. 한강이 내려다보이는 용산구 서빙고동의 신동 아아파트 112동 1301호 서재 벽에 딱지딱지 붙어있던 메모지들과 평생 원고지에만 글을 써 굳은 살이 깊이 박혀 있던 엄지와 검지 손가락이 아직도 선명하게 되살아난다. 고석규가 보여준 글쓰기의 전형을 또다른 차원에서 인식하게 된 것이다. 『향파 이주홍 선생의 다양한 편모』(2022)를 정리한 것도 같은 선상이다. 죽음 직전까지 붓을 놓지 않았던 자들의 글쓰기 정신의 뿌리를 찾아 나선 것이었다. 김윤식에 대한 개인적인 얘기와 그의 비평에 대한 논의는 장을 달리하여 모습을 드러내게 될 것이다.

　나의 비평의 출발점은 윤동주 시인이었다고 서두에서 밝혔다. 그에 대한 부채의식은 아직도 그대로 남아 있다. 그 부채의식은 『윤동주 시인의 시와 삶 엿보기』(2007)로 조금 덜어진 바 있지만, 출간을 준비하고 있는 『윤동주 시 다시읽기』로 마무리되기를 소망한다. 윤동주에 깊이 매료되어 윤동주 연구사에서두 괄목할 만한 최초의 윤동주론 「윤동주의 정신적 소묘」를 썼던 고석규, 그는 살별처럼 사라져버렸지만 그런 그를 다시 1950년대 비평사에 복원시키고 떠난 김윤식, 그들이 새롭게 열어놓은 비평의 길에서 나는 곁눈질만 하고 산보하듯 걸어온 셈이다. 이제 내가 새롭게 열어가야 할 길은 아직, 아무리 찾아보아도 보이지 않는다.

　윤동주 시인은 「새로운 길」에서, "내를 건너서 숲으로/ 고개를 넘어서 마을로// 어제도 가고 오늘도 갈/ 나의 길 새로운 길// 민들레가 피고 까치가 날고/ 아가씨가 지나고 바람이 일고// 나의 길은 언제나 새로운 길/ 오늘도/ 내일도// 내를 건너서 숲으로/ 고개를 넘어서 마을로" 매일매일 새로운 길을 걸었다고 노래했는데….

지역문화운동에서 해양문학론으로

남송우 평론가의 비평세계

박동억

1. 부산지역 무크지와 지역문화운동 : 남송우의 초기비평

문학평론가 남송우(1953~)는 경상남도 거제에서 태어났으며, 부산
대학교 국어국문학과를 졸업하고, 1981년 중앙일보 신춘문예에서 평
론 부문에 당선되어 등단하였다. 잘 알려져 있듯 그가 평론 활동을
시작했던 1980년대는 무크지를 위주로 문단이 재구성된 시기였으며,[1]
남송우의 초기 비평 역시 무크지 활동을 통해 형성되었다고 볼 수 있

---

1 무크(Mook)란 책(Book)과 잡지(Magazine)의 합성어로 단행본과 정기간행물의
특성이 혼합된 잡지를 아울러 지칭하는 개념이다. 무크(Mook)라는 말이 최초로
쓰인 것은 1971년 영국 런던에서 열린 제18차 국제잡지협회 회의의 보고서였다.
최초의 '무크'는 영미권의 작가들이 모여 만든 동인 성격의 매체를 지칭했다. 한국
에서 '무크' 혹은 '무크지(紙)'라는 용어는 1980년대 독재정권의 검열을 피해 나타
난 게릴라식 문화운동들의 잡지를 지칭해 왔다. 그 특징에 따라 동인성격의 '동인
무크지'와 기존 종합문예지의 구성을 따온 비정기간행물이 '종합 무크지'로 세분할
수 있다. 넓은 의미에서 1930년대 동인지나, 1950년대 피난문학 동인지 또한 무크
의 범주에 넣을 수 있으나, 본고는 1980년대 무크에 한정하여 이 단어를 사용한다.

다. 1980년 7월 신군부정권의 문화공보부가 '사회정화' 명목으로『창
작과비평』,『문학과사회』등을 포함한 172개의 정기간행물을 폐간했
고, 같은 해 12월에는 언론기본법을 통해 정기간행물의 등록을 철저
히 통제했다. 이 시기에 대대적으로 나타난 비정기간행물 무크지는
검열을 피하고 증언하기 위한 언론이었다.

  유념할 것은 이러한 무크지 운동을 중앙문단의 공백으로 인해 발생
한 일시적인 우회로나 돌파구로만 이해해서는 안 된다는 사실이다.
실상 최초의 무크지인『실천문학』은 1979년부터 유신정권의 지속을
전제로 기획된 것이었으며, 창간자 박태순에 따르면 창비·문지 그룹
과 같은 주요 계간지들이 구축한 "엘리트 중심의 폐쇄적인 소통구조"[2]
를 극복하는 것을 주된 목적으로 했다. 나아가『삶의 문학』(대전)『마
산문학』(마산)『토박이』(부산)와 같은 지역 무크지의 간행 과정에서 의
식했던 것은 서울중심성의 극복이었다. 이들이 극복하고자 했던 것은
신군부의 검열뿐만 아니라 상징자본의 지역적 불균형이었던 셈이다.

  남송우는 이윤택, 민병주 등과 함께 부산 지역의 두 무크지『지평』
과『전망』의 간행에 주도적인 역할을 맡았다. 우선 남송우는 1983년
4월『지평』제1집과 같은 10월『지평』제2집을 간행하는 데 동참했
다. 한편 지방문학운동에 대한 관점을 두고 필진 사이에 갈등이 생기

---

2 박태순·이명원, 「소설가 박태순에게 들어보는 1980년대와 실천문학, 그리고 문학
   운동」, 『실천문학』 105호, 2012년 봄호, 119쪽. 다만 과연 『실천문학』의 그러한
   시도가 정말로 '새로운 문학'으로 이어졌는지 재고할 수 있다. 고봉준은『실천문학』
   의 내용을 검토하면 양대 계간지와 크게 구분되지 않는다는 사실을 지적한다.
   결론적으로 고봉준은 "담론의 차원에서 그것이 70년대 문학과 변별되는 어떤 독자성
   을 가졌다고 보이지는 않는다"고 비판한다.(고봉준, 「80년대 문학의 전사(前史),
   포스트-유신체제 문학의 현실인식-1979.12.12부터 1983년까지의 비평담론」, 『한
   민족문화연구』 제50권, 한민족문화학회, 2015, 509쪽.)

자 『지평』을 이탈하여 1984년 9월 창간한 무크지가 곧 『전망』이었다.

이때 무크지 활동을 경유하며 남송우가 견지한 '지역주의'는 두 가지 맥락에서 이해될 수 있다. 그것은 먼저 문학적 역량을 결집하기 위한 계기로 이해된다. 『지평』의 필자들은 창간의도를 밝히며 "350만 인구를 가진 제2도시 부산에서 아직까지 문학 월계간지 한 권 없다는 부끄러움을 한으로 간직"하고 있다고 표현하기도 했다.[3] 또한 『전망』의 경우 부산대학교 출신의 문인을 중심으로 필진을 꾸림으로써 부산 문단의 결속력을 기를 수 있었다.

한편 이들이 견지한 지역주의는 서울중심의 문단권력에 대한 비판 과정에서 예각화한 것이기도 했다. 특히 『지평』, 『전망』이 견지한 지역주의적 성격은 광주나 대전 지역의 무크지보다도 더 투철한 것이었다.[4] 이에 문지 그룹의 성민엽은 『전망』 동인의 민병욱이 주장한 '지방주의'를 한국의 구조적 모순이라는 보편적 상황을 직시하지 못한 견해라고 격하한다. 이에 남송우는 도리어 성민엽을 비판하며 구조적 모순 속에서도 서울보다 지역이 훨씬 악화된 상태임을 역설한다. 남송우는 각 지역의 문학활동이 대등한 관계로 실현되는 순간을 목표로 삼고 있는데, 이를 부각하기 위한 전략으로써 1970년대 문학을 곧 '서울지방문학'이라고 규정한다.[5]

이러한 무크지 운동을 통해 부산 문인의 역량을 결집했던 것은 이후 남송우가 1991년 부산지역의 비평전문지 『오늘의 문예비평』을 창간할

3 「『지평』을 열면서」, 『지평』 1집, 釜山文芸社, 1983.
4 김경연, 「1980년대 지역문학운동의 문화정치학 무크지-『지평』과 『전망』을 중심으로」, 『한국문학논총』 제89호, 한국문학회, 2021, 497쪽 참조.
5 남송우, 「80년대 전반 문예비평 반성(Ⅱ)」, 『전망』 4집, 71~72쪽. 남송우의 무크지 활동에 대한 논의는 위 김경연의 글 참조.

수 있도록 만들었다. 한편 지방주의에 대한 그의 탐구가 맺은 결실이 바로 저서 『지역시대의 문화논리』(전망, 1995)이다. 그는 "이 글들이 햇빛을 보기까지는 필자가 몸담았던 80년대의 『지평』, 『전망』 무크지 운동과 아직 계속되고 있는 『목요 학술회』 활동, 『포럼 신사고』, 『오늘의 문예비평』 발행 등이 실질적인 바탕이 되었다."라고 서문에서 밝히고 있다.

> 이제 지역문화운동의 사정도 상당히 변했다. 아직 서울중심주의에 길들여져 있는 지역인들의 의식을 완전히 씻어내는 데는 상당한 시간이 걸리겠지만, 지방자치의식의 점층은 그 가능성을 상당 부분 담보해 줄 수 있으리라 본다. 이런 지역적 사정을 고려한다면 '서울학'의 방향은 그 기초가 한국내 다른 지역과의 관계성 속에서, 즉 다른 지역과 똑같은 선의 자치도시의 하나라는 인식토대 위에서 출발해야 할 것이다. 여전히 특별시 행세를 고집하기 위한 그리고 다른 지역과의 관계에 있어 기존의 종속 관계를 유지하기 위한 수단의 연구로 전락한다면, '서울학'의 긍정적 의미를 찾기는 힘들다고 본다.[6]

남송우는 1990년대까지 '서울중심주의' 혹은 그것을 보완하는 '서울학'에 대한 비판을 지속하는 자세를 견지한다. 여기서 그가 드러내는 것은 지방자치제, 즉 풀뿌리 민주주의에 대한 기대이다. 이에 따라 그의 관심은 문학 작품을 넘어서 '지역문화운동'이라는 더 넓은 문화 전반으로 확장한다. 이러한 맥락에서 『지역시대의 문화논리』는 부산

---

6 남송우, 「실질적 지역자치를 위한 지역학」, 『지역시대의 문화논리』, 전망, 1995, 15쪽.

의 바다예술제, 연극제, 서예대전 등 예술 제도에 대한 소개한 뒤 비판을 가하는 한편, 아예 부산지역의 자연 경관을 어떻게 부산 시민들이 누리는 문화공간으로 연출하고 발전시킬 수 있을지 숙고하는 글을 담고 있다.

이 저서는 1990년대 문단의 흐름으로부터 일정 벗어난 듯 보인다. 그것은 '세계화'라는 흐름을 두렵고 경계해야 할 것으로 간주하는 분위기 속에서 한국이라는 '로컬'의 문제를 사유했던 글로컬의 담론을 벗어나 있음을 뜻한다. 또한 그가 문제 삼는 로컬리티의 위계가 도시와 시골 사이의 위계를 강조했던 근대화 담론과도 사뭇 다르다는 바 또한 유념해야 한다. 따라서 1990년대 전반의 담론이 선진국 미국일본 대(對) 개발도상국 한국이라는 정치적 인식틀 안에서 유효한 것이 되었다면, 남송우의 문화비평은 서울 대(對) 부산이라는 정치적 구도 안에서 유효한 것이 된다. 여기서 강조해도 좋은 것은 『지역시대의 문화논리』에서 힘주어 반복하는 단어는 실상 '지역'보다 '부산'이며, 즉 저서에서 강조하는 '지역주의'란 여러 지역의 다원성을 가리킨다기보다 서울에 종속된 부산의 지위를 가리킨다는 의미에 가깝다는 것이다.

남송우의 초기 비평에서는 서울중심성을 비판하는 문화비평 이면에 깃든 부산중심성을 확인하게 되는데, 이러한 정치적 입장은 시대적 상황에 따라서 중요한 의의를 지닐 수 있을 것이다. 무엇보다 현재 한국 사회가 지역소멸의 단계에 이르렀다는 사실을 고려할 때 남송우의 비평은 도리어 지금 우리 시대에 전략적으로 필요한 것이 아닌지 되묻게 된다. 그렇기 때문에 비교적 최근의 저서인 『지역문학에서 지역문화 연구로』(전망, 2018)에서 그가 충북, 대구, 제주 등 지역 전반을 안배하고 있다는 사실은 학문석으로는 합낭해 보이시만 정치적 갈등의 여지를 줄이고 있다는 점에서 그의 초기비평과는 결별한 것이라고 판단된다.

지역주의에 대한 남송우 평론가의 비평적 탐구는 그의 고유한 학문적 탐구를 전개하는 데 자양분이 되었던 것으로 보인다. 1990년대 중반에 이르러 그의 탐구는 적어도 세 가지 방향으로 분화하게 된다. 첫째는 문학적 혹은 비평적 양식을 통한 대화의 가능성을 모색하는 것으로 이를 '해석학적 대화'라고 부를 수 있을 것이다. 둘째로 이와 함께 그의 비평은 문학과 문단권력을 재생산하는 출판사, 대학 등 사회적 메커니즘 전반에 대한 '제도비평'으로 옮아간다. 마지막으로 지역주의에 대한 그의 논의는 부산의 지리적 특성에 기초한 '해양문학론'으로 발전한다.

2. 해석학적 대화

남송우 비평에서 가장 내밀한 위치에 놓이는 작가 혹은 작품은 무엇인가. 이것은 그가 문학평론가일 수 있는 이유, 문학을 끈질기게 사랑할 수 있는 이유에 대한 물음이기도 하다. 실은 남송우 평론가가 등단 이전에 학사학위와 석사학위논문의 집필 대상으로 택한 것은 윤동주 시인이었다. 또한 1981년 그가 등단했을 때의 평론의 제목 또한 「윤동주 시에 나타난 자기의 문제」였다. 또한 이것은 단순한 탐구에 그치는 것이 아니라 사람과의 대화로 이어지기도 했다. 이를테면 신춘문예 등단을 계기로 그는 윤동주의 동생 윤혜원의 남편 오형원 씨와 만남을 갖기도 했다. 이 일화는 『윤동주 시인의 시와 삶 엿보기』(부경대학교 출판부, 2007)의 글 「나의 길을 찾아서」에 소개되어 있는데, 여기서 남송우에게 윤동주 연구는 다시 행해야 할 '약속'이자 '재회'로 표현되고 있다.

사실 윤동주에 대해 기록하는 그의 문체는 그의 비평집과 연구서가 지닌 문체와는 사뭇 다르다. 이를테면 "나는 돌길은 아니지만, 시멘트로 포장된 길, 그리고 아직 생명의 감촉을 느낄 수 있는 흙길을 걸으며, 윤동주의 〈길〉을 나의 가슴에 다시 한번 담아보았습니다"[7]라는 목소리에서 우리는 저자가 윤동주를 머리가 아닌 가슴으로 읽어낸다는 인상을 받게 된다. 무엇보다 그는 자신이 걷는 길을 윤동주의 길과 포개어 본다. 여기서 그의 비평은 시공간을 넘어선 어떤 교감이나 대화를 상상하는 듯하다.

비평이란 곧 대화의 자세여야 한다는 믿음은 『대화적 비평론의 모색』(세종출판사, 2000)이라는 저서에서 명시된다. 물론 그 이전에 그는 『다원적 세상보기』(신생, 1994)에서 "만일 비평가 자신이 지녔던 비평관을 유일의 방법론이나 입장만으로 고수하고 있다면, 그는 이 세계에 대한 탐구를 그만둔 자이거나 자신이 지닌 비평적 입장을 절대유일의 가치로 신념화한 자일 것"[8]이라고 말했고, 여기서 다원주의란 지역운동에서 요구하는 다원성, 즉 지역 간의 대등한 대화적 관계와도 밀접한 관련이 있다고 판단된다. 그런데 이 '대화'를 중요하게 여기는 마음을 가슴속 깊이 뿌리 내릴 수 있게 해주는 힘은 윤동주와의 대화, 즉 그가 각별하게 말 건네고 귀 기울이는 윤동주에 대한 경험이 아니었을까. 물론 이러한 물음은 추측에 그친다.

『대화적 비평론의 모색』에 수록한 비평 상당수는 희곡처럼 대화체로 쓰였다. 여러 명의 비평가와 독자가 함께 작품에 대해 토론하고

---

7 남송우, 「나의 길을 찾아서」, 『윤동주 시인의 시와 삶 엿보기』, 부경대학교 출판부, 2007, 148쪽.
8 남송우, 『다원적 세상보기』, 신생, 1994, 358쪽.

문답을 주고 받는 형식은 마치 플라톤의 대화록을 떠올린다. 「해석학적 입장에서 본 대화적 비평」이라는 제목의 글에서 그는 이러한 형식에 대해 설명하고 있다. 그는 비평가와 텍스트 사이의 관계를 '작품과의 대화'로 규정하는 한편, 작품을 읽는 다양한 독자와의 대화로 확장하여 이해한다. 여기서 그가 의식하고 있는 것은 작품이 지닌 다성성 혹은 해석의 열림이다. 따라서 "작품과 비평가 사이의 단일한 대화구조보다는 다양한 대화자를 설정하여 작품에 대해 논의"하는 것을 중요한 과제로 설정한다.[9]

사실 이 세계에 대해 한 인간이 인식하고 이해하는 영역이란 극히 제한적이고 상대적인 것일 수밖에 없습니다. 그러므로 인간이 어떤 대상에 대해 하는 발언을 따지고 보면, 절대적인 객관성을 찾기는 힘들고 주관적인 가치 판단이 개입된 것일 수밖에 없습니다. 그러므로 어떤 한 사람이 한 대상이 지닌 의미나 문제를 논할 때, 그 주장은 언제나 어떤 한 관점이나 제한 아래서 만들어졌으므로 상대적인 것이며 절대적이 아니라는 것입니다. 극단적으로 말하면, 완전히 참인 판단도 없으며 완전히 거짓인 판단도 없습니다. 그래서 인간의 모든 판단은 어떤 의미에서는 참이며 다른 의미에서는 거짓인 것입니다. **이는 바로 한 사람이 사물의 전체성을 인식한다는 것은 불가능하며 오직 부분만을 알 수 있을 뿐이라는 말입니다. 이런 인식의 토대 위에 있을 때 토론의 존재성은 제대로 살아납니다.**[10]

저자가 의식하고 있는 '대화'란 세계의 전체성을 인식하는 부분으로

---

9   남송우, 『대화적 비평론의 모색』, 세종출판사, 2000, 23쪽.
10 남송우, 같은 책, 29쪽. 강조는 인용자.

서 개인의 주관을 교환하는 과정이라고 할 수 있다. 서로 다른 입장에
선 사람이 서로의 의견을 경청함으로써 불완전한 이해를 조금 더 나은
것으로 만들어 나가는 과정이 대화인 셈이다. 이후에 그는 하버마스와
아펠의 대화·토론 이론을 검토하는데, 이러한 이론가들이 강조했던
것이 대화의 합리성임을 유념할 필요가 있다. 그것은 눈앞의 대화 상대
가 '말이 통하는' 상대라는 사실을 자명하게 전제한다는 사실을 뜻한다.

따라서 남송우의 '해석학적 대화'라는 개념은 포스트모던한 '대화'
이론, 즉 소통이 불가능하거나 서로 절대 신뢰하지 않는 상황을 일반
적인 것으로 전제하는 이론과는 거리가 멀다. 프로이트는 『농담과 무
의식의 관계』에서 서술한 상대를 신뢰하지 않기에 상대의 모든 말을
거짓으로만 이해하는 인간을 언급했다. 또한 랑시에르가 『불화』에서
지적했듯 하버마스는 '합리적인 토론'을 추구했기 때문에 타협할 수
없는 방식으로 세상을 인식하는 타자를 상정하지 않는다. 이와는 달
리 남송우의 '해석학적 대화'는 사회 부분에 대한 이해를 통해 사회
전체를 이해할 수 있다고 믿는 인간형을 전제한다. 이 때문에 그의
대화 이론에서 연상하게 되는 것은 전형을 통해 사회 구조를 이해할
수 있다고 믿었던 루카치 이론이다.

포스트모던한 입장에서 읽어낸다면 『대화적 비평론의 모색』은 모
놀로그적인 비평서로 이해된다. 예컨대 「소위 포스트모던시, 문제는
없는가」라는 글은 '비평가(갑)'과 '비평가(을)'이 대화를 나누는 문체로
구성되어 있지만, 실상 두 목소리는 대립한다기보다 호응하고, 서로
타자로서 다름을 확인한다기보다 동일자로서 합의점을 찾고 있다. 예
컨대 비평가(갑)이 "글쓰기의 고뇌가 생략된 경박한 말장난 소설이나
실험소설은 포스트모더니즘 소설이 될 수 없다"라고 언급하면, 비평
가(을)이 "사실 우리 시문학사를 살피면, 새로운 것에 대해 너무 쉽게

경도되는 모습을 볼 수 있죠"라고 동의하는 형식을 취하는 식이다. 대화의 형식은 평론집『이것, 저것 그리고 군더더기』(해성, 2008)의 글 「바다시의 방향성」에서도 시도된다. 그러나 이 또한 외양상 대화를 취하고 있는 독백에 가깝다.

이것을 한계라고 표현하기는 어렵다. 왜냐하면 '대화'라는 전제를 벗겨내고 그의 글을 바라볼 때, 우리는 그의 비평이 사소설비평 그리고 사회 전반의 제도까지 아울러 다루는 폭넓은 대화의 소산임을 부인할 수 없기 때문이다. 그러면서도 철저히 평론가가 자신의 감정 혹은 주관에 몰입할 때, 그리고 그것을 통해 타자의 텍스트를 주관화하려 할 때 해석은 갈등의 장소가 되는 것은 아닌지 되묻게 된다. 실상 대화의 형식을 취하는 평문보다 '대화적이라는' 인상을 남기는 남송우의 글은 앞서 살펴본 윤동주론, 고석규론이라고 할 수 있다. 이러한 글에서 남송우는 한 시인이나 저자의 목소리를 오롯이 받아쓰는 데 주력한다.

한편 철저히 주관적 가치평가를 행할 때도 그의 시는 대화적인 성격을 띤다. 「2000년대 비평의 향방(1)」이라는 제목의 글에서 그는 "해석의 바벨탑 아니라, 다양한 가치의 바벨탑을 쌓아 갈 때이다"라는 제언을 남기고 있는데, 그것은 그의 글 내에서 서영인의 평론집『충돌하는 차이들의 심층』(창비, 2005)과 정혜경의 평론집『매혹과 곤혹』(열림원, 2004)을 향해 세대를 넘어선 대화를 실현하고 있는 셈이다.

3. 교육자로서의 정신과 제도비평 :『쉼표와 마침표 사이에서』를 중심으로

그는 문학 평론뿐만 아니라 칼럼을 통한 사회비평에도 관심을 기울였다. 본래 '지역운동'에 대한 관심이 실질적으로 부산 지역을 비롯한 경남 전반에서 시행되고 있는 문화 행사에 대한 파악, 그리고 독자에게 문학을 접하게 하는 대학과 출판의 메커니즘에 대한 정치한 분석으로도 이어졌기 때문에, 그의 사회비평은 교육과 문단 제도에 대한 구체적 이해에 기초할 수 있었다. 『쉼표와 마침표 사이에서』(전망, 2013), 『지금, 이곳에 희망은 있는가?』(해성, 2018) 등의 저서는 저자가 몸으로 살아낸 환경에 대한 깊은 심려가 깃들어 있다.

　『쉼표와 마침표 사이에서』에서 저자는 대학, 교회, 지역문화제 등에 대한 사회비평을 각각의 부로 다루고 있으며, 마지막 4부에서는 자기성찰을 행하고 있다. 제1부 '학교를 향하여'에서는 교육자로서 제도에 대한 엄밀한 판단을 확인할 수 있다. 각각의 글은 하나의 물음과 그에 대한 해답을 제시하는 결론으로 이루어져 있다. 「선진화 교육의 궁극적 지향점」이라는 제목의 글에서는 "교육선진화는 지식차원의 선진화만이 아니라, 사람다운 삶의 지향을 실현할 인간교육의 선진화가 수반되어야 한다"라는 결론이 제시된다. 「우리 사회의 민주주의는 진화하고 있는가?」라는 물음에 대해서도 단호히 '아니다'라고 답하면서, 학생들의 민주주의 정신을 함양하려면 '토론식 수업의 일상화'가 필요하다고 답하기도 한다. 「대학원 교육 선진화 어떻게 할까?」에 대한 물음에 대해서는 "학부중심대학은 대학원 정원을 줄이고, 대학원 중심대학은 학부정원을 줄여나가는 정책 입안이 근원적으로 전개되어야 한다"라고 답한다. 이는 곧 현장에 곧장 적용할 수 있는 정책적이고 실천적인 응답들이다. 대학 행정의 중요한 사안에 대하여 행정적인 구체안을 제공하는 것이기도 하다. 이러한 과정에서 그는 '선진화', '진화', '근인격'과 같은 이데올로기적 수사를 점유하여 자신이 교육관을 표현하고 있다.

그가 강조하는 교육관은 교수는 곧 학생을 가르치는 사람이어야 한다는 바다. 학부교육에 힘 써야 할 대학이 한 편의 논문을 더 쓰는 데 혈안이 되어있다. 이것이 그가 진단하는 교육의 기형적 실태이다(「대학평가의 빛과 그림자」). 대신 숙고해 볼 것은 "교수가 학생을 진정한 한 인격체로 상대하여 교육이 이루어진다면, 이를 보고 배우는 학생들 역시 그 인격을 닮아가도록 되어 있다"(「대학을 떠나야 할 교수들은 더 없는가?」)라는 사실이다. 여기에는 더 근본적으로 교수는 학생보다 더 나은 인격을 함양한 사람이어야 한다는 수양론이 전제된다.

교회와 문화 활동 전반에 대한 비판의 맥락 또한 이와 궤를 같이한다. 핵심은 대화 또는 교육의 장소가 필요하다는 것이다. 성장 위주의 정책으로 입안된 사회 구조가 교회에도 스며들었다는 것이 그의 진단이다(「○○제일교회, ○○중앙교회, 작은 교회, 큰 교회 그리고」). 그는 성경 해석과 타인과의 대화가 유의미한 것이 되려면 교회에서도 독서교육 프로그램을 폭넓게 도입해야 한다고 주장한다(「각 교회에 필독서는 있는가?」. 더 나아가 사람뿐만 아니라 자연과도 공존하는 생태학적 교리를 만들어 나가는 것이 중요하다(「생태적 삶의 실천과 생태신학」).

마찬가지로 일본 대중문화의 유입에 대한 대책으로 부마항쟁의 이념을 회고하면서도 그는 민주화의 지혜를 실천하도록 이끄는 '민주학교'를 세워야 하다는 해답으로 이행한다(「부마민주항쟁의 정신은 어디로 진화해 가야 하는가?」). 또한 우리 사회의 분쟁과 갈등을 해소하기 위해서는 그 이전의 미숙한 대화와 토론보다 더 '성숙한 토론', 즉 "토론 상대자에 대한 인정과 인격적 존중"이 전제되는 대화가 행해져야 한다고 그는 힘주어 말한다(「대화와 토론 훈련」).

남송우의 사회비평이 향하는 근본적 목적지는 지성적 대화가 가능한 합리적 인간의 함양인 것으로 판단된다. 그의 논의에서 반복적으

로 확인하게 되는 것은 '가르치고-배우는' 관계와 '토론'이라고 하는
두 대화 형식에 대한 학문적이면서도 실천적인 추구이다. '가르치고
-배우는' 관계가 교수자가 학생에게 더 나은 인격적 본보기를 보이는
일이라면, '토론'은 상호적으로 '가르치고-배우는' 입장에 서는 과정
인 것처럼 보인다.

　이 목표는 필연적으로 가르치는 자는 더 '성숙한 인간'이어야 한다
는 마음가짐을 전제할 수밖에 없다. 이러한 사실은 자기 자신을 되돌
아보는 책의 제4부에서 분명히 드러난다. 그는 마음속에서 아버지와
태야 최동원 선생을 회고한다. 그리고 "선비정신도 잃어버리고 학문
의 자세도 잃어버린 현재의 나의 모습에서 스승의 뒷걸음도 쫓아가지
못하는 자화상"을 확인할 때, 그가 느끼는 부끄러움은 마음속에 짊어
진 사람됨의 무게를 확인하게 해주는 것이기도 하다(「세월의 더께 속에
깊이 스며있는 은인들」).

4. 해양문학과 생태주의

　지역운동이 남송우의 비평이 샘솟는 원천이라면, 해양문학론은 남
송우의 비평의 지류가 종합하는 대양이라고 할 수 있다. 따라서 해양
문학론에 대한 구상과 모색의 흔적은 그의 저술 전체에 스며든 것처
럼 보인다. 해양문학론이 남송우의 비평에서 최초로 제기되는 시점과
그것의 영향관계는 엄밀하게 검토되어야 할 것이지만, 우선 주목해
볼 저술은 『지역시대의 문화논리』의 「부산 지역의 특성을 활용한 문
화예술 창출방향」인 것으로 보인다. 이 글은 본래 1993년 『시정연구
보고』 제5호에 발표되었던 글이며, 오건환 교수의 「부산의 환경과 문

화 공간」을 중요한 참조점으로 삼는 한편 태평양 바다와 접한 항구도
시인 동시에 낙동강과 산을 끼고 있다는 지리적 특수성을 살려 1) 바
다의 인접지역, 2) 바다자체, 3) 강변, 산을 각각 어떻게 문화공간으
로 재구성할 수 있을지 숙고하는 내용으로 이루어진다.

이때 해양문학론은 단순히 부산의 지역문학론을 지리적으로 이동
하는 데 그치지 않는다. 해양문학론을 구체화하는 시기인 1990년대
에 남송우는 생태주의에 깊은 관심을 지니고 있었다. 그는 1995년
〈열린시〉에 환경 문제에 대한 「생명시학을 위하여」라는 단평을 게재
하였고, 이때부터 생태적 사유를 엄밀하게 이론화하여 『생명시학 터
닦기』(부경대학교 출판부, 2010)를 간행하는 데 이른다. 저자는 문명에
대한 전격적인 비판과 거부를 표방하는 심층생태주의적 입장과 인간
사회의 불평등을 해소하는 것이 곧 생태주의적인 활동이 될 수 있다
는 사회생태학적 입장을 균형감 있게 검토하면서 요나스의 생명철학,
장회익의 온생명론, 이외에도 김지하를 비롯한 수많은 시인들의 생태
정신을 살피고 있다. 이는 저서 제목이 암시하듯 앞으로의 생태주의
연구에 기틀을 마련하는 중요한 의의를 지니고 있다.

지역운동론과 생태주의의 결합 속에서 탄생한 것이 바로 남송우의
해양문학론인 것으로 판단된다. 그의 저서 곳곳에서 단편적인 해양문
학론의 흔적을 확인할 수 있는데(『쉼표와 마침표 사이에서』에서는 '해양인문
학'이라는 용어가 사용된다), 그중에서 그의 해양문학론을 이해하기 위해
서 눈여겨보아야 할 것은 『공적 공간에서의 사적인 기록』(전망, 2017),
『지역문학에서 지역문화 연구로』(전망, 2018), 『향파 이주홍 선생의 다
양한 편모』(베토, 2022)인 것으로 판단된다.

『공적 공간에서의 사적인 기록』은 부산문화재단 이사장으로 재임
하던 시기의 사적 기록이다. 인터뷰와 일기의 형식으로 이루어졌으

며, 2011년 1월 28일 부산문화재단 대표로 선임 되었을 때부터 2014
년 8월 퇴임하기까지의 일화를 기록한다. 이 사적 기록물 속에는 그
가 문화재단에서 '실천하고자 했던' 해양문학론의 흔적을 확인할 수
있다. 특히 2013년 3월 무렵 그가 직원들에게 세 가지 가치를 연설하
면서 해양문학론의 기치를 내비치고 있음을 확인할 수 있다. 그는 재
단 직원들에게 추구해야 할 가치로 세 가지를 꼽는다. 첫째는 '해양'
이다. 그것은 부산의 지정학적 위치가 바다와 인접했다는 사실에서
"열림과 개방, 교류/공존, 수평, 생명 등"의 개념으로 확장한다. 둘째
는 '미래'이다. "미래 세대들에 대한 문화예술 교육"을 의미한다고 할
수 있다. 셋째는 '순환'이다. 자연과 인간, 그리고 창작자와 시민 사이
의 유기적인 관계성을 만드는 일을 목적으로 삼는다.[11]

　대화와 토론을 중요시하는 남송우의 해석학적 비평은 생태주의와
결합하여 다원주의적 생태이론으로 이행한다. 그에 따르면 "문화는
다양성이 생명"이며 "지역문화는 지역 정체성이 바탕"이어야 한다.[12]
이러한 생각은 사상가 김종철의 '흙'의 비유와 닿아있다. 김종철이 우
루과이 라운드와 FTA와 같은 무역협정을 반대했던 데는 그러한 글로
벌한 자본의 운동이 각각의 공동체가 경험하는 '흙'의 고유성을 말살
한다는 인식이 전제되었다. 김종철에게 흙의 경험은 그 공동체를 살
아가는 사람들의 인격과 문화를 형성하는 근본적 토대였다. 마찬가지
로 남송우에게 부산 지역의 '흙'은 바다였다. 따라서 해양문학론이란
단지 부산 지역의 문학론을 의미하지 않는다. 오히려 그의 글에서 '바
다'란 각각의 공동체가 처한 환경에서 형성된 고유한 문화를 지켜내

11　남송우, 『공적 공간에서의 사적인 기록』, 전망, 2017, 144~146쪽 참조.
12　남송우, 같은 책, 154쪽.

야 한다는 다원주의의 비유이다.

앞서 언급했듯 이러한 다원주의가 포스트모던한 의미의 다원성과 거리가 있다는 점은 다시 강조해도 좋을 것이다. 남송우가 의식하고 있는 것은 인격과 합리성을 함양하는 보편 원리를 전제하거나 함축하는 다원성이기 때문이다. 그렇기 때문에 『지역문학에서 지역문화 연구로』에서 그가 주장하는 해양문학론은 모든 생명체가 좇아야 할 공동의 윤리를 제안하고 있다. 그에 따르면, 생명의 시원인 바다를 생명 재생의 공간으로 지속해야 하며, 국경을 넘나들며 이동할 수 있는 바다의 자유로움을 공존공영의 힘으로 인식할 수 있어야 하고, 순환하는 해수처럼 사람의 소통을 가능케 하는 공간을 만들고, 열린 바다처럼 다문화다민족다권력의 상호관계를 형성할 수 있어야 한다. 여기서 바다는 실질적인 바다인 동시에 이상적 공동체에 대한 은유라고 볼 수 있다.

"육지 중심의 사유로 형성된 그 동안의 패러다임을 바다 중심으로 전환한다면, 그 가능성은 없을까?"[13] 이것은 깊이 음미해 보아야 할 물음이라고 할 수 있다. 후쿠시마 원전수의 방류를 앞둔 2023년 6월 현재에서 영토의 인문학이 아닌 바다의 인문학으로 세계를 바라보면 어떠한 판단이 가능할 것인가. 후쿠시마 원전수의 방류는 생태학적 위기의 전가인가, 아니면 영토의 경계를 허무는 생태학적 위기의 분담인가.

『향파 이주홍 선생의 다양한 편모』는 주로 아동문학가로 알려진 향파 이주홍 선생에게 헌정된 연구이다. 아마도 이 연구의 동기에는 해양문학론의 원천을 찾으려는 의식이 깃들어 있는 것으로 추측된다.

---

13 남송우, 『지역문학에서 지역문화 연구로』, 전망, 2018, 134쪽.

일찍이 향파 이주홍 선생은 1972년 「해양문학의 개발」으로부터 '바다문학' 혹은 '해양문학'이라는 용어를 제안하며 남송우 평론가가 제안하는 해양문학론을 선취하고 있기 때문이다.[14]

논의한 바를 역순으로 배열해보자면 『향파 이주홍 선생의 다양한 편모』에서 찾아볼 수 있는 것이 해양문학론의 원천이라면, 『지역문학에서 지역문화 연구로』에서 제시된 것은 해양문학론의 이상태이다. 또한 『공적 공간에서의 사적인 기록』에서는 해양문학론의 실천과 그것이 부딪히는 난경에 대해서 실감하게 된다. 이러한 과정에서 일관되게 저자가 확신하고 있는 바는 지역적인 사유가 곧 생명 전체에 대한 사유일 수 있다는 믿음, 따라서 자신을 소중히 여기는 마음이 저 타자들 또한 소중히 대하는 자세로 확장할 수 있다는 믿음인 것으로 보인다. 따라서 그의 비평이 도달하는 풍경이 바다라는 것은 단순한 지리적 인접을 뜻하지 않는다. 그것은 근본적으로 우리가 닿아야 할, 그러나 쉽게 닿을 수 없는 사람됨의 넓이에 대한 비유로도 읽힌다.

---

14 남송우, 『향파 이주홍 선생의 다양한 편모』, 베토, 2022, 22쪽.

제3회 비평가와의 대화

일시   2023년 10월 6일 금요일 18:00~19:30

장소   부산작가회의 사무실

참석   구모룡(문학평론가, 한국해양대학교 교수)

        이명원(문학평론가, 경희대학교 교수)

        하상일(문학평론가, 동의대학교 교수)

하상일   안녕하십니까? 오늘 사회를 맡은 계간 『오늘의 문예비평』 편
집인 겸 주간 하상일입니다. 긴 연휴에 여러 좋은 자리들이 있으셨
을 텐데 이렇게 참석해주신 모든 분들께 감사드립니다. 오늘 이
자리는 『오늘의 문예비평』에서 주최하는 〈비평가와의 대화〉 세
번째 시간입니다. 한국문학비평사 연구에서 아직까지 본격적으로

논의됐다고 보기 어려운 1950년대생 비평가를 대상으로 학술적으로 비평적으로 연구의 장을 열어보자는 의미에서 추진된 기획입니다. 1950년대생 비평가들의 비평 세계를 조망한 비평문은 계간 『오늘의 문예비평』에 게재하고, 논문, 저서 등 연구 서지를 상세하게 정리해서 2권의 단행본으로 발간할 예정입니다. 1950년대생이라는 구분은 편의를 위한 것이지만 1980년대 이후 부산 비평의 토대를 이해하는 데 있어서도 중요한 의미가 있습니다. 그래서 지역에서 비평 전문지를 발간하는 『오늘의 문예비평』으로서 그 책임을 다하고자 부산의 50년대생 비평가의 경우는 비평가와의 대화 형식으로 특별한 자리를 마련하여 직접 비평가를 모시고 지난 비평의 여정을 공유하는 시간을 가져야 한다고 생각했습니다. 1980년대부터 활동을 시작해서 비평적 성과를 쌓은 부산의 대표적인 비평가로는 황국명, 남송우, 구모룡이 있는데, 오늘은 그 마지막 시간으로 한국해양대 동아시아학과에 재직하고 계신 구모룡 비평가를 모셨습니다. 지난 1, 2화와 마찬가지로 오늘도 구모룡 선생님으로부터 비평가로서의 지난 일들에 대해 편안하게 말씀을 듣고, 구모룡 선생님의 비평 세계에 대해 경희대학교 후마니타스칼리지 이명원 평론가의 지정 발제를 들도록 하겠습니다. 세 번째 비평가의 대화인 이 자리에서도 선배 비평가와 후배 비평가뿐만 아니라 학문후속세대 간에도 아주 생산적인 비평적 소통의 장이 되었으면 하는 기대를 갖습니다. 우선, 오늘 참석해주신 두 분께서 간단히 인사를 해주시겠습니다.

구모룡   반갑습니다. 저의 비평을 매개로 함께 이야기하게 되어 기쁜 마음입니다. 초청해주신 『오늘의 문예비평』의 하상일 교수님께 감사합니다. 저의 산만한 비평에 관한 발제를 맡아서 수고를 아끼지 않으신 이명원 교수님께 각별한 감사의 마음을 전합니다. 생산적인 토론의 시간이 되었으면 좋겠습니다.

이명원   반갑습니다. 소개를 받은 경희대의 이명원입니다. 오늘 구모룡 선생님의 비평세계에 대해 발표를 하게 되었습니다만, 선생님을 생각할 때마다 저는 마음속에 어떤 고마움의 감정을 갖고 있습니다. 2000년대 초반에 제가 지금은 작고하신 김윤식 선생님의 표절 문제를 제기해서 문단과 학계의 파문이라면 파문이 일었을 때, 구모룡 선생님께서 〈교수신문〉에 발표했던 한 칼럼은 제게 울림이 큰 것이었습니다. 김윤식 선생의 근대문학사 연구는 그것대로 인정하되, 표절에 대해서는 역시 엄격하게 논의해야 한다는 균형 감각이 돋보이는 글이었는데, 여러 사정으로 마음의 곤혹스러움을 느끼고 있었던 저로서는 상당한 위안이 되는 글이었습니다. 그것과는 별도로 오늘은 비평가로서 구모룡의 비평세계에 대해 논의를 하게 되었는데, 이번 논의를 통해서 1980년대 이후 선생님의 비평의 전개과정에 대해 더 잘 이해하는 시간을 갖었으면 합니다. 특히 1980년대 선생님의 비평에서 중요하게 조명되는 부산 비평계의 상황에 대해서는 사실 제가 섬세한 부분까지는 이해하지 못하고 있습니다만, 특히 『지평』과 『전망』, 『오늘의 문예비평』으로 이어지는 과정에 대한 이해를 높일 수 있는 계기가 되기를 기대합니다.

하상일   『오늘의 문예비평』의 기획에 흔쾌히 참석해주시고 발제도 맡아주신 두 분 선생님께 다시 한 번 고마움을 전하면서 비평가와의 대화를 시작하겠습니다. 먼저 구모룡 평론가의 말씀을 듣겠습니다.

구모룡   (본지 136쪽 「나의 못 쓴 글들」 참조)

하상일   네, 말씀 잘 들었습니다. 「나의 못 쓴 글들」이라는 제목에서 잘 드러나듯이, 그동안 선생님께서 작업해 온 비평의 궤적과 개인

적인 소화와 성찰 그리고 아직 수행하지 못
한, 그래서 앞으로 쓰고자 하는 많은 과제
에 대한 이야기를 해주셨습니다. 선생님의
발제문을 보면 선생님과 함께해온 학문의
장 혹은 비평의 장에서 여러 실명들이 많이
언급되는데, 저도 그 자리 끝에 함께 했던

하상일

선생님들과 선배님들이어서 발제문과 사실 거리를 두기가 다소 어
려웠습니다. 이러한 저의 개인적인 관계와는 달리 이명원 선생님
께서 객관적인 위치에서 구모룡의 비평 세계에 대해 본격적인 논
의해주실 것으로 생각됩니다. 그럼 이명원 선생님의 발제를 듣도
록 하겠습니다,

이명원   (본지 146쪽 「로컬/문학/사상의 구축과 탈구축 – 구모룡 비평의 특이성」
       참조)

하상일   수고하셨습니다. 발표 자료집 뒷면에 보시면 구모룡 평론가의
       그동안 연구 활동과 비평 활동이 대략 정리되어 있는데, 저서를
       비롯하여 학술 활동, 대외 활동 등 쉽게 정리하기 어려울 만큼 많은
       내용이 담겨 있습니다. 구모룡 선생님의 비평 작업과 학문적 탐색
       은 여느 비평가들에 비해 상당히 이론주의적인 측면도 있고, 시대
       에 대한 비판적 개입도 많아서 이를 일목요연하게 정리한다는 게
       상당히 어려웠을 듯합니다. 그동안 지역 비평가 세 분을 모시고
       좌담을 했을 때 공통적으로 나오는 이야기가 80년대 부산에서 발
       간된 무크지 『지평』, 『전망』에 대한 것이었습니다. 80년대 이후
       부산 지역 문학이 형성되는 과정에서 이러한 무크지가 어떻게 의
       미희디고 분화되었는가에 대한 이야기인데, 오는 반제에서도 나왔
       지만 당시 선생님 주변의 비평가들이 제기한 지역문학에 대한 입

장과 구모룡 선생님이 가졌던 지역에 대한 생각은 다소 차이가 있었던 것 같습니다. 앞으로의 토론 과정에서 이런 논의를 듣는 것도 지역문학을 이해하는 데 상당히 유용할 거라는 생각을 하면서 발제를 들었습니다. 그럼, 이제부터 본격적인 질문과 토론의 시간을 갖도록 하겠습니다. 우선, 발제하신 이명원 선생님께서 발표문을 준비하시면서 의문을 가진 점이나 구모룡 선생님과 중점적으로 논의하고 싶은 부분을 말씀해 주시면 좋겠습니다.

이명원   제가 『지평』과 『전망』을 포함해서
부산지역에서 전개된 무크지 운동에 대
해 상세히 알고 있지 못하지만, 제가 읽
기에는 『지평』이 『전망』에 대한 일종의
이론적 대타의식이 있었던 것 같아요.
그러니까 입장 차이가 좀 있지 않았나 싶

이명원

습니다. 구모룡 선생님을 포함한 『지평』 동인들은 지방주의나 지역문학에 대한 지나친 강조는 특수주의에 불과하다는 관점에서 당시 문학계의 주류담론인 민족문학론과 민중문학론에 대한 비평적 개입을 주장하고 있는 것 같습니다. 1980년대라는 비평공간에서 지역문학론을 거론하는 것은 과도기적 논의에 불과하다는 것이지요. 반면 『전망』 동인들은 서울-지역의 비대칭성의 문제는 단순한 특수주의의 문제가 아니라 한국사회와 한국문단의 누적된 '구조적 모순'이라는 관점에서 접근하고 있는 것 같습니다. 제3자적 입장에서는 『지평』과 『전망』의 논의는 상호보족적 성격을 띠는 것처럼 보입니다만, 당시 부산경남지역의 비평계에서는 날카로운 이론적 대립이 있었던 것 같습니다.

그럼에도 불구하고 『지평』과 『전망』으로 분화되어 있던 비평가들이 후에는 『오늘의 문예비평』으로 합류하기도 했잖아요. 이러한 매체와 비평가들의 제휴 혹은 연대와 같은 변화에 대한 설명을 보충해주시면 당대 부산지역 비평의 흐름을 이해하는 데 도움이 될 것 같습니다.

구모룡   우선 80년대에는 한국문학의 논의가 주로 일국 안에서 이루어졌습니다. 그러니까 문학적이든 사회적이든 어떻게 전두환 체제를 넘어설까 하는 공통적인 동기가 있었던 거죠. 거기서 자유주의 문학, 민족문학, 민중문학 그다음에 노동해방문학이 나온 거죠. 『지평』도 일국적 시야에서 한국문학을 바라봤습니다. 『지평』이 처음 출발할 때는 문학 내부의 시각에서 중심부 서울에 반발하는 지방주의, 일종의 지역 중심주의를 강하게 표출하였습니다. 이는 한 해 뒤에 『지평』 3호와 『전망』 1호로 분화되면서 문학 내부의 논의는 『전망』으로 이월됩니다. 그런데 『지평』 3호는 문학 내부의 논의가 아니라 '새로운 생활 양식'을 찾아가는 문학적 목표를 설정하면서 한국 사회의 구조적 모순을 논의하기 시작하였습니다. 한국 사회에서 민족 모순과 계급 모순이 주요모순이라면, 이에 비할 때에 지역 모순은 부차적 모순입니다. 그런데 지역 모순이라는 프리즘을 통해서도 얼마든지 민족 모순과 계급 모순에 다가갈 수 있다는 게 저와 『지평』의 입장이었고, 이를 '변증법적 지역주의' 문학이라고 이름하였습니다. 그러니까 문학 내부의 구조적 논의가 아니라 지역에서 우리 사회를 바라보는 틀로 지역 문학을 수행해나간 것입니다. 그게 트랜스 로컬로 이어졌고, 채광석 등의 민중문학론자가 지역을 주목하는 계기가 되기도 하였습니다. 비록 형식적인 수준이지만 민주화 이후, 냉전 체제가 와해된 90년대는 전지구적 자본주의 시대가 진행됩니다. 여기에서 70년대 이래 논의한 '제3

세계론'과는 결을 달리하는 동아시아적 시각이 나타나고 그 담론
이 펼쳐집니다. 대체로 일국적인 시야에 갇혀있던 한국문학이 동
아시아적인 시야를 얻게 되는데 저도 이러한 흐름을 학습하고 추
구하게 됩니다. 저희 대학에서 1997년 설립한 동아시아학과가 이
러한 사실을 반증하지요. 여하튼 21세기에 들어서는 동아시아는
물론 세계문학을 논의하는 데 이르렀습니다.

　　2000년대에 들어서 저는 한국 사회와 문학을 논의하는 시각
을 '크리티컬 로컬리즘'으로 이야기하게 되었습니다. 물론 이 개념
은 아리프 딜릭으로부터 가져왔습니다만, 80년대 변증법적 지역
주의와는 면밀하게 살펴볼 때 그 나름의 연속성 혹은 비판적 계승
을 발견할 수 있겠습니다. 동아시아 지역주의로 시야를 확장하면
서도 로컬이라는 구체성을 잃지 않으려고 하다 보니 결국에는 그
두 가지를 아우르는 방법과 이론이 필요하였던 셈입니다. 자주 모
옌을 예로 들었습니다. 그가 말한 고향을 소설로 말하는 방법 말입
니다. 산둥지역의 삶의 기억이 세계문학적 보편성으로 비약하는
과정이지요. 찰스 디킨스도 자신의 가난했던 시절 이야기를 하지
만 세계문학이 되지 않습니까? 윌리엄 포크너는 또 어떻습니까?
가령 가와바타 야스나리는 가장 일본적인 로컬을 이야기하는데 세
계가 그것을 인정하고 노벨 문학상을 주었죠. 오르한 파묵도 서구
혹은 중심부 모방을 비판하였습니다. 그렇지만 우리 한국의 문학
경향은 로컬을 이야기하면 세계적인 확장이 안 되는 게 아닌가 의
심하고 있습니다. 하지만 로컬을 다시 쓰고 두껍게 쓰면 훌륭한
문학이 나올 수 있습니다. 제가 주변부 혹은 로컬을 중심에 두고
논의를 지속한 까닭입니다. 그러니까 저는 '문지'나 '창비' 등 어느
주류 흐름에 속하기보다 로컬 부산을 기반으로 한 위치적 비평

(locational criticism)을 실천해 왔다고 할 수 있습니다.

하상일 예 지금 말씀하신 걸 들어보면 선생님이 계속 강조하시는 게 로컬입니다. 로컬 혹은 로컬리티의 인식과 시각에서 세계문학적 사유를 열어가야 한다는 게 선생님의 비평에서 가장 중요한 문제의식으로 다가옵니다. 『지평』과 『전망』 시절에 선생님이 20대 중반 정도였을텐데, 지금의 대학원 사정을 단순 비교해보면 당시의 경우는 문청들을 중심으로 부산 문학의 지반을 닦는 데 상당한 역할을 했다는 생각이 듭니다. 민병욱, 황국명 비평가가 지역 중심주의를 강조하면서 서울 중심의 문단 구조와 제도를 강하게 비판했을 때, 서울의 채광석 비평가는 이러한 지역의 담론을 지역의 소외에서 비롯된 아집과 열등의식이라고 폄하하는 태도를 드러내기도 했던 것 같은데요. 당시 이러한 담론 지형에서 선생님의 경우는 지역을 인식하고 바라보는 시각이 그분들하고는 조금 달랐던 것 같거든요. 지역에 매몰되는 게 아니라 그걸 넘어선다는 맥락 속에서 이야기를 하신 것 같고, 그게 어찌보면 지금의 로컬이라는 부분과 만나는 것 같습니다. 80년대 이후 지역 비평 혹은 문학 집단의 분화 과정 자체가 어떤 의미를 가지는지 저도 정확히 판단하기는 힘들지만, 『지평』과 『전망』을 동시에 함께 하시면서 다소 결이 다른 입장을 갖고 계셨던 게 아닌가 싶습니다. 오늘 이명원 선생님의 발제문에서도 그런 차이가 강조되고 있는 것 같기도 합니다. 그 당시에 선생님께서 가진 지역에 대한 생각을 이야기해주시면 좋을 것 같습니다.

구모룡 저는 얼떨결에 80년대 초반 대학원 1학년을 마칠 무렵에 등단하긴 했습니다만, 당시 서사 과정 중이어서 비평 활동은 한 생각이 없었습니다. 이런 무렵에 『지평』이 나왔죠. 대학원을 마치고 중학교 교사를 하면서 『지평』과 합류를 하게 됐었는데, 이윤택, 최영철, 하창수 등과 어울렸습니다. 광복동에 모여서 술도 마시고 전두환 욕도 하고 하면서 차차 류명선, 박병출, 신용길 등과도 자주 만났습니다. 사실 이렇게 운동이라는 걸 시도 하였지요. 하지만 무크지로서 마산에서 나온 『마산 문화』보다 그 근본 지향에서

구모룡

떨어집니다. 『지평』이 그렇다는 말입니다. 『마산 문화』는 마산지역의 노동 운동을 중심으로 묶였는데, 보다 못한 요산 선생이 1984년 동보서적과 함께 『토박이』를 만들었죠. 이 토박이의 정신이라는 건 어떻게 보면 어느 정도 민중 지향이라는 측면에서 『지평』과 통하는 바가 있습니다. 그럼 『전망』은 뭐냐. 『전망』은 80년대라는 시대에 대한 비판과 다소 거리가 있었습니다. 80년대 같은 엄혹한 시대에 그리고 6월 항쟁 당시에 이분들이 뭘 했는지 저는 모르겠습니다. 제가 문학주의라고 비판한 것도 그런 맥락이죠. 『지평』은 뭘 하기는 했습니다. 그런 점에서 저는 그 매체만 가지고 견주어 이야기할 게 아니라 매체를 둘러싼 행위자들의 활동과 실천을 두고 판단해야 한다고 생각합니다.

하상일 네, 어쨌든 80년대 이후에 부산 문학이 형성되는 데 있어서 두 무크지가 가진 의미가 아주 크기 때문에 당시의 생생한 일들이 육성으로 증언이 되고 기록으로 남길 수 있으면 좋겠다는 바람도 담아 여쭤봤습니다. 지금 말씀하신 걸 들어봐도 『지평』이 『전망』과 같이 출발했다가 『전망』은 문학주의적이고 이론주의적인 측면으로 나아갔던 것 같고, 『지평』은 현장 문학하고 결합되어 작품과

연계된 문화 활동 혹은 운동 차원으로 전개가 되면서 결이 달라진 것 같습니다. 그럼 『전망』이 『오늘의 문예비평』으로 이어졌다고 할 수 있을까요?

구모룡 아니요. 그렇지 않습니다. 『지평』과 『전망』도 87년 6월 이후부터 무크지 운동의 의의가 크게 약화합니다. 1988년 기존의 중심부 계간지가 복원되면서 무크지 시대의 종언이 진행되지요. 물론 시선집 형태로 『지평』도 몇 호 더 연장됩니다만 본디의 의의는 줄어든 형편입니다. 참 역설적이지요. 하 교수님이 『지평』과 『전망』이 부산의 지역 문학 토대를 만드는 데 기여하였다고 하지만 그건 사실 전두환 정권하에서 기이한 역설의 형태로 그런 평가를 받을 기회를 얻은 거죠. 독재 치하가 준 하나의 계기인 거지 그게 대단하다고 보진 않습니다. 그리고 부산지역의 문학 형성과 그 기반을 제대로 이해하기 위해서는 『지평』과 『전망』만 볼 게 아니라 가장 먼저 나온 『실천문학』, 대전의 『삶의 문학』, 마산의 『마산 문화』, 부산의 『토박이』, 서울의 『문학의 시대』와 『우리 시대의 문학』 그리고 강릉의 『강릉 문화』 등을 교차하여 읽을 필요가 있습니다. 아울러 문학뿐만 아니라 미술과 음악, 민중문화 등 전 영역에서 무크지가 나왔는데, 이걸 전체로 두고 비교해서 볼 필요가 있겠습니다.

또 하나 질문하신 게, 『오늘의 문예비평』이 어떻게 나왔는가 하는 건데, 이는 처음 매우 소박한 형태의 공부 모임과 연관합니다. 부산외대의 정형철 교수님 연구실에서 여럿이 모여 함께 책을 읽는 공부를 시작하였어요. 그 당시 매체를 만든다는 생각은 없었습니다. 문학 공부, 주로 이론 공부를 함께 하였지요. 약간 느슨한 형태였습니다. 이런 가운데 지평 출판사 황성일 사장이 잡지를 하겠다고 우리에게 제안하여 『겨레문학』이 나옵니다. 우리 측에서 박남훈 선생을 내어 보내고 외부에서 박태일 시인을 편집 위원으로 추천하여 잡지가 간행되었습니다. 그래서 『겨레문학』이 나왔는데 5월 광주를 다루니까 기관에서 지평의 황사장을 압박하게 됩니다. 노태우 정권 시절이니까, 그래서 몇 호에 그치면서 폐간되었습니다. 이후에 공부하는 그룹은 서평지를 내자고 이야기를 하게 되었는데 이왕에 낼 바에 비평지를 발간하자는 논의가 모였습니다. 당시에 현암사에서 『오늘의 시』, 『오늘의 소설』이 나오고 있었으니 저는 당시 맡은 『오늘의 시』 편집위원의 경험을 이야기하면서 '오늘의 비평'으로 하자고 했죠. 그런데 역시 관에서 '오늘의 비평'은 사회 비평이 아니냐며 트집을 잡아서 인가하지 않자 마침내 『오늘의 문예비평』이 된 겁니다. 사실 막연하나 올곧은 비평을 세워 보자는 합의에서 동인으로 출발했습니다. 『오늘의 문예비평』도 문지 1세대, 2세대가 다르듯 주간을 누가 하느냐에 따라 스타일이 달라졌습니다. 동인 체제도 편집위원 체제로 바뀌었지요. 30년 동안 구성원이 교체되면서 여러 변화와 곡절이 있었지요. 그 가운데 저는 부산의 공간을 정치경제학으로 분석한 기획들이 꾸준하게 기억에 남습니다. 질문에 요약하여 답하자면 『지평』과 『전망』은 6월 항쟁으로 무크지 운동의 사회적 계기를 상실하면서 끝났습니다. 따라서 80년대 후반에 시작한 공부 모임이 발전한 『오늘의 문예비평』은 『전망』과 무관합니다.

청중1　안녕하세요. 말씀 중에 너무 궁금해서 급작스레 질문을 드리게 되었습니다. 저는 『부산일보』의 최학림 기자입니다. 제가 알기로는 『지평』도 88년 이후에 빛남 출판사를 중심으로 해서 잡지를 계속 냅니다. 선생님께서는 88년 이후의 잡지들은 80년대 무크지

운동과 다르다고 하셨는데, 88년 이후에는『지평』과『전망』의 문
학도 다르다는 거죠. 88년이라는 상황을 시대적 상황 속에서 보는
입장도 있겠다는 생각이 들고 한편으로는 80년대 부산 문학사를
선생님 입장에서만 과도하게 이야기하는 건 아닌가 합니다.

구모룡 그거는 자기 눈의 안경처럼 인지상정이겠지요. 빛남에서 낸
『지평의 문학』은 '지평'을 표제에 썼으나 사실상 그와 무연합니다.
'지평' 동인 가운데 최영철 형이 참여한 탓이 있으나 정일근, 박홍
배, 최영호 등 전혀 다른 구성입니다. 제가『지평』을 계속하지 않
고, 부산대 출신 중심으로 공부 모임을 하고 딴짓을 하니까 그걸
비난하는 사람도 있었습니다. 여기서 할 이야기는 물론 아니고
요….『전망』은 뭐로 이어지는가 하면『시와 사상』이 계승하였다
고 보는 게 타당합니다. 제가『시와 사상』 창간 작업에 김준오 선생
님 곁에서 조금 참관하여 잘 알고 있습니다. 그리고 비평가들은
『오늘의 문예비평』에 동인 형태로 따로 모인 거죠.『지평의 문학』
은 무크지가 소멸하면서 다소 독자적인 형태로 지역적 소외의 울
분을 지닌 사람들이 새롭게 모인 문인 소집단으로 볼 수 있습니다.

여하튼 그렇습니다.

하상일   오늘 말씀을 들으면서 80년대 이후 부산 지역 문학의 계보나 분화 과정에 대해서도 한 번쯤 정리를 해 볼 필요가 있겠다는 생각도 듭니다.

구모룡   바쁜데 뭘 그런 걸 하려고 하십니까(웃음).

하상일   제가 하겠다는 건 아니고(웃음)….

이명원   네, 많은 얘기를 해주셨는데 한 가지 더 여쭙고 싶습니다. 선생님의 비평을 읽으면서, 특히 시론적 관점에서 '시적 자유'가 아닌 '시적 평등'을 강조하는 시각이 인상적이었습니다. 어찌보면 이것은 서정시의 일반적인 통념들, '자기 표현', '동일성의 시학', '세계의 자아화' 같은 종래의 개념을 탈구축한 것으로 보이기 때문입니다. 시의 유기론적 속성을 강조하는 '제유의 시학' 역시 이러한 선생님의 관심이 오랜 시간 동안 축적된 산물이라고 생각합니다. 아까 선생님의 말씀을 들으니 유년 시절의 농촌에서의 성장과정에서 체화된 '유기적 공동체'의 경험 같은 것들도 선생님의 독특한 시론/시학의 구성에 상당한 토대가 되고 있는 것처럼 보입니다. 그래서 어떤 관점에서 그런 시론을 구상하게 되셨는지 그리고 향후 구모룡 시론은 어디로 향해 갈 것 같은지를 여쭙고 싶습니다.

구모룡   김준오 선생님의 시론은 초기에 현상학이 바탕이었습니다. 그런데 이 현상학이 자아 심리학인 동일성으로 가더라고요. 저는 그게 4·19세대가 가지는 어떤 주체 의식이 작동하는 게 아닌가 싶었습니다. 4·19세대가 4·19혁명이 이후에 5·16이 뒤집으면서 자아 혹은 주체 문제에 있어서 이중시각적인 요소가 많거든요. 진정한 자아와 사회적 자아 간의 갈등에 관한 거죠. 김준오 선생님은 비동일성에 대한 추구도 결국은 동일성을 선취한 추구라고 하셨습니다. 이런 동일성의 시학은 자아 문제 외에 은유 중심 이론이기도 합니다. 환유가 비동일성이라 하더라도 그 중심은 은유의 전이 시학입니다. 그렇다고 제가 선생님의 동일성 시론에 대한 대타 의식으로서 제유를 제시한 건 아닙니다. 지훈의 유기체 시론, 유기론을 하면서 만난 제유를 발전시킨 것입니다. 제유가 은유와 환유보다 근본 비유(master trope)라는 뜻입니다. 시론에 관하여 오래전에 하 교수님이 요청하기도 했습니다만 능력이 허락하면 새롭게 구성해 볼 생각이 없지는 않습니다. 저는 주체 중심의 시론, 단독성의 시학에서 외부, 타자, 사물, 객체로 나아가는 시학을 염두에 두고 있습니다. 이게 제가 제유에서 봉착한 과제이기도 합니다. 화론과 악론 심지어 공간건축까지 제유의 문맥에서 생각하기도 했는데 많은 망설임이 있었습니다. 부분의 잠재력이나 역동성을 반영해야 하는데, 새로운 시학은 오늘날의 기후 위기, 인류세의 철학과 결합할 수 있으면 좋겠습니다. 그런데 요새 젊은 시인들의 시를 읽어보면 단독성이 지나치게 강합니다. 시가 외부와 접촉하고 확장하기보다 그런 걸 마구 낡아빠진 서정이라고 비판하면서 내부로만 파고드는 단독자적 경향이 굉장히 만연하더라고요. 그래서 새로운 시론을 쓰고자 하고, 관심도 있고 생각도 하지만 할 수 있을지는 모르겠습니다.

하상일　네, 선생님께서 발제문 제목을 왜 〈나의 못 쓴 글들〉이라고 하셨는지 조금은 이해가 될 만큼 그동안 많은 작업들을 예정하고 달려오신 것 같습니다. 그런데 그 모든 글의 기획을 실천하기에는 문학의 외적 환경도 많이 바뀌었고, 내적으로도 마음의 변화를 겪고 계신 것 같습니다. 이야기를 하자면 끝이 없는데 지금 시간이 많이 지나서 오늘 비평가와의 대화 시간을 정리를 해야 할 것 같습니다.

부산이 한국전쟁으로 임시 수도가 되어서 일시적으로 보편성을 획득했을 시절에 고석규라는 한 정점으로부터 시작해서 김준오를 거쳐 제3세대 비평가로서 구모룡 선생님을 비롯해서 황국명, 남송우 선생님의 비평 활동이 부산 비평사의 흐름을 형성했더고 할 수 있습니다. 그러니까 80년대 이후 제3세대 비평 활동이 지금의 부산 문학이나 부산의 비평을 형성하는 데 큰 영향을 미친 것 같고, 지금까지 해오셨던 선생님의 학문적, 비평적 궤적이 부산의 비평을 설명하는 키워드들이 되어 왔다는 것은 의심할 수 없는 부분인 것 같습니다.

비평이 위기가 아니었던 적은 없었던 것 같은데, 요즘은 특히 비평의 시대라는 말 자체를 언급하기 어려울 정도로 문학이 위축되는 것과 더불어 비평은 더더욱 위축되고 있는 것 같습니다. 대학에서 비평론을 수업한다는 것 자체가 거의 불가능한 상황이 되었으니까요. 오늘 발제에서도 나왔듯이 80년대 활동하신 선배 평론가들의 경우 〈부대신문〉 등과 같이 대학 신문을 통해서 많은 글을 발표하면서 일종의 비평의 습작을 거치기도 했는데, 지금은 대학 신문들 대부분이 폐간되거나 종이 신문이 아닌 형식으로 발간되는 상황이니 여러모로 비평적 글쓰기 환경도 큰 변화가 있는 것 같습니다. 앞으로 비평이라는 것이 얼마만큼의 생명력을 가질 수 있을지에 대해 심각하게 걱정해야 되는 그런 상황으로 가고 있는 듯합니다. 그래서 저는 이런 식으로라도 비평가와의 대화 자리를 마련하여 부산 비평을 한번 정리해보면 좋겠다는 생각을 하게 되었습니다.

오늘로서 부산 지역에서 활동하신 세 분의 50년대생 비평가와의 대화 시간은 끝이 납니다. 그동안 세 분의 비평가를 모시고 했던 발제와 토론의 장은 매 시간 열정적이었고 의미있었고 상당히 귀한 시간이었습니다. 80년대 이후 부산 비평을 조금이나마 이해하고 정리하는 그런 출발점으로서의 의미도 있지 않았나 하는 생각이 듭니다. 오늘 발제와 토론을 맡아주신 구모룡, 이명원 두 분 선생님께 다시 한 번 감사 인사를 드리면서, 계간『오늘의 문예비평』이 주최한 〈비평가와의 대화〉를 마치도록 하겠습니다. 끝까지 참여해주신 모든 분들께 깊이 감사드립니다.

나의 못 쓴 글들

구모룡

조지 스타이너는 『나의 쓰지 않은 책들』을 썼다. 그는 쓸 수 있었으나 거부한 책의 주제를 일곱 개에 걸쳐서 서술한다. 나는 그처럼 자신만만한 소리를 하려고 지금 그가 제시한 표제와 흡사한 제목을 빌린 것은 아니다. 돌이켜 보면 하나같이 못난 글들이고 벌써 써야 했는데 아직 못 쓴 글이 부채로 남아있다. 이 점을 강조하고자 한다.

나에게 찾아온 비평의 순간은 언제일까? 읽기와 쓰기의 타성에 젖어 사니 각성의 순간은 쉽게 찾아오지 않는다. 의욕으로 빛나던 순간에 대한 기억이 가물거린다. 과연 나에게 비평의 순간은 어떠한 모습으로 찾아왔던가? 고민 끝에 저 먼 젊음의 뒤안길로 가본다. 그리고 비평의 순간이 아니라 문학이 나에게 다가온 때를 먼저 생각한다.

대학에 가서 신용길, 정태규와 같은 동급생을 만나면서 문학에 입문하였다. 문학동아리 〈등(燈)〉에 들고 시화전에도 참여하였다. 아득한 1977년 대학 초년의 일이다. 표현의 욕구가 분출한 탓일까? 시를 쓰고 소설을 써 보려 하면서 그만 문학에 빠져 버렸다. 문청(文靑)의 낭만과 감상에 휩쓸렸다. 잘 다니던 교회도 멀리하고 독신(瀆神)을 내뱉으며 도덕의 계보를 뒤집는 니체주의를 옹호하는 치기에도 함몰하였다. 유신 후기의 사회상황과 더불어 학교의 분위기도 문학으로 유인하는 힘이 컸다. 김광규 시인에게 문학개론을 배웠고 양왕용 시인으로부터 김춘수를 알게 되었다. 김준오, 김중하, 김치수, 김천혜와 같은 비평가들도 있었으니 아마 이 시대가 내가 다닌 부산대의 문학 르네상스로 보아도 무방하리라 생각하는데, 어쩌면 나는 이러한 문학 르네상스의 수혜자인지도 모른다.

　그렇다면 비평의 순간은 내게 언제 찾아왔을까? 돌이켜 볼 때 시화전이 있던 솔밭 자리에서 매끄럽게 잘 쓴 친구들의 시를 보면서 선망과 질시, 열등감과 불만이 뒤섞인 감정으로 비판을 늘어놓은 셈이어서 듣는 이들조차 별로 심각하게 받아들이지 않았다. 이도 잠시여서 내게 비평적 지향이 있다는 자각으로 발전하진 못했다. 이런 가운데 우연히 김춘수의 『의미와 무의미』를 만났다. 초여름 비가 추적거리는 거리를 배회하다 들른 동네서점에서 이 책을 빼 들면서 문학이라는 공부가 시작되지 않았나 회고한다. 김광규 선생의 강의와 그가 교재로 썼던 『문학이란 무엇인가』(김주연·김현 편)가 내게 끼친 영향이 컸다. 적어도 감상과 치기의 문학이 개념(terminology)과 공부로 전환되는 계기가 되었다. 시보다 비평으로 기울어졌다고나 할까? 본과에 오른 2학년이 되면서 김준오 선생을 만나면서(당시 사대 국어교육과와 인문대 국문학과는 통합교과를 운영하였다) 시론의 매력에도 이끌렸다. 그는 김윤식 선생의 『한국현대시론 비판』을 교재로 삼았는데 이와 더불어 나는 『한국문학의 논리』 등을 읽으면서 김윤식 비평과 학문에 많이 기울었다(나는 1986년 첫 평론집의 표제인 '앓는 세대의 문학'을 그의 평론 표제에서 가져올 정도로 그를 제법 오래 사숙(私淑)하였다). 학부 4년 내내 그의 저작을 끼고 살았다고 해도 과언이 아닌데 그의 사후 그에 관하여 아무런 글도 못 쓰고 있다.

　내가 비평이라고 쓴 가장 처음의 글은 아이러니하게도 실제 비평이 아닌, 「한국문인의 실태」(〈부대신문〉 1978년 8월 21일)로 사회학적이다. 아마 염무웅 선생의 『한국문학의 반성』을 읽고 난 뒤의 독후감에 가까운 글인데 학보사 기자인 친구에게 주었더니 느지막이 방학 호에 게재되었다. 당시 편집국장이 강선학(필명 강유정) 시인이었다. 실제 비평으로 내가 처음 쓴 평론은 「유년에의 꿈과 미학 - 김춘수의 시정신」(〈부대신문〉 1979년 4월 9일)이다. 김춘수 공부의 일단이 나의 첫 평론이 되었다. 이후 학보에 윤상규론, 최인훈의 『광장』론 등을 게재하였다. 학부 졸업논문인 「완전주의적 시정신 - 김춘수론」이 1981년 〈중앙일보〉 신춘문예 최종심에 오르기도 하였다. 김준오 선생이 '동일성의 시론'을 발표한 해는 1979년이다. 이 해 벽두부터 비평 공부 모임도 열렸다. 류종열, 민병욱, 하창수, 구모룡 등이 구성원이었다. 4학년 선배들이 나를 포함하는 아량을 베푼 자리다. 당시 유행하던 신화원형비평과 현상학이 주된 공부 대상이었다. 이처럼 우리는 유신 체제의 말기적 억압과 압제와 무연하게 신비평에 몰두하고 있었다. 여기서 신비평이나 구조주의, 신화원형 비평을 포함한 형식주의를 부정하려는 것은 아니다. 형식주의는 모름지기 문학을 이야기하는 비평가나 연구자라면 누구나 거치지 않으면 안 되는 관문이다. 하나의 형식이 만들어지는 과정과 그 형식에 대한 미학적 분석, 나아가 텍스트를 자세히 읽고 그로부터 다양한 의미를 도출하는 것은 비평의 ABC에 해당한다. 뛰어난 비평가일수록 뛰어난 해석자라는 데 어떤 반론이 있겠는가? 문제는 '자세히 읽기'가 아니라 하나의 작품을 그 자체로 완전한 체계로 본다는 데 있다. 1970년대의 형식주의가 다른 형태로 권력과의 '수동적인' 공모관계에 있지 않았나 생각하게 된다. 텍스트를 언어 현상에 한정하고 사회현상을 차단함으로써 기존의 체제를 승인하고 침묵하는 효과를 만든다. 이러한 가운데 문학사회학은 하나의 출구였다. 겨우 닿은 지점이 루시앙 골드만의 발생론적 구조주의 정도였지만, 문학을 사회적 생산으로 이해할 수 있었다. 이 당시 초기 헤겔주의 시대에 루카치가 쓴 『소설의 이론』은 금서였다. 영역된 해적판이 돌았지만 이를 공공연히 들고 다닐 수조차 없었다. 여하튼 그러함에도 신비평 등 형식주의는 소위 '근대(modern)' 문학을 이해하는 데 큰 도움이 되었다. 형식주의에 있어서도 텍스트를 닫힌 체계로 보느냐 아니면 열린 체계로 보느냐는 대단히 중요한 일이라 생각한다. 가령 로만 인가르덴의 현상학적 독서이론을 형식주의로 받아들인 오류가 한 예라면 영국의 윌리엄 엠프슨이 '사회주의적 성향의 정치적 진보주의자'였던 사실을 간과하고 싸잡아 신비평가로 분류한 일은 다른 예라 할 수 있다. 그의 개념인 '애매성(ambiguity)'이 "충돌하는 문화적 의미들에 대한 개방성"을 지닌다고 지적한 이는 테리 이글턴이다. 구조주의에서 기호학으로 자신의 체계를 열어간 롤랑 바르트가 주목된 것도 1990년대 이후이다. 이처럼 압도적인 닫힌 체계 속에 갇혀 있었기에 유신체제의 몰락과 광주 이후의 1980년대는 급속한 '사회/역사적 전회'의 시대가 된다. 형식이 아니라 내용에 더 많은 관심을 갖게 된다. 자연스럽게 구체적인 삶과 물적 토대, 작가의 세계관이 해석의 바탕이 되었다.

학부 시절 학보와 교지 등에 여러 편의 평론을 발표하였으나 습작에 가깝다. 이 시절 내가 좋아한 시인과 작가는 김춘수, 최인훈, 이청준, 조세희, 윤흥길, 신경림, 황동규, 김지하, 고은, 윤상규 등이었고 존경한 비평가는 김윤식과 김현이었다. 3학년이던 1979년 2학기와 4

학년이던 1980년 1학기는 오래도록 나를 떠나지 않는 경험으로 남아 있다. 최루탄을 마시면서 거리를 행진하였으나 좌절된 꿈으로 내상을 입게 되었다. 1980년 가을 마지막 학기를 보내면서 '부대문학상'에 평론 부문이 더해진 사실을 알고 투고한 글이 선정되었다. 「초월과 부정의 미학-청마 유치환의 시세계」(〈부대신문〉 1981년 1월 1일)로 김준오 선생이 심사하였다. 졸업을 앞둔 가을의 나는 불안과 우울에 시달렸다. 친구들은 서울대와 서강대로 가기로 하였고 나만 남겨지게 되었다. 1981년 대학원에 진학하였지만 어두운 시대와 고압적인 대학원 분위기로 힘들었다. 나는 박남훈(문학평론가로 지금은 목회 일을 하고 있다) 등과 어울려 술과 함께 나날을 보냈다. 이런 시절에 내게 다가온 시인이 김수영이다. 마침 『김수영 전집』(민음사, 1981)이 발간된 일이 계기였으리라 생각한다. 까다롭기로 유명한 음성학자인 김영송 선생의 세미나 시간에 나는 「도덕적 완전주의-김수영의 시세계」를 발표하였다. 나대로의 반골 성격을 표출한 셈인데 함께 수업한 박남훈은 "선생과의 대결 같았다"라고 술자리에서 관전평을 하였다. 어떻게 보면 내게 비평의 순간은 1980년대에 이르러 다가온 듯하다. 시대에 대한 상처와 고통이 구체화하면서 비평은 비판의 표정을 갖게 된다. 여하튼 김수영론을 더 보충하고 다듬어 투고하였는데 1982년 〈조선일보〉 신춘문예에 당선되었다.

얼떨결에 나는 비평가가 되고 말았으나 한동안 실감이 없었다. 현장 비평가로 나서기보다 3학년 때 사둔 『조지훈전집』(일지사, 1973)을 끼고 살았다. 조지훈의 시론 연구를 석사 논문으로 제출하고 유기론(organology)에 대한 탐구를 이어갔다. 지금껏 근본 비유로 은유와 환유가 아니라 제유(synecdoche)라고 줄곧 생각하게 된 연유도 지훈에게서 찾아진다. 동아시아 수사학으로서 제유에 관한 글쓰기는 아직 미완이다. 미학(화론과 악론)에서의 제유, 부분의 역동성, 사물의 힘과 실재론 등에 대하여 더 공부해야만 쓰일 수 있다. 석사 과정을 마치고 교사로 있던 나를 문학 현장으로 끌어낸 이는 이윤택이다. 무크지 『지평』 3집과 『전망』 1집에 동시에 참여하면서 현장 비평가로 활동하게 되었다. 『전망』은 『지평』에서 분화한 문인들이 만든 무크지로 부산대 출신이 중심이었다. 『지평』은 남송우, 민병욱, 이윤택, 하창수 등이 창간하였으나 남송우와 민병욱이 『전망』으로 가면서 이윤택, 하창수, 구모룡, 강영환, 최영철 등이 주도한다. 이와 같은 분화와 전개 과정은 여기서 줄이고 무크지의 의의를 덧붙이기로 하자. 주지하듯이 주요 매체에 대한 신군부의 폐간조치가 무크지 시대를 열었다. 중심이 강제적으로 해체되면서 주변이 살아나는 기이한 역설의 장면은 여전히 하나의 교훈으로 남는다. 1987년 유월 항쟁 이후 새로운 국면에서 계간지들이 부활하고 1990년대에 이르러 다시 주변부 문학이 쇠퇴하는 양상을 기억하는 이들은 한국 사회에 내재한 중심과 주변의 모순을 이해하기 쉬울 터이다. 『지평』은 중심이 강제 해체된 시대에 지역문학의 출로를 열었다. 내가 이러한 사정을 입고 활동을 시작한 것은 '원하지 않은 행운'이다. 하지만 초기의 강한 지방주의─지역중심주의에 대하여 거리를 두었다. 우리 사회를 중심과 주변의 이분법으로 바라보는 시야는 선명하지만 단순하다는 생각이었다. 민족모순과 계급모순을 말하던 시대에 지역모순을 말하는 일의 의의와 효과를 고민하였다. 이러한 고민 속에서 나는 비평과 실천을 하나의 연관 속에서 실행하는 활동가로 변하고 있는 자신을 발견하게 된다. 1983년에서 1987년의 5년 동안 나는 신용길, 정일근, 최영철 등과 늘 현장에 있었다.

말하자면 나는 정말 얼떨결에 신춘문예에 당선되었다. 시상식에서 만난 심사위원 신동욱 선생은 내게 이렇게 말했다. "학생이라면서요. 요산 김정한 선생한테 배웠지요. 선생은 잘 계신가요." 20대 초반의 어린 나로서 주저하다 "예, 잘 계십니다"라고 답을 했지만, 이 말은 두고두고 내 머리에 맴돌고 있다. 1974년 정년 후에 요산은 부산대를 떠나 동아대에 직을 두고 있었고 내가 대학을 다니면서 뵌 적이 없었기 때문이다. 나로선 신동욱 선생께 본의 아니게 거짓을 한 셈이다. 실제 요산을 만나기는 1985년 5월 7일이다. 이전에 윤정규 선생 등과 물밑으로 연락을 주고받아 동광동 화국반점에서 모여 '5·7문학협의회'를 결성하였다. 요산은 후배들을 모아놓고 "이러한 시대에 가만히 있을 수 있나, 우리도 나서야 한다"라고 하면서 단체를 만들어 활동을 독려했다. 나와 요산의 만남은 이렇게 시작되었고 후일 박사과정에서 몇 과목을 수강하면서 사제의 연을 맺었다. 1986년은 정일근, 최영철과 본격적으로 '지역문학운동'을 전개한 해이다. 이 두 사람이 주축이 된 '부산경남젊은시인회의'는 중간에 '자유실천문인협회'의 지역위원회를 경유하면서 후일 '영호남문학인대회'로 발전하였다.

무크지 『지평』은 나에게 많은 비평의 순간을 부여했다. 지역중심주의를 넘어서 민족민중문학 속에 지역모순의 문제를 기입하는 방식을 고민하게 하였고 나아가 비판적 로컬주의(critical localism)를 선택하는 경로를 만들어 주었다. '신서정'이라는 새로운 경향을 통하여 시가 변혁의 상상을 품는 희망의 원리가 되는 데 이르기도 했다. 마침내 신용길, 조성래 등의 시인과 노동운동을 하던 백무산 시인을 찾아보고 정인화, 김상화 시인 등과 연대하는 일도 도모했다. 비평과 실천이 뒤엉키는 가운데 『지평』과 '5·7문학협의회' 등이 우리 시와 지역문학에 관한 많은 평문을 쏟아내게 하였다. 이 시대를 회고하는 다른 자리에서 나는 이때를 '황금시대'라고 부른 바 있다. 여전히 내 가슴 속에

순금으로 빛나는 시절이다. 1988년 나는 현장를 떠나 대학 조교의 자리를 얻고 이듬해 박사과정을 시작한다. 도서관과 책방과 술집을 오가는 생활을 시작하였다. 현실감각은 무뎌지고 회색 이론 속에서 방황하는 나날이 거듭되었다. 임화 연구를 주제로 잡았다 유기론으로 회귀하였다. 석사 논문으로 쓴 바 있는 조지훈에 김동리와 조윤제를 더하여 시론, 소설론, 문학사론을 유기론과 연관시키면서 박사 논문을 썼다. 그런데 이는 여전히 내 안에 있는 불협화음이자 역동적인 모순이다. 한편으로 유기적 세계를 동경하면서 그것을 비판한다. 테리 이글턴의 유기론 비판이 큰 영향을 끼쳤으나 그처럼 문화연구로 급진화하는 일은 아직 나의 능력 밖이다. 솔직하게 나는 1990년대 이후 한동안 어정쩡한 포즈로 문학에서 문화로 배회한 지난 시간을 후회한다. 문학에 더 충성하지 못한 자신을 비판한다. 문학을 문화라는 큰 틀에서 보는 방식을 거부할 필요는 없다고 생각하지만, 문학의 의의를 약화시키는 문화론적 비평은 경계해야할 일이 아닌가 생각한다. 문학을 문화현상으로 헌납할 것이 아니라 문학을 보다 큰 맥락으로 재해석하는 노력이 필요하기 때문이다.

대학 강단에 선 뒤에 비평의 순간이 내게로 온 일이 있는가? 지금도 나는 살아있는 정신은 시정에 있다고 생각한다. 1990년대 이후의 나에게 있어서 비평의 순간이 있다면 그건 지역학과 연동한 문학론의 확장이다. 세계체제론을 학습하고 지리학의 스케일 개념을 익히면서 문학의 시야를 쇄신하였다. 중심부-반부변부-주변부의 관계를 프랙털 모형으로 인식하고 스케일의 관점으로 로컬-국가(nation)-지역(region)-세계(gobal)을 바라보면서 이 둘을 포개는 방식으로 이해하자고 제안하고 창작과 비평의 방법을 모색하였다. 이는 결코 새로운 방법은 아니나 위치적이다. 이러한 위치적 비평(locational criticism)의 시각으로 로컬의 가능성을 찾고 한국문학을 동아시아적 맥락으로 읽으며 세계문학과 연관하여 재해석하는 연습을 하고 있다. 연습을 그치지 않고 거듭한다면 비평의 순간이 나에게 다시 다가올 것이라 믿는다. 기존의 문학을 재해석하고 새로운 문학을 궁리하는 일을 계속한다면 식어버린 비평의 열정이 살아나지 않을까? 이와 더불어 문청 시절에 품었던 자기표현의 글쓰기도 가능하지 않을까?

앞서 말했듯이 변증법과 유기론은 나의 비평이 지닌 두 가지 내적 형질로 길항하며 공존한다. 어느 한쪽을 선택하지 않는 나는 모순이다. 사소하고 성가시다고 자기가 사는 장소의 현실을 외면할 수도 없다. 블랙홀처럼 서울 중심으로 모든 역능이 흡입되는 현실을 보면서 저항과 체념을 반복해 왔다. 인정과 평가 시스템조차 편향되었다. 부산이라는 해항 도시(seaport city)에 사는 비평가에게 더 많은 짐이 지워져 있음을 안다. 날로 그 생산력이 약화되고 있는 지역의 문학적 현실을 보면서 한계를 절감한다. 한국문학이라는 국가 스케일에 갇히지 말고 시공간을 가로지르는 상상력(teleopoiesis)을 기르자고 제안을 거듭한다. 이는 로컬 문학에도 해당하고 한국문학에도 해당한다. 공허한 제안으로 남지 않기 위하여 더 많이 궁리해야 하나 이미 오동잎 지는 가을이다. 그렇지만 나는 여전히 새로운 비평의 순간이 내게 다가오기를 기대한다. 가령 아직 숙제로 남아있는 해양 모더니티(maritime modernity)가 문제적이다. 비판적 로컬주의와 해양 근대성이 만나는 접점에서 어떤 가능성을 찾고 있다.

그동안 나는 못난 글들로 세간을 어지럽혔다면 아직 못 쓴 글도 적지 않다. 알랭 바디우는 철학의 4대 조건으로 학자, 예술가, 투사 그리고 연인을 들었다. 비평도 이 네 가지 조건과 무연하지 않으리라 믿는다. 하지만 이 네 가지가 한데 어울려 생동하는 삶을 온전하게 살진 못했다. 파편화와 단절, 지체와 포기가 적지 않았다. 다만 기다림과 붉은 마음은 간직하고 있다. 과거를 미화하거나 자기를 관리하는 일이 비평은 아니다. 비평은 늘 실존과 현재의 문제이다. 항상적 위기의식이 없다면 이미 비평은 없다. 오늘 이 점이 내게 뼈아프게 다가온다.

로컬/문학/사상의 구축과 탈구축

구모룡 비평의 특이성

이명원

1. 시와 역사의 상호침투

특정한 비평세대를 출생년도를 기점으로 해서 논의하는 것은 장단점이 있다. 레이먼드 윌리엄스가 '감정의 구조'로 명명한 바 있는 동시대/동세대 의식을 추출할 수 있다는 점에서 일단 그것은 장점이 있다. 그러나 이렇게 일반화하면 개별화된 비평 주체로서의 비평적 담론의 특이성을 해명하는 데 어려움을 갖게 한다. 1950년대에 출생한 비평가들 가운데, 특히 무크지 『지평』과 『전망』, 그리고 『오늘의 문예비평』의 이른바 1세대 비평가들의 비평적 실천 및 담론의 양상을 살펴보면, 이 세대를 해석공동체로 그룹화할 수 있는 '유사성'은 물론 명확한 '차이'가 나타나기도 한다.[1]

---

1   1980년대 부산지역의 비평가 그룹 형성과 분화과정에 대해서는 김경연, 「1980년대 지역문학운동의 문화정치학 – 무크지 『지평』과 『전망』을 중심으로」, 『한국문학논총』 제89집, 한국문학회, 2021이 좋은 참고가 되었다. 또한 고봉준, 「소설이란

구모룡이 현재까지 출간한 저작들을 천천히 읽으면서 나는 이 '차이'의 문제에 주목하게 된다. 1959년생인 구모룡은 1982년 〈조선일보〉 신춘문예에 「도덕적 완전주의-김수영의 문학」으로 등단했다. 연보를 보면 이 시기 구모룡은 부산대 국어교육과를 졸업한 뒤 대학원 국어국문과 석사과정에 재학 중이었다. 하지만 그의 회고에 따르면 비평에 대한 관심은 좀 더 거슬러 올라가게 되는데, 학부시절인 1978년 8월 21일자 〈부대신문〉에 문학평론가 염무웅의 『한국문학의 반성』에 대한 서평 격인 「한국문인의 실태」를 발표한 것이 비평적 글쓰기의 시작이었다. 이후 최초의 실제비평으로 「유년에의 꿈과 미학-김춘수의 시정신」(〈부대신문〉 1979년 4월 9일)이었으며, 이를 기초로 학부졸업논문으로 김춘수론을 쓰게 된다. 1979년부터는 류종열, 민병욱, 하창수 등과 함께 비평공부모임을 시작한 것으로 되어 있다.[2]

학부시절 구모룡의 비평적 훈련의 시발이 된 것은 김광규의 『문학개론』 강좌였다. 김광규가 독문학자이자 시인이었기 때문에 독문학 특유의 문예학적 관점을 벼려 나갔을 듯싶다. 김춘수의 제자였던 양왕용 시인으로부터는 김춘수 시에 대한 분석적 시각을, 학부 2학년 때 수강했던 김준오 강좌에서는 교재였던 김윤식의 『한국 현대시론 비판』을 기점으로 김윤식의 저작에 대한 폭넓은 학습이 시작되었다. 학부시절에 구모룡이 애독했던 시인과 작가는 김춘수, 최인훈, 이청준, 윤흥길, 신경림, 김지하, 고은, 윤상규(소설가 윤후명) 등으로, 크게

무엇인가를 묻는 일-황국명의 비평세계」, 『오늘의 문예비평』 128호, 2023 여름; 박동억, 「지역문화운동에서 해양문학론으로-남송우 평론가의 비평세계」, 『오늘의 문예비평』 129호, 2023년 가을 역시 시사점을 얻을 수 있었다.

2 구모룡, 「비평이 내게로 온 시절」, 『폐허의 푸른빛-비평의 원근법』, 산지니, 2019, 447쪽.

보면 주로 『문학과지성』 계열의 문인들로, 특히 평론가 김현 등이 분석적으로 논의했던 이들이 많다.

구모룡이 대학원에 진학한 것은 1981년이다. 이 시기는 1979년의 부마항쟁과 1980년의 광주항쟁을 신군부가 무력진압하고 정권을 탈취했던 이른바 '겨울공화국'의 시대였다. 문단사의 측면에서는 양대 계간지였던 『창작과비평』과 『문학과지성』이 폐간된 이후, 『실천문학』을 필두로 부정기간행물인 무크지들과 지역을 거점으로 한 민족문학 운동이 부상하기 시작한 시점이었다.

이 정치적·문화적 혼란과 반동의 급변상황에서 구모룡은 김수영을 '발견'하고, 음미하고, 이에 대한 비평을 쓰기 시작한다.

> 1981년 대학원에 진학하였지만 어두운 시대와 고압적인 대학원 분위기로 힘들었다. 나는 박남훈(문학평론가로 지금은 목회 일을 하고 있다) 등과 어울려 술과 함께 나날을 보냈다. 이런 시절에 내게 다가온 시인이 김수영이다. 마침 『김수영 전집』(민음사, 1981)이 발간된 일이 계기였으리라 생각한다. 까다롭기로 유명한 음성학자인 김영송 선생의 세미나 시간에 나는 「도덕적 완전주의-김수영의 시세계」를 발표하였다. 나대로의 반골 성격을 표출한 셈인데 함께 수업한 박남훈은 "선생과의 대결 같았다"고 술자리에서 관전평을 하였다. 어떻게 보면 내게 비평의 순간은 1980년대에 이르러 다다온 듯하다. 시대에 대한 상처와 고통이 구체화되면서 비판의 표정을 갖게 된다.[3]

김수영의 '발견'과 '음미', 그리고 이에 대한 비평적 개진은 이후 구

---

3 구모룡, 위의 책, 448~449쪽.

모룡의 비평에 있어서 일종의 기원 혹은 원점으로서의 성격을 띠게 된다. 이것은 단지 신춘문예 당선작이라는 의미에서가 아니라, 1980년대 비평공간에서 구모룡이 보여준 비평담론의 특이성의 맹아가 되기 때문이다.

첫 평론집인 『앓는 세대의 문학』(시로, 1986)에 수록된 김수영론에서 눈에 띄는 것은 김수영의 '도덕적 완전주의'가 그의 '정신의 귀족주의'(엘리트주의)와 연결되어 있으며, 양심과 도덕성의 표현 역시 현존사회에 대한 비판의식을 품고 있긴 하나, 결국 '자기반성'과 '자기고백'으로 회귀하는 내향적 '편협성'을 보여준다는 비판에 있다. '자유로운 사회'라는 김수영의 비전은 '개인주의적 자유주의'를 피력함으로써 당대적 상황 속에서는 '상대적으로' 진보적인 성격을 띠지만, "공동체에 대한 배려가 결여되어 있다"[4]는 점에서, 1980년대라는 상황적 국면에서 다시 읽으면 명백한 한계를 갖고 있다는 것이 구모룡의 시각이다.

위에서는 "공동체에 대한 배려"로 온건하게 표현되어 있지만, 이것은 시적 삶과 역사적 삶의 갈등적이면서 변증법적인 결합에 대한 인식으로 연결된다. 이에 따라 그것을 불가능케 하는 현실에 대한 강한 '저항적' 시각을 낳게 한다. 김수영과 김춘의 시를 비교·검토하고 있는 또 다른 평문에서 구모룡은 다음과 같이 시와 역사의 상관성에 대해 갈파하고 있다.

> 우리의 역사적 삶이 시적 삶과 직결되고 있는, 삶과 역사가 시와 예술에 선행하여 그 의미와 의의를 지닌다는 사실은 이제 우리 문학을 생각하

---

4 구모룡, 「김수영과 도덕적 완전주의」, 『앓는 세대의 문학 ─ 세계관과 형식』, 시로, 1986, 249쪽.

는 원리가 되고 있다. 국가를 상실한 일제치하에서부터 성장해 온 우리의 근대문학의 특성은 다른 아닌 시와 삶의 연속성이다. 이때의 삶이란 응당 역사 속에서 민족 공동체의 좌절과 꿈을 그 내용으로 한다. 이 점은 국가 상실기의 일제치하에 있어서는 물론 민족 분단의 현재에 있어서도 일치하는 바다. 어쩌면 이른 우리의 불행이며 동시에 운명이다. 우리가 개인의 밀폐된 삶에 안주할 수 없음은 이로써 필연에 가깝다. 그레서 우리의 꿈은 개인의 행복이 공동체의 행복과 일치하는 조화롭고 화해로운 세계에 그 지향점이 있다.(⋯) 그런 점에서 <u>개인의 진정한 행복을 말살하려는 어떠한 힘에도 항거해야겠으며 동시에 이러한 노력을 통하여 공동체의 행복을 이룩하는 전망적 사고를 포기해서도 안 될 것이다.</u> 적어도 이러한 우리의 생각은 단순한 절충주의가 아니며 합리적 삶과 세계질서를 희구하는 열망의 표백이다(밑줄 - 인용자).[5]

「시적 지향의 역사적 차원」이라는 제목에서도 알 수 있듯이, 이 평문이 발표된 1984년의 시점에서 구모룡은 당대의 암울한 역사적 국면을 배경으로 해서 시와 역사의 상관성을 사유할 것을 제안했다. 사회역사적 관점에서 문학과 현실을 변증법적으로 사유할 것을 요청하지만, 아직까지는 그것을 구체화된 현장비평을 동반한 문학론의 관점에서 제시하고 있지는 않다. 그러나 개인과 공동체의 "행복을 말살하려는 어떠한 힘에도 항거해야겠"다는 이러한 선언은 이후 1980년대 구모룡 비평에서 반복적으로 나타나는 민족문학론 또는 민중문학론에 대한 신뢰에 기반한 비평적 개입을 가능케 한다.

---

5   구모룡, 「시적 지향의 역사적 차원」, 『앓는 세대의 문학 - 세계관과 형식』, 시로, 1986, 294쪽.

2. 변증법적 비평과 민족문학의 총체성

1980년대 한국문학은 『창작과비평』과 『문학과지성』의 강제폐간 이후 다양한 형태의 기동전을 수행했다. 당시 소집단운동 또는 무크지 운동으로 명명되었던 변화가 그것인데, 특히 눈에 띄는 것은 지역을 기반으로 한 무크지의 발간과 이를 통한 문학운동이 매우 활성화된 양상이 그것이다.

부산지역 역시 『지평』(1983)에 이어 『전망』(1984) 등이 발간되면서, 1980년대의 문학과 현실변혁에 대한 고유한 담론들이 형성되었다. 구모룡의 회고에 따르면 "『지평』은 남송우, 민병욱, 이윤택, 하창수 등이 창간하였으나 남송우와 민병욱이 『전망』으로 가면서 이윤택, 하창수, 구모룡, 강영환 등이 주도"하게 된다.[6] 『지평』과 『전망』의 분화의 원인에 대해서는 국외자로서 정확히 알기 어려우나, 구모룡으로 대표되는 『지평』과 남송우·민병욱·황국명이 가담한 『전망』 사이에는 문학과 현실을 바라보는 시각의 차이가 존재했던 것 같다.

『지평』의 구모룡은 상대적으로 1980년대 문학운동의 방향을 민족모순과 계급모순의 양대문제를 해결하기 위한 '민중실천'의 방향을 문학운동의 핵심 노선으로 찾았다. 한편 『전망』 동인은 중앙과 지방의 위계화된 문학적 구도를 메타 비평을 통해 탈구축해야 한다는 시각을 강조해 이후에는 『『문학과지성』 비판』(지평, 1987)을 출간하기도 했다.

이 부분에서 구모룡이 비평이 갖는 특이성은 중앙/지방의 이원대립

---

6 구모룡, 「나의 비평적 행보에 대한 회고」, 『폐허의 푸른빛 - 비평의 원근법』, 산지니, 2019, 449쪽.

혹은 수직적·위계적 구도가 설사 현실적으로 존재한다고 하더라도, 1980년대라는 현실 속에서의 문학과 비평의 자리는 민족문학론의 분화과정에서 제기된 민중문학의 충실화에 있다는 시각을 제기했다는 점에 있다. 동시에 『지평』과 『전망』을 포함한 부산의 무크지 운동 역시 '과도기적 의미'를 가질 수밖에 없다는 과감한 진단이 그것이다.

> 이미 필자는 80년대의 비평을 보는 시각을 몇 가지 주장과 더불어 제시한 바 있다. (1) 오늘날의 비평은 주관성의 극대화로 종합에의 의지를 잃고 개별적 주의 주장의 나열로만 일관하고 있어, 비평의 트리비얼리즘의 극복이 시급하다; (2) 70년대의 두 운동은 억압과 차별 속에서 자유와 평등을 희구하는 실천적 운동이었기 때문에 이에 대한 평가에 있어 총체성을 잃지 않아야 한다; (3) 70년대의 두 계간지 운동은 작금의 무크지 운동과는 그 질과 양에 있어서 훨씬 더 바람직한 형태이었고, 지금의 무크지 운동은 그러한 형태로 수렴될 운명을 띤 과도기적 성격을 인정하지 않을 수 없다; (4) 두 계간지가 지니고 있을지도 모르는 문학주의와 편향성이 극복되어야 할 소지가 없는 것은 아니나, 무엇보다 우리에게 중요한 것은 80년대라는 과도기를 어떠한 형태로 극복하느냐 하는 방법의 모색에 놓여 있어 이 모색에 따른 정리가 전세대에 대한 당돌한 매도가 되어서는 안 될 것이다. 이러한 필자의 생각은 80년대 전반기의 그것이지만 80년대 후반에 처한 지금에 있어서도 변화가 없다(밑줄 - 인용자).[7]

위의 인용문에서의 문제의식을 간략하게 정리하면 1980년대의 문

---

7 구모룡, 「변증법적 비평을 위하여」, 『구체적 삶과 형성기의 문학』, 문학과지성사, 1988, 21~22쪽.

학장에서 구모룡은 『전망』의 민병욱과 황국명 등이 강렬하게 『창비』
와 『문지』 구도로 지형화된 중앙의 문단구조를 해체·탈구축 하기 위
한 지방주의를 비판하면서, 거꾸로 김현이 '감싸기'로 표현한 바와 비
슷하게 백낙청이 제기한 분단극복의 민족문학과 이재현·김도연 등의
민중주체의 민중문학 모두의 중요성을 인정하는 한편, 김병익으로 대
표되는 자유주의적 담론의 한계성을 지적하면서도 80년대에 대한 문
학의 창조적 대응에 대한 그의 기대를 과소평가할 수 없다는 주장으
로 이어진다.

　"종합에의 의지"와 "총체성"이라는 용어를 통해, 구모룡은 내 식으
로 표현하자면 문학권력이나 문단정치학의 '특수주의' 의제 대신,
1980년대 한국사회와 문학의 전망이라는 '보편주의'적 지향을 탐색하
는 것이 의미있는 것이라는 식의 논법을 전개한다. 그런 가운데 비평
계의 두 편향 그러니까 "무역사성과 비사회성"을 드러내는 이남호의
80년대 식 모더니즘 비평이나[8], "진보라든가 역사주의의 과잉"을 드
러내는 김도연 식의 민중주의 비평을 동시에 비판한다. "요컨대 목적
의식적 문학비평이 그 이념의 선취성만을 강조한 나머지 (…) 변증법
적 비평의 역방향에 선다면 비판되어야" 한다는 것이다.[9] 구모룡은 이
러한 양 편향을 극복하는 비평의 덕목으로서 "총체성의 확보"를 중시
하는데[10], 자신의 이러한 비평적 태도를 "변증법적 비평"으로 정의한
다. 이때 변증법적 비평은 "구체적 '실천' 가운데서 행해지는 사고 또
는 사유"로 정의된다.[11]

8　구모룡, 위의 책, 29쪽.
9　구모룡, 위의 책, 33쪽
10　구모룡, 위의 책, 36쪽.
11　구모룡, 위의 책, 38쪽.

구체적 실천이라는 관점에서 종래에 "지방"으로 간주되던 "지역" 모순의 문제 역시 구모룡에게는 중요한 의제의 하나가 되고 있다. 「민족문학 논의에 있어서의 지역 모순의 문제」(『민족과지역』, 1988.2)는 그런 점에서 '지역문학운동'을 중심으로 한 논의에서 구모룡의 입장이 가장 잘 드러난 평문이다. 이 평문에서의 구모룡의 시각 역시 일종의 '보편주의'적 관점을 강조하는 것으로 시종하고 있다.

그래서, 미리 말한다면, 지역문학 운동은 민족문학의 하위운동 또는 방법적 모델에 지나지 않는 것임을 간과해서는 안된다는 것이다. 즉 다시 말해서, 지역문학 운동이란 독자성을 가진 그것이 못 되며 결국 민족문학 운동에 수렴되어져야 한다는 생각이다. 그렇지 않고 지역문학운동의 개별성·독자성·특수성을 지나치게 강조할 경우 우리는 영략없이 지역 중심주의라는 소시민적 한계에 떨어지게 될 것이다. 현금의 요란스러움은 민족문학과 올바른 회로를 창출함이 없이 심정적인 지역 중심주의에서 비롯된 단선 논리, 소아적 논리가 빚어내는 불협화음들이 아닌가 한다(밑줄-인용자).[12]

이러한 주장은 황국명의 지방주의에 대한 비판의 성격을 띠고 있다. 즉 이러한 지방주의는 "유통구조적인 측면에서의 문학생산, 이론의 독점에 대한 강한 반발로의 항의만 있을 뿐"이라는 것이 구모룡의 시각이다.[13] 그렇다면 구모룡에 의해 "소극적" 혹은 "소시민적 지방주의"로 규정된 이러한 비평적 담론의 상황을 극복하기 위한 방책은 무

---

12 구모룡, 「민족문학 논의에 있어서의 지역 모순의 문제」, 『구체적 삶과 형성기의 문학』, 문학과지성사, 1988, 59~60쪽.

13 구모룡, 위의 글, 65쪽.

엇일까. "구체성의 획득을 지향하는 민족문학운동이 필요하다"는 것
이 구모룡의 시각이며, 그런 점에서 요산 김정한 문학은 중요한 실제
적 근거가 된다.

> 오히려 문제는 이런 측면에서가 아니라 지역성과 현장성의 문제를 문
> 학생산의 과제로 삼음으로써 오늘날 우리 사회의 구조적 모순의 가장 첨
> 예한 부분, 혹은 삶의 가장 절실한 문제를 보편적 차원의 민족문학과 연
> 결시키고자 하는 진지한 노력이 아닌가 한다. 가령 요산 김정한의 소설이
> 70년대 민족문학과 민중문학의 모델이 될 수 있었던 것은 결국 지역성과
> 현장성의 문제에 대한 작가의 투철한 정신에서 비롯된 보편적 진실, 리얼
> 리즘의 승리에서가 아닌가 생각된다. 이러한 측면에서 우리의 지역문학
> 은, 구체성의 획득을 지향하는 민족문학운동이라고 할 수 있다.[14]

구모룡의 진술처럼 '지역성'과 '현장성'의 관점에서 요산의 문학은
민족문학의 성취일 뿐 아니라, 최근 들어서는 선구적으로 동아시아
민중연대의 비전을 보여주는 작품으로 평가되고 있다.[15] 그의 문학은
부산 경남지역을 공간적 배경으로 하되, 제국주의·식민주의의 문제
를 포스트 콜로니얼한 관점에서 서사화한다.[16]
구모룡의 요산 김정한과의 만남은 지역문학을 민족문학사의 전개
와 결부시키거나 민중문학운동과 결합시키는 데 있어서도 중요한 의

---

14 구모룡, 위의 책, 68쪽.

15 하상일, 「제1부 김정한과 동아시아」, 『세계문학으로서의 한국문학』, 보고사, 2023
    참조.

16 이명원, 「1970년대 오키나와를 통해 본 한국의 포스트 식민주의-김정한의 「오키
    나와에서 온 편지」(1977)를 중심으로」, 『한국문학과 예술』 제39집, (사)한국문학
    과예술연구소, 2021.

미를 띤 것으로 보인다. 특히 '5·7문학협의회'(약칭 '5·7')의 결성(1985
년 5월 7일)은 부산지역의 민족문학 운동에 있어서 상징적인 계기가 되
었을 뿐만 아니라, 1987년 '부산민족문학인협의회'로의 확대·개편 및
이후 부산작가회의의 결성에 있어서도 중요한 전사(前史)가 된다.

 '5·7'은 1985년 5월 7일 동공동 화국반점에서 열 명이 조금 넘는 문인이
모여 만든 단체입니다. 출범 당시 회원은 28명이며 2년차에 7명이 추가
가입하여 1987년 후반 해체기까지 30여 회원이 활동합니다. 출범과 더불
어 김정한 선생이 고문으로 추대되었고, 김규태 윤정규 김중하 3인의 운
영위원 체제이나 실질적으로 윤정규가 단체를 이끌었습니다. (…) 간사회
의를 '5·7'의 중추에 두는 방식으로 재편하여 총무간사(강영환, 최영철),
기획간사(신진), 섭외간사(류명선), 연구간사(하창수 구모룡)를 두었습니
다. 매월 또는 격월로 회합을 가지고 회보를 발간하는 한편 연간으로 문학
의 밤 행사를 가졌습니다. 기관지를 내기로 하고 1986년에 무크지 『토박
이』 2호를 내었습니다. 『토박이』는 1984년 도보서적이 창간한 무크지로
지역사회문화운동을 지향하고 이으며 제자(題字)를 요산이 쓸 정도로 요
산의 자장 속에 있었습니다. 2호가 판매금지 조치를 받고 동보서적이 탄
압의 대상이 되는 한편 3호를 발간하는 노력(이성훈, 신선명, 구모룡의
편집) 또한 결실을 보지 못했습니다. 이후 1987년 9월 『문학과 실천』(도서
출판 글방)을 발간한 바 있습니다. '5·7'이 보인 문학운동은 전두환 정권
의 독재에 글로써 저항하다 "4.13 호헌조치"에 맞서 1987년 4월 29일 "4.13
호헌 조치에 대한 문학인 193인의 견해"(〈동아일보〉 4월 29일자 참조)에
회원 다수가 이름을 얹는 데서 하나의 정점을 이룹니다. '5·7'이 해소되는
흐름은 '자실'의 해소와도 이어집니다. 6월항쟁 이후 주지하듯이 '자실'을
확대 개편하여 1987년 9월 17일 '민족문학작가회의'가 창간됩니다.[17]

위의 인용문을 통해서 우리는 구모룡의 지역문학에 대한 보편주의적 입장, 더 정확하게는 '비판적 지역주의'의 관점이 어떠한 경로의 비평적 실천과 문학운동적 과정에서 형성되었는지를 해명할 수 있는 '단서'를 확인하게 된다. 큰 틀에서 보면 1980년 전후 부마항쟁과 광주항쟁의 좌절과 신군부의 집권이 한국사회에 드리운 문학적 폐색상황과 민주주의의 질식상황은 서울과 지역의 차별적 위계구조라는 모순에 앞선 한국사의 총체성이라는 관점에서 볼 때, 보다 크고 근본적인 문제가 존재한다는 인식을 가능케 했을 것이다. 이러한 인식에 실천적인 계기를 부여한 것은 물론 문학계 내부에서의 민족문학론의 민중문학론으로의 분화과정과 함께, 지역 안에서 민족문학운동과 민주화운동을 실천적으로 결합시키고자 했던 요산 김정한과의 만남 및 '5·7'의 조직화라는 것이 중요한 계기가 되었을 것으로 추론할 수 있다.

실제로 구모룡은 현장비평을 지속하는 한편 지역문학론을 정교화하는 과정에서 부산경남지역의 저항문학의 운동적 성과를 계보학적으로 검토하는 작업도 진행한다. 「저항으로서의 지역문학」에서는 양명, 권환, 김병호, 이주홍, 신고송, 손중행, 김대봉, 김정한, 박석정 등 식민지기의 저항문인으로부터 1980년대 문부식, 이산하, 정인화에 이르는 저항문학의 현황을 사적으로 검토한다.[18]

「비평과 저항담론 – 근현대 부산·경남지역 저항문학비평」에서는 거제 출신 양명을 시작으로 손풍산, 신고송, 권환, 양우정, 김병호, 이주홍 등 1920·30년대에 활동했던 문인으로부터, 해방공간의 권환, 김용호, 김상훈의 비평을 조명한다. 그러나 한국전쟁 이후 조연현과

---

17   구모룡, 「나의 비평적 행보에 대한 회고」, 『폐허의 푸른빛 – 비평의 원근법』, 산지니, 2019, 460쪽.
18   구모룡, 「저항으로서의 지역문학」, 『지역문학과 주변부적 시각』, 신생, 2005.

김동리 등 이른바 문협정통파가 문단을 장악한 이래, 1950년대부터 1970년대까지 부산에서 좌파적 전통을 찾는 것이 거의 불가능에 가까웠다는 분석을 하고 있다.

그러나 놀랍게도 1980년대에 이르면 남송우, 민병욱, 하창수, 구모룡, 성민엽, 조정환, 신승엽, 황국명, 이현석, 김재용, 한수영 등 부산·경남 출신 비평가들이 문단에 대거 출현하는 점을 조명한다.[19] 특히 부산·경남 지역에서 지역문학운동의 논리를 펼쳤던 『지평』, 〈5·7문학협의회〉(기관지 『문학과실천』, 『문학과현실』), 지역문화종합지 『마산문화』, 『토박이』 등이 주요한 활동매체였음을 환기시키지만, 『지평』과 여러모로 비교 논의가 되고 있는 『전망』에 대한 언급은 생략되어 있다는 점이 눈에 띤다.[20]

구모룡의 비평과 연구에서 향파 이주홍과 요산 김정한은 부산·경남의 저항문학의 계보에서도 중심적인 존재인 것은 분명해 보인다. 그런데 이 부분에서 흥미로운 것은 그가 고평 일변도로만 이들의 문학세계를 검토하고 있지는 않다는 점이다. 반대로 일제말기의 향파와 요산의 문학의 친일협력 문제에 대해서 그는 다음과 같은 조심스러운 지적을 하는 것을 잊지 않는다.

　a) 일제말 향파가 일제에 협력한 사실은 부인하기 어렵다. 이는 황민화를 표방하는 최초 친일 국어잡지인 『동양지광』에 글을 발표한 일과도 연관되며 친일잡지로 바뀐 『야담』에 총후문인을 통하여 징병제를 선전한 소설 「내 山된아」 등을 발표한 일로도 확인할 수 있다. 그가 내선일체의 황국신민

19　구모룡, 「비평과 저항담론」, 『지역문학과 주변부적 시각』, 신생, 2005.
20　구모룡, 위의 책, 119쪽.

화와 대동아공영권의 전쟁동원을 직접 주장하였는지의 여부는 앞으로 엄정하게 검토되어야 할 사항이다. 다시 말하자면 1940년에서 1945년의 향파에 대한 연구가 매우 조심스럽게 제기되어야 한다는 것이다.[21]

　b) 실제 이 작품을 읽어보면 지원병으로 가야하는 당사자인 개동이에 대하여 언급한 바가 전혀 없다. 다만 어른들의 무지한 대화, 당시 상황에 대한 무지한 민중적 일상이 전경화되어 있을 뿐이다. 이러한 점에서 이 작품은 "한글사용이 금지되었던 시기에 어려운 '일본관헌의 허가(검열)을 받으면서까지', 부왜매체에 한글로 발표된 부왜희곡"이 아니라 한글 허용이라는 틈새를 활용하면서 강요된 협력이라는 폭력을 대처해갈 수밖에 없었던 작가의 고뇌의 산물이다. 여하튼 식민지 회색지대에서 요산 또한 일상과 생활을 유지하기 위한 방편으로 일정한 협력을 피할 수 없었던 것은 사실이다. 그러나 이를 두고 구조적 협력으로 보는 관점은 작가의 진정성을 몰각한 외부자의 눈에 불과하다.[22]

a)와 b)는 부산·경남의 저항문인으로서의 대표성과 상징성을 지니는 향파 이주홍과 요산 김정한의 일제말기 친일협력 문제에 대해 논의하고 있는 부분이다. 향파 이주홍의 경우는 일제말기 희곡과 시나리오 작업을 통해 일제의 정책에 상당 부분 협력하였음을 지적하는 데 반해, 요산 김정한의 경우 1943년 『춘추』 9월호에 발표한 희곡 「인가지」가 명백한 부왜문학(친일문학)이라는 박태일의 비판에 대해, 이것은 작중 인물이 처해있는 상황적·맥락적 분석을 고려하지 않은

21　구모룡, 「일제시대와 해방공간의 이주홍과 김정한」, 『근대문학 속의 동아시아』, 산지니, 2012, 245쪽.

22　구모룡, 위의 책, 249쪽.

일면적 분석일 수 있음을 들어 반론하고 있는 부분이다.

그런데 이러한 평가와 별도로 내가 구모룡의 비평에서 인상적으로 느낀 부분은 다음과 같은 결론부분에서의 진술이었다.

> 향파와 요산은 지역의 문인이면서 한국의 문인이다. 자칫 지역 중심주의가 이들에 대한 올바른 평가를 가로막을 수 있다. 우상파괴라는 명분으로, 학문적 객관성이라는 이름으로 7, 80년대 군사정권에 아무런 항변도 못하고 침묵하던 이들이 이들의 흠결을 들추어 과장하는 경우가 있는바, 이는 크게 경계하여야 할 일이다. 또한 이들이 살았던 시대와의 연관성을 소거하고 이들의 문학성만을 강조하는 우를 범하지 않아야 한다.[23]

위의 진술에서도 지역문학과 한국문학의 관계를 '보편주의'의 관점에서 조명하는 구모룡의 인식이 잘 드러난다. 특히 "지역 중심주의"를 경계하면서 '문학성'과 '역사성'을 유기적으로 혹은 종합적으로 고려할 것의 필요성을 강조하는 시각이 그것이다. 동시에 1980년대 이후 민족문학 운동에 합류했던 개인적·역사적 경험과 문학운동을 통한 체제저항의 기억이 비평가 구모룡에게 중요한 자의식으로 삼투·내면화 되어 있음도 확인할 수 있다.

3. 동아시아 지역주의와 로컬/문학/사상의 구축과 탈구축

2000년대 이후 구모룡의 비평은 인식의 심화와 동시에 전환을 모색

---

23   구모룡, 위의 책, 255쪽.

한다. 1990년대 초반까지의 비평이 민주화 경로를 따라 민족문학론과
민중문학론의 의제를 중심으로 논의되었다면, 1990년대 중반을 경과하
면서 한국문학의 지형 역시 크게 변화했기 때문이다. 지역에 대한 그의
인식 역시 변화하는데, 그간 일국적 관점에서 중앙/지역 식으로 작동하
던 프레임에서 세계체제론과 동아시아 지역주의(regionalsm)/ 동아시아
문학론 등으로의 인식론적 전환이 일어난다. 구모룡은 1990년대 중반
이후 이러한 비평인식론의 변화의 배후에 문화주의(culturalism)와 지역
주의(regionalism)적 시각의 대두가 영향을 끼쳤음을 밝히고 있다.

　문화주의란 '문학에서 문화로'라는 구호 아래 1990년대 이후 다양한
대중문화 산업과 비평이 융성하고 비판적 문화연구(cultural studies)가
대두되는 한편에서, 문학계가 종래의 차별적 이념과 해석공동체로서의
성격을 상실하고 시장화에 휩쓸려 들어갔던 상황을 환기시킨다. 이러
한 과정 속에서 '문학의 죽음', '근대문학의 종언' 담론이 등장하는가
하면, 문단적 측면에서는 계간지『문학동네』의 출현 이후 문지와 창비
의 강고했던 중앙문단의 이원 대립구도 역시 상업주의로 균질화 되어
통합되는 기이한 양상도 나타났다.

　구모룡이 '동아시아 지역주의'로 명명하고 있는 시각을 현상적 측면
에서 보면 세계화 드라이브가 종래의 일국적 인식과는 다른 형태로
중심과 주변의 관계를 자본에 의해 재구축하는 과정에서 형성시킨 세계
인식론의 일부라고 볼 수 있다. 사회과학의 측면에서는 이매뉴엘 월러
스틴이나 조반니 아리기와 같이 '자본주의 세계체제'의 패권/헤게모니
동학(動學)을 설명하려는 이론적 논의와 그것의 한국적 변용인 백낙청의
분단체제론, 최원식 등의 동아시아 문학론 등이 촉발한 문제의식의
연장선상에 있다고도 해석될 수 있다. 동시에 2000년대 이후 한국과
일본의 학계에서 대두되었던 국민문학론 연구 혹은 국가주의 해체론과

관련한 각종의 담론의 수용과정에서 일어난 변화이기도 할 것이다.

자세한 사정이야 어떻든 이러한 이론적 스케일의 확대·확장 과정 속에서 구모룡은 과거 지방/지역의 공통 용어로 쓰였던 로컬(local)의 한국식 역어(譯語)를 '지방'으로, 그리고 '동아시아 지역주의'와 같이 광역적 공간개념을 반영하는 역어로는 '지역(region)'으 개념을 활용한다. 그리하여 지방(local)은 국가(nation), 지역(region), 세계(global)라는 상위층위와 연동되어 사유하게 되는데, 그렇다고 해서 지방/지역 개념이 명료하게 규정된 것 같지는 않다. 그렇다면 구모룡이 제창하는 '동아시아 지역주의'라는 문제설정이란 무엇인가.

> 동아시아 지역주의는 국가와 세계 사이의 지역의 네트워크를 통하여 국가주의를 넘어서면서 기존의 세계체제를 변혁하자는 기획을 담고 있습니다. 그러나 이러한 기획은 국가주의의 발호나 냉전체제의 유산을 그대로 이어가려는 미국과 일본에 의해 좌절을 겪어왔습니다. 냉전체제는 와해되었지만 동아시아에는 새로운 삼각동맹을 형성하려는 힘이 끊임없이 작동하고 있습니다. 이런 가운데 분단체제는 다시 경화되고 있는 것입니다. 나는 이러한 사정을 고려하면서 지역주의의 이상을 말하기보다 지역주의를 이루려던 지성의 이상과 좌절에 대하여 더 많은 관심을 가졌습니다. 또한 작가들이 시공을 가로지르는 상상력의 힘인 텔레오포이에시스(teleopoiesis)를 견지할 것을 주문한 바 있습니다.[24]

문학을 검토하는 인식론적 프레임이 광역적으로 확대되면서, 상대

---

24 구모룡, 「지역비평의 위상에 대한 회고와 전망」, 『폐허의 푸른빛-비평의 원근법』, 산지니, 2019, 51쪽.

적으로 구모룡의 비평적 문제설정에서 기왕의 '현장비평'을 넘어 '근
대 한국문학'을 횡단적·역사적·이론적으로 읽어내는 방식이 중요해
지게 된다. 이것은 제국주의/식민주의 대 민족주의적 저항과 같은 전
통적 관점에서, 이제는 식민지(문학) 내에 착종하는 제국적 메커니즘
에 대한 분석으로 시선을 이동하게 만든다. 서구적 근대성, 일본적
근대성, 조선적 근대성의 창출과 교호과정 속에서의 한국 근대문학의
존재방식에 대한 사상적 탐구가 가령『근대문학 속의 동아시아』(산지
니, 2012) 같은 저작에서 활발하게 논구되는 것은 이런 까닭이다.

한편 근대문학 '이후'의 문학적 전환에 대한 고민 역시 나타난다.
일찍이 시의 유기체론을 검토하면서 '제유의 시학'을 강조했던 관심
이 확대되고 정교화하면서 '생명시학'이나 '시적 평등'과 같은 서정시
에 대한 인식론적 전환도 제시된다. 특히 나는 '시적 자유'가 아닌 '시
적 평등'을 논의하면서, 시적 자아인 가면(persona)에 대해 다음과 같
이 논의하는 부분이 대단히 인상적이었다.

> 가면(persona)은 서정적 주체를 설명하는 핵심적인 틀이라 할 수 있
> 다. 모더니티를 지배하는 주체중심주의를 내려놓고 끊임없이 타자가 되
> 려는 연습-'역할의 나르시시즘'-은 새로운 서정시의 지평이다. 서정적
> 주체는 단일한 '나'의 동일성으로 회귀하거나 그것을 지키려는 주체가 아
> 니라 타자와 만나고 이타성과 연대한다. 여기서 우리는 서정시와 관련한
> 역설-서정시는 가장 주관적인 문학의 종류 중 하나이지만 그럼에도 다른
> 그 어떤 것만큼이나 보편적인 것을 지향해 온 것-에 주목할 필요가 있다.
> 이러한 입장을 받아들일 때 서정적 주체는 부분적이고 개별적이기 보다
> 시대적이고 역사적인 성격, 문화의 큰 움직임을 만들어내는 동시대인의
> 전형적인 형상으로 볼 수 있다.[25]

이어지는 문장에서 구모룡은 "시적 평등은 시적 주체와 세계가 만나는 지평에 의해 형성된다"고 진술한다.[26] 이것은 서정시의 통념을 이루는 '자기표현'이랄지, 혹은 김준오의 '동일성/비동일성의 시학'이랄지, 조동일 식의 '세계의 자아화' 같은 개념을 사실상 탈구축(deconstruction)해 자아와 세계, 주체와 타자, 인간과 비인(非人)적인 것 모두를 교감하게 하면서, 시적 정서와 인식을 횡단시키고 확장시키는 시론이라 판단된다. 요컨대 주체의 타자 되기, 타자의 주체 되기와 같은 역동적인 상호변신과 교통/교감이 가능해지는 세계가 서정시의 본질적 세계이면서, 자아의 내면에서 출발하여 초월적인 도/진리의 차원까지를 포괄하는 유기성을 실현한다는 유기적·전체론적 비전을 제시하고 있다. 하지만 이러한 이론적 논의가 체계적·유기적 시론의 형태로 나타나기 위해서는 얼마간의 시간을 필요로 하는 것으로 보인다.

1980년대 『지평』으로 비평적 활동을 시작한 이후 구모룡은 『오늘의 문예비평』, 『신생』, 『문학/사상』 등의 매체로 이행해 오면서, 비평적 관심의 확대와 심화를 시도해왔다. 『지평』에서의 논쟁적 면모는 『오늘의 문예비평』을 거치면서 이론적 심화로 이어졌고, 『신생』을 통해서는 자유시론에 기반한 근대시의 생명시학으로의 전환을 촉구했다. 『문학/사상』은 일종의 비평/이론 전문지로 동시대의 첨예한 문학과 사상을 역시 유기적으로 탐구하면서, 이론적 보편주의와 로컬의 특수주의를 한단계 높은 수준에서 사유하고자 하는 의도에서 발간되고 있다.

2020년에 창간된 『문학/사상』에는 구모룡의 「로컬의 방법에 관한

---

25   구모룡, 「교감과 시적 평등에의 길」, 『폐허의 푸른빛 – 비평의 원근법』, 산지니, 2019, 62쪽.

26   구모룡, 위의 책, 같은 쪽.

비평 노트」가 게재되어 있다. 이 평문에서는 지방이나 지역이라는 표현 대신 로컬(Local)이라는 표현을 통해, 지방/지역 개념을 상호침투시키고 있는데, 여기서 로컬은 사실상 국가와 민족, 그리고 세계가 횡단하고 있는 핵심장소라는 문제설정으로 종합되고 있다. 동시에 로컬은 "창작의 방법이자 사상"으로 재규정된다.

> 로컬은 경험적인 삶이 자리하는 장소이다. 하지만 이 로컬 속에 국가와 민족 그리고 세계가 여러 가지 형태로 들어와 있다. 오르한 파묵은 "글쓰기와 문학은 삶의 중심부에 있는 어떤 결핍, 행복, 그리고 최책감과 깊이 연관되어 있다는 것을 상기시켜 줍니다"라고 말한다. 작가는 자신이 중심에 있다는 착각을 경계해야 한다. 설혹 한 사회의 중심에 있다고 하더라도 그것이 지니는 폭력과 결핍을 인식할 수 있어야 한다. 이러한 점에서 로컬은 창작의 방법이자 사상이다. 오에 겐자부로도 "제 문학의 근본적인 형식은 개인적인 문제에서 출발하여, 그것을 사회와 국가와 세계로 연결시키는 것입니다"라고 진술한다. 이는 곧 "세계의 변경에 위치한 자로서 변경에서 전망할 수 있는 인류 전체의 치유와 화해를 위해" 모색해 나가려는 생각과 이어진다. (…)
> 로컬의 방법은 단지 포이에시스의 문제가 아니다. 가야트리 스피박은 "새로운 비교문학의 일반적인 기법의 한 부분"으로 "복사와 붙이기를 의미하는 텔레포이에시스"를 도입한다. (…)
> 난해하여 제대로 와닿지 않지만, 종족이나 국가로 환원하지 않고 시공간을 가로질러 생성하는 상상력의 힘을 창작과비평의 중요한 개념으로 가져와야 한다는 주장으로 읽힌다.[27]

---

27 구모룡, 「로컬의 방법에 관한 비평노트」, 『문학/사상』, 산지니, 2020, 31~32쪽.

이제 구모룡에게 로컬은 주변/중심의 확고한 위계적/수직적 심상지리와는 다른 모든 영역의 정치적·사회적·구조적 모순이 교차/교통하고 횡단하는 세계사적 장소가 된다. 이것은 글로컬(Glocal)과 같은 개념과도 연결되지만, 중요해 보이는 것은 비평적 주체가 놓여 있는 장소를 중심이 아닌 주변으로 간주하면서도, 동시에 그것이 비평의 세계사적 난제를 풀어가는, 이런 표현이 가능하다면 '방법으로서의 장소'로 인식하면서, 문학과 비평작업을 진행해야 한다는 중층적 태도로 이어진다는 점이다.

문학과 비평에서 로컬이 갖는 중요성은 그것이 앞에서 이야기한 대로의 추상적·담론적 사유에서만이 아니라 "경험적인 삶이 자리하는 장소"라는 점에서, 구모룡이 비평의 초기에서부터 매력을 느꼈던 구체성과 현실성이 출발하는 자리라는 점에 있다. 이 경험적 구체성·감각의 현실성의 세계를, 그것을 한 없이 극복하고 넘어가는 초월론적 운동으로서의 이론적/담론과 결합시켜 지역적·국가적·세계사적 의제를 문학을 통해 사유하고 탐색해가는 것이 최근 구모룡 비평의 지향성이다.

요약하면 구모룡 비평은 로컬과 중심, 그리고 문학의 난제와 씨름하면서 고유한 비평적 지역문학(화) 담론을 구축하면서도, 그것을 다시 '비판적 지역주의'라는 관점에서 탈구축해 왔던 비평적 운동의 궤적을 보여준다. 그러한 왕복운동 과정 속에서 지역문학은 한국문학임과 동시에 세계문학으로서의 의미와 가치와 운동성을 지니게 된다. 이 구축과 탈구축의 방법론적 상호침투 및 비평적 실천의 변증법은 아직 끝나지 않았기에, 그의 비평에 대한 더욱 치밀한 접근은 우리에게 다음을 기약하게 만든다.

제2부

1950년대생 비평가 연구 포럼

1950년대생 비평가의 두 샛길 여정

남송우

1. 글머리에

1950년대생 비평가들의 비평 행로를 비평사적 측면에서 살펴보려면, 이들이 비평을 시작한 1980년대의 비평전사를 개관해볼 필요가 있다. 비평사는 언제나 전 세대의 비평담론을 극복하는 선에서 이어져 왔기 때문이다. 1980년대 비평의 전사라고 할 수 있는 1970년대 비평의 전모를 이 자리에서 세심하게 다 살펴볼 수는 없다. 그러나 1970년대 비평의 흐름을 조감할 수 있는 기록이 남겨져 있어, 이를 통해 1970년대 비평의 중요한 한 흐름을 주마간산할 수는 있다. 그 기록의 한 꼭지가 1970년대 비평을 주도했던 김현이 남긴 기록이다.

김현은 그의 평론집 『문학과 유토피아-공감의 비평』(문학과지성사, 1980)에 실린 「비평의 방법」에서 1970년대 후반에 쏟아져 나온 10여 종의 비평집을 소개하며 다음과 같은 질문을 제기했다.

김현이 언급한 1970년대 후반기의 언급된 비평집을 나열하면 다음과 같다. 김우창, 『궁핍한 시대의 시인』(1977), 조동일, 『한국 소설의 이론』(1977), 조동일, 『한국 문학 사상사 시론』(1978), 백낙청, 『민족문학과 세계 문학』(1978), 김윤식, 『한국 근대 문학 사상사 비판』(1978), 정명환, 『한국작가와 지성』(1978), 오생근, 『삶을 위한 비평』(1978), 김종철, 『시와 역사적 상상력』(1978), 송재영, 『현대 문학의 옹호』(1979), 염무웅, 『민중 시대의 문학』(1979), 백낙청, 『인간 해방의 논리를 찾아서』(1979), 김주연, 『변동 사회와 작가』(1979), 김병익, 『상황과 상상력』(1979), 김병익, 『문화와 반문화』(1979), 김치수, 『문학사회학을 위하여』(1979), 임헌영, 『창조와 변혁』(1979), 김인환, 『문학교육론』(1979), 최인훈, 『문학과 이데올로기』(1979) 등이다.

"1970년대에 왜 비평이 가장 활발한 문학 장르의 하나로 등장하였으며, 70년대 비평이 떠맡았던 문제는 무엇인가, 그리고 그것은 왜, 어떻게 생긴 것인가, 70년대의 비평가들이 남긴 문제는 무엇이며, 그것은 어떠한 성과 위에 남겨진 것들인가"라는 질문들이 그것이다. 한국비평사로 볼 때, 1960년대 비평에 비하면 분명 새로운 단계로 도약했다고 할 수 있는 1970년대의 비평상황에 대한 김현의 이런 질문은 흥미로운 사항의 하나이다. 요컨대 「비평의 방법」은 그 어느 때보다도 유독 1970년대에 비평이 활발해진 원인이 무엇인지를 숙고하면서 자신의 비평관을 반성적으로 검토하고 나아가 다가올 "80년대의 문학비평은 무엇일 수 있을까"라는 질문에 대비하려는 목적으로 씌어진 글이라 할 수 있다.[1] 이런 차원에서 김현의 이 글은 1950년대생 비평가들이 1970년대 비평을 어떤 지점에서 계승 극복하고 있는지를 확인

---

1 조연정, 「김현 비평에서 '이론적 실천'의 의미와 비평의 역할-'시의 사회학'은 어떻게 가능한가?(1)」, 『현대문학연구』 제59집, 한국문학연구학회, 2016, 324쪽.

할 수 있는 실마리가 될 수 있을 것이다.

위에 열거된 1970년대의 비평가들은 백철, 조연현 등 전시대의 비평가들에 비해 비교적 많은 비평적 저작을 접할 수 있었으며 한국어를 온전한 모국어로 배운 세대였기 때문에 전통은 물론 외국 이론에 대해서도 큰 콤플렉스 없이 접근할 수 있었다고 김현은 분석한다. 이들의 이러한 지적 성숙을 도운 직접적인 계기로서 그는 한국학의 발전, 더 정확히 말해 국사학의 발전을 언급한다. 이기백의『국사신론』(1961)과 역사학회의『한국사의 반성』(1969), 경제사학회의『한국사 시대 구분론』(1970) 등의 성과가 있었기에, 문학사의 전통 단절론과 이식 문화론이 반성적으로 점검될 수 있었다는 것이다. 1970년대 비평적 성과의 지적 배경으로서는 이처럼 국사학계의 내재적 발전론이 주요하게 언급되고 있다면, 1970년대 비평 활성화의 결과로서 그가 제시하는 것은 "비평의 객관성/주관성, 절대성/상대성, 보편성/특수성의 대립 문제"를 재고하게 되었다는 것이다. 결론적으로 "70년대 비평이 바란 것은 선험적으로 존재하는 객관성·절대성·보편성이란 없고, 그것을 추구하는 과정이 바로 객관성·절대성·보편성이라는 것을 인식시키는 것"이었다고 정리하고 있다. 김현에 따르면 1970년대에 이르러 한국 문학 비평이 이처럼 한편으로는 오래된 콤플렉스를 극복하고 다른 한편으로는 탈주관화 혹은 탈신화화할 수 있었던 것은 비평의 양적, 질적 다양화로부터 가능했던 일이란 것이다. 그 결과 1970년대의 비평은 비로소 "비평의 유형학"을 작성할 수 있게 되었다고 김현은 말한다. 조동일, 임헌영, 김윤식 등의 "문학 사상사", 김치수의 "문학사회학", 김주연, 오생근의 "대중 사회 이론", 김종철, 김병익, 염무웅, 백낙청 등의 '역사주의 문학' 등의 유형학을 작성할 수 있게 된 것이란[2] 것이다. 이는 이전의 시대에 비해 1970년대의 비평이 그만큼 다양화되고 분화되었음을 말한다.

그리고 김현은 문학과 현실의 관련 속에서 해석의 문제가 중요해지면서, 비평은 문학이 억압적 세계에 대한 저항인가 투항인가를 분별하는 "실천적 이론"의 방법과, 문학이 훼손된 세계를 진실하게 그리느냐 왜곡시켜 그리느냐를 분별하는 "이론적 실천"의 방법으로 나뉘게 된다고 보았다. 두 방법 모두 문학의 대사회적 관계를 우선적으로 중시한다는 점에서 크게 다른 입장이라 볼 수 없을지도 모르나, 백낙청, 염무웅, 구중서 등 이른바 『창비』파 비평가들이 취한 '실천적 이론'의 방법론은 "현실 개조 의욕의 명백한 노출"을 특징으로 하는 일종의 지도 비평으로서 문학을 세계 개조의 도구로 이해했고, 반면 김우창, 김주연, 김치수, 김병익 등이 취한 "이론적 실천"의 방법론은 작품 안에 현실 개조의 의욕이 뚜렷이 노출되지 않더라도 작품이 보여주는 현실을 재구성하여 작가의 현실 인식이 세계 개조적이라는 것을 밝혀내는 데에 주력했다고 보았다. 이러한 구분을 통해 김현이 강조하려는 것은 물론 그 자신의 방법론이기도 한 '이론적 실천'으로부터 실천적 성격을 적극적으로 증명해내는 것이었다. 김현은 이처럼 1980년대를 앞두고 문학의 대사회적 실천에 주목한다. 김현이 생각하는 비평의 역할은 문학과 사회를 매개하는 것에 있었다고 볼 수도 있다.

문제는 이러한 1970년대의 한국비평문학의 토대 위에서 1980년대에 비평을 시작한 1950년대생 비평가들이 어떤 행로로 나아갔느냐 하는 점이다. 즉 실천적 이론과 이론적 실천으로 나아갔던 1970년대 비평이 어떤 형태로 분화되어 나갔느냐에 주목해볼 필요가 있다.

1980년대부터 실질적으로 비평을 펼쳤던 1950년대생 비평가들은

---

2   조연정, 위의 논문, 326쪽.

그 이전 시대에 비하면 수적으로 많이 늘어났다. 구모룡(1959), 권오룡(1952), 김명인(1958), 김정란(1953), 김종회(1955), 남송우(1953), 성민엽(1956), 송명희(1952), 송희복(1957), 이남호(1956), 이동하(1955), 이숭원(1955), 임규찬(1957), 임우기(1957), 정과리(1958), 정호웅(1959), 정효구(1959), 진형준(1952), 최유찬(1951), 하정일(1959), 한기(1959), 한기욱(1957), 황국명(1956) 등이다.

이들의 비평적 행로는 거의 대부분이 문학 연구와 비평을 겸했던 소위 강단 비평가로 활동했다. 또한 전 세대와는 달리 여성 비평가들의 활발한 활동은 여성 운동의 진전과 함께 페미니즘비평의 토대를 새롭게 마련하기도 했다. 이들은 1970년대의 비평을 넘어서기 위한 자기 세대의 비평담론을 생성하려는 의욕으로 출발했다. 그러나 시대의 급격한 변화와 문학이 주변화되는 문화적 상황의 전환은 이들의 초심을 끝까지 견지하는 데는 한계를 보였다. 이 모든 특성과 개성적 변모들을 이 지면에서 한꺼번에 다 다룰 수는 없다. 그래서 이들 중 1970년대의 비평 흐름을 주도했던 실천적 이론과 이론적 실천의 매개였던 소위 〈문사〉와 〈창비〉의 실질적인 영향권에서 벗어나 있던 두 평론가를 우선 논의 대상으로 삼고자 한다.

2. 이동하 - 비판적 합리주의자의 자유주의적 글쓰기

이동하는 그의 첫 평론집 『집 없는 시대의 문학』(1985)의 표제 비평문 「집 없는 시대의 문학」에서 그는 다음과 같이 집의 의미를 제시하고 있다.

'마르틴 부버는 인간에게 살 집이 있는 시대와 그것이 없는 시대라는 패러다임을 가지고 서구의 정신사를 유려하게 설명한 적이 있다. 그 글을 읽고 강렬하게 떠오른 상념은, 부버가 생각한 것과는 조금 다른 각도에서, 우리의 근대 정신사를 살 만한 집이 마련되지 않은 시대로 규정할 수 있지 않겠느냐라는 것이었다. 백여 년 전에 강요된 개국 이래 실로 숱한 이데올로기와 주의·주장이 이 땅을 쓸고 지나갔으되, 그 어느 것도 우리들이 들어가 편안히 쉴 만한 집은 되지 못하였다.'

이는 집이 단순히 인간이 거주할 공간이 아니라 형이상학적인 정신의 공간을 의미한다는 것을 쉽게 알아차릴 수 있다. 이동하가 내세운 집은 우리의 정신이 거할 집 즉 사상을 의미한다고 볼 수 있다. 그의 스승이기도 한 김윤식의 『한국근대문학사상사』를 긍정적으로 평가하며 문학사상을 문학과 관련된 반성적 사고라고 해석하고, 이를 자신의 나아가야 할 비평적 사유의 터로 삼았다. 그래서 이동하 평론가는 이 사상을 찾아 비판적 합리주의를 바탕으로 비평의 길을 자유롭게 나섰다. 이의 구체적인 비평작업의 시도가 그의 첫 평론집에 실린 「한국소설과 〈구원〉의 문제」와 「한국의 불교와 근대문학」이다. 전자가 김은국의 「순교자」와 황순원의 「움직이는 성」을 기독교적 관점에서 해명한 것이고, 후자는 한용운의 「님의 침묵」을 중심으로 불교적 사상을 점검하고 있다. 그가 이렇게 문학에 있어서 사상의 문제를 중시하는 이유는 우리 문학이 사상의 빈곤으로부터 탈피해야 하기 때문이고, 사상의 세계에 대해 백지인 자가 위대한 문학자가 되기를 바랄 수 없다는 문학사상에 대한 남다른 인식 때문이다.

이러한 관심사 때문에 이동하는 사상의 문제가 바탕이 되고 있는 종교와 문학에 대한 논의를 지속한다. 이러한 근거는 그가 쓴 「나에 대하여」란 글에서 확인할 수 있다. 여기에서 이동하는 자신이 지금까지 지녀온 신념은 비판적 합리주의 세계와 종교적 신앙세계인데, 이 양자는 상호 간에 뿌리 깊은 대립이 존재한다는 점을 밝히고 있다. 비판적 합리주의 입장에서 보면 종교적 신앙은 신비주의적이고 권위주의적인 요소를 반드시 포함하고, 종교적 신앙의 입장에서 보면, 비판적 합리주의는 인간의 힘과 과학의 힘에 대한 과다한 신뢰를 반드시 포함하고 있기에 서로 양립하기 힘들다는 것이다. 그러므로 이 양자 간의 근원적 대립은 이동하에게 있어 한 가지 심각한 고민으로 자리하고 있는 문제였다.

그러나 그는 이 심각한 고민을 부정적으로 생각하지 않는다. 왜냐하면 이 고민이 자기 속에 존재하기 때문에 자신의 정신은 쉼없이 나름대로의 탐구와 모색을 줄기차게 지속할 수 있는 에너지를 얻기 때문이라는 것이다. 이러한 이동하의 정신적 지향과 관련시켜 생각할 때, 그의 이러한 내면적 갈등이 잘 구조화되고 있는 평문으로 「신의 침묵에 대한 침묵」과 이승우의 작품 「에리직톤의 초상」을 논한 「관념소설의 한 전형」을 들 수 있다. 이동하의 이러한 기독교 작품에 대한 지속적인 사유는 「이문열의 소설과 기독교」라는 논문을 통해서도 나타나고 있다.

기독교 문제에 대한 이문열의 관점을 반영하고 있는 대표작인 『사람의 아들』 및 그의 기독교관이 제시된 또다른 작품인 『황제를 위하여』, 『영웅시대』 등을 두루 살펴보면, 기독교에 대한 대결의식과, 이런 대결의 자리에서 핵심이 되는 요소는 '힘'이라는 인식이 일관되게 나타나고 있다고 보았다. 그런데 이 때에 제기되는 어려운 문제는, '힘'이라는 기준에 입각해서 볼 때, 동양 혹은 전통주의 쪽의 패배가 피할 수 없는 것으로 보인다는 사실이다. 여기서 두 개의 길이 나뉘게 되는데『사람의 아들』의 민요섭이나『영웅시대』에 나오는 여성인물들처럼 패배를 인정하고 기독교에 귀의하는 길과,『사람의 아들』의 조동팔이나『황제를 위하여』의 '황제'처럼 끝까지 저항의 자세를 유지하는 길이란 것이다. 그러나 후자의 길을 택한다 하여 사태가 바뀔 수 있는 것은 아니라는 것이다. 조동팔의 경우나 '황제'의 경우나, '광기'를 동반하지 않고서는 후자의 길이 성립될 수 없었다는 사실에서, 그 점이 분명하게 드러난다고 본다.

그런데, 2006년에 이르러서 발표된『호모 엑세쿠탄스』를 보면, 그 동안 마르크스주의의 유산을 적극 수용한 좌파 진영과의 대결이 작가에게 절박한 과제로 새로이 부각되었다는 사정을 반영하여, 기독교에 대한 작가의 비판의식이 다소 약화된 모습을 보이고 있으며, 기독교에 대한 거리감 역시 줄어들었다고 평가한다. 그러나 이런 변화에도 불구하고, 전체적인 기조는 바뀌지 않고 있다고 본다. 기독교는 여전히, 궁극에 있어서는 작가 자신의 동양적 전통주의와 대립적인 관계에 놓일 수밖에 없는 존재로 상정되고 있기 때문이다. 그리고 이 작품의 경우, 그 대립 관계를 소설의 결말 부분에서 처리하는 방식이 극단적인 모호성을 동반하고 있는 바, 이것은 그 대립 관계의 진정한 해소 내지 극복이라는 과제 앞에서 작가의 사유가 아직도 별다른 진전을 보이지 못하고 있다는 사실을 시사한다고 평가한다.

그래서 이문열의 소설에서 확인되는 기독교관은 이 작가의 남다른 문제의식과 패기를 입증한 것으로 평가한다. 그러나 누구의 '힘'이 더 강한가라는 측면에 초점을 두는, 다분히 세속적이고 현실적인 대결 관계를 그려나가는 것으로 시종하였을 뿐, 상이한 세계관 사이에서의 진정성 있는 상호 대화라든가 열림은 끝끝내 이루어지지 않았고, 그것에 대한 시사조차 찾기 어렵다는 사실을 한계로 평가하고 있다.

　이러한 기독교 세계를 다루는 작품에 대한 관심은 「정찬 소설과 기독교의 관련 양상」으로도 나타난다. 정찬은 그의 초기작인 「수리부엉이」, 「기억의 강」 등에서, 정치 권력에 의한 억압에 '증오 없는 저항'으로 맞서고 그로 인해 수난을 당했던 인물로서의 예수에 주목했다고 보았다. 그 후, 1998년에 발표된 『세상의 저녁』에서는, 예수와 더불어 기독교의 신에 대해서까지 관심을 드러냈다고 평가한다. 이 작품에서 이야기되는 예수와 신은, 타자의 슬픔을 온전히 자기의 것으로 하여 함께 슬퍼하고, 그렇게 함으로써 인간 욕망의 자기중심성을 넘어선 경지의 모범을 보여주는 존재라는 것이다. 이러한 존재로서의 예수와 신에 대한 정찬의 탐구가 이루어진 것은, 초기에 정치 권력과 관련된 문제 제기에 관심을 집중했던 그가 자본주의 체제에 대한 비판으로 관심의 폭을 넓히기 시작한 결과라는 것이다.

　한편, 2004년에 발표된 『빌라도의 예수』에 이르면, 그 동안 정찬의 소설세계 속에 모습을 드러냈던 서로 다른 예수상(像)을 하나의 작품 공간 속에 담아내려는 시도가 이루어진다고 보았다. 이러한 시도를 보여준 『빌라도의 예수』는 그가 기독교의 교리와 조직에 대해서까지 문제의식을 갖기 시작했다는 사실을 보여주는 작품으로 평가한다. 그의 이런 새로운 문제의식은 2006년에 발표된 「두 생애」에로 계속하여 이어지고 있다고 보았다.

　그런데 정찬의 기독교 관련 소설들은, 두 가지 점에서 주목된다고 평가하고 있다. 첫째, 예수와 신을 중심으로 한 기독교의 세계가 지니고 있는 구체성의 힘과 정서적 환기력을 통하여, 자칫하면 추상적인 관념에 갇히기 쉬운 정치 권력 비판이라든가 자본주의 비판과 같은 주제에 생생한 실감을 부여했다는 점. 둘째, 기독교가 전인류의 구원을 문제삼는 보편종교의 성격을 지니고 있으며 또한 그 전개과정에서 세계사적인 폭을 확보한 존재라는 사실에 힘입어, 자칫하면 현대사, 그 중에서도 한국 현대사를 중심으로 한 국지적 범위에 작품의 시야가 한정될 위험성을 극복했다는 점. 또한 정찬의 기독교 관련 소설들은, 한국의 현대소설사 속에서도 독자적인 자리를 차지하고 있다는 점을 부각시키고 있다. 원래 한국의 현대소설사 속에서는 기독교 관련 소설들의 계보가 이미 뚜렷한 흐름을 형성해 오고 있으며, 그 속에서는 기독교인들의 역사적인 고난에 주목한 작품들이 큰 비중을 차지하고 있는데, 정찬의 기독교 관련 소설들은 이들과 얼핏 보기에 유사한 것 같으면서도 분명히 구별된다는 것이다. 이처럼 정찬의 기독교 관련 소설들이 한국 현대소설사 속에서 독자적인 성격을 확보하고 있다는 사실을 긍정적으로 평가하고 있다.

이동하의 관심은 기독교에서 가톨릭으로 나아가고 있다. 그는 「한국 현대소설에 나타난 가톨리시즘 : 작가의식의 양상을 중심으로」에서 한국의 현대소설 가운데 가톨리시즘의 세계를 대상으로 하여 주목할 만한 면모를 보여준 작품들을 다양하게 검토하고 있다. 그 결과, '신의 침묵'에 대한 질문을 제기하는 내용을 포함하고 있는 『조선백자마리아상』이나 『검은 꽃』의 경우에서 보듯 신학적인 측면에 대한 관심이 인상적으로 나타나는 경우도 없지는 않지만, 논의의 대상이 된 작품들을 전체적으로 보면, 역시 교회의 역사나 제도와 같은 현실적인 측면에 대한 관심이 압도적으로 나타나고 있음을 밝히고 있다. 사실 위에서 제목이 거명된 『조선백자마리아상』이나 『검은 꽃』조차도, 신학적인 문제의식이 현실적인 측면에 대한 관심보다 더 큰 비중을 차지한다고 말할 수는 없는 작품들로 평하고 있다.

가톨리시즘의 세계를 대상으로 해서 씌어진 것으로 인정될 만한 작품 자체가 원래 그렇게 많은 편이 아닌데다가, 어느 모로 보나 뜻있는 문학적 성취에 도달했다고 인정될 만한 작품은 더욱 적다는 것이다. 하지만 비록 적은 수로 그치고 있다 하더라도 그러한 평가를 받을 만한 한국 현대소설에 나타난 가톨리시즘 작품이 분명하게 존재하는 것은 사실이며, 그러한 작품이 보여준 긍정적 측면을 한편으로 계승하고 한편으로 심화·발전시키는 소설들이 계속해서 나올 가능성도 열려 있다고 본다.

이런 점을 지적하면서 한 가지 더 생각해 볼 수 있는 점은, 천주교가 지니고 있는 신학적인 측면에 있어서나 현실적인 측면에 있어서나, 소설가들의 탐구 작업이 활발하게 전개될 만한 영역은 알고 보면 상당히 폭넓게 펼쳐져 있는 것이 아닐까 하는 점을 제기하고 있다. 지금까지 가톨리시즘의 세계에 관심을 가지고 창작에까지 나아간 작가들이 실제로 답사한 대상은 역사 속에 기록된 천주교 박해 사건이라든가 성직자의 독신을 요구하는 계율이라든가 하는 것을 중심으로 한 일부 소수의 영역으로 한정된 감이 있다는 것이다. 그 영역 바깥에, 아직도 무척 넓은 미개척의 토지가 남아 있다고 본다. 그래서 광범한 시야, 대담한 발상, 치열한 문제의식으로 무장한 작가들의 적극적인 도전이 이어진다면, 가톨리시즘의 세계가 지금까지보다 훨씬 다채로운 모습으로 한국 소설의 공간 속에 들어오는 것도 불가능하지는 않을 것으로 전망하고 있다.

이동하는 문학에서 드러나고 있는 종교적인 신앙의 문제를 기독교에 국한 하지 않았다. 그는 「이청준의 소설과 불교적 사유」에서 불교적 사유를 내보이는 이청준의 「다시 태어나는 말」, 「노거목(老巨木)과의 대화」, 「흐르는 산」 등 세 편의 단편소설과 장편소설 『인간인』(人間人) 등을 분석하고 있다.

이 작품들을 분석해 본 결과, 이 시기의 이청준은 불교에 대해 적극

적인 관심을 기울이고 그 세계를 직접 작품 속에 끌어들이는 데까지
나아감으로써 의미 있는 성과를 거두었음을 확인할 수 있었다고 평가
한다. 그런데 이청준은『인간인』을 발표하고 난 후부터 2008년에 작
고할 때까지 15년 이상 작품활동을 더 계속했지만, 그 후에는 더 이상
불교의 세계를 직접적으로 다룬 작품을 쓰지 않았다고 본다. 그렇기
는 하지만, 이청준이『인간인』이후에 발표한 작품들을 보면, 불교적
사유의 면모가 그의 작품세계 전반에 스며들어 빛을 발하고 있는 것
이 도처에서 쉽게 확인되고 있기에, 이청준의 1990년대~2000년대
작품들에 대한 이해는, 불교적 사유를 기반으로 하여 접근할 때, 커다
란 진전을 이룰 수 있는 것으로 생각된다고 평가했다. 이러한 이동하
의 종교문학을 통한 사상의 탐색은『신의 침묵에 대한 질문』에서『한
국소설 속의 신앙과 이성』으로 이어지고 있다.

　이러한 종교문학을 통한 사상의 탐구 정신은 이동하에게 있어 비판
적인 자유주의 사상으로 번져나가고 있다.『한 문학평론가의 역사읽
기』에서 세계사와 한국사 등 역사를 새로운 시각으로 다시 읽기를 시
도하는 한편 우리나라 지식인 사회의 '고정관념'에 대해 반론을 제기
하고 있다.

　『전환시대의 논리』,『우상과 이성』등의 저자인 이영희와 작가 황
석영과 이문열에 대한 비판적 논의가 그 대표적인 경우이다. 이영희
의 경우 74년 저서에서 중국의 문화혁명을 "자못 긍정적으로 평가"하
고 있는데 대해 "진정한 자유와 관용과 다양성을 사랑하는 정신의 이
름으로" 신랄한 비판을 가했고 황석영의 경우 방북기「사람이 살고
있었네」를 지드의 소련방문기와 비교하면서 "한 재주있는 작가가 이
데올로기의 마력에 홀린 나머지 인간으로서 도달할 수 있는 어리석음
의 극치를 계속해서 보여주고마는 꼴을 목도하면서 서글픈 마음을 금

할 수 없었다"고 비판했다. 이문열에 대해서는 소설 『선택』에 나타난
'여성해방운동 비판론'과 관련, "남성이, 그중에서도 특히 작가라는
직업을 가진 사람이 오늘의 여성해방운동에 대해서 무슨 말을 하고자
할 경우에는 유교적 가부장제가 절대적인 힘으로 세상을 지배했던 기
나긴 세월동안 여성들이 겪어온 부당한 고통과 남성들이 누려온 부당
한 혜택을 깊은 고뇌와 부끄러움속에서 성찰해보는 단계가 반드시 전
제되어야 한다"고 지적하면서 "『선택』을 보면 이 나라 문학계의 현실
은 전혀 그게 아닌 모양이다. 도대체 우리는 지금 몇 세기에 살고 있
는 것인가?"라고 강변하고 있다.

　또한『한국문학과 인간 해방의 정신』에서도 이러한 비판 정신은 지
속되고 있다. 여기에서 특히 여성해방의 문제를 중점적으로 논하면
서, 성차별없는 세상을 지향하고, 조정래의 태백산맥과 탈북자의 문
학적 형상화 문제를 통해 인간해방의 진정성을 제기하고 있다. 이런
선상에서「북한 문제와 한국문학」에서는 〈어찌하여 한국의 대다수
문학인들은 고난받는 북한 사람의 삶에 대하여 철저히 침묵 혹은 외
면으로 일관하고 있는 것일까〉 하는 물음에 대해 제대로 대답할 수
없다는 점을 강하게 비판하고 있다. 이런 면에서 그를 보수주의자의
선상에 놓으려고 하지만 결코 그는 단순한 보수주의자가 아니다. 그
의 사유의 근본 토대는 포퍼의 사유가 깊이 내재해 있다. 포퍼는 과학
은 절대적인 진리를 내놓기에 객관적이고 믿을 만한 것이 아니다. 오
히려 틀릴 수 있고(반증이 가능하고), 또한 그 사실을 받아들일 수 있기
에 계속 성장·발전하며 좀더 올바른 진리를 향해 나아간다. 인간 능
력의 한계를 솔직히 인정하고, 다른 사람들과의 부단한 토론과 이성
적인 반증이 가능한 가운데서 과학은 성립된다고 보았다. 즉 인간 사
유의 한계를 인정한다는 점이다. 그러므로 어느 한 인간의 주장이나

주의는 완전할 수 없다고 본다. 이런 차원에서 이동하는 그 어느 논자의 논의에 대해서도 문제를 제기한다.

그 일례를 그의 첫 평론집 『집없는 시대의 문학』에서 「실증의 넓이와 사상의 깊이」를 논한 글에서 확인할 수 있다. 이글은 그의 스승인 김윤식 교수의 『한국근대문학 사상사』에 대한 일종의 서평이다. 서평이 지닌 한계에도 불구하고 그는 이 책이 지닌 긍정적인 측면을 높이 평가하면서도 그 한계를 비판적인 입장에서 제시하고 있다. 그의 비판은 첫째 한국의 고전문학 전체를 훼손되지 않은 시대의 문학으로 싸잡아 단정짓는 것은 사실 파악에 있어서 이미 오류를 범한 것이다. 둘째 도대체 미래의 문학까지를 포함한 전체 문학의 역사를 3단계로 나누어 파악하고자 하는 헤겔 투의 발상 자체가 지나친 추상적 도식화에 빠진 것으로 비판될 수 있다. 셋째 분단의 극복이라는 것을 유토피아의 준거점으로 삼는 태도는 분단극복이 갖는 의의를 과대평가한 것이 아닌가라는 의심을 불러일으키기에 족하다. 넷째 유토피아를 추구하는 발상법 일반에 대한 칼 포퍼의 날카로운 비판이 위의 대목에도 역시 적용될 수 있다. 스승의 저술을 이렇게 비판할 수 있다는 것은 이동하의 사유가 철저하게 포퍼가 제기한 이성적 비판을 철저히 실천하고 있음을 보여주는 장면이다. 네 번째 비판에서 칼 포퍼의 날카로운 비판이 위의 대목에도 역시 적용될 수 있다고 부연한 점도 이를 뒷받침해주고 있는 부분이다.

이러한 이동하의 합리적 비판정신은 자신이 대학자라고 평가한 「조동일 교수의 『소설의 사회사 비교론』 중 한 대목에 대한 비판」에서도 잘 드러나고 있다. 이 책의 8장에 나타난 「소설에 나타난 남녀관계」에서 자신이 생각하는 바를 비판적으로 조목조목 따지고 있다. 비판해야 할 대목을 보고 그냥 못본 척 넘어갈 수도 있지만 그럴 수는

없다는 자신의 마음 속의 또 다른 목소리를 외면할 수 없다고 고백하
면서 이 글을 썼다고 밝히는 그의 내면의 목소리는 다름 아닌 비판적
지성의 발동이다.

　이러한 입장을 견지해온 이동하 비평은 평문과 논문을 함께 써온
1950년대생 대부분의 비평가가 걸어온 소위 강단비평의 범주에서 크
게 벗어나지 않고 있다는 점이다. 이동하는 그의 첫 평론집인『집 없
는 시대의 문학』에 발표된 평문 중 최초의 글은「한국의 불교와 근대
문학」(『서울대』제2호, 1979)인데, 이 글은 다른 글들에 비하면 논문적
성격인 강한 글이다. 그가「비평행위의 몇 가지 의미」에서 밝히고 있
듯이 비평 유형을 세 가지 정도로 나누고 있는데, 첫째가 어떤 지도적
이념을 모색하고 정립하여 그것으로써 대중을 움직이고자 하는 경우,
둘째 문학작품을 좀 더 친근하게, 깊이 있게, 살필 수 있게 도와주려
는 것, 셋째 비평행위와 창작 행위를 같은 자리에 놓고 보는 입장이
다. 그러나 위의 글은 이 세 유형의 어느 것에도 딱 들어맞는 유형이
라고 보기 힘든 연구 논문에 가까운 글이기 때문이다. 그가『우리문
학의 논리』(정음사, 1988)에서 논문과 평문을 함께 묶어낸 것은 이러한
강단 비평가의 면모를 다시 확인해볼 수 있는 장면이다. 그러나『한
국문학과 인간 해방의 정신』(푸른 사상, 2003)에 오면 논문적 성격의 글
은 거의 사라지고 있다. 이후 그는 첫 평론집에서 보인 시에 대한 비
평은 사라지고 소설 중심의 강단비평가로서의 전형적인 모습을 내보
였다. 이는 그의 비평의 터가 된 비판적 합리주의라는 이성적 도구가
그의 비평적 행로를 이끌어 온 근원적 힘이었기 때문이다.

3. 이남호 - 문학의 가치를 부여잡고 미적 공감력을 추구한 비평가

이남호는 1980년도에 평단에 데뷔한 이후 6년만인 1986년에 첫 평론집 『한심한 영혼아』를 펴냈다. 그는 그동안 써온 평문들을 엮어 책을 내면서, 많이 망설였음을 내비치고 있다. 그 이유는 우리 주변에는 쓰레기들이 너무 많다는 것이었다. 독서의 어려움을 가중시키고 맑은 정산을 흐리게 만드는 쓰레기같은 책들이 많아 책 내는 것을 주저했다는 말이다. 좀더 좋은 글을 많이 써서 정말 읽을 만한 글들만 체계적으로 추려질 수 있을 때까지 책 내는 것을 미루는 것이 옳을 것 같았다고 말한다.

그런데 그는 책내기를 미루지 못하고 첫 평론집을 펴냈다. 그의 출간에 대한 변명은 "내 글의 됨됨이가 어느 날 문득 큰 문장이 되기를 기다리기보다는, 이쯤해서 내 글의 꼴을 한 다발로 묶어 살펴보고 반성과 도약의 계기로 삼는 것도 그럴 듯 할 것 같다. 그리고 이러한 생각외도, 문학의 바른 모습을 세우는데 벽돌 하나로서의 의의는 있을 것이라는 자기 위안과 또 형식을 필요로 하는 현실에의 굴종이 결국 책낼 시기를 앞당겼다."

길게 이남호 평론가의 첫 평론집에 실린 책머리 글을 인용한 이유는 첫 평론집의 발간에 대한 자신의 솔직한 고백 속에 그의 문학에 대한, 그리고 비평에 대한 근원적인 사유가 깊이 내재해 있기 때문이다. 특히 그가 문학연구와 비평의 경계를 지워버리고 자신의 글이 문학연구업적이나 지도비평이 되기보다는 독자를 위한 비평이 되기를 바란다는 바램은 그의 비평적 글쓰기의 특성을 가늠해볼 수 있는 장면이다. 그러므로 이남호 비평가의 비평을 살피는 일은 이러한 초심으로 문학을 대하고, 비평을 해온 그의 문학적 여로가 어떻게 흘러왔는지를 확인하는 일에 다름 아니다.

첫 평론집 『한심한 영혼아』에서 이남호가 다룬 작품들은 시와 소설로 대별된다. 1, 2부에서 〈시의 논리〉와 〈시의 비평〉을 내세워 자신이 생각하는 시의 원리와 이를 바탕으로 한 시 비평을 펼치고 있다. 그의 관심은 시 비평에서 끝나지 않고 3부에서는 〈소설의 비평〉을 통해 양선규, 강석경, 이문구, 조정래, 이동하 등의 소설작품을 다루고 있다. 이러한 시와 소설을 중심으로 한 비평활동은 1990년도에 『문학의 위족』 1, 2권을 펴내는 작업으로 이어졌다. 1권은 시를 중심으로 한 비평인데, 서두에 〈시 일반에 대하여〉, 〈시의 이해〉 등의 시론을 바탕으로 오규원, 박희진, 조정권, 황동규, 김성춘, 김영승, 이상희, 정한숙, 최승자, 김광규, 오태환, 원재길, 윤동재, 이명자, 김수복, 이상호 등의 시인을 다루고 있다.

2권은 소설을 중심으로 한 비평이다. 책 머리에 〈소설과 현실〉, 〈소설언어의 기능 회복을 위하여〉, 〈80년대 한국사회와 리얼리즘〉 등의 소설론을 바탕으로 양귀자, 임철우, 이청준, 최인훈, 이문열, 전상국, 오정희, 박완서, 윤후명, 최학, 조정래, 정종명, 양헌석, 노명석, 이윤기, 한상윤, 박영한, 이문열, 김승옥, 조성기, 황순원, 염상섭, 이태준, 홍명희 등의 작가를 다루고 있다.

시와 소설을 중심으로 한 비평적 글쓰기의 방향이 1990년대를 지나면서 일기 시작한 생태계 논의는 문학에서도 생태문학론의 바람을 타게 만들었다. 이에 대응한 이남호의 작업이 『녹색을 위한 문학』(1998)이었다. 그런데 그는 당시 일반화된 생태문학이란 개념을 그대로 사용하지 않고 〈녹색을 위한 문학〉이란 개념을 새롭게 제안했다. 여기에는 이남호 나름의 문학적 사유가 깊이 개재되어 있다고 본다. 그는 문학은 문학 자체의 논리로 모든 것을 해명할 수 있어야 한다는

소위 문학주의를 철저하게 실천하는 자이다. 문학은 문학다워야 한다
는 논리이다. 문학의 가치는 문학 자체로부터 나와야 하며, 그 가치를
비평은 제대로 드러내 주어야 한다는 입장이다.

〈녹색을 위한 문학〉에서는 지난 시기의 문학관에서 명시적으로 제
시하지 않았던 녹색이념 의 당위성을 주장하는 녹색문학의 본질을 비
평적 관점으로 제시하고 있다. 저자는 이 책에서 그 동안 사용해왔던
환경문학/문학생태학/녹색문학 등의 용어 혼란을 지적하고, 이들 용
어의 외연과 내포를 규정하고 있다. 또한 생태학에는 피상생태학과
심층생태학이라는 구분이 있으며, 또한 여러 가지 녹색적 입장 가운
데서 녹색문학과 심층생태학은 친화성이 높다고 보고, 녹색문학의 근
본 속성이 심층생태학에 있다는 입장을 밝히고 있다. 이렇게 이남호
가 녹색을 위한 문학을 통해 문학적 가치를 지향하고 있지만, 더 심각
하게 의식한 부분은 학교교육 현장에서 문학교육이 제대로 이루어지
지 못하고 있는 현실이었다. 특히 중등학교 교육 현장에서 이루어지
고 있는 문학교육의 문제를 집중적으로 논하고 있는 『교과서에 실린
문학작품을 어떻게 가르칠 것인가』(2001)을 펴낸다. 이는 자신이 국어
교육을 전공하고 있는 입장에서는 자연스러운 현실이기도 하지만, 이
는 그가 추구하고 있는 가치있는 문학의 추구 정신과 맞닿아 있는 부
분이다. 문학의 가치는 작품을 제대로 이해하고 해석할 수 있는 힘을
학생들에게 제대로 교육해야 한다는 문학교육론이 작동하고 있는 부
분이다. 그는 이 책에서 각각의 문학작품을 〈배우기에 적절한 작품인
가〉, 〈어떻게 가르치고 있는가〉, 〈어떻게 가르칠 것인가〉의 세 부분
으로 나눠 살펴보고, 교과서와 참고서의 해설 및 학습 내용을 비판적
으로 검토하면서 해당 문학작품을 학생들에게 어떻게 가르치고 이해
시킬 것인가에 대해 자세히 제시하고 있다.

　특히 이남호는 이 책에서 교과서와 참고서의 오류와 잘못된 점을 조목조목 비판하고 있다. 우선 작품에 대한 교과서의 해설이나 보충학습 자료들에서 추상적이고 막연한 설명 그리고 학생들의 수준에 맞지 않거나 정확하지 못한 설명 등을 문제 삼고 있으며, 또 작품에는 없는 내용을 억지로 과잉해석하는 부분도 고질적인 문제라고 지적한다.

　결국 이남호가 강조하는 바는 우리 문학의 아름다움을 있는 그대로 느낄 수 있도록 하기 위해서는 교과서에 좋은 문학작품을 많이 소개하여 문학에 대한 애정과 관심을 키워야 한다는 것이다. 그러나 현실은 이러한 바람과는 정반대로 향하고 있다는 점을 간파하며 더 근본적인 문제에 관심한다. 그것이 영상전자매체의 시대가 도래하면서 나타나기 시작한 문자를 중심으로 하는 문학의 쇠퇴 현상이다. 2003년 『문학동네』(통권 35호)에 발표한 「문자제국쇠망약사」가 그것이다. '문자제국쇠망약사'라는 거창한 이름을 달고, 오늘의 책 속에서 문자가 사라져가는 현실을 간단히 짚어보고자 할 따름이다'라고 밝히고 있다. 이남호는 이 글에서 책을 이루는 문자의 역사를 개관하면서 문자 제국시대가 쇠하고 있다고 진단한다.

　　근대의 사상, 근대의 문학, 근대의 과학까지도 인쇄문화의 바탕 위에서 이루어진 결과였다. 근대문명과 근대세계가 문자문화, 특히 인쇄문화에 의해서 성립되었다는 맥루한의 주장이 아니더라도, 문자가 근대세계의 동맥을 흐르는 피톨과 같은 것임은 쉽게 짐작할 수 있다. 문자가 모든 것의 중심이요 바탕이었으므로 그 문자를 가장 고급하고 철저하게 사용하는 문학이 모든 문화 가운데서 꽃이 될 수 있었을 것이다. 소위 서구의 정전 목록 속에 문학작품이 대부분을 차지하고 있는 것을 보아도 근대사회와 문자의 관계를 짐작할 수 있을 것이다. 그리고 책이란 것도 '문자의 집합'이라는 개념에 더욱더 가까워졌다.

근대세계는 한마디로 문자의 제국이라고 말할 수 있을 듯하다. 문자제국은 책이란 강력하고 거대한 군대를 이끌고 세계를 평정했고, 변화시켰고, 번영시켰다. 그러나 오늘날 새로운 전자제국의 출현으로 문자제국은 쇠망하고 있다. 여전히 문자는 인간 활동의 주요한 수단이 되고 책은 더 많이 출간되고 있지만 이제 문자제국 시대의 문자와 책이 지녔던 영광과 위력은 크게 감소하였다. 문자는 사상의 금은보화를 실어나르는 수레의 역할을 포기하고 있으며, 책에서 문자의 역할과 비중은 점점 줄어들고 있다.

이남호는 자신의 유년시절에서부터의 책에 대한, 독서에 관한 체험을 바탕으로 문자제국의 쇠망약사를 전개하고 있다. 그 쇠망사는 책을 중심으로 광범위하고 구체적인 논의 대상을 통해 전개되고 있다. 『양서의 세계/세계사상교양사전』으로부터 시작해서 『문학이란 무엇인가』을 통해 책과 문학 작품과의 관계, 나아가 북디자인의 문제로 논의의 폭을 확대하면서, 책에서 세련된 시각적 이미지를 강조하는 것은 뜻하지 않게 문자성을 약화시킬 수 있을 것이고, 나아가서 책에서의 문자의 위상을 다소 약화시킬 수도 있을 것이다라고 책의 역사 속에서 문자가 쇠하기 시작하는 지점을 지적하고 있다. 나아가 문자와 그림의 이중주의 경우를 『김영하·이우일의 영화이야기』를 통해 풀어내고 있다.

다음 〈문자 반주를 곁들인 디지털 이미지 리사이틀〉의 단계를 〈드리밍〉을 통해 예시하고 있다. 그리고 〈연주될 수 없는 음표로서의 문자〉로 『보고서\보고서』를 제시한다. 이런 과정을 통해 이남호는 문자가 바탕이 된 문학과 지성이 쇠퇴하고 있다고 생각한다. 그런데 이러한 변화를 이끄는 강력한 힘의 중심이 전자매체라고 생각하고 있다. 그래서 이남호는 문자문화의 쇠망과 전자문화의 번성 속에서 불편함과 불안함과 외로움을 느낀다고 고백한다. 이는 오랜 세월 동안 문자 속에 축적되어온 인간의 위대한 정신들과 소중한 가치들이 무시되거나 버려지고 있다고 판단되기 때문이며, 인문학의 쇠퇴와 독서의 빈곤을 우려하는 사람들조차 이 변화의 깊은 의미를 잘 모르는 것 같기 때문이라고 항변한다.

이남호는 이제 책의 성격은 『양서의 세계/세계사상교양사전』에서 점점 멀어져, 『보고서\보고서』 쪽으로 더욱 가까이 다가가고 있다고 평가한 것이다. 그 변화의 핵심은 책에 있어서 문자성과 문자적 의미의 약화로 본 것이다. 활자가 커지고, 내용이 가벼워지고, 무엇보다도 시각 이미지가 강화되고 있다는 것이다. 이러한 책의 변화는, 화려하고 감각적인 전자시대에 살아남기 위한 자기 갱신의 의미가 있다고 본다. 그러나 이전의 책과 문자 속에 담겨 있던 소중한 가치들이 소외된다는 점을 놓치지 않고 있다. 그래서 이남호는 이러한 문자와 책의 사라짐을 보면서 안타까움을 호소하고 있다. 이러한 문자와 책의 사라짐은 우리 문화의 천박함이나 지성의 조잡함과 관련이 있다고 생각하기 때문이다. 이것이 내가 갈라지고 닳은 붓끝으로 '문자제국쇠망약사'를 쓴 까닭이라고 힘주어 강조하고 있다. 이는 문자의 쇠망은 문학의 쇠망과 같은 선상에 놓여 있다고 판단하기 때문이다. 이런 선상에서 「21세기 한국에서의 국어교육」(2011)에서는 이 문제를 교육 현장에서 풀어나가야 할 시급한 과제로 삼고 있다.

이남호는 국어교육이 시작된 지 100여 년이 지난 오늘날, 국어교육은 전혀 다른 환경 속에서 새로운 도전에 지면하고 있는데 다음 세 가지 측면에 주목할 수 있어야 한다고 강조한다. 첫째, 한국은 세계에서 가장 교육열이 높고 문맹률이 낮은 나라에 속한다. 이러한 환경은 중학교와 고등학교에서의 국어교육이 학생들에게 무엇을 가르치는 교육이 되어야 할 것인가 하는 문제를 제기한다. 둘째, 오늘날 우리는 전자문화가 지배하는 세상에 살고 있으며, 국어생활도 전자문화의 영향력 속에서 이루어진다. 전자문화가 지배적인 환경에서 국어교육이 전자매체와 전자문화를 어떤 식으로 수용하고 또 어떤 면에서 대항할 것인가에 대해서 생각해 보아야 한다. 셋째, 오늘날 세계는 빠른 속도로 지구촌이 되어가고, 영어는 세계공용어로서의 지위를 확보하고 있다. 영어가 실질적으로 세계공용어가 되고 보편어의 지위를 갖게 되는 상황을 국어교육이 어떻게 받아들여야 하는지 생각해야 한다고 정리하고는 국어가 인문적 교양과 지적 사고력을 지닌 인간을 형성하는 종합적 의의를 지닌 과목이 되려면, 국어교육의 영역 구분은 편의적인 것이 되고 실제 교육은 통합적으로 이루어져야 한다는 점을 강조하고 있다. 특히 전자문화의 번성 속에서 전자시대일수록 국어교육이 강한 문자문화적 성격을 강조하며 전자문화의 대척점에서 정체성을 구하는 것이 바람직하다고 본다. 다시 말해 전자시대에 국어교육이 홀로 문자문화적 성격을 강조하여 전자문화의 약점을 보강한다면 국어교육의 의의가 더 커질 수 있다는 점을 부각시키고 있다. 이러한 문제의식을 종합적으로 드러내고 있는 것이 『문학에는 무엇이 필요한가』(2012)이다.

그는 책머리에서 쇠퇴하는 문자의 시대와 함께 문학이 쇠퇴하는 것이 아쉽기는 하지만 있을 수 없는 일이라고 생각하지는 않습니다 라고 담담하게 말하면서. 자신은 그 사라져가는 문학의 가치를 다시 부여잡고자 한다. 스마트한 전자제국에서 문학의 아름다움과 가치는 눈길을 끌지 못하기에 이제 문학의 희망을 이야기할 수 있는 때는 지나갔다고 선언하고 있다. 그래서 사람들은 연예와 오락의 큰길로 몰려가고 문학의 뒷길에는 인적이 드물다고 진단한다. 그래도 저는 문학의 뒷길을 서성이는 것이 더 좋다고 말하면서, 그 서성임의 발자국이 저의 평론이라고 밝히고 있다. 어차피 문학은 '한심한 영혼'의 일이므로 기대도 없고 실망도 없다는, 비평을 시작하면서 가졌던 입장을 여전히 그대로 견지하고 있다.

1부 「문학에는 무엇이 필요한가」, 「보편성과 한국문학의 세계화」를 통해 문학의 본질과 문학이 근본적으로 추구하고 갖추어야 할 보편적 가치를 제시하며, 「녹색문학의 새 지평」에서는 하성란, 은희경, 조경란의 작품을 통해 오늘날 인류가 처한 생태 위기를 녹색문학적 상상력으로 풀어내고 있다. 「우리 시대의 독자는 누구인가」는 전자문화시대를 살고 있는 현대인에 주목하여 문학의 죽음을 예고하는 한편 이를 타개할 방향성을 모색하고 있다.

2부와 3부는 실제 비평으로서, 이데올로기를 넘어서는 인간 조건 혹은 근본적 가치를 제시하며 문학의 다양한 모습을 제공하고 있다. 2부에서는 박목월, 이창기, 박진숙, 이규리, 이기철 등의 시인을 다루고 있으며, 3부에서는 황순원, 서영은, 김지원, 최인호, 박민규, 김애란, 전경린 홍성원, 안수길, 하 진의 소설을 통해 문학적 가치를 추구하고 있다.

4부에서는 미당 서정주의 시들을 다양하게 분석하여 그의 시를 시문학사적 위상을 새롭게 정립시키고 있다. 이 평문에는 이남호의 서정주 시인에 대한 특별한 애정이 투사되고 있다

이남호는 이 평론집을 통해 다시금 전 시대와 공간을 초월한 문학의 가치를 추구하고 있다. 문학이란 무엇인가, 문학은 왜 존중받아야 하는가, 문학이 인간의 형성과 교육에 얼마나 중요한 수단이 될 수

있는가, 문학은 어떤 모습으로 존재해야 하는가, 문학은 미래에도 존재해야 마땅한가, 문학의 궁극적 가치는 무엇인가 등 문학에 대한 근본적인 질문을 다시금 계속함으로써 철저히 문학의 본령을 수호하고자 하는 문학주의자의 염결성을 보여주고 있다. 문학이 주변화되고 있는 현실 속에서 그래도 문학을 끝까지 부여잡고 고민하는 비평가의 모습에서 문학의 위기시대에 비평가가 무엇을 해야 하는지를 생각하게 하는 지점이다. 이남호 평론가는 이러한 문학의 가치를 자신이 주어진 위치에서 실현하기 위한 하나의 실천적 작업으로 학교 교육에서의 문학 교육에 대한 관심과 애정을 끝까지 부여잡고 있다. 비평가임과 동시에 문학 교육자로서의 그의 면모가 잘 드러나는 연구가 「초등학교 국어 교과서 수록 동시에 대한 비판적 검토」(2019)이다.

이남호는 이 글에서 선행 연구를 보면, 교과서에 수록된 동시들을 유형별로 분류하거나, 문제점을 인상적으로 나열하거나, 한두 개 작품을 선택하여 분석하는 경우가 대부분이다 라고 평가한 이후에 충실한 비평적 연구를 찾아보기 어렵다는 점을 전제하고, 우선 시 일반에 관한 비평적 관점을 고려하여 좋은 시의 요건을 마련한다. 그리고 이의 해당 요건에 근거하여 최근 초등학교 국어 교과서에 실린 동시를 비평하고, 의의와 한계를 정리하고 있다.

그 결과, 교과서에 실린 시들은 모두 좋은 시일 것이라는 막연하지만 당연한 기대와는 달리 부정확한 언어 사용과 표현, 실감나지 않는 표현이나 상황, 상투적인 인식이나 내용에 의존한 동시들이 많았다고 평가한다. 이러한 동시들이 별다른 반성 없이 초등학교 교실에서 교수 학습되고 있음은 우려할 만한 일이 아닐 수 없다고 보았다. 그래서 이남호는 이 우려를 종합적으로 확인해보고 그에 따른 문제제기를 하고 있다. 아울러 시 일반의 주요한 비평적 관점을 참고하여 어느 정도 보편적인 비평 기준을 마련하고 그것을 실제 동시 비평에 적용해보았다는 점이 큰 의의로 평가된다.

어떤 동시가 좋고 나쁜지 판별하기는 쉽지 않고, 개인마다 편차도 있다고 본다. 그렇다고 객관적 기준에 대한 탐구를 회피하는 것이 정당화될 수는 없으며, 좋은 동시를 가려내고자 하는 비평적 노력이 부정될 수도 없다고 주장한다. 그래서 이남호가 제시한 '정확함', '실감', '새로움'이라는 세 가지 기준은 앞으로 더 많은 실제 비평을 통해서 그 유용성이 확인될 수 있을 것으로 본다.

한편, 이러한 기준을 넘어서서 좋은 동시를 판별할 수 있는 방법이 있는데, 그것은 오랫동안 사람들의 관심과 사랑을 받은 동시는 좋은 작품일 가능성이 매우 높다는 점을 내세운다. 정지용, 박목월 등에 의하여 비교적 오래전에 창작된 동시들은 좋은 작품인 경우가 많고, 최근에 창작되어 새로 실린 동시들은 불만스러운 작품이 많다는 점을 강조한다. 이 점에서 동시 고전 목록을 만드는 노력은 여전히 유효하고 중요하다고 본다.

일찍이 유종호는 "문학적 감수성은 모국어 내지는 제1언어에 대한 민감성에 기초를 두고 있으며 제1언어로 된 동요 하나 제대로 감식하지 못한다면 그것은 문학 문맹에 지나지 않는다."고 말하였다는 뼈아픈 지적을 유념할 필요가 있음을 강조하고 있다. 이남호가 이렇게 초등학교 교과서에 실리는 동시를 중요한 비평적 대상으로 삼고 있는 것은 미래의 문학의 활성화가 이들의 문학 교육과 심미적 감성의 교육에 달려 있다고 확신하기 때문이다. 제대로 된 문학 교육 없이는 문학의 일상화 나아가 문학의 미래가 보장될 수 없다는 문학주의자의 현실 인식이 믿음으로 작동한 결과이다.

부산 지역 제3세대 비평의 형성과 의미

하상일

1. 부산 지역 비평의 기원과 1950년대생 비평의 형성

해방 이후 부산 지역 문학의 역사와 그 형성 과정을 이해하는데 있어서 가장 중요한 사건은 한국전쟁이다. 당시 부산은 임시수도로서 정치경제뿐만 아니라 사회문화의 중심 도시로 부각하면서 전국의 문인들이 자연스럽게 집결하는 피난지 문단을 형성했다. 그 결과 부산 지역 문학은 일시적으로나마 한국문학의 보편성을 공유하고 집약하는 대표적인 장소성을 갖게 되었다. 즉 한국전쟁은 부산이라는 지역을 문학사적 보편성이 실현되는 장소로 변화시켜 주변부가 아닌 중심부의 지위와 역할을 부여했다고 할 수 있다. 이처럼 중심과 주변이 만나 새로운 중심을 형성했던 당시 부산의 지역적 특수성은, 서울의 박인환, 김경린, 양병식 등이 부산의 조향과 만나 〈후반기〉 동인을 결성했던 문학사적 사건에서도 확인된다. 이때의 문학적 특징은 전쟁의 폭력과 그로 인한 상실의 체험에서 비롯된 불안, 허무, 공포의 양상과 이를 초극하려는 의식과 지향으로 뚜렷하게 드러났다. 이는 당시 세계사적으로 유행했던 실존주의와 맞물려 미적 근대성을 추구한 전후 모더니즘의 양상으로, 1950년대 한국문학 혹은 부산 지역 문학은 한국전쟁이 가져온 처참한 폐허의 현실을 극복하려는 미적 근대성의 추구를 가장 핵심적인 주제로 삼았다. 이러한 문학사의 흐름을 이론적으로 정리하고 실천적인 방향성을 제시한 데서 부산 비평의 기원을 찾을 수 있는데, 그 중심에 한국문학 비평사에서 전후 비평의 세 가지 양상[1] 가운데 한 정점으로 논의되는 고석규가 있다.

고석규는 1950년대라는 폐허의 공간과 인간의 극한적 실존을 역설적으로 탐구한 비평가이자 시인이다. 절망의 현실 앞에서 철저하게 무너져버린 주체의 감상적 허무주의와 비이성적 사유가 지배했던 당시 시문학의 양상과는 달리, 1950년대 비평의 지향점은 이러한 참혹한 현실에 대응하는 실존적 고투로서 이성적이고 논리적이며 지성적인 태도를 강조했다. 즉 1950년대 전후 비평은 파산된 근대성의 복원을 위한 새로운 가능성과 대안을 제시하려는 전환기적 성격을 뚜렷이 보여주었다고 할 수 있다. 특히 고석규에게 부산이라는 지역적 특수성은 당대의 위기의식이 절실하게 수용되는 막다른 곳과 같은 의미를 지녔다. 따라서 그의 비평은 이와 같은 비극을 초극하는 방법론적 전략으로 '부정'의 사유를 전면화함으로써 한국전쟁 이후 새로운 미적 질서의 창출에 초점을 두었다. 즉 그의 비평은 '근대성의 파산'으로 상징화된 '부산'이라는 운명적 공간을 '근대성의 초극'을 통해 극복함

---

1 김윤식은 1950년대 근대성의 파산이라는 폐허를 초극하는 세 가지 비평적 양상으로 화전민 의식의 이어령, 토착어 의식의 유종호와 함께 실존주의적 초월의식으로 고석규를 주목했다. 〈고석규유고전집 『청동의 관』 간행 특별초청강연〉, 부산일보사, 1992.5.24.

으로써 1950년대 한국문학의 보편성을 실현하는 실존적 장소로 인식했던 것이다. 이러한 비평적 방향성을 정립하기 위해 그가 선택한 방법론이 바로 '역설'이다. 전쟁으로 인해 모든 것이 폐허화된 부재의 장소 그 자체를 부정하는 '부재의 존재성'과 파산된 '근대의 초극'을 통해 새로운 근대의 형성을 지향하는 전후 비평의 방향성을 역설의 의미를 통해 새롭게 해석하고자 했던 것이다. 하지만 한국전쟁이 끝나고 다시 서울 중심으로 환원된 한국 사회에서 부산은 전쟁 이전의 주변부 도시로서의 한계를 그대로 노출하는 장소가 될 수밖에 없었고, 1958년 고석규의 요절로 인해 부산 비평의 보편성 역시 '부재의 존재성'으로 남겨진 채 1960~70년대로 이어졌다고 할 수 있다.

고석규 이후 부산 비평의 새로운 이정표는 1970년대 부산대학을 중심으로 전개된 강단비평으로부터 형성된다. 서울에서 대학을 졸업하고 부산대학에 부임한 신진 교수들이 바로 그 주축이었는데, 그 중심에 한국 시론 연구의 한 획을 그은 김준오가 있다. 강단비평은 학문적, 이론적 준거를 바탕으로 문학 텍스트에 대한 다양하고 정교한 방법론적 탐색을 모색하는 데 중점을 두었는데, 형식주의, 리얼리즘, 현상학 등 종래의 인상주의 비평을 한 단계 뛰어넘는 비평 이론의 토대와 기초를 마련하는 중요한 디딤돌이 되었다. 사실 이들로부터 비평 수업을 받은 1980년대 비평가들에 의해 1950년대생 부산 지역 비평이 형성되었다는 점에서, 1970년대 부산 지역 강단비평의 형성은 1980년대 무크지 운동으로 이어진 부산 지역 제3세대 비평의 결정적 토대가 되었다고 해도 과언이 아니다. 특히 김준오의 비평은 강단비평에 머무르지 않고 활발한 현장 비평을 아우르면서 고석규 이후 주변부로 전락했던 부산 비평의 수준을 보편성의 차원으로 격상시키는 역할을 했다는 점에서 아주 특별한 의미가 있다. 1990년대 후반 그가 작고하기 전까지 부산 비평은 동시대의 문학적 양상과 특징을 집요하게 탐색하는 해체 비평, 문화비평으로 비평의 확장을 모색하기도 했는데, 본질주의와 다원주의를 모두 아우르는 한국문학의 보편적 긴장을 아주 정교하게 해석해냈다. 장르론에 입각하여 현대시의 본질과 변화를 체계화한 서술시, 환유시, 패러디시, 표층시, 메타시 등으로 구성된 김준오의『시론』은, 그의 타계로 1990년대 후반에 와서 멈추어 버렸지만 현재까지도 이를 뛰어넘은 시론이 나오지 않았을 정도로 한국 시문학 이론과 비평의 신화가 되기에 충분했다.[2]

이처럼 한국전쟁 이후 부산 비평의 계보는 고석규의 전후 비평으로부터 시작되어 김준오의 강단비평을 거쳐 다시 보편성을 획득했다고 할 만하다. 그리고 그 뒤를 이은 제3세대 비평가, 즉 1950년대생 비평가인 남송우, 황국명, 구모룡 등에 의해 비평사의 연속성을 이루었다고 할 수 있다. 이러한 비평사적 계보는 부산이라는 주변성을 극복하기 위한 방법론적 실천이 핵심이었다고 할 수 있는데, 특히 서울 중심의 해석적 독점과 비평 제도의 모순을 비판하는 정치적 비평의 성격을 강하게 드러냈다. 즉 지역성의 문제와 보편성의 문제가 충돌하며 접합하는 양상 속에서 부산 지역 비평의 방향성이 재정립되었다고 할 수 있다. 이때부터 부산 비평은 중심의 완고함이 지역을 바라보는 불평등의 시선을 강하게 비판하는 지역중심주의를 전면에 내세웠다. 중앙=서울, 주변부=부산을 공식화하는 한국 문화와 현실의 구조적 모순에 맞서 중심부와 주변부의 이분법을 해체하는, 그래서 지역 문학운동의 특수성과 보편성을 변증법적으로 통합하는 지역 비평의 방향

2　2000년대 들어 권혁웅의『시론』(문학동네, 2010), 박현수의『시론』(예옥, 2011), 정끝별의『시론』(문학동네, 2021) 등이 출간되었지만, 김준오의『시론』에 토대를 둔 확장과 변형 정도의 의미를 크게 넘어서지 못한 것이 사실이다.

성을 정립하고자 했던 것이다. 이를 구체화하는 과정에서 『지평』, 『전망』 등의 무크지 창간은 결정적인 영향을 미쳤다고 할 수 있는데, '비평의 비평'이라는 메타비평의 방식으로 한국문학의 제도와 이론을 혁신하려는 운동 차원의 비평 활동으로 심화되었다.

2. 1980년대 무크지 운동과 제3세대 지역 비평의 의미

주지하다시피 1980년대는 무크지의 시대였다. 1980년 5월 광주항쟁이라는 참혹한 역사적 사건을 경험한 이후 7월에 이르러 『창작과비평』, 『문학과지성』, 『뿌리깊은 나무』 등 정기간행물의 폐간 사태가 이어졌다. 그리고 이러한 한국 사회의 모순에 대응하는 새로운 방법적 실천으로 등장한 것이 바로 무크지 운동이었다. 하지만 당시 무크지 운동이 시작된 경위에 대한 이와 같은 설명은 일정 부분 타당하면서도 한편으로는 1970년대 이후 한국 문학사의 전개를 『창작과비평』, 『문학과지성』의 대결 구도로 권력화하고 제도화한 결과에서 비롯되었다는 점에서 타당하지 않은 측면도 있다. 즉 1980년대 초반 무크지 운동의 시작으로 평가되는 『실천문학』의 창간은 1980년 3월의 일이었고, 기획 단계까지 고려한다면 1979년 하반기부터 이미 시작되었음을 간과해서는 안 되기 때문이다. 1975년 5월 대통령 긴급조치 9호가 발동함에 따라 언론사에서 해직된 지식인들이 자신들의 목소리를 대변하는 새로운 매체의 필요성을 절감하면서 상당수가 출판 분야에 진출했다는 사실이 무크지 운동의 정치적 배경이었음을 기억할 필요가 있는 것이다. 당시 『실천문학』 창간에 참여했던 박태순의 증언에 따르면, 『창작과비평』, 『문학과지성』 중심의 문단 구조가 "엘리트 중

심의 폐쇄적인 소통구조와 비대중적인 동인지 성격의 한계"를 보였
고, 이를 비판적으로 인식하는 토대 위에서 "반독재 민주화운동에 참
여한 여러 주체들의 다양한 표현 욕망을 문학적 글쓰기가 받아낼 수
있다는 사회 분위기가 조성되어 있었기 때문"[3]에 무크지 운동이 활성
화될 수 있었다.

이처럼 1980년내 무크지 운동의 확산은 정치적 상황의 급변에 따
른 외적 요인이 중요하게 작용한 것은 분명 사실이지만, 그 내부에는
특정 집단에 의한 해석적 독점과 폐쇄적인 소통구조에 대한 문제 제
기가 중요한 계기가 되었다. 특히 1980년대 부산 지역을 중심으로 활
성화된 무크지 운동은 후자의 성격에 더욱 초점을 두었는데, 중앙과
지역의 이분법적 위계를 암묵적으로 승인하는 방식으로 해석과 이론
의 보편성을 독점하는, 그래서 지역을 주변부의 시각으로 바라보는
중앙중심주의에 대한 비판적 성격이 뚜렷했던 것이다. 결국 1980년
대 부산 지역의 무크지 운동은 정치적 민주화라는 시대적 명제를 앞
세우면서도, 더욱 본질적으로는 중앙과 지역의 이분법적 경직성과 엘
리트 집단의 해석적 독점을 비판하는 소집단운동으로서의 문화적 민
주주의를 실천하고자 했다고 할 수 있다.

1980년대 부산 지역에서 발간된 대표적인 무크지는 『지평』(1983),
『전망』(1984), 『토박이』(1984), 『문학과실천』(1987), 『문학과현실』(1989)
등이 있다.[4] 이 가운데 『지평』과 『전망』은 1980년대 초반 부산 지역

---

3 박태순·이명원, 「소설가 박태순에게 들어보는 1980년대와 『실천문학』, 그리고
   문학 운동」, 『실천문학』, 2012년 봄호, 106~107쪽.
4 1980년대 부산 지역에서 출간된 문예지 전반에 대한 기초적인 정리는 황국명,
   「부산 지역 문예지의 지형학적 연구」, 『한국문학논총』 제37집, 한국문학회, 2004,
   9~12쪽 참조.

비평의 정치성을 실천적으로 담은 매체로, 지역문화 운동의 갱신은
물론이거니와 고석규, 김준오로 이어진 부산 지역 비평의 제3세대적
토대를 형성하는 핵심적인 발판이 되었다. 특히 앞서 언급한 무크지
운동의 한 지향점인 문화적 민주주의 실현을 위해 "지방문학의 활로
개척", "지방문학으로서의 한국문학, 한국문학으로서의 세계문학"[5]을
내걸고 서울 중심의 문화 독점 현상을 비판했다는 점에서, 당시 다른
지역 무크지 운동과는 차별화된 지역 문학 운동으로서의 성격을 강하
게 드러냈다. 이러한 무크지 운동의 실천성을 강화하는 장르적 토대로
비평은 상당히 중요한 역할을 했는데, 『지평』과 『전망』은 이러한 비평
중심의 이론적 기반을 구축하는 방향으로 "문학적 민주주의와 지방자
치주의"[6]의 문학적 실천을 이어나갔다는 점에서 특별한 의미가 있다.[7]

　이런 점에서 1950년대생 부산 지역 비평의 형성은 『지평』과 『전망』
을 중심으로 활동한 남송우, 황국명, 구모룡 등이 주축이 되어 제3세
대 비평을 형성했다고 할 수 있다. 이들은 당시 20대 후반과 30년대
초반의 젊은 비평가로 부산대학교 대학원 국어국문학과에 재학하면
서 강단비평의 이론적 토대 위에서 서울 중심의 비평적 독점을 혁신
하는 제도적, 실천적 방법론을 탐색하는 데 집중했다. 『지평』의 경우
에 창간 멤버인 민병욱, 남송우 등이 동인에서 빠졌던 5집을 전후로

5　「『지평』을 열면서」, 『지평』 1집, 부산문예사, 1983.

6　민병욱, 「지방주의의 실체 1」, 『민주주의 지향의 문학』, 시로, 1985, 97쪽.

7　이런 점에서 김윤식은 "비평이 중심체가 아니라면 무크라 할 수 없다"라고 했고,
　　김준오는 "80년대의 무크가 문학사적 의의를 획득할 만큼 크게 융성한 이유 중의
　　하나는 자체의 비평 이론을 확보한 점"이라고 평가하면서 "식민지 시대부터 자체의
　　비평가를 갖지 못한 것이 동인지의 최대 약점"이라는 사실과 대조하여 그 의미를
　　부여했다. 김윤식, 「무크의 「지방성」에 대하여-『지평』, 『전망』, 『언어의 세계』」,
　　『한국일보』 1986.3.4. ; 김준오, 「무크 운동의 장르관-80년대 무크」, 『문학사와
　　장르』, 문학과지성사, 2000, 396쪽 참조.

비평 중심의 성격이 다소 약화되기는 했지만, 창간 당시부터 줄곧 비평을 전면에 내세워 한국문학의 제도적 모순에 비판적으로 대응하는 비평의 시대적 역할 강화와 지역 문학의 바람직한 방향성 제고 등에 대한 거침없는 문제의식을 드러냈다. 이러한 지역 비평의 쟁점과 화두는 『지평』에 이어 새롭게 창간한 『전망』을 통해서도 드러나는데, 특집비평, 해외비평이론 소개, 한국문학에 관한 주제비평 등 비평 중심의 무크지 운동을 통해 소위 '비평의 비평' 운동을 본격화하는 중요한 토대를 구축했다고 평가할 수 있다. 이처럼 1980년대 강단비평의 세례를 입고 등장한 젊은 비평가들의 활동은 1985년 10월 부산에서 발기한 '비평의 비평' 세미나[8]로 자연스럽게 이어졌다. 1986년에만 모두 7차에 걸쳐 세미나를 진행하여 정형철, 남송우, 황국명, 이상금, 명형대, 민병욱, 박남훈, 구모룡 등 국문학, 영문학, 독문학 등을 전공한 부산 지역의 소장 연구자와 비평가들이 참여함으로써 부산 지역 문학이 소위 비평의 시대를 열어가는 중요한 발판을 마련했다. 그리고 이들이 중심이 되어 중앙 주도의 비평 독점을 넘어서 지역 중심의 본격적인 비평 담론 생산과 실천을 목표로 1991년 창간된 것이 전국 최초의 비평 전문 계간지 『오늘의 문예비평』이다.

　중앙집권적 권력구조의 폐해가 남긴 문화적 열악성을 피부로 느끼면서도 지역문화의 활성화를 위해 노력해온 지역 문화인들에게 있어 지방자치제의 실시는 기대감에 가슴 부풀게 하는 역사적 사건이었다. 지역 중심의 정치제도는 문화적 지역주의를 가능하게 할 뿐만 아니라 한국사회가

8　'비평의 비평' 세미나에 대한 자세한 내용은, 민병욱, 황국명, 『문학과지성』 비판』, 지평, 1987, 201쪽 참조.

보다 나은 바람직한 사회로 나아가기 위해서는 필연적으로 통과해야 할
과정이라 믿었기 때문이다. (…)

비평정신이란 가치지향의식이기에 올곧은 비평정신이 살아 있지 못할
때 그 사회는 건전한 가치관 형성에 실패할 수밖에 없다. 우리 사회가
모든 영역에서 제 갈길을 향해 진전하지 못하고 악순환이 계속되고 있는
것은 각 영역마다 살아있는 비평정신에 기초한 비평풍토가 조성되어 있
지 못하기 때문이다.

그래서 〈오늘의 비평〉 동인들은 문학영역에서나마 비평의 본래 정신
을 회복함으로써 한국문학이 지향해야 할 방향을 탐색해 보기로 했다.
정치·사회 영역에 있어서의 불신과 생활세계의 오염 이상으로 한국문학
현실에 대한 독자의 불신과 문학현실의 파행성 역시 심각하다고 보기 때
문이다.[9]

1950년대생 비평가들이 주도한 1990년대 부산 지역 비평의 의미는
『오늘의 문예비평』이라는 매체 창간에 집약되었다고 해도 과언이 아
니다. 여기에서 제기한 가장 핵심적인 문제는 두 가지인데, 문화적
지역주의의 실현과 더불어 비평 정신의 회복과 올곧은 지향이 바로
그것이다. 즉 『오늘의 문예비평』은 '지역', '비평'이라는 두 가지 차원
을 문화적 정치 운동으로 인식함으로써 중앙 중심의 사회문화 구조
전반, 특히 문학의 독점에 대한 근본적 혁신을 주장했다. 또한 이를
구체화하기 위해서는 무엇보다도 "살아있는 비평 정신", "비평의 본
래 정신"을 회복해야 한다는 명확한 입장을 견지하고자 했다. 다시
말해 "한국문학 현실에 대한 독자의 불신과 문학 현실의 파행성"은

---

9 「비평전문지를 창간하면서」, 『오늘의 문예비평』, 1991 창간호, 지평, 1991.4.10.

중앙/지역의 불평등 구조에 가장 근본적인 원인이 있음을 직시함으로써, 비평의 기능과 역할을 통해 한국문학의 구조적 모순을 비판적으로 담론화하는 지역 비평의 정치성이라는 실천적 과제를 수행하고자 했던 것이다.

　이처럼『오늘의 문예비평』은『지평』,『전망』이라는 1980년대 무크지 운동에 기반하여 서울 중심의 문학 구조에 대한 혁신과 변화를 촉구하는 주변부의 목소리를 담아내고자 한 데서 출발했다. 비평의 본질에 대한 근본적 성찰과 비평의 역할에 대한 실천적 문제의식으로 지역에서 중심을 비판하는 논쟁적인 담론의 장을 열어내고자 했다는 점에서 특별한 의미가 있다. 그 결과 현재『오늘의 문예비평』은 열악한 지역 출판 환경에도 불구하고 30년이 넘는 세월을 지켜오면서 통권 130호(2023년 겨울호)를 발간하는 등 지역 문학사와 한국문학 비평사에서 유례없는 역사를 이어가고 있다. 그리고 비평 담론의 창출과 전개의 측면에서『오늘의 문예비평』은 근대성, 로컬리티, 문학 권력 논쟁, 동아시아 문학론 등 90년대 이후 한국문학 담론장에서 공론화된 생산적인 의제를 제기하거나 동참함으로써 비판과 논쟁 문화를 선도하는 역할을 담당했다. 그동안 부산을 일컬어 '비평의 도시'라고 부르는 것을 주저하지 않았던 이유는 바로『오늘의 문예비평』이 있어 가능했다고 해도 과언이 아니다. 물론 이러한 평가는 단순히 매체라는 외적 존재 때문이라기보다는 급격하게 변해가는 담론 지형의 변화를 적극적으로 읽어내고 이를 논쟁의 장으로 이끌어냈던, 그래서 한국문학의 변화와 성찰을 실천적으로 주도했던 비평가들의 면면이 부산을 중심으로 큰 흐름을 형성했기 때문이다. 바로 이러한 담론적 실천의 중심에 남송우, 황국명, 구모룡이라는 부산 지역 제3세대 비평이 있었음을 기억할 필요가 있다.

3. 대화적 비평과 지역문화 운동

남송우의 비평은 서울 중심의 문학 권력에 대한 비판으로 '지역주
의'를 표방하고 이를 구체적으로 실천하는 데 가장 중요한 방향성을
두었다. 『지평』, 『전망』은 물론 『오늘의 문예비평』 창간으로 이어진
그의 주도적 역할은 이러한 지역주의의 기본적 토대를 마련하기 위한
제도적 실천의 과정이었다. 따라서 그의 비평은 지역의 현안이나 문
학적 쟁점에 대해 직접적으로 개입하거나 비판적 거리를 확보하는 데
집중했는데, 이러한 그의 노력은 문학의 차원을 넘어선 지역문화 운
동의 실천으로 확장되었음을 주목할 필요가 있다. 이는 그가 〈부산문
화재단〉 대표를 맡는 등 지역문화 정책의 일선에서 경험한 문제적 상
황이나 인식과 깊이 연결되어 있기도 한데, 비평의 내적 본질 탐색에
만 안주할 수 없는 지역 비평의 현실에 대한 통찰을 바탕으로 사회
비평 혹은 지역 문화론의 시각에서 지역 내부를 비판적으로 들여다보
는 비평의 방향성을 일관되게 유지했다는 데서 확인할 수 있다.[10]

이러한 남송우의 비평적 태도는 문학과 현실 혹은 작가와 작품 사
이의 대화와 소통이라는 비평의 본질에 대한 근본적 물음과도 자연스
럽게 연결된다. 비평이란 곧 대화여야 한다는 생각은 결국 지역 사회
의 다양한 문제에 비평이 개입하는 방식에 대한 고민을 담고 있는데,
그 결과 지역 비평의 다원성과 대화성을 어떻게 지역 담론과 연결할
것인가에 대한 문제의식의 심화로 이어갔던 것이다. 즉 전통적인 비
평의 형식이 독자 혹은 작가 위에 군림하는 비민주성을 지니고 있다

---

10 이러한 문제의식에 대한 구체적인 논의는 남송우의 『지역시대의 문화논리』(전망,
1995), 『지역문학에서 지역문화연구로』(전망, 2018) 참조.

는 데 대한 비판적 문제의식으로, 작가와 독자를 이어주는 비평가의
역할과 기능이라는 비평의 민주적 소통 과정을 찾고자 했던 것이다.
따라서 그는 비평이 서울 중심주의를 비롯한 특정 지역이나 집단의
독점적 산물이 되어서는 안 되고, 문학을 공유하는 모든 공동체의 다
양성이 실현되는 가장 민주적인 실천 공간이 되어야 한다는 점을 무
엇보다도 강조했다. 아마도 이러한 비평적 태도는 강단비평으로 제도
화된 엘리트주의 비평의 문제점과 이론 중심으로 과잉된 비평의 전문
성을 독자 혹은 대중과의 관계 속에서 적극적으로 해소하기 위한 것
으로, 비평과 사회의 대화적 긴장을 충실히 담아내려는 의미 있는 과
정으로 해석할 수 있다.[11]

이처럼 남송우의 비평은 1980년대 이후 부산 지역의 현장을 오롯
이 지키면서 문학, 교육, 문화, 종교 등 전방위적 시각에서 지역문화
운동으로서의 비평의 방향과 실천을 고민했다. 이는 문학평론가, 교
육자, 문화행정가, 종교인 등 그의 삶이 지나온 궤적과 그대로 일치되
는데, 그의 문제의식 대부분이 지역이라는 제도 혹은 장소 안에서 실
천되었다는 점에서 표리부동하지 않게 지역성의 문제를 끝까지 고수
한 비평가라고 평가할 만하다. 이런 점에서 그가 제시하고 표방한 비
평의 방향은 고석규, 김준오로 이어진 부산 지역 1~2세대 비평가가
지향한 보편성의 영역과는 조금은 다른 모습을 보였다고 할 수 있다.
즉 그의 비평은 전혀 중앙을 의식하지 않은, 그래서 처음부터 보편성
의 확대가 아닌 오히려 이러한 비평적 지향을 거부하는 탈중심적이고
탈보편적인 지역적 특수성과 개성의 창출로 나아가고자 했다. 따라서
지역과 중앙의 이분법 안에서 제도화되는 지역 비평이 아닌 지역 비

---

11 이러한 문제의식의 결과로 『대화적 비평론의 모색』(세종출판사, 2000)이 있다.

평 나름의 자율성과 독자성을 가지는 비평의 지역주의 실현이 남송우
의 비평 세계가 지향하는 궁극적인 방향이었다.

  이러한 남송우의 비평적 행보는 80년대 이후 현재까지도 지역문화
현장 곳곳을 찾아다니며 지역 문인들의 작품에 대한 깊은 애정을 드
러내는 수고로움을 전혀 마다하지 않고 있다. 대체로 80년대 이후 우
리 비평의 방향이 거시적인 이론과 체계를 지향하는 보편적 담론 생
산에 집중했던 것과는 달리, 그의 비평은 지역의 세세한 기억과 흔적
을 보듬어 안으면서 때로는 날카롭게 비판하는 지역 비평의 주체적
목소리를 끝까지 지켜나가고자 했다. 결국 남송우는 부산 지역 비평
이 진정한 의미에서 '지역'의 비평이 되는 길을 찾기 위해 헌신한 가장
'지역적인' 비평가임에 틀림없다. 그리고 그의 비평은 중앙과 지역의
이분법이라는 경계를 넘어서 지역 내부의 비평적 소통과 대화의 장을
생산적으로 이끌어내기 위한 일관된 시도를 보여주었다는 점에서 부
산 지역 제3세대 비평의 이정표 가운데 가장 뚜렷한 하나의 방향성을
보여주었다고 평가할 수 있다.

4. 비평의 비평과 리얼리즘의 정신

  황국명의 초기 비평은 1980년대 부산 지역 무크지 운동의 연장선
상에서 중앙 중심의 문학 제도가 지닌 병폐와 해석의 독점이라는 비
민주성에 대한 비판을 전면화한 비평 운동으로서의 성격을 강하게 드
러냈다. 따라서 그는 "80년대 비평계의 한계인 해석의 전제적 현상과
해석공동체들 간의 분파적 단절 및 이것들에서 비롯된 다양한 역기능
들을 극복하기 위한 방법론적인 비평전략"[12]을 정립하고자 했는데, 이

것이 바로 '비평의 비평'이다. 그리고 이러한 전략의 중심에 중앙의 폐쇄성을 뛰어넘는 지역 비평의 자율적 가능성을 위치시켰다는 점에서 상당히 문제적이었다. 이러한 그의 비평적 방향은 80년대 비평의 주요 의제인 민중실천주의, 지성주의 등을 인정하면서도 그 안에 내재된 해석의 정치성을 주목한 것으로, 작품 자체의 총체적 진실을 의도적으로 은폐하거나 외면하는 비평의 권력화를 넘어서는 지역 비평의 가능성을 찾고자 하는 데 있었다. 따라서 그의 초기 비평은 작품 자체의 세밀한 분석이나 해석보다는 작품 그 자체의 온전한 평가가 이루어지기 위한 문학 제도의 모순과 한계를 비판하는 메타비평의 형식에 주력했다. 문학작품의 해석 주체인 비평의 역할과 기능이 특정 이데올로기나 집단의 가치체계와 신념 안에서만 해석되고 평가되는 강요된 비평 현실에서는 진정한 의미에서 비평의 본질과 가치를 실현할 수 없다고 본 것이다.

이러한 그의 비평적 입장은 1980년대 중반 『문학과지성』에 대한 신랄한 비판으로 전개되었는데, "자기 집단의 문화적 관점을 대변하고 그들의 사회적 입장을 표명하며 문학적 판단 규범을 사회에 유포시키는 화성"[13]에 불과하다고 하면서 비평의 해석적 자유를 억압하는 전제적 담론의 위험성을 강하게 비판했다. 이는 90년대 말에서 2000년대로 이어지면서 한국문학의 제도화와 비평적 권력에 대한 첨예한 문제 제기로 나타났던 '문학 권력 논쟁'의 전사(前史)로서의 의미도 지닌다고 볼 수도 있는데, 80년대 이후 우리 비평사의 한 맥락과 흐름을 읽어내는 중요한 문제의식을 공유하고 있다는 점에서 비평사의 연속

---

12 민병욱, 황국명, 앞의 책, 12쪽.
13 민병욱, 황국명, 앞의 책, 51쪽.

성 측면에서 중요하게 논의할 만하다.

이처럼 80년대 이후 지역을 거점으로 독립적이고 주체적이며 자율성을 지닌 비평의 사회적 역할과 기능에 대한 문제의식을 실천적으로 제시했던 황국명의 비평은, 비평이라는 형식에 내재된 문제점을 사회학적 시각에서 분석하고 해석하는 지역 비평의 한 정점을 보여주었다. 여기에서 그는 "해석은 언어행위이면서 정치적, 경제적, 사회적, 문화적 행위를 포괄하는 담화체계"[14]라는 점을 강조하면서, 집단 혹은 공동체의 문제가 아닌 개인의 고립된 내면에 주목하는 모더니즘적 세계 인식을 비판했다. 이는 주체와 현실의 관계를 행동과 실천의 영역에서 쟁점화하는 리얼리즘의 정신에 바탕을 두는 것으로, 80년대를 지나 90년대의 문학을 읽어내는 그의 비평적 방식이 리얼리즘적 세계 인식에 깊이 뿌리내리고 있는 이유도 바로 여기에 있다.

90년대 이후 황국명의 비평은 후기자본주의와 포스트모더니즘의 국면으로 전환된 당대의 현실에 대한 비판적 시각 속에서, 이러한 변화와 상실의 한 가운데를 견뎌내는 리얼리즘의 정신을 여전히 옹호하는 비평적 지향을 드러냈다. 특히 80년대를 지나온 그의 비평이 담론적 차원에서 비평의 비평이라는 형식에 치중했다면, 90년대 이후부터는 전망 부재의 시대를 살아가는 문학작품, 특히 소설의 지형에 대한 정밀한 탐색에 주력했던 것이다. 총체성, 역사, 주체, 재현에 대한 불신이라는 포스트모더니즘의 논의가 과연 우리 사회에 적합한 논리가 될 수 있는가를 근본적으로 의심하면서, 리얼리즘의 전통에 기반한 새로운 소설 읽기와 우리의 삶과 역사적 맥락을 연결시키는 현실주의 비평을 일관되게 지향한 것으로 이해할 수 있다.[15]

---

14 민병욱, 황국명, 앞의 책, 51쪽.

그는 소설이 "미적 형식일 뿐 아니라 우리의 정체(正體)와 삶의 본질에 대한 감각적이면서도 지적인 발언"[16]의 성격을 지닌다는 점에서, 소설에 대한 질문으로서의 비평은 문학적 인간학을 규명하는 가장 본질적인 문제를 담고 있다고 보았다. 따라서 장르로서의 소설에 대한 그의 집요한 탐색은 삶의 진실을 찾아 나서는 루카치적 여정으로서 소설론적 성격이 뚜렷하다. 아마도 그의 리얼리즘 정신은 '아직도 루카치인가'라고 냉소하는 90년대 이후 우리 평단을 향해 '여전히 루카치여야 한다'는 논쟁적 화두를 던진 것이 아닐까 싶다. 그리고 이러한 비평적 시각은 세계와 주체의 모순 혹은 괴리를 가장 첨예하게 보여주는 지역 소설의 아이러니적 현실을 주목하는 것으로 자연스럽게 연결되기도 했다. 이처럼 삶의 진실을 찾아 나서는 소설의 방법에 대한 철저한 고민과 성찰은 황국명의 비평이 지향하는 궁극적인 세계이면서 본령이다. 그리고 이러한 비평적 방향성은 부산 지역 1~2세대 비평의 중심을 이루었던 시 비평과는 달리 소설을 중심에 두고 지역적 실천을 수행한 아주 의미 있는 실천이었다고 할 수 있다.

5. 비판적 지역주의와 동아시아적 시각

구모룡의 비평은 변증법과 유기론이라는 두 가지 토대 위에서 지역

---

15 이러한 황국명의 비평적 성과는 『삶의 진실과 소설의 방법』(문학동네, 2001), 『한국 현대소설과 서사전략』(세종출판사, 2004), 『우리 소설론의 터무니』(세종출판사, 2005), 『지역 소설과 상상력』(신생, 2014), 『현대소설의 역사의식과 기억투쟁』(신생, 2018) 등으로 정리되었다.

16 황국명, 『우리 소설론의 터무니』, 3쪽.

의 문제를 로컬(Local)의 시각에서 지속적으로 탐색해 왔다. 1985년 소설가 김정한을 중심으로 부산 지역에서 창립된 '5·7문학협의회'와 무크지 『지평』을 통한 활동은 '비판적 지역주의'라는 그의 비평의 토대를 형성하는 중요한 기반이 되었다. 또한 이러한 그의 문제의식은 부산이라는 지역의 장소성 가운데 가장 핵심인 해양성을 주목하게 함으로써 비판적 지역주의와 근대성이 만나는 지역 비평의 가능성을 열어냈다. 이런 점에서 구모룡에게 있어서 지역이라는 쟁점은 중앙/지역의 이분법적 경계나 위계화된 구도를 넘어서는 통합적 인식 속에 있는데, 지역의 특수성으로 중앙의 획일화된 보편성을 극복하려는 관점보다는 지역 나름의 특수성이 곧 보편성의 영역으로 확장되는 비평적 지향을 보였다는 데 차별성이 있다. 즉 중앙과 지역이라는 양 편향을 극복하는 변증법적 비평을 지향함으로써 지역 모순을 지역의 문제에 한정된 논의가 아닌 민족 문학이라는 보편주의적 관점에서 쟁점화하고자 했던 것이다. 따라서 그는 "지역 문학 운동이란 독자성을 가진 그것이 못 되며 결국 민족 문학 운동에 수렴되어져야 한다"고 하면서 "지역 문학 운동의 개별성, 독자성, 특수성을 지나치게 강조할 경우 우리는 영락없이 지역 중심주의라는 소시민적 한계에 떨어질 것"[17]을 우려하기도 했다.

이처럼 구모룡이 주장하는 비판적 지역주의는 지역이 "전통적인 의미인 소외를 나타내는 표지이기보다 새로운 의미에서 창조를 가능하게 하는 진지"로서의 역할을 수행하는 전략적 장소성을 지닌다는 것이다. 따라서 "전통과 근대, 식민성과 근대성, 문명과 자연 등의 제 가치들이 혼재한 장소이며 서로 양립하는 가치들이 종합되는 가운데

---

17 구모룡, 『구체적 삶과 형성기의 문학』, 문학과지성사, 1988, 60쪽.

형성적인 가치들이 발생하는 공간"[18]으로서의 의미를 구체적으로 실천해야 한다고 보았다. 결국 지역은 대안적 이념 공간으로서의 정체성을 적극적으로 부각해야 하고, 이를 위해서 중심에 대한 비판에 초점을 두기보다는 지역 문학의 주체를 세우는 일에 더욱 핵심적인 방향성을 두어야 한다는 것이다. 이런 점에서 그는 "서로 다른 지역 문학과의 연대나 생태학적 공동체 운동과의 연대"[19] 등을 통해 "주변부 지역 문학을 보편성의 수준으로 끌어올리는" 데서 비판적 지역주의의 한 가능성을 발견하고자 했다. 또한 이러한 지역 문학의 논의는 지역의 협소한 체제 안에서 일국적으로 논의되어서는 안 된다는 점에서, 지역을 넘어서 동아시아적으로 확장되는 지역론의 세계성을 구현할 필요가 있다고 주장했다. 즉 전 지구적 시각과 지역적 실천의 동시성을 지향함으로써 지역의 연대가 공동체의 문제이며 세계의 문제라는 보편적인 차원으로 이해하고자 했던 것이다. 아마도 그의 지역론이 해양 모더니티(maritime modernity)와의 접점을 찾기 위해 노력하는 이유도 바로 이러한 문제의식과 맞닿아 있지 않을까 싶다.

90년대 중반 이후 지역론은 중앙과 지역이라는 이분법적 구도를 넘어서 문화주의와 지역주의가 결합된 동아시아론이나 세계체제론으로 확대되었다. 종래의 일국적 시야를 벗어나 자본주의적 질서에 의해 중심과 주변으로 재편된 세계의 현실을 특별히 주목했던 것이다. 백낙청의 '분단체제론'과 최원식의 '동아시아문학론'은 바로 이러한 시각을 한국적으로 수용한 결과라고 할 수 있는데, 구모룡은 이러한 사상적 흐름을 토대로 '동아시아 지역주의'라는 쟁점적인 화두를 제

---

18 구모룡, 「주변부 지역문학의 위상」, 『지역문학과 주변부적 시각』, 신생, 2005, 33~34쪽.
19 구모룡, 위의 책, 36쪽.

시했다. 그가 말하는 동아시아 지역주의는 "국가와 세계 사이의 지역의 네트워크를 통하여 국가주의를 넘어서면서 기존의 세계체제를 변혁하려는 기획"[20]으로, 한국 근대문학을 초국가적인 맥락에서 횡단적으로 읽어내려는 거시적 관점을 이론적으로 역사적으로 정립하고자 하는 것이다. 또한 이러한 시각은 지역을 중앙과의 비교가 아닌 세계와의 관계 안에서 재해석하려는 것으로, "로컬은 경험적인 삶이 자리하는 장소"라는 구체성을 지니면서도 동시에 "이 로컬 속에 국가와 민족 그리고 세계가 여러 가지 형태로 들어와 있다"[21]는 사실에 집중했다. 즉 로컬의 문제를 중심과 주변이라는 위계적이고 수직적 관계로 이해했던 지역론의 시각을 확장해서 정치적·사회적·구조적 모순이 교차하고 횡단하는 세계사적 의미를 지닌 장소로 재인식하고자 했던 것이다.

이런 점에서 그는 "로컬은 창작의 방법이자 사상"[22]이므로 '방법으로서의 로컬'에 바탕을 둔 지역 비평의 새로운 방향성을 열어나가야 한다고 보았다. 이러한 그의 비평적 지향은 지역 문학을 일국적 시야 안에 가두어 두거나 중심으로부터 소외를 겪은 주변부의 지위 안에서 사유하는 모순과 한계를 넘어 세계문학으로서의 지역 문학 혹은 한국문학의 가능성으로 재정립해야 한다는 점을 강조했다. 그의 비평이 김정한의 소설을 통해 한국 근대문학의 지역성에 내재된 보편성을 주목했던 것이나, 최근 들어 제3세계 작가의 작품을 통해 지역적 장소성이 지닌 로컬의 가치를 특별히 주목하는 이유도 바로 여기에 있다.

---

20 구모룡, 「지역비평의 위상에 대한 회고와 전망」, 『폐허의 푸른 빛』, 산지니, 2019, 51쪽.
21 구모룡, 「로컬의 방법에 관한 비평노트」, 『문학/사상』, 산지니, 2020, 31쪽.
22 구모룡, 위의 책, 32쪽.

이처럼 구모룡의 비평은 지역 비평이 한국문학을 넘어 세계문학 안에서 공유되고 경험되는 방법 혹은 사상으로서의 의미를 지향한다. 이는 지금 부산 지역 비평이 지역을 사유하고 인식하는 방법적 실천하는 데 있어서 어떠한 방향성을 지녀야 하는지를 명확하게 보여주는 것으로, 지역에 대한 집요한 이론적 탐색이 특수성과 보편성의 의미 있는 소통과 긴장을 열어내는 지역 비평의 사상적 지향을 제시한 것으로 이해할 수 있다.

6. 1950년대생 비평 이후와 부산 지역 비평의 미래

지금까지 고석규, 김준오에 이어 전개된 제3세대 부산 지역 비평의 형성과 의미를 80년대 무크지 운동과 남송우 황국명, 구모룡의 비평을 중심으로 대략적으로 논의했다. 부산이라는 지역적 특수성을 보편성의 차원으로 격상시켰던 1~2세대와는 달리 제3세대의 경우 중앙 중심으로 제도화된 비평의 독점적 지위를 비판하는 정치적 비평으로서의 성격을 보여주었다. 물론 제3세대의 경우 안에서도 지역을 사유하고 인식하는 방식에 있어서 비평가마다 다소 차이를 드러내기도 했데, 그 결과 지역 나름의 주체적 비평 토대를 정립하려는 특수성과 비판적 지역주의의 관점에서 지역의 문제를 민족 문학적 시각에서 쟁점화하는 보편성의 논리가 첨예하게 긴장을 이루는 역동적인 비평의 장을 형성했다고 할 수 있다.

그렇다면 제3세대 비평 이후, 즉 1950년대생 비평 이후 부산 지역 비평의 모습은 어떻게 전개되고 있다고 할 수 있을까? 『오늘의 문예비평』, 『시와사상』, 『신생』의 창간이 이루어진 90년대 이후 60년대생 이후 비평의 모습은 사실상 제3세대 비평의 지형과 크게 구분되지 않는 연속성을 지녔다고 보는 것이 맞을 듯하다. 1950년대생 비평가가 제시한 비평적 의제를 소비하고 확산시키는 조력자의 역할을 충실히 수행했다는 점에서, 1960년대생 이후 비평은 생산적인 비평의 가능성을 열어나갔다기보다는 80년대 이후 제기된 비평 담론과 이론의 지형을 일목요연하게 정리하고 체계화하는 양상을 보였다고 할 수 있는 것이다. 이와 같은 비평 지형의 왜소함은 90년대 이후 우리 사회의 급격한 변화와도 무관하지 않을 텐데, 자본주의와 문화주의에 편승한 시대를 살아가면서 비평마저 소비의 형식으로 전락할 수밖에 없는 현실을 외면하기 어려웠기 때문이 아닐까 생각된다.

　이런 점에서 90년대 이후 한국문학 비평은 급변하는 현실을 감각적으로 설명하고 그 의미를 정교하게 해석하는데 급급했을 뿐, 시대와의 불화를 견디거나 역사와의 긴장을 조성하는 이론적이고 실천적인 비평의 모습을 보여주기에는 역부족이었던 것이 사실이다. 비평 자체에 대한 장르적 관심도 급격히 줄었거니와, 무엇보다도 대학이라는 학문적 제도 안에 안정적으로 편입해야 한다는 현실적 욕망이 비평의 사회적 기능과 역할에 대한 실천을 일정 부분 유보하거나 외면하는 결정적 계기로 작용하지 않았나 여겨진다. 부산 지역의 경우 〈해석과판단〉이라는 젊은 연구자들로 구성된 비평 집단이 결성되어 새로운 비평의 가능성을 찾으려는 시도가 있었지만, 여기에 속한 대부분의 소장 비평가들 역시 대학이라는 제도 안에서 현실적 토대를 마련해야 한다는 이유로 지속적인 활동을 이어나가지 못했다. 결국 지금 부산 지역 비평은 비평가라는 인적 토대의 측면에서는 다른 지역에 비해 적지 않은 양적 확대를 이루었다고 할 수 있지만, 지역을 중심으로 지역의 문제를 생산적으로 공유하는 비평공동체의 부재 속에서 지역 비평의 미래를 책임질 만한 동력은 상실했다고 보는 것이 정직한 평가가 아닐까 싶다.

물론 지금 비평의 지형은 80년대 이후 보여준 이데올로기적 선명성이나 집단성과는 전혀 다른 차원에서 일상적이고 개별적인 내면과 의식의 표현에 집중하는 에세이적 성격을 두드러지게 보인다는 점에서, 무조건 오늘의 비평을 80년대와의 연속성 차원에서 계보적으로 접근하려는 시도는 다소 위험한 발상이 될 수 있다. 다만 현재의 부산 지역 비평이 '지역'이라는 문제를 어떻게 전유하고 있는지에 주목하는 것은 특정 세대에 국한되지 않는 가장 핵심적인 담론이 되지 않으면 안 된다는 점에서 지역 비평의 연속성이라는 통시적 측면을 간과할 수도 없다. 지역의 위기와 소멸이 공공연하게 거론되는 지금, 지역 비평의 현실과 방향이 스스로 지역을 외면하고 소외시키고 있다면, 그래서 지역에 내재된 모순을 지역서의 차원에 한정하지 않고 세계성의 문제로 공동체적으로 의미화하고 비판적으로 쟁점화하는 일에 관심을 기울이지 않는다면, 더 이상 지역 비평의 존재와 의의를 강조할 이유는 없다. 80년대 이후 부산 지역 제3세대 비평의 지역적 인식과 토대로부터 앞으로 지역 비평의 미래를 연속적으로 사유하고 실천할 방향성을 찾을 필요가 있는 이유도 바로 여기에 있다.

80년대 비평사의 온전한 복원을 위하여

여성 비평가의 출현과 여성주의 비평의 탄생

김경연

> 오랫동안 홀로 꿈꾸던 벗이여/그대 홀로 꿈길을 맴돌던 봇물/
> 스스로 넘치는 봇물을 터서/제멋대로 치솟는 장벽을 허물고/
> 제멋대로 들어앉은 빙산을 넘어가자/
> 오천년 이 땅을 좀먹는 암벽/억압의 암반에 굴착기를 내리고/
> 사랑의 다이너마이트를 터뜨려/캄캄한 수맥에 빛을 내리자
>
> — 고정희, 「우리 봇물을 트자」[1]

1. 문학사의 잊힌 계보를 찾아서

이 글은 지난 일 년간 『오늘의 문예비평』이 기획한 1950년대생 비

---

1 고정희, 「우리 봇물을 트자」, 『여성해방의 문학』, 평민사, 1987, 30~31쪽. 『여성
   해방의 문학』은 무크지 『또 하나의 문화』 제3호로 발간되었으며, 「우리 봇물을
   트자」는 권두시로 수록되었다.

평가 포럼에 참여하면서 품게 된 의문과 성찰에서 출발한 것임을 밝
히며 시작하고자 한다. 한국문학사에서 1950년대생 비평가는 "새롭
고 다양한 비평논리"로 비평의 혁신을 추동하면서 80년대를 "비평의
시대"로 견인한 주역으로 평가받는다.[2] 5·18 광주로 대표되는 80년대
의 반민주적 상황을 적나라하게 경험한 그들은 비평을 문학 내적인
것을 넘어 시대적 "허위와의 싸움" "반문화적 위협과 맞서 이를 극복
해내는"[3] 실천적 운동으로 다시 규정하며, "이론을 통한 투쟁"[4]으로 재
발명했다. 80년대의 이 새로운 비평 주체들이 대결한 것은 비단 퇴행
적 정치만은 아니다. "앞세대와의 현실적, 정신적 체험 내용이 다르
다"[5]는 강한 세대의식을 피력한 그들은 『창비』와 『문지』로 대표되는
4·19세대 비평의 한계를 돌파하는 '다른' 비평의 창안을 실험한다. 그
것은 가령 "지난 세대가 겪은 모순으로서의 뜻 없는 대립을 지양"하고
"여러 문학적 탐색들 사이의 길트기, 종합에의 의지"[6]를 관철하는 것
이며, 소시민적 헤게모니에 지지된 전대의 민족문학론을 해체하는
'민중적 민족문학론'이기도 하고,[7] 서울 중심의 문화적 헤게모니를 극
복하고 "지방문학으로서의 한국문학, 한국문학으로서의 세계문학"[8]
을 모색하는 지역문학론이기도 했다.

---

2   고형진, 「화려하고 풍성한 '비평의 시대'」, 『한국현대문학사』, 현대문학, 2002,
    594~610쪽.
3   「우리 세대의 문학을 엮어 내며」, 『우리 세대의 문학 1 - 새로운 만남을 위하여』,
    문학과지성사, 1982, 4쪽.
4   김명인, 「1980년대 문학비평의 한 반성」, 『희망의 문학』, 풀빛, 1990, 396쪽.
5   「우리 세대의 문학을 엮어 내며」, 앞의 책, 6쪽.
6   위의 글, 5쪽.
7   김명인, 「지식인 문학의 위기와 새로운 민족문학의 구상」, 『희망의 문학』, 11~59쪽.
8   「『지평』을 열면서」, 『지평』 1집, 부산문예사, 1983.

주지하듯이 이 새로운 비평 전위들이 정치와 문학의 총체적 변혁으로서의 비평을 창안할 수 있었던 매개는 '무크지'였다. 80년대 국가권력의 반문화적 횡포에 대응하는 게릴라적 매체로 출현한 무크지는 한국의 반민주적 정치상황에 저항하는 의식투쟁의 거점이 되었을 뿐 아니라 "1970년대적 한계를 딛고 1980년대의 새로운 전망을 펼쳐보"[9]일 비평을 욕망하는 이들의 문화투쟁의 거처가 되기도 한다. 때문에 한국의 문학/비평사에서 80년대는 대개 무크지라는 신종의 장치를 통해 4·19세대의 민족문학론을 갱신하는 "새로운 세대에 의한 민중문학론의 대두"[10]를 알린 시대로 독해되며, 간혹 서울 중심주의 문학 체제에 이의를 제기한 강력한 지역문학론이 발동했던 예외적 시대로 언급되기도 한다.[11]

헌데 1980년대 비평/문학 장에 대한 이러한 지배적 평가는 "민주화 세대의 일원"[12]으로 자신들을 정체화하고, "유신 시절에 지적 성장을 얻었으며 산업사회화와 더불어 문학과 사회를 익힌 80년대적 분위기를 공유하면서 서로가 서로에게 보완 받는 열린 심정을 갖고 있고, 거기에 적합한, 공동 작업에 반드시 전제가 될 깊은 우정"[13]을 지닌 1950년대생 남성 비평가들의 판단에 기실 지지돼 온 것이기도 하다. 다시 말해 80년대는 강한 세대적 공동성과 우정/형제애로 결속하고

---

9   김명인, 「책 머리에」, 『희망의 문학』.

10 김영민, 「1970~80년대 민족·민중문학론」, 『한국현대문학비평사』, 소명출판, 2000, 409쪽.

11 고형진, 앞의 글, 607~608쪽.

12 김명인, 「책을 펴내며」, 『폭력과 모독을 넘어서』, 소명출판, 2021.

13 「『문학과사회』를 창간하면서」, 『문학과사회』 창간호, 1988.2, 13쪽. 창간사는 김병익이 썼는데, 그가 『문학과사회』를 이끌 우정의 비평 공동체로 거명한 이들은 『문학과사회』 창간 당시 대부분 30대 초반이었던 1950년대생 비평가 권오룡, 성민엽, 임우기, 정과리, 진형준, 홍정선이다.

문단의 혁신적 비평주체로 스스로를 정위했으며, 90년대 들어서는
문학 장의 지배적 비평 권력으로 안착했던 1950년대생 주류 비평가들
의 평가를 성찰 없이 수용해온 것이기도 하다. 이들의 기억/평가에
의탁한 기념비적 문학/비평사에서 80년대는 백낙청과 김현, 『창비』
와 『문지』로 대표되는 '4·19세대/아비들'의 비평을 비판적으로 계승
하면서 "새로운 문학이념의 창출로 나아가고자 한"[14] '민주화세대/아
들들'의 시대로 부조되며, 아울러 "현실의 거름을 충분히 흡수하지
못"해 허약해지고 "시대와 독자의 요구에 부응하는 작품이 많지 못"[15]
했던 '소설침체의 시대'로 흔히 기록된다. 최근 80년대를 정치적·문
화적 "민주주의를 위한 바리케이트 뒤편에서 성(gender) 전쟁이 격렬
하게 이루어졌"[16]던 시대로, 여성 작가들이 세대를 초월해 "여성문학
의 부름 속에 화답"한 "전무후무한 여성문학의 시대"[17]로 재평가한 논
의들은 이러한 편향적 문학사에 성찰을 제기한 작업으로 보인다.

　민중문학론과 '시의 시대'[18]로 기억되는 80년대는 기실 박완서·오
정희·윤정모·이경자·강석경·김향숙·김진옥·이순 등 여성 작가들

14　권오룡, 「비평 이념의 계승과 재정립의 모색」, 『존재의 변명』, 문학과지성사,
　　1989, 115쪽.
15　이남호, 「책 머리에」, 『문학의 위족 2 - 소설론』, 1990.
16　김은하, 「1980년대, 바리케이트 뒤편의 성(性) 전쟁과 여성해방문학운동」, 『상허
　　학보』 51집, 2017, 17쪽.
17　이혜령, 「빛나는 성좌들 - 1980년대, 여성해방문학의 탄생」, 『상허학보』 47집,
　　2016, 414쪽.
18　권오룡, 앞의 글, 108쪽. 이는 권오룡뿐 아니라 80년대 주류적 평단의 공통된 평가
　　이며 이후에 기술된 문학사에서도 유사한 평가가 이어진다. 가령 80년대 소설을
　　정리한 신덕룡은 80년대 전반을 "소설에 있어서 침묵의 시기"로, 후반을 이러한
　　"가위눌림에서 벗어"난 시기로 규정하는데, 분단소설, 노동소설 등의 의미를 조명
　　한 반면 여성소설과 관련해서는 언급이 부재하다. 신덕룡, 「폭력의 시대와 1980년
　　대 소설」, 『한국현대문학사』, 현대문학, 2002, 564~577쪽.

이 여성이라는 자의식과 여성주의적 자각을 피력하는 '여성소설'을 활발하게 발표하고, 『여성』(1985)·『또 하나의 문화』(1987)·『여성운동과 문학』(1988) 등 무크지를 매개로 '여성 비평가'들이 집단적으로 출현했으며, 최초로 여성주의 운동가·작가·비평가가 공조해 '여성해방문학'의 창안을 모색했던 한국 (여성)문학사에서 획기적인 시기이기도 하다. 그러나 80년대 주류 비평이나 이후의 비평/문학사에서 여성해방문학/비평이 점화된 시대로서의 80년대는 제대로 기록되지 않았으며, 90년대를 페미니즘 문학론이 부상했던 "여성문학의 시대"[19]로 규정하는 예외적 문학사에서도 그 기원으로서의 80년대는 대부분 잊혔다. 이 글은 80년대 비평사의 온전한 복원을 위해 주류적 문학사에서 망각/배제된 여성 비평가들 – 이들 역시 대부분 50년대생이 주축이었다 – 에 관한 기억을 복구하고 그들이 수행한 여성운동으로서의 비평 혹은 여성해방문학 비평을 다시 조명해 보고자 한다.

2. 여성 무크지의 등장과 여성 비평가의 출현

송명희는 첫 평론집인 『여성해방과 문학』(1988)의 서문에서 페미니즘 비평에 관심을 갖기 시작한 때가 대학원 박사과정 재학시절인 1970년대 후반이었다고 술회한 바 있다. "대부분 남성들에 의하여 이루어지는 국문학의 연구와 비평은 그 시각 자체가 남성중심적이라는 자각"을 하게 되면서, "기존의 남성중심적 시각을 탈피해 여성을 한 명의 주체적 인간으로 파악하고, 여성의 경험을 존중하는 여성중심의

---

19   류보선, 「거대서사의 해체와 하위주체의 발견」, 『한국현대문학사』, 658쪽.

새로운 문학적 전망을 수립해"야 한다는 열망을 품었다는 것이다.[20] 비단 송명희뿐 아니라 1940년대 후반에서 1950년대생이 주축을 이룬 80년대 여성 비평가/지식인들 대부분이 유사한 경험을 통해 여성주의 비평가/학자로 성장하는데, 이러한 이행의 유력한 동인은 1970년대 후반 "여성운동과 여성연구"[21]의 부상인 것으로 보인다.

1970년대는 68혁명으로 여성운동이 재점화되고 1975년 유엔이 '세계여성의 해'를 선포하면서 전세계적으로 '여성해방운동(Women's Liberation Movement)'이 확산했는데, 그 영향은 한국도 예외가 아니었다. "여성운동의 목표를 인간화 운동으로 설정"하고 '여성문제와 한국 여성의 역사'[22]를 연구하는 '여성사회연구회'(1976) 같은 단체가 조직되는가 하면, 사회운동으로서의 여성운동을 자각한 선구적 여성 지식인들이 등장하고 여성 관련 저작들이 속속 출간되기도 했다.[23] 뿐만

---

20 송명희, 「책 머리에」, 『여성해방과 문학』, 지평, 1988. 참고로 송명희는 1952년생이며, 김동인의 소설을 여성주의 시각으로 재독한 그의 첫 평론 「여성의 삶과 사회구조」는 1982년 『세계의 문학』에 발표된다.

21 송명희, 「여성해방과 한국문학」, 『여성해방과 문학』, 21쪽. 이 글에서 송명희는 유엔이 '세계여성의 해'를 선포한 1975년 이후 우먼리브의 범세계적 조류에 맞추어 활발한 여성운동과 여성연구가 이루어지기 시작했으며, 한국문학에서도 소수의 여성작가들에 의해 여성해방 주제의 소설들이 창작되기 시작했다고 언급한다. '우먼리브'란 여성해방운동(Women's Liberation Movement)의 일본식 약자 (Women Lib)이다.

22 윤정옥, 「여성문제의 제기 - 제1회 '여성문화제'를 보고」, 『창작과비평』 1979년 봄호, 298쪽. 필자는 여성사회연구회가 1974년부터 크리스천 아카데미가 실시해온 여성문제 교육을 수강한 여성들이 자발적으로 조직했으며, 주로 20대 후반에서 30대 중반까지 주부, 예술가, 교수, 노조 간부, 여성단체 간사 등 다양한 이력을 지닌 여성들로 구성되었고, 1976년 창립총회를 갖고 1978년 12월에 제1회 여성문화제를 개최했다고 소개한다.

23 가령 이효재의 『여성의 사회의식』과 김행자의 『인격의 자유화를 위한 서장』이 모두 1978년 평민사에서 출간되었고, 『창작과비평』 1978년 겨울호에 서평(곽선숙, 「여성운동의 바른 이해」)이 실리기도 했다.

아니라 당시 대표적 페미니즘 저작인 케이트 밀레트의 『성의 정치
학』, 베티 프리단의 『여성의 신비』 등이 번역 소개되고,[24] 대학(이화여
대)의 학부과정 교양과목으로 처음 여성학이 개설되기도(1977) 했다.
이러한 분위기에 힘입어 『창작과비평』은 1979년 여름호를 통해 '오늘
의 여성문제와 여성운동'이라는 주제의 첫 여성 문제 좌담회를 개최
하기도 한다. 이효재(이화여대 사회학과 교수), 김행자(이화여대 정치학과
조교수), 서정미(성심여대 불문과 전임강사), 이창숙(전 한국일보 기자) 등 여
성 지식인들과 백낙청이 참여한 이 좌담회에서는 한국 여성운동의 역
사, 중산층 여성운동의 한계, 가사노동의 문제, 민중운동으로서의 여
성운동의 가능성 등이 논의되는 한편, 여성의 시각에서 문학 작품에
대한 비평적 독해가 시도되기도 한다. 가령 이효재는 "여성운동의 입
장에서 우리 소설들이 여성을 어떻게 부각시키고 있고 왜곡시키고
있"[25]는지, 아울러 여성 작가들이 의식적 자각 속에서 여성상을 재현
하고 있는지 토론해보자고 제안하는데, 이에 조해일의 『겨울여자』나
최인호의 『별들의 고향』에 형상화된 여성상이 비판되는가 하면, 여성
작가의 소설로는 김진옥의 「나신」과 박완서의 『휘청거리는 오후』 등
이 비중있게 거론되기도 했다. 특히 서정미는 여성의 시각에서 『휘청
거리는 오후』와 김정한의 「수라도」를 비교 독해하며 그 의미와 한계
를 짚어내기도 한다.[26]

---

24 『성의 정치학』은 1976년 현대사상사에서, 『여성의 신비』는 1978년 평민사에서
    번역·출판된다.
25 좌담 「오늘의 여성문제와 여성운동」, 『창작과비평』 1979년 여름호, 41~42쪽.
26 서정미는 「수라도」의 경우 "한 집안의 저항과 몰락에 초점을 맞추고 있"어 "가야부
    인의 전통적인 부덕이 그 집안의 저항과 몰락 속에서 새롭고 적극적인 의미를
    가지게 되는 과정이 너무 추상적"으로 처리된 반면, 『휘청거리는 오후』는 "돈과
    결혼이 야합하는 중산층 결혼풍속"을 실감나게 그려내고 있지만 "결혼밖에는 달리

이와 같이 1970년대 후반 여성을 자각하고 여성주의적 지식을 체득/발신하는 여성 지식인들, 특히 여성의 관점에서 문학을 읽는 독자들의 등장을 견인하기 시작한 여성운동은 80년대 들어 "사회변혁운동의 한 영역으로 자리 잡게"[27] 되며, 여성운동의 차원에서 의식적으로 문학 읽기에 개입하는 여성 지식인/비평가 집단의 출현 역시 촉진한다. 여성 무크지는 이러한 여성 비평가와 여성해방문학의 등장을 결정적으로 조력한 매체였다. 1984년 '또 하나의 문화'(이하 '또문')가 동명의 무크지를 창간했고[28] 1985년 여성사연구회가 『여성』을,[29] 1988년에 민족문학작가회의 여성문학인회가 『여성운동과 문학』을 발간했으며 지역에서도 여성 동인지나 무크지가 발행되었다.[30]

뾰족한 길이 없고 오로지 결혼의 운수에 매달리는 중산층 여자들의 처지가 어떻게 개개인의 악덕과 상관없이 바깥으로부터 강요되어 있는가」를 드러내지 못해 세태소설의 면모를 벗지 못했다고 평가한다. 좌담 「오늘의 여성문제와 여성운동」, 앞의 책, 43~44쪽.

27 조주현, 「여성 정체성의 정치학-80~90년대 한국의 여성운동을 중심으로」, 『진보평론』 제7호, 2001, 130쪽. 조주현에 따르면 80년대 들어 여성운동은 이전과 구분되는 '진보적 여성운동'으로 전회하는데 그 시작을 알린 것이 1983년 '여성평우회'의 결성이다. 이후에도 '여성의 전화'(1983), '민주화운동청년연합 여성부'(1984), '또 하나의 문화'(1984) 등이 속속 발족하면서 80년대 여성운동은 본격화된다.

28 여성문제의 독자성을 부각했던 '또문'은 페미니즘 인식을 공유하는 학자, 작가, 대학원생 들로 구성되었고, 대표적으로 조한혜정, 고정희, 박완서 등이 참여했다. '또 하나의 문화'는 80년대에 『평등한 부모 자유로운 아이들』(1984), 『열린사회 자율적 여성』(1986), 『여성해방의 문학』(1987) 3권의 무크를 발간했다.

29 여성사연구회가 주도한 『여성』은 80년대에 3집까지 발간되었으며, 1990년에는 『여성과 사회』로 제호가 바뀌고 정기간행물(연간지) 형태로 발행된다. 또한 『여성과 사회』 1호부터는 편집 주체가 여성사연구회에서 '한국여성연구회'로 바뀌게 되는데, '한국여성연구회'는 '아현여성연구실'과 '여성사연구회'가 1989년 통합하면서 출범한 조직이다. 「『여성과 사회』 발간에 부쳐」, 『여성과 사회』 창간호, 1990 참조.

30 부산에서도 대표적으로 1981년 부산여류문학회가 동인지 『배토』(이후 『부산여류문학』으로 개제)를 창간하기도 했다.

80년대 여성 무크지는 과거와는 다른 차원의 여성운동을 표방하는데, 가령 『여성』은 창간호 서문에서 "모든 집단, 모든 인간이 해방되지 않으면 스스로도 해방될 수 없는" 집단이 여성이라 선언하고 진보적 민주화운동과의 공명과 결속을 강조하는 한편, "사회변혁의 움직임을 추종하면서 여성문제라는 또 하나의 문제를 덧붙이는 식의 여성운동"[31]과도 철저히 결별하겠다고 선언한다. 이는 "새로운 사회와 해방된 인간을 향한" 변혁운동이 여성의 문제를 외면하거나 부차적으로 치부해서는 안된다는 인식이 전제된 것이다. 이 같은 문제의식에서 출발한 『여성』은 창간호 특집으로 '허위의식과 여성의 현실'을 마련하는데 이 기획에 발표된 글이 "페미니스트 비평의 탄생을 알린 선언서"[32]라 평가받는 「여성의 눈으로 본 한국문학의 현실」(이하 「여성의 눈」)이다. 정은희·박혜숙·이상경·박은하가 공동 집필한 이 평문의 모두(冒頭)에서 필자들은 여성의 시각에서 작품을 독해하고 "남성중심적 사고에 함몰"되지 않는 새로운 비평가의 필요성을 다음과 같이 제기한다.

남성중심적 가치기준이 곧바로 보편적 가치기준으로 등치되어 왔고 대부분의 비평가가 또한 남성이었다는 역사적 상황에서는 여성문제에 관한 비평가 역시 작가와 마찬가지로 남성중심적 사고에 함몰되어 비판적 인식을 지니기 어려웠다. 따라서 현실을 살아가는 여성들이 느끼는 구체적 억압상황이나, 그 억압상황이 이 사회 전반의 지배적인 이데올로기와 직접적 연관을 가진다는 점을 전혀 간파하지 못하였던 것이 현실이다.[33]

---

31 「『여성』 1집을 내면서」, 『여성』 제1집, 창작과비평사, 1985.
32 김은하, 앞의 글, 25쪽.

이와 같은 인식은『또 하나의 문화』도 예외가 아니었다. 제3호로 기획한『여성해방의 문학』(1987) 편집을 주도했던 고정희 역시 여성문학을 지지해줄 비평가의 필요성을 강조한다. 그는『여성해방의 문학』 좌담에서 "여성문학이 되려면 평론가와 작가와 독자 사이의 삼중주가 이루어져야" 하는데 "여성문학을 지원해 주는 평론가가 별로 없"다고 토로하며[34] '여성 비평가'의 필요성을 언급하기도 한다. 여성해방문학의 정립을 위해서는 "일차적으로는 좋은 작품이 나와야 하고 거기에 정당하게 평가해 주는 평론이 나와야"하며, 이러한 역할을 수행할 "여성 평론가의 절대 부족"[35]이 극복되어야 한다는 것이다. 그런가 하면「여성의 눈」의 필자들은 여성 비평가가 필요한 이유로 당사자성을 제시하기도 한다. "억압의 대상자인 여성이 자신의 문제를 인식하고 해결해나가는 과정에서 문학작품에 담긴 남성중심적 사고의 허구성을 보다 정확히 볼 수 있고 또 보아야 한다"(7쪽)는 것이다. 80년대 여성 비평가들은 이처럼 "여성의 관점에서 문학작품을 검토·비판하는" 비평가가 시급하지만 여성주의 독법을 실천하는 비평가가 부재하다는 "불만과 의혹, 바램"(「여성의 눈」, 8쪽)을 자각하면서 등장한 것으로 보인다.

한편 80년대 여성 비평가들 역시 대개 1950년대생이 주축이 되었

---

33 정은희·박혜숙·이상경·박은하,「여성의 눈으로 본 한국문학의 현실」,『여성』제1집, 7쪽. 필자들은 글의 모두에서 출생연도와 '서울대 국문과 졸업'이라는 학문적 소속과 이력을 밝히고 있다. 정은희는 1958년생, 박혜숙은 1959년생이며, 이상경과 박은하는 1960년생이다. 이하 인용시 페이지 수만 표기함.

34 좌담「페미니즘 문학과 여성운동」,『또 하나의 문화 제3호-여성해방의 문학』, 평민사, 1987, 29쪽. 좌담에는 고정희, 김숙희, 박완서, 엄인희, 조옥라, 조혜정, 정진경이 참석했다. 참고로 1931년생 박완서와 1948년생 조혜정, 고정희를 제외하고는 대부분 1950년대생이다.

35 위의 글, 20쪽.

으나, 이들은 세대적 공동성보다는 여성이라는 젠더 공동성으로 연대
하면서 개별적 비평행위보다 '집단비평'을 수행하는 경우가 빈번했
다. 「여성의 눈」의 필자들 역시 "문제를 제기하고 작품을 선정·분석
하며 문장 하나하나까지 함께 검토하여 공동의 합의에 도달"(7쪽)하는
과정을 통해 자신들의 평론이 제출되었다고 밝힌 바 있다. 이러한 집
단비평 혹은 공조비평은 남성 중심적인 비평의 장에 여성 비평가들이
개입하기 위한 일종의 전략일 수 있으며, 아울러 "여성문학에서 중요
한 것은 창작과정에서의 개인 작업이 아니라 함께 토론하고 움직이는
노력이 수반"[36]되어야 한다는 주장에서 간취되듯이 여성 연대를 의식
적으로 강화하거나 부각하려는 측면도 있었으리라 짐작된다. 그렇다
면 남성 편향적인 문학/비평의 장에 개입한 여성 비평가들이 수행했
던 불화의 비평이란 무엇인가.

3. '다시 읽기'의 전략과 남성편향적 문학/비평의 횡단

남성 중심적 가치가 보편가치로 군림해온 문학/비평의 장에서 여
성 비평가들이 개시한 첫 비평작업은 "반(反)여성적인 문학상황"(「여성
의 눈」, 51쪽)을 재독하는 것이었다. 랑시에르의 주장을 빌면 이는 남성
편향적 질서가 지배해온 비평에서 들리거나 보이지 않던 것을 다시
들리고 보이게 하는, 곧 여성의 관점으로 비평의 감각을 재배치하는
것일 텐데, 이 재독의 정치를 처음 시도한 「여성의 눈」에 소환된 텍스
트는 당대 평단의 확고한 지지를 얻고 있던 남성 작가들의 소설이었

---

36   위의 글, 27~28쪽.

다. 최인훈의 『광장』과 이문열의 『영웅시대』, 조해일의 『겨울여자』
와 김승옥의 「야행」, 천승세의 「황구의 비명」과 황석영의 「몰개월의
새」를 재독할 텍스트로 지목한 여성 평자들의 선택은 관념소설·대중
소설·민중소설을 불문하고 이들의 소설에서 유사하게 감지되는 '남
성중심적 사고의 허구성'을 적발하기 위한 다분히 의도적인 것으로
보인다.

이와 같이 여성 시좌의 비평을 발동한 평자들은 최인훈과 이문열의
소설에서 남성 지식인의 관념 속에 대상화/사물화된 여성 형상화를
간파하며, 조해일과 김승옥의 소설이 가공한 여성 주체성의 왜곡을
적시하고 이러한 여성성에 내재된 "가부장적 남성 지배적 이데올로
기"(26쪽)를 폭로하기도 한다. 이들의 평론에서 특히 흥미로운 점은
당대 민중문학의 반여성성에도 주목했다는 것이다. 대부분의 민족·
민중문학에서 "빈민여성이나 노동여성의 현실은 관심 대상에서 밀려
나 있는 반면 윤락여성을 다룬 경우"가 많다는 사실에 착목한 평자들
은 이를 지식인 작가가 지닌 "민중의식의 낭만적 경향이나 민중여성
에 대한 피상적인 인식에서 기인"(36쪽)한 것이라 지적한다. 1970년대
대표적 민족·민중문학으로 평가받은 「황구의 비명」·「아메리카」·
「몰개월의 새」 역시 이러한 한계를 노정한다고 판단하는데, 이들 소
설에서 '윤락여성/기지촌 여성'은 신식민지적 상황에 처한 "민족 모순
의 한 부분으로 인식"(43쪽)될 뿐 민족·계급·젠더 모순이 착종된 문제
로 간파되지 않았으며, 때문에 민중여성에 대한 진보적 인식의 획득
에 실패했다고 비판한다.

문학에 은폐된 반여성적 인식을 적발하고 남성 중심적 한계를 다시
읽는 작업은 김영혜·김양선·오세은의 「『태백산맥』론」에서도 거듭된
다. 특기할 점은 이들이 『태백산맥』의 여성 인물 재현에 이의를 제기

할 뿐 아니라 여성의식이 부재한 비평 역시 문제 삼았다는 것이다. 예컨대 임규찬의 『태백산맥』론을 작품에 대한 "총체적인 성찰을 담고" 있는 "본격비평"으로 인정하면서도, 소설에 "대거 등장하는 여성 인물들의 형상화 문제에 대해서는 거의 관심을 두지 않"[37]은 임규찬의 비평이 일면적으로 진행되었다고 지적한다. 그들에 따르면 『태백산맥』에 등장하는 인텔리 여성, 소작농민들의 아내, 여성 빨치산, 지배 계급 여성들은 남성 인물들과 얽혀서 "빨치산 투쟁이나 지주-소작간의 착취관계라는 작품의 뼈를 감싸 안는 살의 역할"을 하며, 따라서 여성 인물들의 형상화 방식에 주목하는 것은 『태백산맥』의 "리얼리즘적 성취도를 판가름하는 데 중요한 관건"(174쪽)이라는 것이다. 이러한 문제의식 아래 『태백산맥』의 여성 인물 형상화를 중점적으로 검토한 평자들은 여성 역할에 대한 관념적/이분적인 사고에 경도되고 여성을 성적으로 대상화하며 수난적 여성상에 제한된 『태백산맥』의 한계가 "여성에 대한 지극히 왜곡되고 상투적인"(204쪽) 작가의 고정관념에서 초래된 것이라 비판한다. 아울러 이를 작가가 "민중에 대한 고정관념에서 벗어나지 못"(204쪽)한 증좌로 읽기도 하는데, 때문에 그들은 『태백산맥』을 진정한 리얼리즘 문학으로 인정하지 않았다.

한편 보편적/젠더중립적 지식으로 간주된 비평의 남성 편향성에 강력히 이의를 제기한 비평으로 주목되는 글은 조혜정의 평론이다. '또 하나의 문화'의 결성과 무크지의 발간을 주도했고 『또 하나의 문화』(이하 '또문') 3호에 페미니즘 문학에 관한 평문을 발표하기도 했던

---

37 김영혜·김양선·오세은, 「『태백산맥』론」, 『여성과 사회』 제2호, 1991, 172~173
    쪽. 이하 인용시 본문에 페이지 수만 표기함. 이들은 모두 '한국여성연구회 문학분
    과원' 소속이며 국문학 전공자로 자신들을 소개하고 있다. 필자 중 80년대 '여성사
    연구회' 회원이었던 김영혜는 1959년생이다.

조혜정은 메타비평의 형식을 취한 「박완서 문학에 있어 비평은 무엇인가」(이하 「박완서 문학」)를 통해 "여성해방주의적인 관점"[38]에서 박완서 문학에 대한 기존 비평의 한계를 정독한다. 이 글에서 그는 박완서 소설에 관한 평론을 "남근중심적 비평", 즉 '성차별 의식으로 여성 작가의 작품에 대해 침묵하거나 신중하게 다루지 않으며 작품보다 작가의 사생활에 관심을 기울이는' 경우와, "남성중심적 비평", 곧 "지배적 위치에 있는 남성의 경험과 관점에서 모든 것을 해석"(132쪽)하는 경우로 나누어 적시하는 한편, 『여성』(이하 '여성')을 주도한 '여성사연구회'와 '한국여성연구회'의 박완서 비평에 대해서도 비판하고 나선다. 조혜정에 따르면 이들 그룹의 비평가들이 "여성해방운동은 민족, 민중운동과 맥을 같이 해야 한다"는 입장을 견지하면서 "여성 문제의 독자성을 밝혀내는 데 강한 거부감을 갖고" 있으며, 때문에 "계급적, 민족적 문제를 작품 속에서 충분히 다루지 않았다는 이유"(175쪽)로 박완서를 부당하게 평가해 왔다는 것이다. 따라서 그는 여성의 체험을 외면하는 이들의 "여성해방문학비평"이 "남근중심적 비평가들과 크게 다름없이 박완서의 작품을 '죽이는' 비평"(175쪽)이라 일갈하는데, 이러한 조혜정의 비판은 여성운동과 여성문학을 둘러싼 '또문'과 '여성'의 입장 차이를 여실히 드러낸 것이기도 했다. 기실 조혜정의 평문은 이보다 앞서 '여성'의 비평가들이 발표한 「여성해방의 시각에서 본 박완서의 작품세계」(1988, 이하 「여성해방」)에 대한 반론의 성격을 지닌 것이기도 했는데, 「박완서 문학」이 제출된 이후 「여성해방」 필자의 한 사람인 전승희는 이를 재반박하는 평문을 발표하기도 한다. 박완

---

38 조혜정, 「박완서 문학에 있어 비평은 무엇인가」, 『박완서론』, 삼인행, 1991, 128쪽. 이 글은 『작가세계』 1991년 여름호에 발표되었다. 이하 인용시 페이지 수만 표기함.

서를 둘러싼 '또문'과 '여성'의 이 치열한 논쟁은 80년대 여성 비평가
들이 구상했던 여성문학론'들'과 조우할 수 있는 한국문학사 최초의
여성문학 논쟁일 것이다.

4. 80년대 여성해방문학론'들'의 탄생

  80년대 여성문학론을 둘러싼 논쟁에서 단연 화두가 된 작가는 '박
완서'이다. 「나목」(1970)으로 등단한 70년대 이래 줄곧 여성 인물을
중심으로 중산층 가정의 허위를 부조해온 박완서는 80년대 들어 『살
아있는 날의 시작』(1980), 『서 있는 여자』(1986), 『그대 아직도 꿈꾸고
있는가』(1990) 등 여성문제 소설을 잇달아 발표하면서 대중 독자들의
지지는 물론 '여성해방문학'의 정립을 위해 고투하던 80년대 여성 비
평가들의 전폭적인 관심을 받게 된다.
  박완서의 소설을 여성문학의 시각에서 먼저 발견한 이들은 '또문'
이다. 『여성해방의 문학』 편집진으로 여성해방문학 앤솔로지 작업에
도 참여한 박완서는 '또문'의 비평가들에게 여성문학의 중요한 참조
점으로 부각되는데,[39] 이는 조혜정의 평론 「한국의 페미니즘 문학 어
디까지 왔나」(이하 「페미니즘」)에도 여실히 피력된다. 조혜정은 이 평
문에서 여성해방문학이 보유해야 할 '여성주의적 시각'으로 먼저 "성
역할 고정관념에서 탈피하여 여성을 온전한 사회적 성원"으로 보며,
다음으로 "피해자로서 보상을 요구하고 고발하는 차원을 넘어" 새로

---

39 『여성해방의 문학』 편집진으로 참여한 여성 작가는 박완서, 강석경, 고정희이며,
   박완서는 『또 하나의 문화』 제3호에 수록된 여성해방문학 앤솔로지에 「저문날의
   삽화(2)」를 발표한다.

운 감각의 여성 주체성을 확립하고, 최종적으로 "남성지배체제와는 질적으로 다른 평등한 사회"[40]에 대한 비전을 제시하는 것이라 천명한다. 이러한 비평 기준에 따라 이순·오정희·윤정모·박완서의 소설을 검토한 그는 이순의 소설이 "편협한 가족주의"(36쪽)에 폐쇄되고, 오정희의 소설은 "주부의 삶을 빌려 추상적 실존을 감상적으로 다"(39쪽)루며, 윤정모의 소설이 "식민주의의 모순을 그리면서 가부장적 억압 구조의 재생산을 간과"(43쪽)한 데 비해, 박완서의 소설은 여성 현실에 대한 "철저한 리얼리즘"적 인식으로 "페미니즘 문학의 싹을 끼워왔"(41쪽)다고 고평한다. 말하자면 박완서의 문학을 여성 억압의 고발 차원을 넘어 여성의 시각에서 남녀 불평등체제를 재해석한 여성해방 문학의 진일보한 성과로 부각한 것이다.[41]

조혜정이나 '또문'의 여성문학론과는 다른 시각에서 박완서 소설을 독해한 것이 '여성'의 비평가들이다. 김경연·전승희·김영혜·정영훈이 함께 쓴 「여성해방의 시각에서 본 박완서의 작품세계」에서 평자들은 "우리 현실의 반민족성·반민중성과 반여성성"은 자본주의 세계체제가 초래한 공동의 모순이며, 따라서 여성문학론은 "민족·민중문학론의 요구와 맥을 같이"[42]해야 한다고 주장한다. 여성 문제를 자본주의

---

40 조혜정, 「한국의 페미니즘 문학 어디까지 왔나」, 『또 하나의 문화 제3호 – 여성해방의 문학』, 33쪽. 이하 인용시 페이지 수만 표기함.

41 참고로 조혜정과 '또문'의 평자들은 여성해방문학의 단계를 여성이 처한 불평등한 억압을 폭로/증언하는 '고발문학의 단계', 가부장체제의 속성을 피지배자/여성의 시각으로 해부하는 '재해석 문학의 단계', 남녀가 함께 자유와 평화 속에서 자기를 실현하는 세계를 선험적으로 그리는 '참다운 해방의 비전을 제시하는 단계'로 구분한다. 「편집의 말」, 『또 하나의 문화 제3호 – 여성해방의 문학』, 12~13쪽.

42 김경연·전승희·김영혜·정영훈, 「여성해방의 시각에서 본 박완서의 작품세계」, 『여성』 제2집, 1988, 202쪽. 이 글 역시 기획연재물인 '올바른 여성문학의 정립을 위하여'에 수록되었으며, 앞서 언급한 김영혜 외에 필자 김경연은 1956년생으로

체제가 유발한 필연적 모순으로 납득하고 여성문학론을 민족·계급 모순에 저항해온 "민족·민중문학론을 새로운 차원으로 고양시키는 논의"(203쪽)로 구상한 '여성'의 평자들이 '또문'의 여성문학론의 한계를 지적한 것은 당연한 수순이었다. 이들은 "'가부장제적 사회체제'에의 인식이 여성해방문학의 공동 인식기반"이라고 주장한 '또문'의 여성문학론이 "여성 문제를 통시대적인, 계층적 차별성이 없는 동일한 문제로 파악"하면서 "역사·사회·계급적 특수성을 간과할 위험"(203쪽)이 있다고 우려한다. 이는 '또문'이 성 모순을 자본주의보다 가부장체제에서 발원하는 문제로 파악하고 성 불평등을 고발·해소하는 여성문학의 창안에 주력하면서 여성이라는 보편성/단일성은 강조하되 계급이나 민족이 교차하는 여성의 특수성/복수성은 주목하지 않는다는 비판으로 간취되는데, 때문에 '여성'의 평자들은 조혜정과는 다른 독법으로 박완서를 재독하게 된다.

「여성해방」의 필자들 역시 박완서의 문학이 "성적 특수성과 관련하여" 정당한 조명을 받지 못했다는 판단 아래 "여성문학적 시각을 통한 작품의 재조명"(205쪽)을 시도하나, 결론적으로 그들은 박완서의 소설이 중산층 여성의 소외문제를 탁월하게 부각한 반면 이들의 체험을 "역사·사회적 시각으로"(235쪽) 간파하는 데는 실패했다고 판단한다. 그들에 의하면 박완서의 문학은 여성의 "가사노동의 문제라든가 성차별적 이데올로기의 문제 등을 배태시키는 사회구조적 원리에 대한 성찰과 이어지지 않은 채 남성의 추악한 측면에 대한 비판으로만 그치거나 형식적 평등을 주장하는"(232쪽) 데 머물렀다는 것이다. 한편

독문학을, 전승희는 1957년생으로 영문학을 전공했고 정영훈은 1962년생으로 국문학을 전공했다. 이하 인용시 페이지 수만 표기함.

「여성해방」의 평자들은 이 같은 총체적 인식의 결여가 작가 자신의 "중산층적 시각의 한계에 제한"(235쪽)된 때문이라 주장하며 계층적 한계를 극복하지 못한 박완서의 여성문제 소설이 외려 "여성문제라는 이름하에 계층문제를 비롯한 사회구조적 모순에 대한 천착은 회피하거나 왜곡하는 경향"(236쪽)을 노정했다고 지적하기도 한다.

　앞서 언급했듯이 이러한 '여성' 평자들의 독법에 조혜정은 박완서의 작품을 부당하게 매도한 비평이라 직격한다. 그에 따르면 '여성'의 비평가들은 "여성문제를 계층과는 무관한 가부장적 이데올로기로 보는 것"에 강한 저항을 갖고 있으며 "기층여성의 시각에 서지 않는 한, 여성문제에 대한 근본적이고 올바른 해결책을 모색해 낼 수 없다"(「박완서 문학」, 168쪽)는 강박관념 때문에 "중산층 여성을 주인공으로 삼는 작품을 주로 써 온 작가 박완서를 깊이 있게 읽어낼 의욕"(163쪽)을 애초부터 갖고 있지 않았다는 것이다. '여성'의 독법과 달리 조혜정은 박완서가 "봉건적 가부장제의 질곡뿐만이 아니라 산업자본주의적 사회에서, 핵가족화 과정에서 남녀관계가 어떻게 변질되어 나타나는지를 정확하게 포착해" 내는 "여성주의 리얼리즘문학의 장을 열어"(176쪽)간 작가라 재차 강조한다. 이는 박완서의 소설을 주요한 참조점으로 부각한 '또문'의 여성해방문학론이 '가부장제'뿐 아니라 이를 심화하는 '자본주의'의 모순을 동시에 해체하려는 것이라는 주장으로 간취되나, '성차별을 자본주의 체제의 문제로 단일하게 규정하지 않고 가부장제라는 다른 모순구조를 설정하는'[43] '또문'의 이중체계론은 '여성'의 평자인 전승희에 의해 다시 반론이 제기되었다.

43　이선옥, 「1980년대 여성운동 잡지와 문학논쟁의 의미」, 『여성문학연구』 제43호, 2018, 22~24쪽.

「여성해방」의 필자였던 전승희는 조혜정의 「박완서 문학」을 반박한 평문에서 조혜정과 자신들의 이견이 발생한 결정적 원인을 "여성문제를 바라보는 시각의 상이함"[44]에서 찾는다. 그에 따르면 "자본주의와 무관한, 우리의 현실에서는 민족·민중문제와 무관한 여성문제는 존재하지 않는다"(189쪽)고 보는 것이 '여성' 평자들의 공통된 인식인데, 이는 "여성문제의 특수성을 부인"하는 것이 아니라 "중산층이든 기층이든 여성문제가 자본주의에 의해 기본적으로 규정되는 양상이 드러나야 한다"(190쪽)는 입장이라는 것이다. 이는 여성 문제가 민족·계급 모순과 마찬가지로 자본주의가 배태한 질곡이며 때문에 민족·민중 문제와의 복합적 맥락 속에서 고려되어야 한다는 주장으로 간취된다. 아울러 전승희는 조혜정이 "여성문제와 자본주의를 연관해 파악할 필요성을 역설"하면서도 양자의 상호관련성에 대해서는 구체적 설명을 생략하는데, 이는 조혜정이나 '또문'에게 여성문제에 관한 자본주의를 "가부장제의 종속변수"로 파악하거나 "가부장제와 자본주의는 기껏해야 상호영향을 주고받는 독립적 범주로 설정"(190쪽)하기 때문이라 주장하기도 한다.

한편 전승희는 박완서의 소설 역시 같은 한계를 노정한다고 판단한 듯 보이는데, 박완서의 여성문제 소설이 남녀대립을 "이용하고 규정하고 재생산하는 토대"를 함께 드러내지 못하고 "여성 대 남성의 대립"(195쪽)만을 부각하면서 민족·민중문학의 문제의식은 결여되었으며 이는 여성문학으로서도 실패한 원인이 되었다고 비판한 것이다. 그는 또 다른 평론인 「소설가 박완서에게 보내는 비평적 질문」에서도

---

44 전승희, 「여성문학과 진정한 비판의식」, 『박완서론』, 188쪽. 이 글은 『창작과비평』 1991년 여름호에 게재된다. 이하 인용시 페이지 수만 표기함.

이를 거듭 피력하고 있다. 여성 문제를 "전체 사회구조의 일부로 그려야 한다"[45]는 그나 '여성'의 요구는 "여성문제를 계급문제나 분단문제에 종속시키는 논리와는 거리가 먼" 것이며 "그 중 하나만을 분리해서는 어느 것도 제대로 이해하고 올바로 그려낼 수 없"(205쪽)다는 것을 강조한 것이라 설명한다. 아울러 남녀 관계뿐 아니라 여성과 여성의 관계 역시 "조화로운 자매와 동지의 관계만은 아"(205쪽)니며 여성들은 '여성으로서 공동의 피해자이기도 하지만 때로는 계층의 차이가 더 큰 규정력을 발휘"(206쪽)한다는 사실을 환기하기도 했다. 이러한 시각은 또 다른 '여성' 평자들을 통해서도 개진되는데, 대표적으로 김영혜·이명호·이혜경은 「여성문학론의 정립을 위한 시론」에서 자본주의가 유발한 "성적·계급적·민족적"인 삼중의 억압하에 살고 있는 것이 여성이지만, "여성문제가 모든 계급에 동일한 양태로 나타나는 것이 아니"[46]라고 지적한다. "중·상류층 여성과 기층여성의 이해기반은 동일할 수 없"으며 특히 기층여성의 경우는 "노동력 착취"라는 자본주의 사회의 모순을 "가장 첨예하게 겪고"(290쪽) 있다는 것이다. 따라서 이들은 여성 문제를 기층여성의 시각에서 바라볼 수밖에 없다고 강조하는데, 이는 "기층여성의 문제만 중요시하고 다른 계급의 여성문제는 도외시해도 된다는 의미가 아니"라 자본주의 모순을 가장 심각하게 경험하는 "기층여성의 시각에 서지 않는 한, 여성문제에 대한 근본적이고 올바른 해결책은 모색해 낼 수 없"(290쪽)기 때문이라 언급한다. 이러한 비평적 판단을 통해 그들이 여성 노동자의 시각이 부

45　전승희, 「소설가 박완서에게 보내는 비평적 질문」, 『사상문예운동』 1991년 여름 호, 204쪽. 이하 인용시 페이지 수만 표기함.

46　김영혜·이명호·이혜경, 「여성문학론 정립을 위한 시론」, 『여성운동과 문학』 제1 호, 실천문학사, 1988, 289쪽. 이하 인용시 페이지 수만 표기함.

재한 진보적 문학비평 역시 비판한 것은 흥미롭다. '여성'의 비평가들
은 여성 노동자들의 수기와 작품을 비중 있게 거론하는 노동문학론에
서조차 "여성노동자의 눈으로 해석해 내기보다는 노동문제적인 차원
에서만 봄으로써" 일면적 평가에 그치고 있으며 "여성노동자의 입장
에서 이러한 글들을 바라볼 때에만 이들이 남성노동자들과는 달리
'여성'으로 겪게 되는 특수한 고통과 갈등이 포착"(292쪽)될 수 있는
총체적 독해가 가능할 것이라 제언한다.

　　이와 같이 "보수적인 문학논의에서는 물론 진보적인 문학논의에 있
어서조차 여전히 '여성문제'에 대한 인식과 '여성해방'의 시각이 결
여"(「여성문학론」, 270쪽)된 80년대 평단에서 여성 비평가들은 문학/비
평의 남성 편파성에 도전하면서 여류문학론을 해체하는 '여성문학론'
을 다시 창안하고 '여성해방문학비평'을 실천했다. 박완서를 둘러싼
비평 논쟁을 통해 살폈듯이 이들의 여성해방문학론은 단수가 아닌 복
수였으며 때론 갈등하고 각축했으나, "'여성문제' 및 '여성해방'에 대
한 문제의식과 구체적 실천 없이는 '총체적인 인간해방'의 비전을 획
득해 낼 수 없"(「여성문학론」, 271쪽)다는 도전적 성찰 속에서 '인간해방
문학의 일환으로서의 여성해방문학'[47]의 창안을 위해 함께 분투했다.
허나 이 공동의 열망 속에서 진정한 여성문학론'들'의 발명을 위해 고
투했던 여성 비평가들의 80년대는 남성중심성을 반성 없이 계승해온
편향적인 문학사에서 온전히 기억되지 않았다.

47　「편집의 말」, 『또 하나의 문화 제3호 - 여성해방의 문학』, 12쪽.

5. 비평/문학사의 페미사이드를 넘어

고백했듯이 이 글은 1950년생 비평가 포럼에 참여하면서 제기된 성찰에서 출발했다. 지난 일 년간 『오늘의 문예비평』은 1950년대생 비평주체들의 행로를 따라가며 그들이 수행한 비평의 변혁을 탐사했으며, 이는 정치적·문화적 민주주의를 추동하고 80년대를 '비평의 시대'로 견인한 50년대생 비평가들을 비평/문학사에 등재하려는 작업이기도 했다. 포럼을 통해 80년대 민족·민중문학론을 새롭게 기획하면서 비평의 혁신을 주도했던 성민엽·김명인·정과리·권오룡·임규찬·이남호·이승원·정호웅·하정일·한기·한기욱을 조명했고, 지역문학론을 발동했던 남송우·황국명·구모룡을 재독했으며, 페미니스트 여성시인-비평가로 이행한 김정란과 살림의 시학을 모색했던 여성 비평가 정효구에 주목했다. 그러나 80년대 비평사를 기억/기록하기 위해 포럼이 발탁한 50년대생 비평가의 목록 속에는 80년대를 '비평의 시대'로 견인한 또 다른 비평의 주역들, 곧 남성 편파적인 문학 장에 이의를 제기하면서 불화의 비평을 정초했던 여성 비평가들은 누락되었다. 김경연·김영혜·김영희·전승희·정은희·박혜숙 등 대부분 50년대생으로 국문학·영문학·독문학 등을 전공했던 이들 여성 비평가들은 "한 사람의 책임있는 비평가"[48]로서의 자의식을 분명히 하며 세대를 초월해 여성작가·비평가들과 접속하고 경합하고 공조하면서 '인간해방문학으로서의 여성문학'의 창안에 진력하고, "민족·민중문학론적 시각에서뿐만 아니라 여성문학론적 시각까지 포함된 총체적인 입장에서 한국문학사 전체를 재구축"[49]하자고 촉구하기도 했다. 그러나 "여성살해 위에

---

48 전승희, 「소설가 박완서에게 보내는 비평적 질문」, 앞의 책, 203쪽.

세워진 문학/비평"[50]의 장에서 이들의 분투는 거듭 좌절되었으며 80년
대 비평사에서 그들의 고투는 대부분 망각되었다. 그러니 이제 저 80년
대 여성 비평가들의 위험하고 도발적인 열망을 나누어 가진 지금 이곳
의 우리 페미니스트 비평가들이 문학/비평사의 페미사이드를 넘어 이
'싸우는 여자들'의 정치를 다시 기억하고 계승해야 할 터다. 이 글은
1950년대생 비평가 포럼을 통과하면서 얻은 이 값진 성찰로부터 시작
된 다만 거칠고 소박한 후기이다.

---

49 김영혜·이명호·이혜경, 앞의 글, 292쪽.
50 권명아, 「여성살해 위에 세워진 페미니즘 문학/비평과 문화산업」, 『문학과사회』,
    2018. 2.

80년대 이후 시비평가들의 행보

이남호, 성민엽, 김정란, 이숭원, 정효구의 비평

손남훈

1. 1980년대 시문학장의 역설적 풍요

　1950년대 출생 비평가들은 1970년대에 대학을 다니고 1980년대를 전후로 등단하여 활동했다는 공통점이 있다. 세대론적 맥락에서 당연한 이야기겠으나 이들이 등단 전후에 문학을 본격적인 업으로 삼는 시기가 1980년대라는 점은 1950년대생 비평가들의 특징을 규명하는 데 주요한 참조점을 제공해준다. 다시 말해, 1950년대생 비평가들의 문학적 원천이 1980년을 전후한 시기라는 점은 1980년대 문학의 전체적인 양상 아래에서 1950년대생 비평가들의 비평적 자의식과 글쓰기가 본격화되었음을 의미하며, 이에 대한 본격적인 탐구 없이 이들의 비평적 성과를 개별적으로 논의하는 데서만 그친다면 1950년대생 비평가들의 문학적 특질을 기술할 수 없다고 할 수 있다.

　특히 시의 경우, 1980년대를 전후로 괄목할만한 영역 확대가 이루어졌고 그만큼 풍성한 결실들을 맺어왔던 까닭에, 1950년대생 비평가들이 1980년대 이르러 생산한 시평론들은 이후 그들의 비평적 행보를 예견하는 데 주요한 이정표가 되어 왔다고 평가할 수 있다.

주지하다시피, 20세기 이후 한국의 여느 문학사적 맥락과 마찬가지로 1980년대 한국 시문학은 한국 정치사와 긴밀히 연관되어 있었다. 1979년의 제2차 석유파동과 부마항쟁, 10·26, 12·12, 짧았던 '서울의 봄'과 곧이은 80년 광주 항쟁은 1980년대를 규정하는 시대사적 요청들을 문학계, 특히 시문학계에도 강하게 충동했다. 요컨대 1980년대는 70년대 말까지 이어진 군사정권의 연장선에 있었던 신군부에 저항하면서, 역사의 주체성을 지켜 나가려한 시인들의 노력이 갖가지 방면으로 돋보였던 시기다. 그러므로 개인의 정서를 노래하기보다 사회를 강하게 반영한 시들이 당대 시단의 중심이 되었다.

1980년대를 대표하는 무크지나 동인지 운동, 박노해·백무산을 위시한 노동시의 전위성, 해체시를 비롯한 실험적 기풍의 시편들의 등장, 농민시·여성시 등 하위 주체들의 새로운 문제 제기와 주체적인 자기 위치의 정립 과정이 이 시기에 도드라졌고 전통시나 서정시 또한 이해인, 도종환 등의 베스트셀러 시집으로 여전한 위상을 과시했다. 비록 광주의 짙은 그늘이 1980년대를 둘러싼 당대의 지배적인 심상임은 부인할 수 없다 하더라도 양적으로나 질적으로나 당대의 괄목할만한 시적 역량의 분출이 이 시기에 있었음은 특기할 만한 것이었다.

이러한 상황에서 50년대생 비평가들은 풍성한 시, 나아가 문학의 자양분을 마음껏 섭취하면서 제각기의 문학적 열망을 서로 다른 방식으로 분출할 수 있었다. 훗날 '문학의 위기'나 '문학의 종말'론이 팽배해진 시기에 들어와서 이들이 80년대를 애와 증의 복잡한 감정으로 되새길 수밖에 없었던 사정도 80년대의 풍요로움에 대한 반추에서 비롯된다 할 것이다.

1985년 첫 번째 평론집 『지성과 실천』을 발간했던 성민엽, 이듬해 첫 평론집 『한심한 영혼아』를 발간한 이남호가 2000년대 이후로 그 문학적 에너지를 소진한 듯한 행보를 보이는 것은 우연이 아니다. 80년대의 문학적 풍성함에 비해 90년대는 대중문화가 확장되고 그에 비해 문학의 대사회적 위상은 떨어졌으며 2000년대 이후에는 근대적인 의미에서의 문학 소통시스템마저 흔들리게 되면서 80년대의 '문학'과 '사회' 간의 팽팽한 긴장이 불러온 비평적 개입 담론은 그 위상이 예전과 같지 않아진 것이다.

성민엽은 1980년대 이른바 문지 2세대로 비평가의 길을 걷기 시작했다. 그 무렵 1970년부터 이어진 『문학과지성』이 강제 폐간되고 무크지 형식으로 발간된 『우리 시대의 문학』에 참여한 것이다. 그러나 『문학과지성』에 덧씌워진 '자유주의' 문학이라는 테마는 시대의 엄혹함 안에서 관철되기 어려운 것이었다. 그러면서도 창비의 민중문학론과 차별화되는 『민중문학론』 편집을 이끌고 당대에 대한 현실 비판적 인식이 돋보이는 『지성과 실천』을 발간했다. 그는 자신에게 비평적 장을 열어준 '문지' 진영의 일원으로 분류될 것이었지만 그로부터 거리를 두면서, 동시에 '창비'의 문학 이념에 대해서도 비판적 거리를 두며 독자적인 길을 걷고자 했다.[1] 문학의 자율성과 운동적 실천 사이에서 균형과 긴장을 유지하면서 '사회'를 발견하고자 한 그의 노력은 당대에 충분히 설득력을 지닐 만한 것이었다.

구체적으로, 그는 일찍이 1980년대를 규정하는 무크지와 그 무크지를 내놓은 시동인들을 적극적으로 부각시켜 비평론을 전개했는데 여기서 그의 문학작품의 판별 기준으로 내세우고 있는 것은 문학과

---

1 성민엽, 「전환기의 문학과 사회」, 『문학과사회』 1988년 봄호, 1988.02, 18~32쪽.

삶의 일치라는 등식이다. 달리 말해, 1980년대 상황에서 민중에 입각한, 민중과 함께 하는 시가 아니라면 그는 가차 없이 비판하고 민중과의 연대 의식을 보이는 작품들을 긍정적으로 평가했다. 즉 현실=민중=시라는 전제 아래 그는 80년대 민중문학의 흐름 안에서 자신의 비평을 전개해가고 있는 것이다. 그러면서도 그는 백낙청류의 민중문학론에 대해서도 일정 거리를 유지했는데, 그것은 민중이나 현실, 생활 등의 개념들이 어떤 고정되어 있는 실체로 간주하는 것이 아니라 상황과 맥락에 따라 다종다변할 잠재성을 품고 있는 것으로 바라보고 있기 때문이다. 그는 민중이 시인과 만나 함께 현실의 폭력과 모순을 해결해 나아가야 한다는 입장에 동의하면서도 변화하는 현실과 삶의 특수성을 인식해야 한다는 점을 특별히 강조한다. 그가 황지우의 시가 지닌 세계와 자아에 대한 비판과 풍자에 긍정적 가치를 부여하는 이유도 이러한 맥락에서 이해될 수 있다. 달리 말해, 성민엽은 문학의 운동성과 문학성의 동시적이고 변증법적인 추구를 통해 80년대의 문제적 현실을 비판적으로 사유해야 한다는 논지를 선명히 한다.

이렇듯 분명한 비평적 입각점을 내세운 바 있는 성민엽은 1990년대 들어 자신의 이름으로 발간된 평론집을 내놓지 않는다. 2004년 들어 내놓은 『변하는 것과 변하지 않는 것』은 90년대에 대한 나름의 정리라 할 수 있을 것이다. 또한 2021년에도 『문학의 숲으로』를 내놓으면서 여전히 비평가로서의 건재를 보여준 바 있다. 그러나 여전히 문학의 실천과 자율성이라는 이중의 화두 안에서 진자운동한 그의 비평은 90년대부터 시작된 이론의 성행 추이에서 한 발짝 떨어진 인상을 보였다.

80년대 문학이 리얼리즘론에 치우친 감이 없지 않지만, 그 또한 근본적으로 문학의 문학다움을 찾고자 한 지난한 논의의 과정이었다고

전제한다면 이남호의 비평 또한 비록 민중문학론과 결을 달리 하긴
했지만 그 '희미한 빛'과 같은 방향은 같았다고 볼 수 있겠다. 다시
말해 문학에 대한 나름의 당위가 강하고 확고할수록 그 사유와 발언
이 당대의 맥락에서 벗어나는 현상들과 마주하게 될 때 곤혹스러워질
수밖에 없는 것이다. 이남호의 비평이 80년대 이후 그 동력이 떨어져
보이는 이유도 여기에 있다고 볼 수 있다.

  80년대 이남호는 문학연구와 문학비평의 두 영역의 서로 다른 글
쓰기 방식을 어떻게 조화 혹은 분리시켜야 하는가를 두고 고심한 흔
적을 발견할 수 있다. 뒤집어 말하면, 1980년대 들어 비평이 연구와
분리되는 독자적인 영역으로, 나름의 문법 체계를 구성해갔음을 이남
호가 면밀하게 인식했다는 증거를 여기서 발견할 수 있다. 그의 텍스
트주의-구조주의 비평의 출발은 이러한 비평가로서의 고충을 안을
수밖에 없었던 것이면서, 이 고충을 비평의 맥락에서 녹여냄으로써
비평가로서의 자기 정체성을 정립해가는 과정이었다고 볼 수 있다.
결과적으로, 그는 비평이 감성과 이성의 조화로운 글쓰기를 지향해야
한다는 주장에 이르게 된다.[2] 그는 특정한 비평적 기준을 설정해두고
서로 다른 성향의 작품들을 묶어 가치 평가하는 방식을 즐겨 사용했
다. 그러한 조직화된 글쓰기가 독자들에게 명쾌함을 안겨주고 선명한
결론을 제시하는 데 이르기에, 그의 비평은 확실히 논문의 글쓰기와
결이 다름을 확인할 수 있다. 다만 그의 비평이 구조주의가 일반적으
로 보여주는 한계, 다시 말해 현실과 역사의 다채다변한 가치를 이분
법적으로 재단할 위험을 내장하고 있었다. 그럼에도 그는 섬세한 감
성과 시적인 문체를 다채롭게 동원하여 그러한 한계를 넘어서 현실과

---

2 구체적으로, 그의 「현실과 문학과 모더니즘」에서 이러한 부분이 감지된다.

사회의 모순을 시적 상상력으로 통합할 수 있는 비평의 감식안을 가지고 작업을 계속해 왔다.

아쉬운 점은, 80년대 활발하게 이루어져 왔던 이남호 비평 또한 갈수록 긴장감이 떨어졌다는 점이다. 이것이 그의 비평이 낡은 세계관을 가졌음을 의미하는 것은 아니다. 이남호 비평의 주안점은 어디까지나 문학의 문학다움, 이론이나 이념이 주가 되는 비평이 아닌, 텍스트의 문학성에 초점을 두는 비평이라는 점에서 여전한 현재성을 내장하고 있기 때문이다. 80년대 이념적 편향으로 인한 민중시를 비판하고 그가 '표현시'라 불렀던 해체시를 시적 감동의 측면에서 높이 평가한 것은 그 예다. 그러나 80년대 문학 자장 아래에서 출간된 『한심한 영혼아』와 『문학의 위족』에서 그가 '리얼리스트'를 자신있게 자처하면서 비평의 당위적 지향을 제시할 때, 그로부터 전혀 예상하지 못한 90년대의 탈정치성과 예술성 상실의 경향, 2000년대 전후의 전자문학과 문화론 외연의 확대는 마땅한 비평 언술 개발을 더디게 할 것이었다. 그가 당위적으로 강조한 현실의 총체적 경험과 문학의 통합된 감수성이 더 이상 통용되는 시대가 아니게 되어 버린 것이다. 그가 보르헤스에 천착하고[3] 녹색문학론을 내세우는 행보를 보인 것은[4] 나름의 비평 의식의 발로에 따른 것이겠지만 근본적으로는 '문학'이라는 장 바깥에서 가능한 비평적 상상력을 마련할 필요와 당위를 새롭게 발명하지 못한(않은) 때문이라고 생각된다. 철저한 '문학주의자'가 문학이 괄호쳐진 시대에 놓이게 될 때, 시대의 현상은 '문학' 비평가의 감식안과 별다른 접촉을 가질 수 없게 되고 마는 것이다. 그러나

---

3 이남호, 『보르헤스 만나러 가는 길』, 민음사, 1994.
4 이남호, 『녹색을 위한 문학』, 민음사, 1998.

이러한 '시대착오성'이야말로 어떠한 의미에서 문학의 현재와 문학의 소수성의 가치를 내장하는 또 다른 의미에서의 문학 현상이기도 할 것이다.

2. 비평의 다양성 확충과 동력 찾기

80년대가 정치 의식의 강박을 지니고 문학을 할 수밖에 없었던 시대라면, 90년대는 (대중)문화 의식이 본격적으로 문학을 압도하기 시작한 시대였다. 구소련의 붕괴, 독일 통일로 이어지는 일련의 과정들은 프랜시스 후쿠야마의 '역사의 종말'로 대표되는 이데올로기 종식 선언으로 매조지면서 80년대에 문학의 당위를 내세우던 많은 이들에게 큰 충격을 안겼다. 적이 사라지고 대안이 사라진 자리, 이제 문학은 재빨리 상업주의와 순문주의의 영역 속으로 돌입했고 적대 의식에 기반한 대사회적 발언과 담론들은 점차 힘을 잃어갔다. 집단보다는 개인, 절대성보다 다원성의 미학으로 요약되는 포스트모더니즘 담론의 수용과 범람은 90년대 한국시문학에서 패러디, 패스티쉬 등 다양한 양상들을 설명하는 이론이 되어갔으며 문단에서도 여러 논쟁을 유발하는 등 직간접적인 많은 영향을 끼쳤다.

한편으로 90년대는 문학의 위기 담론이 생산되는 시기였음에도 또한 문학이 생산·유통·소비되는 하나의 제도를 굳건히 마련함으로써 문학의 대중적 참여를 촉진시켰다는 점에서 특기될 만하다. 즉 기존의 국어국문학과가 아닌 문예창작과가 우후죽순 신설되었고 대학 바깥의 인문학·교양 강좌 또한 대폭 확대되어 독자층의 외연이 넓어졌다. 아울러 기존 문지·창비 중심의 에꼴에서『문학동네』의 창간으로 상징되는 다양한 신생 문예지가 각각의 문학 이념에 따라 탄생했고 적극적으로 신인 문인을 발굴·배출하여 작가층 또한 두꺼워졌다. 1990년대 초부터 본격화된 지방자치제와 지역 의식에 기반한 각 지역의 문학 단체·문예지·신인 배출의 지역 문단 정비 과정 또한 1980년대부터 이어진 무크지 운동에서 지역의 문학 역량을 태동시켜 지역 문인들의 문학 활동을 활발히 하는 계기가 되었다.

이러한 90년대 문학 활동의 배경에서 '다시 서정으로!'의 기치를 내세운 신서정과 정신주의의 시적 경향, 그리고 그와 혈연 관계라 할 수 있는 생태문학이 부상한 것은 필연적 결과라 할 것이다. 한국이 본격적인 후기산업사회에 접어들면서 도시의 여러 문제인 비인간화나 공해 등이 본격적인 사회 문제로 대두되고 80년대 지배적이었던 교조적인 문학 이념 또한 더 이상 통용되지 않게 되면서 그 대안이 제시된 것이다. 앞서 언급한 이남호가 녹색문학을 내세우거나 서정성에의 깊은 천착을 보여준 이숭원이 특유의 왕성한 필력으로 서정시와 생태시를 조망한 것은 그 예가 된다.

또한 80년대와의 연속선 상에서 고정희 등의 여성시를 이은 페미니즘 시와 해체시의 바통을 넘겨 받은 환상시의 부상도 빼놓을 수 없을 것이다. 김정란, 정효구 등의 여성시비평이 이 궤도에 놓인다. 주지할만한 것은 90년대 시단의 주요 성과 중 하나인 환상시에 대해 상대적으로 50년대생 비평가들의 비평적 촉수가 다소 무뎠다는 점이다. 2000년대 중반을 뜨겁게 달군 '미래파 논쟁'에 이들 비평가들의 목소리가 별달리 들리지 않은 것과도 무관하지 않아 보인다. 80년대 활발하게 논의를 전개하던 다수의 50년대생 비평가들이 대학에 자리를 잡고 연구와 교육에 주로 힘을 쓰게 되면서, 또한 80년대의 문화 지형도와 달라진 풍토에 비평적 촉수를 대기가 점차 곤혹스러워지게 되면서, 한편으로는 자신의 비평적 지형도를 구성하는 데 몰두하는 모습을 보여주면서 당대 비평 현장에 이전보다 그리 적극적인 개입 현상을 보이지 않는 것도 이 시기다.

2000년대 이후 한국 문학은 지금껏 돌출되지 않았던 수많은 타자들의 목소리에 귀를 기울여야 하는, '윤리'의 시대를 요청하고 있다. 이러한 시대적 변화를 면밀히 감각하되, 80년대의 정치 의식을 여전히 문학의 핵심으로 간직하고 비평적 자의식을 펼친 80년대의 레디컬한 비평가들에게는 문학이란 한없이 가벼운 소품같은 것처럼 여겨질 수밖에 없다.

어떤 의미에서 80년대의 존재론적 본질 찾기에서 90년대 여성주의 비평으로 벋어나간 김정란의 시학적 행보야말로 차라리 2000년대 이후의 문화사상적 지형도에 더욱 어울릴만한 것이라 볼 수도 있겠다. 그는 80년대를 타자화하면서 90년대의 시와 소설에서 문학의 내면성을 발견하고 적극 부각시키려 했으며 2000년대 전후 한국 여성시의 계보학을 비평적 의제로 적극 끌어올렸다. 그것은 80년대 교조적 리얼리즘 이념에 대한 거부이자 가부장적 남성성에의 거부일 뿐 아니라 궁극적으로 비평의 메이저리티에 대한 거부라 할 수 있었다. 이러한 점이 비교적 근래까지 그가 활발한 비평 활동과 대사회적 발언이 이어질 수 있었던 배경이라 할 수 있을 것이다.

그러나 김정란의 초기 비평은 페미니즘 비평가로서의 면모보다는 지금까지의 대문자 비평적 글쓰기에 대한 비판과 저항, 중심에 대한 주변 담론의 부각이라는 측면에서 주된 가치를 가진다고 할 수 있다. 그가 시도한 '에쎄비평'은 그 축약어가 된다.[5]

---

5 김정란, 『비어 있는 중심 - 미완의시학』, 언어의세계, 1993.

한국사회에서 페미니즘 비평가로서의 자의식을 드러내기 위해서는 지금까지 한국사회에 있었던 페미니스트-여성 문학가와 그 문학적 가치에 대한 비평적 시각이 투여될 필요가 있다. 김정란이 우리 민족 최초의 노래로 불리는 「공무도하가」에서부터 근대의 여러 작가들과 근래의 작가들에 이르기까지 다양한 여성 문인들의 작품을 읽고 기존의 남성 문인들과 다른 맥락에서 비평적 감식안을 보여주기 시작한 것은 우연이 아니다. 한마디로 그의 페미니즘 문학 비평의 작업은 기존 남성 문인 중심의 비평과 연구에 대한 비판과 교정의 과정이었다고 평가할 수 있을 것이다. 그가 90년대 일군의 여성 시인들을 평가하는 가운데 한국의 가부장제 시스템을 비판하고 여성(문인)의 소외 문제를 문단 시스템과 연관지어 폭로한 것은 당대의 급진적인 시도로 읽힐 만하다. 나아가 내면성-여성성으로 이어지는 그의 비평적 관점과 기준은 문학이 근본적으로 내재해야 할 소외와 배제에 대한 적극적인 항변에 부합한다는 점에서 2000년대 문학의 선취이자 실천 사례라 할 수 있을 것이다. 그러나 90년대와 2000년대 초에 왕성하게 보여준 그의 시작과 비평 작업은 현재 그리 활발하지 않은 아쉬움이 있다.

그에 비해 문학비평가로서 충실하게 자기 활동을 해왔고 지금까지도 왕성한 필력을 선보이는 50년대생 비평가로 우리는 주저 없이 이숭원과 정과리, 정효구를 꼽을 수 있겠다.

먼저 이숭원은 우선 압도적인 문학적 결과물들을 내세우는 성실한 비평가이자 문장가, 연구자의 표본이라 할 수 있을 것이다. 여느 50년대생 비평가들과 달리, 최근에도 비평집과 연구서를 꾸준히 생산, 건재를 과시하고 있다. 그의 등단작이 「김영랑론」이었던 것과 같이, 그는 시=서정이라는 기본 전제 아래 80년대부터 지금까지 서정시의 계보를 구체화하고 이를 비평적 성과로 자리매김하도록 하는 데 전력을 기울여왔다. 2000년대 이후 서정의 자기동일성이 의심받는 지경에 이르렀음에도 그는 단호히 비서정·반서정적 경향의 시편들마저 서정의 포용성으로 끌어안는 비평적 노력을 계속하고 있다. 시의 정수라 할 수 있는 감성과 정서에 호소하는 그의 문체는 독보적인 보편성을 확보하고 있다고 말해도 무방할 것이다.

그는 일찍이 시가 현실과의 직접적인 대결보다 시적 자아의 내면이 가진 가치 지향이 무엇인가를 판별하는 것이 비평가의 성실한 태도임을 강조한 바 있다. 난해시나 민중시가 지닌 지적 허위나 이념 지향이 그의 비평에서 거리두기의 대상이 되는 것도 이와 무관하지 않다.

그러나 이는 별다른 논쟁의 지점을 생산하지 않는 그의 비평적 행보와도 결부되고 있는 것으로 보인다. 어떤 최신의 이론적 입장이나 주장을 과감하게 제시하며 이를 교조적인 입장에서 관철시키는 데 무심한 그의 글쓰기는 일정하게 합의된 '서정'의 맥락에서만 비평적 행보를 주로 보여주고 있다. 어떤 의미에서, 80년대 등단한 주요 평론가 중 80년대의 그늘이 드리워진 이데올로기적 맥락과 가장 떨어져 있는 듯해 보이기도 한다. 어쩌면 이러한 그의 비평적 입장이 역설적으로, 그를 계속해서 글쓰게 한 이유 중 하나가 아닐까 한다.

정과리와 정효구의 경우에도 시연구와 비평에서 여전히 왕성하게 활동하는 대표적인 비평가들이라 할 수 있다. 그러나 시를 중심으로 그들이 연구와 비평을 수행해왔다는 공통점 외에 상당히 다른 행보를 걸어왔다는 점에 주목할 필요가 있다.

정과리의 경우, 그의 비평적 자의식의 근원에 메타적 태도가 강하게 감지된다. 일찍이 80년대 소집단 운동에 대해 '자기정립'의 노력 과정으로 이해했던 때부터 이미 확인되는 태도라 할 수 있다. 그리고 그것은 어디까지나 문학의 문학성을 지키고자 하는 과정임을 그는 주지시킨 바 있다. 즉 과거의 문학관을 넘어 새로운 문학관을 내세우고 있는 데서 그는 소집단 운동이 지닌 가치를 평가하고 있었던 것이다. 그러나 이때, 80년대 나타난 다양한 소집단 운동의 배후로 그는 70년대의 문지와 창비의 양 에꼴을 든다.

80년대 시동인지들을 성실히 읽어간 그의 노력에도 불구하고, 정과리 자신이 문지 진영 멤버로 분류할 수 있는 인물이라는 혐의에서 자유로울 수 없다면 80년대의 문학 운동 내지 현상을 70년대의 다양화로 요약하는 것은 다소 무리가 따르는 진단이라 하지 않을 수 없다. 다만 창비와 문지 간 대화와 소통, 비판과 응답이 부족했다는 그의 솔직한 진단은 그는 당대의 사회와 당대의 문학을 들여다보면서도 그 안에서 매혹되지 않고 일정한 거리를 유지하고 있음을 다시 한번 상기시켜준다. 그 거리가 그가 가진 비평적 자의식의 발로일 것이다.

문학과 현실의 복잡다기한 현상들을 '사회경제적 구조'로 파악하려는 그의 시선은 당대의 문학 또한 현실의 부조리를 극복하고 실천하려는 소산으로 이해하고 있는 데서 비롯된다.[6] 그의 비평은 문학의 절대성과 유일성에 사로잡힌 교도(敎徒)가 아닌, 그것을 분석하고 해석하는 과학자나 분석가의 태도에 가까워 보인다. 복잡한 현상들을 고도의 지적 탐구 정신을 바탕으로 치밀하고 구체적이며 집요하게 해체하면서 결론으로 나아가는 것이 그의 글쓰기에 보이는 특징적인 면모다. 문학이나 사회는 모두 일종의 현상으로서, 그 현상은 어떤 메타적인 메시지를 내포하고 있다는 입장이 그의 글 곳곳에 보인다. 80년대의 다종다변한 리얼리즘과 그 양상들에 대해서 당대에서조차 예외

---

6   이혜원, 「1980년대 비평의 다양성」, 『오늘의 문예비평』, 2000년 겨울호, 52~54쪽.

적 시선을 견지했던 그의 비평은 처음부터 80년대라는 견고한 세계 인식의 틀로부터 언제든 벗어날 준비가 되어 있었다고 생각된다.

정효구의 경우는 어떤 의미에서 정과리와 대척되는 지점에 서 있다고 볼 수 있겠다. 그는 서구 중심의 근대성이 가져온 폐단을 극복할 확실한 대안적 입각점을 종교적 영성과 신비, 생태 등의 동양적 세계관으로부터 길어오고 있다는 점에서 확실히 사상가적 면모를 내비치고 있다. 그의 비평은 문학이라는 현상이 아니라 그 현상 뒤에 숨은 존재성과 본질을 확실한 사상적 입각점을 가지고 분명하게 제시한다. 그의 비평과 글쓰기가 문학 자체에 내재한 내적 긴장과 그 미학성에 충실하기보다 어떤 사상의 미학적 발현으로 보는 태도가 자주 보이는 것은 이와 무관하지 않아 보인다.

그러나 정효구의 초창기 평론에서는 80년대 시의 다양한 지형도를 제시하면서 균형 잡힌 시각을 제시하기도 했던 바, 박노해나 최두석 등 인간 해방을 위한 노력을 경주한 시인들의 시편뿐 아니라 세속화된 도시의 삶을 언어적 실험과 전위적 기법으로 드러내는 해체시, 도시시 계열의 시인들, 90년대 이후의 정신주의 계열의 시인들과 고정희를 비롯한 여성주의 시인들에게도 비평적 감식안을 들이대고 있다. 초창기 정효구의 비평은 내면 탐구와 현실 비판, 탈속성과 세속성, 정신과 육체 등 80년대의 시를 둘러싼 다양한 형태의 이분법들에 중도적인 태도를 취하면서 90년대 이후의 다원주의적 세계관을 서둘러 제시하는 태도를 보여주고 있다.[7]

90년대 들어와 본격적으로 정효구 비평의 특징적인 면모가 '우주공

7   고현철, 「80년대 시의 지형과 열린 비평」, 『오늘의 문예비평』, 1993년 여름호, 32쪽.

동체 세계관'으로 집약되면서[8], 당대에 한국 시문학사의 맥락에서 크게 유행한 생태문학과 그 담론의 한 지파처럼 정효구의 비평 담론이 이해되어 온 것도 사실이다. 그렇지만 세계의 모든 존재들의 궁극적인 관계를 불교와 같은 동양적 세계관에서 실마리를 찾고자 하는 그의 사유는 서구 중심적 근대를 추수함으로써 근대국민국가에 도달할 수 있으리라 믿었던 우리의 근대화 과정에 대한 근본적인 반성을 이끌어낸다는 점에서 단순히 90년대 생태 담론의 맥락에서만 이해될 수 있는 것이라 볼 수는 없다.

되레 그것은 인간이 지금까지 바라본 세계의 대한 근본적인 변혁과 사유의 실천을 촉구한다는 점에서, 어떤 의미로는 '시'를 (여타 다른 비평가들에 비해) 가장 높은 지위에 올려놓는 비평적 과감함을 내보이기도 하는 것이다. 즉 시가 세계와 자아의 동일성을 발견하는 장르라 한다면, 이러한 시의 감각을 독자들은 우주와 나의 하나됨을 체험하게 하는 매개를 통해 도달할 수 있게 되는 것이다. 그것은 시가, 문학이, 단지 근대 이후의 문학이라는 영역 아래서만 통용될 수 있는 예술이나 미학의 한 분과가 아니라 궁극적으로 인류 및 뭇존재들과의 공생과 상생을 상상하고 실천할 수 있는 세계관의 변혁을 유도하는 데까지 이를 수 있기 때문이다. 이러한 '문학의 긴급함'이 다소 허황되다는 세간의 평가에도 불구하고 그로 하여금 여전히 읽고 쓰게 하는 동력이 되고 있는 것으로 보인다.

---

8   정효구, 『우주공동체와 문학의 길』, 시와시학사, 1994.

3. 한 시대를 풍미한 비평가들

한국문학사를 가리켜 논쟁사라 달리 말하기도 한다. 2000년대 문학장에서도 미래파 논쟁, 문학 종언론, 랑시에르론 등이 풍미했으며 비평의 위기와 배제론도 설득력 있게 제시되어 많은 설왕설래를 낳았다. 그러나 앞서 말했듯, 이 과정에서 50년대생 비평가들이 적극 개입하여 자신의 비평적 입장을 개진한 경우는 그리 많지 않다. 이 또한 50년대생 비평가들을 전체적으로 조망하는 하나의 실마리가 되지 않을까 한다.

본고에서 다룬 1950년대생 비평가들은 대체로 80년대를 전후로 등단하여 비평을 시작했다. 개중에는 자신의 비평적 입지를 선명하게 제시하면서 90년대 이후 급격하게 변화해버린 시대 상황에 조응하지 못하며(혹은 않으며) 비평의 동력을 점차 상실해간 모습을 보이는 경우도, 반대로 80년대의 교조적인 문학관으로부터 벗어나 90년대 이후 다원화된 가치를 몸소 체험하는 가운데 새로운 비평적 실마리를 찾아 분투한 경우도, 80년대 이후 줄곧 시의 가치가 무엇인지를 탐구하면서 제자리를 지키고자 애쓴 경우도 발견할 수 있다.

각기 나름의 비평적 행보를 보인 이들 비평가들이 2000년대 이후 시류에 휩쓸린 비평적 가치 판단을 내세우는 데 다소 무관심했던 것은 단지 무능하거나 소극적이어서가 아니다. 한편으로는 제 나름의 비평적 소신이 그러한 비평 현상과 거리가 있기 때문에 굳이 개입의 필요성을 느끼지 못하는 것과 무관하지 않을 것이다. 또 다른 한편으로는 80년대의 자양분을 먹고 자라난 그들이 2000년대 어느덧 주류적 위치에 와 있는 문학 관련 전문종사자가 되면서 굳이 2000년대 비평적 현상들에 개입할 필요를 느끼지 못한 점도 무시할 수 없는 여건이 아니었을까 생각한다. 긴장과 대결의 한 시대가 가고 조화와 화해, 나아가 초극을 생각하는 나이가 된 것이다. 물론 여전히 건재한 비평활동을 보여주는 이도 적지 않지만, 이제 장강의 뒷강물이 앞강물을 밀어내듯, 한국 비평문학사에 굵직한 족적을 남긴 50년대생 비평가들이 어느덧 점차 후배 평론가들에게 자리를 내어주고 천천히 퇴장해가고 있다.

제3부

비평가 연구
서지 목록

1950년대생 비평가 연구서지

권오룡(1952)

• 저서

『존재의 변명』, 문학과지성사, 1989.
『애매성의 옹호』, 문학과지성사, 1992.
『이청준 깊이읽기』, 문학과지성사, 1999.
『김원일 깊이읽기』, 문학과지성사, 2002.
『문학과지성사 30년』, 문학과지성사, 2005.
『사적인 것의 거룩함』, 문학과지성사, 2013.

• 역서

『꿈의 대학』, 조르주 올리비에샤토레노, 권오룡 역, 책세상, 1986.
『사물에 대한 고정관념(세계문제시인선집7)』, 프랑시스 퐁쥬, 권오룡 역, 청하, 1986.
『아메리카 리얼리즘』, 밀턴 W. 브라운, 권오룡 역, 열화당, 1990.
『몽상가들』, 조르주 올리비에 샤토레노, 권오룡 역, 책세상, 1999.
『메인스트림 ─ 모두를 즐겁게 하는 그 문화에 대한 탐문(현대의 지성 144)』, 프레데릭
    마르텔, 문학과지성사, 2012.
『소설의 기술』, 밀란 쿤데라, 권오룡 역, 민음사, 2013.
『영혼의 시선』, 앙리 카르티에 ─ 브레송, 권오룡 역, 열화당, 2019.
『프로이트와 20세기 ─ 정신분석의 사회문화적 역사』, 엘리 자레츠키, 권오룡 역,
    문학과지성사, 2022.

• 논문 / 비평

「80년대 현실의 구조적 수용과 양식적 수용 ─ 공중누각, 귀머거리 새, 그리운 남쪽」,
    외국문학, 열음사, 1986.
「시간 이겨내기의 의미」, 『문학과사회』 1(4), 문학과지성사, 1988.
「문학이론의 새 지평 제시한 '바흐친'」, 『출판저널』 32, 대한출판문화협회, 1988.

「문학과 사회 변화: 사회의 의미 체계 변화를 위한 시론」, 『문학과사회』 2(2), 문학과지
    성사, 1989.

「박영한 특집 작품론 II : 문학과 현실사이의 거리, 그 좁히기」, 『작가세계』, 1989.

「이제하 특집 작품론 II : 예술과 현실 사의의 아이러니」, 『작가세계』, 1990.

「절망과 혼돈의 형태화」, 『문학과사회』 3(4), 문학과지성사, 1990.

「상황과 선택 : 김치수 비평의 전개 양상」, 『문학과사회』 2(2), 문학과지성사, 1992.

「2차 대전후 서구문학작품에 나타난 「의사소통」의 문제 : 영국, 미국, 불란서, 독일의
    현대문학에 대한 비교문학적 연구」, 『比較文學』 18, 韓國比較文學會, 1993.

「문학의 위엄 : 김우창 교수 비평의 방법과 주제」, 『문학과사회』 6(3), 문학과지성사,
    1993.

「한·일 양국 문학에 있어서의 진보 문제에 관한 단상」, 『문학과사회』 6(4), 문학과지성
    사, 1993.

「계몽 사상의 구조와 소설의 계몽적 기능」, 『성곡논총』 25(1), 성곡언론문화재단,
    1994.

「감성의 세계로의 귀환 : 『흥어』의 서술 양식의 의미」, 『문학과사회』 11(2), 문학과지
    성사, 1998.

「전환의 모색, 그리고 그 모호함」, 『문학과사회』 11(3), 문학과지성사, 1998.

「'변경'에서 벗어나기 위하여」, 『문학과사회』 11(4), 문학과지성사, 1998.

「시간이여, 강낭콩 꽃빛으로 흘러라」, 『문학과사회』 12(3), 문학과지성사, 1999.

「'사이'의 시학, 혹은 타자에의 지향 – 이인성론」, 『문학과사회』 12(4), 문학과지성사,
    1999.

「권력형 글쓰기에 대하여」, 『문학과사회』 13(2), 문학과지성사, 2000.

「기억의 윤리성에 대한 성찰」, 『문학동네』 8(4), 2001.

「비하(飛下/卑下)의 상상력이 우리에게 묻는 것 – 배수아의 일요일 스키야키 식당」,
    『문학과사회』 16(2), 문학과지성사, 2003.

「삶을 위한 비평, 그 불가능성의 의미의 추구」, 『오늘의 문예비평』, 2005.

「사적(私的)인 것의 거룩함 – 김연수 장편소설」, 『밤은 노래한다』, 『문학과사회』
    21(4), 문학과지성사, 2008.

「김현의 생애와 문학 세계」, 『문학춘추』 76호, 문학춘추사, 2011.

「파도가 된 '당신'을 위한 헌사 : 윤고은의 「알로하」에 대하여」, 『본질과 현상』 33,
    본질과현상사, 2013.

「코믹으로 전복하라 – 박성원의 「고백」에 대한 에세이」, 『본질과 현상』 31, 본질과

현상사, 2013.

「귀환의 내면적 경로-박인홍의 「흰색에 가까운 옅은 회색」에 대하여」, 『본질과
　현상』 32, 본질과 현상사, 2013.

「사랑의 복원술-최문희의 『난설헌』과 『이중섭』에 대하여」, 『본질과 현상』 35, 본질
　과 현상사, 2014.

▌남송우(1953)

• 저서

『전환기의 삶과 비평』, 지평, 1988.

『다원적 세상보기』, 전망, 1994.

『지역시대의 문화논리』, 전망, 1995.

『생명과 정신의 시학』, 전망, 1996.

『전환기의 삶과 비평』, 지평, 1988.

『대화적 비평론의 모색』, 세종출판사, 2000.

『윤동주 시인의 시와 삶』, 부경대 출판부, 2007.

『비평의 자리 만들기』, 산지니, 2007.

『이것, 저것 그리고 군더더기』, 해성, 2008.

『생명 시학 터닦기』, 부경대출판부, 2010.

『부산지역 문화론』, 해성, 2013.

『쉼표와 마침표 사이』, 전망, 2013.

『지역문학에서 지역문화 연구로』, 전망, 2013.

『지금 이곳의 비평』, 산지니, 2013.

『공적 공간에서의 사적 기록』, 전망, 2017.

『지금, 이곳에 희망은 있는가』, 해성, 2018.

『지역문학에서 지역문화 연구로』, 신생, 2018.

『인문적 사유와 글쓰기』, 부경대출판부, 2018.

『한국문예비평의 해석학적 연구』, 글넝쿨, 2020.

『고석규 평전』, 국학자료원, 2022.

『향파 이주홍 선생의 다양한 편모』, 배토, 2022.

• 역서

『두 시선』(노드롭 프라이/Double Vision), 세종출판사, 2003.

• 편저

『한국의 지성 100년 - 개화 사상가에서 지식 게릴라까지』, 민음사, 2001.

『청마 유치환 전집』(전6권), 국학자료원, 2008.

『김동리 작품선 무녀도』, 현대문학, 2010.

『근대 초기 한일 문제문학 비교연구』 지식과 교양, 2011.

『근대 초기 한일 문제문학 비교연구』, 인문사, 2011.

『고석규 문학전집』(전5권), 마을, 2012.

『고석규 평론 선집』, 지식을만드는지식, 2015.

『여암 이태길 선생의 삶과 정신』, 전망, 2016.

『역사와 신화의 행적』, 바이북스, 2022.

『청소년 비평의 이론과 실제』, 국학자료원, 2022.

• 논문 / 비평

「윤동주 시의 연구 - 종교적 실존을 중심으로」, 『문창어문논집』 13, 문창어문학회,
　　1977.

「尹東柱 詩의 硏究: 宗敎的 實存을 中心으로」, 『國語國文學』 13-14, 釜山大學校 人文大
　　學 國語國文學科, 1977.

「自己同一性 획득의 한 模型: 尹東住의 경우」, 『國語國文學』 19, 釜山大學校 人文大學
　　國語國文學科, 1979.

「자기동일성 획득의 한 모형 - 윤동주의 경우」, 『문창어문논집』 16, 문창어문학회,
　　1979.

「정지용시가 청록집에 미친 영향」, 『韓國文學論叢』 5, 한국문학회, 1982.

「김환태 비평연구사 일고」, 『韓國文學論叢』 8,9, 한국문학회, 1986.

「이원조 비평의 해석학적 연구(1) - 해방전의 비평을 중심으로」, 『문창어문논집』 30,
　　문창어문학회, 1993.

「1930년대 백철 비평의 해석학적 연구」, 『韓國文學論叢』 16, 한국문학회, 1995.

「1950년대 고석규 비평의 해석학적 연구」, 『韓國文學論叢』 19, 한국문학회, 1996.

「1930년대 한국 문학에 나타난 T.S 엘리어트의 영향: 최재서와 김기림을 중심으로」,
　　『국어국문학』 35, 문창어문학회, 1998.

「「염상섭 소설에 나타난 기독교 문제」에 대한 토론」, 문학사와 비평학회, 문학사와
　　비평5, 1998.

「90년대 소설의 한 양상」, 『현대소설연구』 15, 한국현대소설학회, 2001.

「비평가 김종출 교수의 비평적 자리를 찾아」, 『오늘의 문예비평』, 2001.

「부산비평의 10년을 돌아보는 자기고백」, 『오늘의 문예비평』, 2003.

「N. 프라이 비평이 한국문예비평에 미친 영향」, 『韓國文學論叢』 35, 한국문학회,
　　2003.

「문학 속에 나타난 생명지역주의의 한 모습」, 『문학과 환경』 3, 문학과환경학회,
　　2004.

「김인환의 문학 연구 방법론」, 『오늘의 문예비평』, 2005.

「북한문학 연구의 현황과 과제-북한 시문학 연구를 중심으로」, 『韓國文學論叢』
　　39, 한국문학회, 2005.

「윤동주 시에 나타난 공간 인식의 한 양상-일본 유학 시절의 시를 중심으로」, 『韓國文
　　學論叢』 40, 한국문학회, 2005.

「N. 프라이 장르론이 한국문학 장르론에 미친 영향-김준오를 중심으로」, 『동북아시
　　아문화학회 국제학술대회 발표자료집』, 동북아시아문화학회, 2006.

「지역문학 연구의 현황과 과제」, 『국어국문학』 1(144), 국어국문학회, 2006.

「한국 서정시에 나타난 생명의식의 한 양상-2006년 전반기 시집을 중심으로」, 『문학
　　들』 5, 심미안, 2006.

「N. 프라이 장르론이 한국문학 장르론에 미친 영향-김준오를 중심으로」, 『韓國文學
　　論叢』 42, 한국문학회, 2006.

「부산 지역문학 속에 나타난 부산성의 모색」, 『인문사회과학연구』 6, 부경대학교
　　인문사회과학연구소, 2006.

「지역문학 연구의 현황과 과제(2)-제주, 전남·광주, 부산·경남을 중심으로」, 『韓國
　　文學論叢』 45, 한국문학회, 2007.

「김윤식 저 『일제말기 한국인 학병세대의 체험적 글쓰기론』에 대한 생산적 대화」,
　　『오늘의 문예비평』, 2007.

「윤동주와 윤일주 동시 비교 연구」, 『한국시학연구』, 한국시학회, 2007.

「김윤식 교수의 『백철 연구』를 통해 백철을 만나다」, 『오늘의 문예비평』, 2008.

「지역문학 연구에 나타나는 탈근대성의 양상」, 『韓國文學論叢』 50, 한국문학회,
　　2008.

「부산지역 해양시문학의 현황과 과제」, 동북아시아문화학회 국제학술대회 발표자료

집, 동북아시아문화학회, 2009.

「「리니지」에 내재된 이중의 정치담론」, 『동북아 문화연구』 1(18), 동북아시아문화학
회, 2009.

「김성식 시인의 시에 나타난 해양체험의 한 양상」, 『한국언어문학』 75, 한국언어문학
회, 2010.

「중국조선족문학사에서의 윤동주 연구현황 일고」, 『韓國文學論叢』 68, 한국문학회,
2014.

「한·중 해양문학론 논의의 현황과 방향성 모색」, 『동북아 문화연구』 1(47), 동북아시
아문화학회, 2016.

「동북아시아문화 교류를 위한 진정한 소통의 자리가 되길」, 『동북아시아문화학회
국제학술대회 발표자료집』, 동북아시아문화학회, 2016.

「윤동주 시에 나타나는 만주, 한국, 일본에서의 공간인식의 양상」, 『동북아 문화연구』
1(53), 동북아시아문화학회, 2017.

「윤동주 시인을 통해 맺어진 윤일주 시인과 고석규 평론가의 인연(1)」, 『오늘의
문예비평』 125, 2022.

「윤동주 시인을 통해 맺어진 윤일주 시인과 고석규 평론가의 인연(2)」, 『오늘의
문예비평』 126, 2022.

「고석규의 창작 노트에 실린 글을 공개한다」, 『오늘의 문예비평』 127, 2023.

「1960년대 김종출 비평가의 비평세계를 다시 읽는다」, 『오늘의 문예비평』 128, 2023.

▌김정란(1953)

• 저서

『다시 시작하는 나비』, 문학과지성사, 1989.

『모래톱, 청하』, 1990.

『매혹, 혹은 겹침』, 세계사, 1992.

『상징, 기호, 표지』, 영화당 번역, 1992.

『비어 있는 중심』, 언어의 세계, 1993.

『사랑의 이해』, 문학동네, 1996.

『그 여자 입구에서 가만히 뒤돌아보네』, 세계사, 1997.

『거품 아래로 깊이』, 생각의 나무, 1998.

『사랑으로 나는 외(2000년 2014회 소월시문학상 작품집)』, 문학사상사, 1999.

『스타카토 내 영혼 - 쓸쓸한 젊음에 바친다』, 랜덤하우스코리아, 1999.

『나는 지금 사랑을 말하고 있다』, 양피지, 1999.

『7대 문학상 수상시인 대표작 1999』, 작가정신, 1999.

『마음의 구조』, 태학사, 2000.

『히말라야의 아들』, 세계사 번역, 2000.

『연두색 글쓰기』, 새움, 2001.

『영혼의 역사』, 새움, 2001.

『용연향』, 나남, 2001.

『한국현대 여성시인』, 나남, 2001.

『말의 귀환』, 개마고원, 2001.

『분노의 역류』, 아웃사이더, 2004.

『다시 시작하는 나비』, 문학과지성사, 2005.

『빛은 사방에 있다』, 한얼미디어, 2005.

『시간의 지배자』, 문학동네, 2005.

『꽃의 신비』, 시로여는세상, 2013.

『연두색 글쓰기』, 새움, 2015.

『영혼의 역사』, 새움, 2015.

『비어 있는 중심』, 최측의 농간, 2017.

『동화와 트라우마』, 바이블앤, 2018.(공저)

『여자의 말』, 북스피어, 2018.

『목련화』, 이야기의숲, 2018.

『다시 시작하는 나비』, 최측의농간, 2019.

『'그' 언덕, 개마고우너의 꿈』, 천년의 시작, 2021.

『새롭게 태어나는 옛길 꽃』, 바이블앤, 2023.

• 역서

『시간의 지배자』, 크리스토프 바타이유, 김정란 역, 문학동네, 1997.

『첫 맥주 한 모금』, 필립 들레름, 김정란 역, 장락, 1999.

『소크라테스와 헤르만 헤세의 점심』, 미셸 투르니에, 김정란 역, 북라인, 2000.

『생각의 거울』, 미셸 투르니에, 김정란 역, 북라인, 2003.

『철학의 기원에 관하여』, 카트린 콜로베르, 김정란 역, 동문선, 2004.

『큰 가슴의 발레리나』, 베로니크 셀, 김정란 역, 문학세계사, 2019.
『태어났음의 불편함』, 에밀 시오랑, 김정란 역, 현암사, 2020.

• 논문 / 비평

「불어교사를 위한 언설작업」, 『동화와 번역』 2, 건국대학교 동화와번역연구소, 1983.
「아뽈리네르의 시 「미라보 다리」와 「콜키스꽃」에 나타난 시인의 사랑 연구」, 『동화와
    번역』 6, 건국대학교 동화와번역연구소, 1987.
「갈증과 긴장 : Y. Bonnefoy 의 시적 탐색」, 『불어불문학연구』 23(1), 한국불어불문학
    회, 1988.
「시 텍스트 분석을 위한 변형생성이론 연구」, 『論文集』 7, 건국대학교 부설 중원인문연
    구소, 1988.
「텍스트의 기호학적 분석방법에 의한 시인의 사랑 연구(1) : 보들레르의 「여행에의
    초대」」, 『論文集』 9, 건국대학교 부설 중원인문연구소, 1990.
「신화와 형이상학 : 투르니에 소설 속의 〈같음〉의 추구, 「Les amants taciturnes」를
    중심으로」, 『佛語佛文學研究』 25(1), 한국불어불문학회, 1990.
「불어 철자구조에 관한 연구」, 『論文集』 11, 건국대학교 부설 중원인문연구소, 1992.
「불어 표기 변이와 개정안 연구(1)」, 『한국프랑스학논집』 23, 한국프랑스학회, 1997.
「불어 알파벳 연구(1) : 알파벳 기원과 형태의 변천」, 『중원인문논총』 18, 건국대학교
    중원인문연구소, 1998.
「결과문의 구조 - 영어와 한국어의 경우」, 『神學과宣敎』 23, 서울신학대학교 기독교
    신학연구소, 1998.
「프랑스 문학과 영화: Deux chemins et un but 상충(相衝)과 상보(相補)」, 『人文科學
    研究』 7, 상명대학교 인문과학연구소, 1998.
「여성으로 말하기」, 『한국예술종합학교 논문집』 3, 2000.
「설화의 동화화에 대한 연구(1) : 뻬로의 「빨강 모자 Le petit Chaperon rouge」」,
    『동화와 번역』 1, 건국대학교 중원인문연구소, 2001.
「한국 현대 여성시의 성취와 전망 : 여성 정체성의 형성을 중심으로」, 『인문과학연구』
    4, 안동대학교 인문과학연구소, 2001.
「설화의 동화화에 대한 연구(2) - 뻬로의 「잠자는 숲 속의 미녀 La Belle Au bois
    Dormant」」, 『동화와 번역』 3, 건국대학교 동화와번역연구소, 2002.
「프랑스 문학 : 마르그리뜨 유르스나르 작품 속의 신성(神聖)과 세속(世俗)」, 『프랑스
    문화연구』 8, 한국프랑스문화학회, 2003.

「겹쳐 쓰기 또는 사이에 쓰기-마르그리트 뒤라스의 〈근원 소설〉들에 나타난 자전적
　요소들의 변용-」, 『불어불문학연구』 54, 한국불어불문학회, 2003.

「마르그리뜨 유르스나르의 소설 속의 죽음」, 『한국프랑스학논집』 42, 한국프랑스학
　회, 2003.

「뻬로의 「요정들 LES FE'ES」에 대한 소고 : 「요정들」은 왜 複數인가?」, 『동화와
　번역』 7, 건국대학교 중원인문연구소, 2004.

「민담에서 동화까지의 속성 변형에 대한 연구-'신데렐라 유형'과 페로의 「상드리옹,
　또는 작은 유리구두」-」, 『한국프랑스학논집』 49, 한국프랑스학회, 2005.

「뻬로의 「도가머리 리케 Riquet a La Houppe」는 왜 창작일까?」, 『동화와 번역』
　10, 건국대학교 동화와번역연구소, 2005.

「한국어에서 -는이 의미하는 것, 그리고 영어의 경우에 대한 시사점」, 『영어학』
　5(1), 한국영어학회, 2005.

「성배와 여성」, 『프랑스문화연구』 10, 한국프랑스문화학회, 2005.

「처용가 다시 읽기-열린 해석을 위한 하나의 시론(詩論)」, 『한국프랑스문화학회
　학술발표논문집』, 한국프랑스문화학회, 2007.

「유르스나르의 『알렉시 또는 헛된 투쟁론에 나타난 망설임에 관한 연구」, 『프랑스어
　문교육』 24, 한국프랑스어문교육학회, 2007.

「『웰컴 투 동막골』에 나타난 신화적 요소의 분석」, 『프랑스문화연구』 15, 한국프랑스
　문화학회, 2007.

「동화의 탄생조건과 정체성 연구-페로의 『콩트들Contes』을 중심으로-」, 『동화와
　번역』 14, 건국대학교 동화와 번역연구소, 2007.

「공인(公人)이었던 저자의 관점으로 본 페로동화-「도가머리 리케」(Riquet a La
　Houppe)를 중심으로-」, 『동화와 번역』 16, 건국대학교 동화와번역연구소, 2008.

「보부아르의 『아주 조용한 죽음』에 나타난 실존적 관계 연구」, 『프랑스어문교육』
　29, 한국프랑스어문교육학회, 2008.

「페로와 안데르센의 동화관」, 『동화와 번역』 18, 건국대학교 동화와번역연구소,
　2009.

「페로동화의 기독교적 정체성 연구」, 『동화와 번역』 20, 건국대학교 동화와번역연구
　소, 2010.

「듣기 말하기 영역에서 이야기 교육 내용 비판적 검토」, 『國語敎育學硏究』 39, 국어교
　육학회, 2010.

「유르스나르의 소설 속에 나타난 동성애적 성향」, 『불어불문학연구』 84, 한국불어불

문학회, 2010.

「동화콘텐츠의 기독교적 정체성 연구-루이스의 『나니아』와 페로동화의 연계성을 중심으로-」, 『동화와 번역』 21, 건국대학교 동화와번역연구소, 2011.

「『천변풍경』에 드러난 정념의 대상으로서 '천변' 연구」, 『수행인문학』 41(1), 한양대학교 수행인문학연구소, 2011.

「일상의 신화적 복권-장 피에르 주네의 〈아멜리 풀랭의 기이한 운명〉에 대한 신화론적 분석」, 『프랑스학연구』 58, 프랑스학회, 2011.

「『위기의 여자』를 통해 본 실존적 페미니즘」, 『불어불문학연구』 90, 한국불어불문학회, 2012.

「상위언어적 부정의 연구」, 『담화와 인지』 20(3), 담화·인지언어학회, 2013.

「서사화법 개념 정립을 위한 시론」, 『국어교육연구』 52, 국어교육학회, 2013.

「영화 〈흑인 오르페〉에 나타난 신화 주제의 현대적 재해석」, 『프랑스문화연구』 27, 한국프랑스문화학회, 2013.

「보부아르의 『조심스러운 나이』에 나타난 노년의 문제」, 『프랑스어문교육』 44, 한국프랑스어문교육학회, 2013.

「『三國遺事』「水路夫人」조에 나타난 '아름다움'의 의미」, 『여성문학연구』 33, 한국여성문학학회, 2014.

「보부아르의 『초대받은 여자』에 나타난 "타자"의 실존적 의미」, 『불어불문학연구』 101, 한국불어불문학회, 2015.

「켈트와 서구적 시선의 곰(ours)과 웅녀의 행방」, 『프랑스문화연구』 31, 한국프랑스문화학회, 2015.

「프랑스 소설을 통한 통합적 문학교육 모형연구」, 『프랑스어문교육』 57, 한국프랑스어문교육학회, 2017.

▌홍정선(1953, 작고)

• 저서

『역사적 삶과 비평』, 문학과지성사, 1986.

『신열하일기』, 대륙연구소, 1993.

『프로메테우스의 세월』, 역락, 2008.

『카프와 북한문학』, 역락, 2008.

『인문학으로서의 문학』, 문학과지성사, 2008.

『동아시아 한국학의 이론과 실제』, 태학사, 2013.(공저)

『중국문학 속의 한국』, 민음사, 2017.

『공직자 주식백지 신탁법』, 박영사, 2018.

『고전 강연8(한국 현대 문화)』, 민음사, 2018.

『비평의 숙명(유고집)』, 문학과지성사, 2023.

• 논문 / 비평

「現代 短篇小說과 情恨의 問題試論」, 『한신논문집』 1, 한신대학교, 1983.

「한국 대중소설의 흐름 : 통속소설 문제를 중심으로」, 『한신논문집』 2, 한신대학교, 1985.

「KAPF와 사회주의 운동단체의 관계에 대한 일고찰」, 『한신논문집』 3, 한신대학교, 1986.

「公法學上의 問題로서 統治行爲의 槪念에 관한 硏究」, 『韓國文化硏究院 論叢』 49, 이화여자대학교 한국문화연구원, 1986.

「문학교육과 사회」, 『한신논문집』 4, 한신대학교, 1987.

「韓國憲法의 經濟體系에 관한 硏究」, 『韓國文化硏究院 論叢』 59(2), 이화여자대학교 한국문화연구원, 1991.

「經濟行政法上 憲法原則」, 『韓國文化硏究院 論叢』 64(2-3), 이화여자대학교 한국문화연구원, 1994.

「4·19와 한국문학의 방향」, 『민족문학사연구』 8, 민족문학사학회, 1995.

「해방 직후의 민족문학운동」, 『민족문학사연구』 7, 민족문학사학회, 1995.

「살아 숨쉬는 역사 속으로-〈불의 제전〉」, 『월간 샘터』 28(7), 샘터사, 1997.

「지사적 자세로 한 시대를 열어간다-〈역사를 위하여〉」, 『월간 샘터』 28(8), 샘터사, 1997.

「학문성과 대중성의 진정한 결합-〈일본정치사상사 연구〉」, 『월간 샘터』 28(9), 샘터사, 1997.

「청마 시에 나타난 '생명'과 '윤리'의 의미」, 『國際言語文學』 17, 國際言語文學會, 2008.

「리얼리즘적 연구시각의 확대와 발전」, 『민족문학사연구』 10, 민족문학사학회, 1997.

「청마 시에 나타난 '생명'과 '윤리'의 의미」, 『國際言語文學』 1(17), 國際言語文學會, 2008.

「중국에서의 한국문학 변역출판의 현황과 문제점」, 『민족문학사연구』 43, 민족문학
  사연구소, 2010.

▌황국명(1955)

• 저서
『떠도는 시대의 길찾기』, 세계사, 1995.
『존재의 아름다움』, 신생, 1996.
『채만식 소설연구』, 태학사, 1998.
『삶의 진실과 소설의 방법』, 문학동네, 2001.
『전환기 소설의 지형』, 세종출판사, 2001.
『한국현대소설과 서사전략』, 세종출판사, 2004.
『우리 소설론의 터무니』, 세종출판사, 2005.
『지역소설과 상상력』, 신생, 2014.
『현대소설의 역사의식과 기억투쟁』, 신생, 2018.

• 논문 / 비평
「「濁流」의 章 형태와 그 발생적 토대 연구 : 「탁류」의 章「형태와 그 발생적 토대
  연구」, 『國語國文學』 22, 釜山大學校 人文大學 國語國文學科, 1984.
「국문학 및 민속학 : 「탁류」의 장 형태와 그 발생적 토대 연구」, 『문창어문논집』
  22, 문창어문학회, 1984.
「小說大衆化論에 나타난 疏通可能條件 硏究 : 八峯 金基鎭을 中心으로」, 『국어국문학』
  6, 동아대학교 국어국문학과, 1985.
「家系구성의 劇的 실현 : 채만식의 「祭饗날」을 중심으로」, 『國語國文學』 25, 釜山大學
  校 人文大學 國語國文學科, 1988.
「가계구성의 극적 실현 - 채만식의 「제향날」을 중심으로 -」, 『문창어문논집』 25,
  문창어문학회, 1988.
「적도의 구조와 이데올로기」, 『韓國文學論叢』 12, 한국문학회, 1991.
「1930년대 가족사소설의 이데올로기 지향 연구 - 채만식의 가족서사를 중심으로」,
  『仁濟論叢』 8, 인제대학교, 1992.
「1930년대 후반기 장편소설론 연구 - 김남천의 장편소설개조론을 중심으로」, 『仁濟論

叢』 9(2), 인제대학교, 1993.

「1930년대 가족사소설의 정치적 무의식 연구1」, 『韓國文學論叢 』 15, 한국문학회, 1994.

「1930년대 가족사소설의 정치적 무의식 연구2」, 『韓國文學論叢』 15, 한국문학회, 1994.

「계급문학에서의 장편소설 논쟁」, 『人文論叢』 6, 慶南大學校 人文科學硏究所, 1994.

「90년대 문학의 포스트모던한 경향」, 『인문사회과학논총』 1(1), 인제대학교 인문사회 과학연구소, 1994.

「유현종의 들불 연구」, 『韓國文學論叢』 16, 한국문학회, 1995.

「인화의 소설론 연구」, 『仁濟論叢』 11(2), 인제대학교, 1995.

「『삼대』의 근대성 연구」, 『仁濟論叢』 12(2), 인제대학교, 1996.

「인식과 존재의 틈바구니」, 『문학동네』 4(2), 1997.

「아버지 이야기의 역설」, 『문학동네』 5(3), 1998.

「채만식의 부정의 논법과 그 철학적 기반」, 『仁濟論叢』 14, 인제대학교, 1998.

「『혼불』의 서술방식 시론」, 『現代文學理論硏究』 12, 현대문학이론학회, 1999.

「한국 현대 성장소설의 정치적 환상 연구」, 『韓國文學論叢』 25, 한국문학회, 1999.

「한국 현대소설에 나타난 환상기법의 연구」, 『인문사회과학논총』 6(1), 인제대학교 인문사회과학연구소, 1999.

「채만식의 텍스트상호적 상상력 연구」, 『韓國文學論叢』 27, 한국문학회, 2000.

「경험의 가치와 서사의 모럴」, 『문학동네』 8(2), 2001.

「문학의 위기를 살아가는 세 가지 방식」, 『문학동네』 9(3), 2002.

「현대소설의 이해 : 서자 속물들의 이야기」, 『수요인문학강좌』 1, 신라대학교 인문과 학연구소, 2002.

「현대소설의 가상현실 재현전략과 정치적 환상 연구」, 『韓國文學論叢』 35, 한국문학 회, 2003.

「부산지역 문예지의 지형학적 연구-문학운동론적 관점에서」, 『韓國文學論叢』 37, 한국문학회, 2004.

「남북한 역사소설의 거리 : 『황진이』중심으로」, 『한국학논집』 32, 계명대학교 한국학 연구원, 2005.

「채만식의『옥랑사』연구-역사인식과 현실인식의 상관성을 중심으로」, 『韓國文學論 叢』 42, 한국문학회, 2006.

「요산 김정한 소설의 원전비평적 연구」, 『韓國文學論叢』 47, 한국문학회, 2007.

「이주홍의 역사소설 연구」, 『韓國文學論叢』 48, 한국문학회, 2008.

「요산문학 연구의 윤리적 전회와 그 비판」, 『韓國文學論叢』 51, 한국문학회, 2009.

「2인칭소설의 서술층위 연구」, 『韓國文學論叢』 53, 한국문학회, 2009.

「백신애 소설에 나타난 타자 연구」, 『現代文學理論研究』 42, 현대문학이론학회,
2010.

「현단계 서사론의 과제와 전망」, 『인간·환경·미래』(4), 인제대학교 인간환경미래연
구원, 2010.

「황석영 소설에 나타난 여성이주와 혼종 인식의 문제」, 『韓國文學論叢』 58, 한국문학
회, 2011.

「홍길주의 세계인식과 기호학적 의미작용에 관한 질문」, 동양한국학회 학술발표대
회, 동양한문학회, 2012.

「여행서사의 인지서사학적 접근 2 : 윤후명의 〈여우사냥〉을 중심으로」, 『韓國文學論
叢』 63, 한국문학회, 2013.

「여행서사의 인지서사학적 접근(1) : 개념과 방법을 중심으로」, 『동남어문논집』
1(35), 동남아어문학회, 2013.

「〈당신들의 천국〉의 작중인물과 진화비평적 해석」, 『韓國文學論叢』 66, 한국문학회,
2014.

「한국 근대소설과 진화론의 수용-염상섭의 『만세전』을 중심으로-」, 『現代文學理論
研究』 60, 현대문학이론학회, 2015.

「성선택과 노년의 욕망-박범신의 『은교』를 중심으로」, 『韓國文學論叢』 80, 한국문
학회, 2018.

▎이동하(1955)

• 저서

『집 없는 시대의 문학』, 정음사, 1985.

『문학의 길, 삶의 길』, 문학과지성사, 1987.

『우리 문학의 논리』, 정음사, 1988.

『현대소설의 정신사적 연구』, 일지사, 1989.

『물음과 믿음 사이』, 민음사, 1989.

『아웃사이더의 역설』, 세계사, 1990.

『혼돈 속의 항해』, 청하, 1990.
『신의 침묵에 대한 질문』, 세계사, 1992.
『이광수』, 동아일보사, 1992.
『우리 소설과 구도정신』, 문예출판사, 1994.
『김동리』, 건국대학교 출판부, 1996.
『홀로 가는 사람은 자유롭다』, 문이당, 1996.
『한국문학과 비판적 지성』, 새문사, 1996.
『한 문학평론가의 역사 읽기』, 문이당, 1997.
『문학평론과 인생공부』, 새미, 1998.
『한국문학 속의 도시와 이데올로기』, 태학사, 1999.
『한 자유주의자의 세상 읽기』, 문이당, 1999.
『한국문학을 보는 새로운 시각』, 새미, 2001.
『한국소설과 기독교』, 국학자료원, 2003.
『재미한인문학연구』, 월인, 2003.(공저)
『한국문학과 인간해방의 정신』, 푸른사상, 2003.
『한국현대소설과 종교의 관련양상』, 푸른사상, 2005.
『한국문학 속의 사회주의와 자본주의』, 새미, 2006.
『한국소설 속의 신앙과 이성』, 역락, 2007.
『한국소설과 예수 그리고 유다』, 역락, 2011.

• 논문 / 비평

「계용묵론」, 『冠嶽語文硏究』 7(1), 서울대학교 국어국문학과, 1982.
「「혈의 누」와 「무정」의 비교고찰」, 『冠嶽語文硏究』 8(1), 서울대학교 국어국문학과,
    1983.
「동인지 〈백조〉의 문학사적 성격」, 『한국문화』 4, 서울대학교 규장각한국학연구원,
    1983.
「한국 근대소설의 정착과정에 대한 고찰」, 『韓國學報』 9(1), 일지사,1983.
「김동리 소설에 대한 한 고장: 해방공간의 작품을 대상으로」, 『冠嶽語文硏究』 9(1),
    서울대학교 국어국문학과, 1984.
「4·19와 리얼리즘」, 『淑大學報』 24, 숙명여자대학교 학생위원회, 1984.
「서평: 조남현 (著) 한국지식인소설연구」, 『韓國學報』 11(1), 일지사(한국학보), 1985.
「1940년 전후의 소설에 나타난 지식인상」, 『국어국문학』 94, 국어국문학회, 1985.

「서평 : 김인환 (著) 한국문학이론의 연구」, 『韓國學報』 12(3), 일지사(한국학보), 1986.

「황순원의 「닭제(祭)」에 대하여」, 『韓國學報』 13(4), 일지사, 1987.

「한국 현대소설과 기독교의 관련양상에 대한 한 고찰」, 『배달말』 14(1), 배달말학회, 1989.

「한국 현대 장편소설에 나타난 서울 사람들의 삶 : 「『압구정동엔 비상구가 없다』와 『서울은 만원이다』의 경우」, 『서울학연구』 12, 서울시립대학교 부설 서울학연구소, 1999.

「한국 현대소설에 나타난 기독교의 수용양상 연구 : 구한말·일제초의 작품 『聖山明鏡』을 중심으로」, 『국어국문학』 103, 국어국문학회, 1990.

「이광수와 채만식의 해방기 작품에 대한 연구」, 『배달말』 16, 배달말학회, 1991.

「염상섭의 소설에 나타난 기독교 문제」, 『문학사와 비평』 5, 문학사와 비평학회, 1998.

「한국 예술가소설의 성격과 전개양상」, 『현대소설연구』 15, 한국현대소설학회, 2001.

「《사반의 십자가》에서 예수의 부활을 다룬 방식」, 『한국현대문학연구』 11, 한국현대문학회, 2002.

「한국 현대 역사소설에 대한 일 고찰-고려시대를 다룬 작품들을 중심으로」, 『성심어문논집』 24, 성심어문학회, 2002.

「예수 부활 문제에 대한 소설적 접근의 몇 가지 유형-가롯 유다에 대한 증언과 사람의 아들을 중심으로」, 『인문언어』 3, 국제언어인문학회, 2002.

「한국 예술가소설 유형 연구-문제적 개인의 성격을 중심으로」, 『개신어문연구』 20, 개신어문학회, 2003.

「조선시대 양반 여성의 삶에 대한 소설적 형상화-〈이사종의 아내〉, 《하얀 새》, 《불꽃의 자유혼 허난설헌》의 경우」, 『한국현대문학연구』 13, 한국현대문학회, 2003.

「재미 한인 소설을 통해서 본 한국문화와 미국문화의 만남-강용흘과 김은국의 경우를 중심으로」, 『전농어문연구』 15-16, 서울시립대학교 문리과대학 국어국문학과, 2004.

「박상륭의 「아젤다마」에 나타난 가롯 유다와 예수의 모습」, 『개신어문연구』 22, 개신어문학회, 2004.

「한국 현대소설에 나타난 가톨리시즘」, 『한국현대문학연구』 20, 한국현대문학회, 2006.

「이문열의 소설과 기독교」, 『한국현대문학연구』 28, 한국현대문학회, 2009.

「도시공간으로서의 서울과 소설 연구의 과제」, 『현대소설연구』 52, 한국현대소설학
　　회, 2013.

「이청준의 소설과 불교적 사유」, 『한중인문학연구』 39, 한중인문학회, 2013.

「소설 속에 나타난 사법적(司法的) 판단의 몇 가지 양상」, 『한국현대문학연구』 43,
　　한국현대문학회, 2014.

「聖人의 境地와 小說의 길」, 『어문연구』 42(3), 한국어문교육연구회, 2014.

「이광수의 사상과 문학, 그리고 그의 동시대인들」, 『춘원연구학보』 9, 춘원연구학회,
　　2016 .

▌이숭원(1955)

• 저서

『근대시의 내면구조』, 새문사, 1988.

『한국 현대 시인론』, 개문사, 1993.

『현대시와 지상의 꿈』, 시와시학사, 1995.

『정지용』, 문학세계사, 1996.

『현대시와 삶의 지평』, 시와시학사, 1997.

『20세기 한국시인론』, 국학자료원, 1997.

『서정시의 힘과 아름다움』, 새미, 1997.

『한국 현대시 감상론』, 집문당, 1998.

『정지용 시의 심층적 탐구』, 태학사, 1999.

『초록의 시학을 위하여』, 청동거울, 2000.

『시의 아포리아를 넘어서』, 이룸, 2001.

『폐허 속의 축복』, 천년의 시작, 2004.

『창작과 비평 127호』, 창비, 2005.

『감서의 파문(비평집)』, 문학수첩, 2006.

『백석시의 심층적 탐구』, 태학사, 2006.

『2000년대 주목받는 젊은 시인들』, 생각의 나무, 2007.

『세속의 성진(평론집)』, 시징시학, 2007.

『김기림(그들의 문학과 생애)』, 한길사, 2008.

『백석을 만나다(백석 시 전편 해설)』, 태학사, 2008.

『백석 시의 심층적 탐구』, 한국문학도서관, 2008.

『교과서 시 정본 해설』, 휴먼핸북스, 2008.

『영랑을 만나다(김영랑 시 전편 해설)』, 태학사, 2009.

『시 속으로(평론집)』, 서정시학, 2011.

『시 비평을 만나다』. 태학사, 2012.

『갈매나무의 시인 백석』, 살림출판사, 2012.

『마당과의 만남』, 태학사, 2013.

『그대 시를 사랑하라(문학교수 22인이 만난 시인들)』, 책만드는 집, 2014.

『한국 현대시 연구의 맥락』, 태학사, 2014.

『이숭원 평론선집』, 지식을 만드는 지식, 2015.

『김종삼의 시를 찾아서』, 태학사, 2015.

『격동기, 단절과 극복의 언어』, 민음사, 2015.

『목월과의 만남(박목월 대표 시 평설)』, 역락, 2018.

『몰입의 잔상(비평집)』, 역락, 2018.

『구도 시인 구상 평전』, 분도출판사, 2019.

『탐미의 윤리(비평집)』, 발견, 2020.

『매혹의 아이콘(내가 읽은 21세기 시인들)』, 파란, 2021.

『작품으로 읽는 한국 현대시사』, 태학사, 2021.

• 논문 / 비평

「윤백남의 [운명(運命)] 고」, 『先淸語文』10(1), 서울대학교 국어교육과, 1979.

「소월시에서의 자연과 인간」, 『冠嶽語文研究』9(1), 서울대학교 국어국문학과, 1984.

「백석시의 전개와 그 정신사적 의미」, 『先淸語文』16(1), 서울대학교 국어교육과, 1988.

「정지용 시의 환상과 동경」, 『문예시학』1(1), 충남시문학회, 1988.

「한국 현대시에 나타난 식물적 상상력에 대한 연구」, 『先淸語文』18(1), 서울대학교 국어교육과, 1989.

「90년대의 시의 전망」, 『語文論志』6-7, 忠南大學校 文理科大學 國語國文學科, 1990.

「임화 시의 선동성과 낭만적 열정」, 『한국현대문학연구』1, 한국현대문학회, 1991.

「정지용의 시론」, 『한국현대문학연구』2, 한국현대문학회, 1993.

「시의 본질과 특성에 대한 小考」, 『한국언어문화』13, 한국언어문화학회, 1995.

「김현의 시 비평에 대한 고찰」, 『先淸語文』 23(1), 서울대학교 국어교육과, 1995.

「한국 전후시 연구」, 『인문논총』 1, 서울여자대학교 인문과학연구소, 1995.

「김영항 시의 여성적 강조」, 『여성연구논총』 10, 서울대학교 여성연구소, 1995.

「정지용의 생애와 시적 성장에 대한 연구」, 『인문논총』 3, 서울여자대학교 인문과학연구소, 1996.

「정지용 초기시편에 대한 고찰」, 한국어교육학회, 한국어교육학회 학술발표논문집, 1998.

「김수영의 시정신과 그 계승」, 『태릉어문연구』 8, 서울여자대학교 인문과학대학 국어국문학과, 1999.

「노천명의 생애와 문학에 대한 연구」, 『인문논총』 7, 서울여자대학교 인문과학연구소, 2000.

「백석 시의 난해 시어에 대한 연구」, 『인문논총』 8, 서울여자대학교 인문과학연구소, 2001.

「한국 근대시의 전개와 화자의 문제」, 『한국문학연구』 1(2), 고려대학교 민족문화연구원 한국문학연구소, 2001.

「시 연구와 시 교육의 관계」, 『한국어교육학회 학술발표논문집』, 한국어교육학회, 2001.

「90년대 시비평에 대한 비판적 검토」, 『태릉어문연구』 9, 서울여자대학교 인문과학대학 국어국문학과, 2001.

「김종삼의 시의식과 생의 아이러니」, 『태릉어문연구』 10, 서울여자대학교 인문과학대학 국어국문학과, 2002.

「이은상 시조의 위상」, 『인문논총』 10, 서울여자대학교 인문과학연구소, 2003.

「일제강점기 시에 나타난 "가족"」, 『인문논총』 11, 서울여자대학교 인문과학연구소, 2003.

「〈농가월령가〉에 나타난 자연·인간·사회」, 『국어국문학』, 국어국문학회, 2004.

「정지용 시 「琉璃窓」 읽기의 반성」, 『문학교육학』 16, 한국문학교육학회, 2005.

「백석 시와 샤머니즘」, 『인문논총』 15, 서울여자대학교, 2006.

「과학적 상상력의 몇 가지 양상」, 『태릉어문연구』 13, 서울여자대학교 인문과학대학 국어국문학과, 2006.

「정지용 시에 나타난 도시 문명에 대한 반응」, 『태릉어문연구』 14, 서울여자대학교 인문과학대학 국어국문학과, 2006.

「박재삼 시의 자연과 생의 예지」, 『문학과 환경』 6(2), 문학과 환경학회, 2007.

「1990년대 시의 다양성과 진정성」, 『태릉어문연구』 15, 서울여자대학교 인문과학대
　학 국어국문학과, 2008.
「서정주 시에 나타난 '바다'의 의미 변화」, 『한국시학연구』 29, 한국시학회, 2010.
「김영랑 시정신의 민족사적 의의」, 『태릉어문연구』 16, 서울여자대학교 인문과학대
　학 국어국문학과, 2010.
「백석 시 연구의 현황과 전망」, 『한국시학회 하술대회 논문집』, 한국시학회, 2012.
「백석의 시적 지향과 표현방법」, 『批評文學』 45, 한국비평문학회, 2012.
「백석 시 연구의 현황과 전망」, 『한국시학연구』 34, 한국시학회, 2012.
「서정주 포기시의 친일과 시정신 재고」, 『인문논총』 24, 서울여자대학교 인문과학연
　구소, 2012.
「구상 시의 '강' 이미지」, 『인문논총』 25, 서울여자대학교 인문과학연구소, 2012.
「일제강점기 조영출(조명암) 시문학의 위상」, 『인문논총』 28, 서울여자대학교 인문
　과학연구소, 2014.
「가람 이병기 시조의 현대적 의의」, 『인문논총』 29, 서울여자대학교 인문과학연구소,
　2015.
「1915년 출생 문인의 문학사적 위상」, 『인문논총』 30, 서울여자대학교 인문과학연구
　소, 2016.
「선(禪)과 차(茶)와 시(詩)」, 『인문논총』 32, 서울여자대학교 인문과학연구소, 2018.

▌이남호(1956)

• 저서

『한심한 영혼아』, 민음사, 1986.
『80년대 젊은 비평가들』, 문학과 비평사, 1989.
『오늘의 한국소설』, 민음사, 1999.
『문학의 위족1(시론)』, 민음사, 1990.
『문학의 위족2(소설론)』, 민음사, 1990.
『보르헤스 만나러 가는 길』, 민음사, 1994.
『황지우 문학앨범』, 웅진출판주식회사, 1995.
『양귀자 문학앨범』, 웅진출판. 1995.
『김춘수 문학앨범』, 웅진출판주식회사, 1995.

『한국 대하소설 연구』, 집문당, 1997.

『느림보다 더 느린 빠름』, 하늘연못, 1997.

『녹색을 위한 문학』, 민음사, 1998.

『상상력의 보물창고』, 현대문학, 1998.

『금강기행문선』, 작가정신, 1999.

『오늘의 한국소설』, 민음사, 2000.

『혼자만의 시간』, 마음산책, 2000.

『교과서에 실린 문학작품을 어떻게 가르칠 것인가』, 현대문학. 2001.

『서정주의 화사집을 읽는다』, 열림원, 2003.

『박목월 시전집』, 민음사, 2003.

『이 쓸쓸한 뜰에 저 어지러운 구름 그림자』, 현대문학, 2003.

『문자제국 쇠망약사』, 생각의 나무, 2004.

『일요일의 마음』, 생각의 나무, 2007.

『옛 우물에서의 은어낚시』, 작가정신, 2008.

『안나푸르나, 아이러니푸르나』, 작가정신, 2010.

『문학에는 무엇이 필요한가(평론집)』, 현대문학, 2012.

『만약 당신이 내게 소설을 묻는다면』, 소라주, 2014.

『윤동주 시의 이해』, 고려대학교출판부, 2014.

『남김의 미학(한국적 지혜와 미학의 탐구)』, 현대문학, 2016.

『고전 강연1』(개론), 민음사, 2018.

『고전 강연8』(한국 현대 문화), 민음사, 2018.

『인공지능 시대의 국어교육과 교양교육』, 고려대학교 출판문화원, 2021.

• 논문 / 비평

「이태준(李泰俊) 단편소설(短篇小說) 연구(研究)」, 『한국어문교육』 3, 고려대학교
　　한국어문교육연구소, 1988.

「'소설 위기설'의 뜻과 그 배경」, 『현대소설연구』 3, 한국현대소설학회, 1995.

「21세기 사회변화와 대학의 교양국어」, 『국어국문학』 117, 국어국문학회, 1996.

「현행 중등학교 문학교육에 대한 반성」, 고려대학교 한국어문교육연구소 학술발표논
　　문집, 고려대학교 한국어문교육연구소, 1998.

「현대문학 연구의 새로운 방향」, 『돈암이문학』 11, 돈암이문희회, 1999.

「전자시대의 문화와 독서」, 『문학교육학』 10, 한국문학교육학회, 2002.

「문자제국쇠망약사(文字帝國衰亡略史)」, 『문학동네10』(2), 2003.
「정치생태학의 성격과 역할-데이비드 벨 외 지음/정규호 외 옮김, 『정치생태학』,
　당대(2005)」, 『문학과 환경』 4, 문학과환경학회, 2005.
「한국소설 속의 환 : 9개의 환의 체험」, 『동서인문학』 38, 계명대학교 인문과학연구소,
　2005.
「우리 시대의 독자는 누구인가-전자문화시대의 독자의 성격」, 『독서연구』 16, 한국
　독서학회, 2006.
「중등교사 임용시험 국어 문제에 관한 비판적 고찰」, 『국어교육』 119, 한국어교육학
　회, 2006.
「藝術家의 自我 認識-『花蛇集』 시절의 未堂」, 『한국시학연구』 28, 한국시학회, 2010.
「21세기 한국에서의 국어교육」, 『한국어문교육』 10, 고려대학교 한국어문교육연구
　소, 2011.
「이상의 시의 해석과 비유에 대한 연구」, 『어문논집』 66, 민족어문학회, 2012.
「안수길 단편소설 연구-단편집 『풍차』 수록작을 중심으로」, 『한국문학이론과 비평』
　61, 한국문학이론과비평학회, 2013.
「국어교육의 성격과 내용에 관한 일 고찰」, 『한말연구』 35, 한말연구학회, 2014.
「'거리'를 활용한 소설감상교육: 김유정 소설 감상을 중심으로」, 『우리文學硏究』
　42, 우리문학회, 2014.
「소설교육에서 "해석의 적절성"에 대한 고찰」, 『어문논집』 71, 민족어문학회, 2014.
「박목월의 후기시 연구」, 『한국언어문화』 57, 한국언어문화학회, 2015.
「미래 불안에 대한 예측학으로서의 명리학 이해」, 『역사와융합』 11, 바른역사학술원,
　2022.

▌성민엽(1956)

• 저서

『민중문학론』, 문학과지성사, 1984.
『지성과 실천』, 문학과지성사, 1985.
『고통의 언어 삶의 언어』, 한마당, 1986.
『중국문예논쟁사1: 사상해방운동』, 실천문학사, 1988.
『문학의 빈곤』, 문학과지성사, 1988.

『신동엽(한국현대시인연구 11)』, 문학세계사, 1992.
『현대중국문학의 이해』, 문학과지성사, 1996.
『현대 중국의 리얼리즘 이론』, 창작과비평사, 1997.
『시야 너 아니냐』, 문학과지성사, 1997.(공저)
『문학의 새로운 이해』, 문학과지성사, 1998.(공저)
『김병익 깊이 읽기』, 문학과지성사, 1998.
『김광규 깊이 읽기』, 문학과지성사, 2001.
『김주연 깊이 읽기』, 문학과지성사, 2001.
『무협소설의 문화적 의미』, 서울대학교출판부, 2003.
『동아시아적 시각으로 보는 중국문학』, 서울대학교 출판부, 2004.
『변하는 것과 변하지 않는 것(비평집)』, 문학과지성사, 2004.
『언어 너머의 문학』, 문학과지성사, 2013.
『문학의 숲으로』, 문학과지성사, 2021.
『비판적 계몽의 루쉰』, 서울대학교출판문화원, 2023.

• 역서

『중국의 땅에 눈이 내리고』, 애청, 성민엽 역, 한마당, 1986.
『부엉이의 불길한 말』, 루쉰, 성민엽 역, 문학과지성사, 2022.

• 논문 / 비평

「현장성인가 실천성인가-최근의 문화적,문학적 현상에 대한 단상-」, 실천문학사,
　　『실천문학』 5, 1984.
「중국 혁명문학과 민족형식 논쟁」, 실천문학사, 『실천문학』 6, 1985.
「문학에 나타난 우리 시대의 사랑」, 사회발전연구소, 『한국인』 6(8), 1987.
「"내가 읽은 책과 세상"의 김훈을 말한다」, 대한출판문화협회, 『출판저널』 46, 1989.
「열린 보수주의의 진보성」, 한국논단, 『한국논단』 31(1), 1992.
「일탈의 시학」, 새얼문화재단, 『황해문화』 1, 1993.
「한국문학연구와 동아시아문학」, 민족문학사학회, 『민족문학사연구』 4(1), 1993.
「대학과 정치, 그리고 대학문화」, 새얼문화재단, 『황해문화』 4, 1994.
「한국문학에서 식민지 근대와 민족문제」, 민족문학사학회, 『민족문학사연구』 13(1),
　　1998.
「루쉰과 근대적 체험으로서의 고향 상실」, 새얼문화재단, 『황해문화』 23, 1999.

「피폐한 인간에서 온전한 인간으로」, 새얼문화재단, 『황해문화』 44, 2004.
「불안과 위안의 변증법-강영숙의 「해명」에 대하여」, 본질과 현상사, 『본질과 현상』
　　27, 2012.

▌한기욱(1957)

• 저서

『남을 향하며 북을 바라보다-아리엘 도르프만 회고록』, 창비, 2003.(공저)
『미국 패권의 몰락-혼돈의 세계와 미국』, 창비, 2004.(공저)
『A4 두 장으로 한국사회 읽기』, 창비, 2006~2008.
『문학의 새로움은 어디서 오는가(평론집)』, 창비, 2011.
『문학의 열린 길(사유·정동·리얼리즘)』, 창비, 2021.

• 역서

『우리집에 불났어』, 아리엘 도르프만, 한기욱 역, 창비, 1998.
『필경사 바틀비』, 허먼 멜빌·윌리엄 포크너·스콧 피츠제럴드, 한기욱 역, 창비,
　　2010.
『오픈 시티』, 테주 콜, 한기욱 역, 창비, 2023.
『시티 픽션: 뉴욕』, 허먼 멜빌·스콧 피츠제럴드, 한기욱 역, 창비, 2023.
『시티 픽션: 런던』, 버지니아 울프·캐서린 맨스필드·헨리 제임스, 한기욱 역, 창비,
　　2023.

• 논문/비평

「The Masquerade and the Veil」, 『外英』 2(1), 한국외국어대학교 영어과, 1984.
「여성의 성숙과 독립」, 『영학논집』 13(1), 서울대학교, 1989.
「Melville의 “Benito Cereno” 연구」, 『仁濟論叢』 8(2), 인제대학교, 1992.
「필경사 바틀비」, 『영학논집』 19(1), 서울대학교, 1995.
「추상적 인간과 자연: 미국 고전문학의 근대성에 관하여」, 『안과 밖』 2, 영미문학연구
　　회, 1997.
「모더니티와 미국 르네쌍스기의 작가들」, 『안과 밖』 4, 영미문학연구회, 1998.
「바다·고래·근대인 : 해양문학으로서의 『모비딕』」, 『인문사회과학논총』 5(1), 인제

대학교 인문사회과학연구소, 1998.

「미국의 정신주의와 생태학: 소로우의 『월든』에 대한 비판적 고찰」, 『仁濟論叢』
14(2), 인제대학교, 1998.

「9·11 사태와 미국 고전문학의 통찰」, 『안과 밖』 12, 영미문학연구회, 2002.

「미국 민주주의와 '제국' : 멜빌 문학의 현재성」, 『안과 밖』 14, 영미문학연구회,
2003.

「포우 문학의 탈근대성과 대중문화」, 『영미문학연구』 11, 영미문학연구회, 2006.

「최경계에 선 글쓰기 : 배수아 소설 『훌』」, 『문학동네』 13(1), 2006.

「포우와 로렌스의 남녀관계 비교: "의지의 투쟁" 개념을 중심으로」, 『D.H. 로렌스
연구』 16(2), 한국로렌스학회, 2008.

「근대세계의 폭력성에 대하여: 멜빌의 『모비 딕』과 매카시의 『피의 자오선』」, 『안과
밖』 30, 영미문학연구회, 2011.

「근대체제와 애매성: 「필경사 바틀비」 재론」, 『안과 밖』 34, 영미문학연구회, 2013.

「멜빌의 남태평양 소설들과 근대성 문제: 로렌스의 멜빌론 고찰」, 『D.H. 로렌스
연구』 22(1), 한국로렌스학회, 2014.

「로렌스 멜빌론의 현재성: 포스트모던 논의들과의 비교 연구」, 『D.H. 로렌스 연구』
23(1), 한국로렌스학회, 2015.

「Would Lawrence Agree with Deleuze's View of American Literature?: A
Comparative Study of Their Critical Essays on Melville」, 『D.H. 로렌스 연구』
23(2), 한국로렌스학회, 2015.

「주변에서 중심의 형식을 성찰하다: 호베르뚜 슈바르스의 소설론」, 『안과 밖』 39,
영미문학연구회, 2015.

「로렌스의 '자유'와 체제적 인종주의」, 『D.H. 로렌스 연구』 30(1), 한국로렌스학회,
2022.

「『베니토 세레노』의 다층적 서사와 체제적 인종주의」, 『영미연구』 57, 한국외국어대학
교 영미연구소, 2023.

▌임규찬(1957)

• 저서

『왔던길 가는길 사이에서』, 창작과비평사, 1997.

『한국 근대소설의 이념과 체계』, 태학사, 1998.

『작품과 시간』, 소명출판, 2001.

『문학사와 비평적 쟁점』, 태학사, 2001.

『4월 혁명과 한국문학』, 창비, 2002.

『비평의 창』, 강, 2006.

『신영복 함께 읽기』, 돌베개, 2006.(공저)

『동서양 문학고전 산책』, 한국방송통신대학교출판문화원, 2010.(공저)

• 편저

『제1차 방향전환과 대중화 논쟁-카프비평자료총서3』, 태학사, 1990.

『카프 해산후의 문예동향-카프비평자료총서7』, 태학사, 1990.

『감자·배따라기·어린 벗에게·용과 용의 대격전(창비 20세기 한국소설1)』, 창비,
      2005.

『전화·만세전·양과 자갑·두 파산(창비 20세기 한국소설2)』, 창비, 2005.

『운수 좋은 날·빈처·벙어리 삼룡이·화수분(창비 20세기 한국소설3)』, 창비, 2005.

『탈출기·서화·과도기·낙동강·석공조합 대표(창비 20세기 한국소설4)』, 창비, 2005.

『동백꽃·봄 봄·레디메이드 인생·치숙(창비 20세기 한국소설5)』, 창비, 2005.

『달밤·해방 전후·소설가 구보씨의 일일·방란장 주인(창비 20세기 한국소설6)』,
      창비, 2005.

『소금·공장신문·질소비료공장(창비 20세기 한국소설7)』, 창비, 2005.

『메밀꽃 필 무렵·김강사와 T교수·꺼래이 외(창비 20세기 한국소설8)』, 창비, 2005.

『날개·사랑손님과 어머니·장삼이사·마권(창비 20세기 한국소설9)』, 창비, 2005.

『독 짓는 늙은이·학·무녀도·역마·백치 아다다(창비 20세기 한국소설10)』, 창비,
      2005.

『사하촌·모래톱 이야기·추산당과 곁사람들·수라도(창비 20세기 한국소설11)』, 창
      비, 2005.

『남생이·빛 속으로·잔등·지맥(창비 20세기 한국소설12)』, 창비, 2005.

『무명소졸·창·도정·증인(창비 20세기 한국소설13)』, 창비, 2005.

『갯마을·실비명·전황당인보기·젊은 느티나무(창비 20세기 한국소설14)』, 창비,
      2005.

『바비도·요한 시집·유예·불신시대·쑈리 킴(창비 20세기 한국소설15)』, 창비, 2005.

『꺼삐딴 리·오발탄·탈향·판문점(창비 20세기 한국소설17)』, 창비, 2005.

『수난 이대·감정이 있는 심연·213호 주택·신화의 단애 외(창비 20세기 한국소설18)』, 창비, 2005.

『무진기행·서울, 1964년 겨울·유자약전·조용한 강(창비 20세기 한국소설19)』, 창비, 2005.

『강·무너진 극장·강 건너 저쪽에서(창비 20세기 한국소설20)』, 창비, 2005.

『서편제·병신과 머저리·겨울밤·포인트(창비 20세기 한국소설21)』, 창비, 2005.

『신궁·분지·강원도달비장수·감비 천불붙이·첫눈(창비 20세기 한국소설22)』, 창비, 2005.

『구중서 그의 문학을 걷다』, 소명출판, 2015.(공저)

『해방과 분단, 경계의 재구성-탄생 100주년 문학인 기념문학제 논문집 2016』, 민음사, 2016.(공저)

• 논문 / 비평

「쟁점 카프 해소·비해소파를 분리하는 김재용에 반박하다」, 『역사비평』 5, 역사문제연구소, 1988.

「일제하 프로문학과 동반자 작가」, 『泮橋語文研究』 1, 반교어문학회, 1988.

「「서화」의 작품적 성격과 의의」, 『泮橋語文研究』 2, 반교어문학회, 1990.

「국문학연구와 서양문화 인식」, 『민족문학사연구』 2(1), 민족문학사학회, 1992.

「50년대 문학에 대한 새로운 삽질, 그 깊이와 넓이」, 『泮橋語文研究』 4, 반교어문학회, 1992.

「한국문학연구와 서양문화 인식」, 『민족문학사연구』 2(1), 민족문학사학회, 1992.

「민족문학의 역사화를 위한 젊은 열정과 구체적 현실: 김재용 외 지음, 「한국근대민족문학사」(한길사, 1993)」, 『민족문학사연구』 5, 민족문학사학회, 1994.

「신화의 세계, 인간의 세계」, 『문학동네』 3(1), 1996.

「녹슬지 않은 리얼리즘의 새로운」, 『문학동네』 3(1), 1996.

「위기와 갱생의 틈새에서」, 『민족문학사연구』 9(1), 민족문학사학회, 1996.

「한국의 비평논쟁사 연구: 문단 형성기의 김동인-염상섭 논쟁」, 『세종학연구』 12-13, 세종대왕기념사업회, 1998.

「한국의 비평논쟁사 연구 : 내용-형식 논쟁과 프로문학의 운명」, 『세종학연구』 29(1), 세종대왕기념사업회, 1999.

「작품과 시간 : 조정래의 『태백산맥』론」, 『문예미학』 5(1), 문예미학회, 1999.

「새로운 현실상황과 문학의 길」, 『문학동네』 2(1), 1999.

「한국의 비평논쟁사 연구 : 내용-형식 논쟁과 프로문학의 운명」, 『人文科學』 29(1), 성균관대학교 인문과학연구소, 1999.

「1920년대 후반의 문학이념 논쟁」, 『人文科學』 30(1), 성균관대학교 인문과학연구소, 2000.

「민족문학과 문학교육에 대한 단상」, 『문학교육학』 6, 한국문학교육학회, 2000.

「"시와 리얼리즘론", 그리고 창조성의 문제」, 『문예미학』 9(1), 문예미학회, 2002.

「변화와 동요 속에서도 지켜야 할 그 무엇은 있다」, 『역사비평』 58, 역사비평사, 2002.

「3·1운동 전후의 작가와 문학적 근대성 : 「이광수·김동인·염상섭의 비평을 중심으로」, 민족문학사학회, 『민족문학사연구』 24, 2004.

「역사소설의 최근 양상에 관한 한 고찰-'황진이'의 소설 형상화를 중심으로」, 『국어국문학』 141, 국어국문학회, 2005.

「오늘을 살리는 전통의 힘, 작가의 힘-황석영의 『바리데기』」, 『문학들』 9, 심미안, 2007.

「4월혁명의 기억과 글쓰기-문학 속의 4·19, 특히 소설을 중심으로」, 『작문연구』 12, 한국작문학회, 2011.

「〈일 포스티노〉와 파블로 네루다와 문학」, 『근대서지』 6, 근대서지학회, 2012.

▌정과리(1958)

• 저서

『문학 존재의 변증법』, 문학과지성사, 1985.

『존재의 변증법2』, 청하, 1986.

『스밈과 짜임』, 문학과지성사, 1988.

『시야 너 아니냐』, 문학과지성사, 1997.(공저)

『문명의 배꼽』, 문학과지성사, 1998.

『무덤 속의 마젤란』, 문학과지성사, 1999.

『의학과 문학』, 문학과지성사, 2004.

『영원한 시작』, 민음사, 2005.

『문학이라는 것의 욕망』, 역락, 2005.

『문학과지성사 30년』, 문학과지성사, 2005.(공저)

『문신공방1(현대 한국 소설과 비평 그리고 문학판 읽기)』, 역락, 2005.
『근대적 육체와 일상의 발견』, 경희대학교 출판국, 2006.
『네안데르탈인의 귀환(비평집)』, 문학과지성사, 2008.
『의학은 나의 아내, 문학은 나의 애인』, 알음, 2008.
『21세기 다윈혁명』, 사이언스북스, 2008.
『들어라 청년들아』, 사문난적, 2008.
『글숨의 광합성(비평집)』, 문학과지성사, 2009.
『감염병과 인문학』, 강, 2014.(공저)
『1980년대의 북극꽃들아, 뿔고등을 불어라』, 문학과지성사, 2014.
『근현대 한국의 지성과 연세』, 혜안, 2016.(공저)
『근대소설의 기원에 관한 연구』, 역락, 2016.
『뫼비우스 분면을 떠도는 한국문학을 위한 안내서』, 문학과지성사, 2016.
『문신공방2』, 역락, 2018.
『문학과 법』, 사회평론아카데미, 2018.(공저)
『문신공방3』, 역락, 2018.
『'한국적 서정'이라는 환(幻)을 좇아서』, 문학과지성사, 2020.
『문자와 예술』, 한국문화사, 2020.(공저)
『한국 근대시의 묘상 연구』, 문학과지성사, 2023.

• 편저
『마종기 깊이읽기』, 문학과지성사, 1999.
『2000 현장비평가가 뽑은 올해의 좋은 시』, 현대문학, 2000.
『김치수 깊이 읽기』, 문학과지성사, 2000.
『유종호 깊이 읽기』, 민음사, 2006.
『문학과지성사 한국문학선집 1900~2000 - 시』, 문학과지성사, 2007.
『문학과지성사 한국문학선집 1900~2000』, 문학과지성사, 2007.
『정명환 깊이 읽기』, 문학과지성사, 2009.(공저)
『바람이 와서 몸이 되다』, 창비, 2023.
『비평의 숙명』, 문학과지성사, 2023.

• 역서
『나를 만지지 마라』, 장 뤽 낭시, 이만형/정과리 역, 문학과지성사, 2015.

• 논문 / 비평

「소설(小說)에 있어서의 주체(主體)의 문제 : Lucien Goldmann의 소설사회학과
　관련하여」, 『인문학연구』 12(2), 충남대학교 인문과학연구소, 1985.
「문학의 사회적 기능에 대한 검토 : 리얼리즘 이론에 대해」, 『인문학연구』 13(2),
　충남대학교 인문과학연구소, 1986.
「인간의 길, 자유의 우리 - 사르트르의 『자유의 길(Les chemins de La Liberte)』」,
　『인문학연구』 18(2), 충남대학교 인문과학연구소, 1991.
「프랑스 근대 소설의 기원에 대한 이론적 검토」, 『佛語佛文學硏究』 27(1), 한국불어불
　문학회, 1992.
「서양문학의 수용 양상」, 『인문학연구』 22(1), 충남대학교 인문과학연구소, 1995.
「문학상의 역사와 기능」, 『프랑스학연구』 17, 프랑스학회, 1999.
「비극성의 복원과 구조의 다면성 : 정명희(외) 지음, 『라신을 어떻게 읽을 것인가』」,
　『프랑스고전문학연구』 4, 한국프랑스고전문학회, 2001.
「이 아이들을 어찌할 것인가? : 판타지 소설 붐을 중심으로」, 『문학교육학』 7, 한국문
　학교육학회, 2001.
「수평선에 입맞추다 - 이동백」, 『시와세계』 8, 2004.
「한국현대시에서 서정성의 확대가 일어나기까지」, 한국시학회 학술대회 논문집,
　한국시학회, 2006.
「김수영과 프랑스 문학의 관련양상」, 『한국시학연구』 22, 한국시학회, 2008.
「영상언어와 문학」, 『韓民族語文學』 55, 한민족어문학회, 2009.
「김현 비평에 있어서의 고향의 문화사적 의미」, 『批評文學』 42, 韓國批評文學會,
　2011.
「위기가 아닌 적이 없었다. 그러나 때마다 위기는 달랐다: 위기 담론의 근원, 변화,
　한국적 양태」, 『현대문학의 연구』 51, 한국문학연구학회, 2013.
「세계문학과 번역의 맥락 속에서 살펴 본 한국문학의 오늘」, 『비교한국학』 21(2),
　국제비교한국학회, 2013.
「인문학과 자연과학의 만남의 방식 - 연동 작용과 반영 관계에 대해」, 『인문학연구』
　45, 조선대학교 인문학연구원, 2013.
「사르트르 실존주의와 앙가주망론의 한국적 반향」, 『비교한국학』 23(3), 국제비교한
　국학회, 2015.
「사르트르와 프랑스 지식인들의 앙가주망론의 한국적 반향」, 프랑스학회 학술대회,
　프랑스학회, 2015.

「한국문학의 세계화를 향한 문학적 기반 구축에 관한 연구-교류 텍스트 구성과
　　번역을 중심으로」, 『비교한국학』 23(2), 국제비교한국학회, 2015.
「디지털과 문학 사이」, 『어문연구학회 학술대회 논문집』, 어문연구학회, 2016.
「설정식 시에 나타난 민족의 형상-조국건설의 과제 앞에 선 한 해방기 지식인의
　　특별한 선택과 그 시적 투영」, 『동방학지』 174, 연세대학교 국학연구원, 2016.
「빅데이터의 문학적 활용과 빅데이터에 대한 문학적 성찰」, 『시민인문학』 30, 경기대
　　학교 인문학연구소, 2016.
「디지털과 문학 사이-융합의 사례 분석과 전망」, 『어문연구』 91, 어문연구학회,
　　2017.
「한국시사에서의 문자적인 것의 기능적 변천-이상(李箱)으로부터 기형도에 이르는
　　긴 여정 안에서」, 『人文科學』 116, 연세대학교 인문학연구원, 2019.
「청년 김현에게 있어서 만남의 문제-김현 초기 시론의 형성에 대하여」, 『한국시학회
　　학술대회 논문집』 12, 한국시학회, 2020.
「청년 김현에게 있어서 만남의 문제」, 『한국시학연구』 68, 한국시학회, 2021.

▌김명인(1958)

• 저서

『희망의 문학』, 풀빛, 1990.
『잠들지 못하는 희망』, 학고재, 1997.
『불을 찾아서』, 소명출판, 2000.
『김수영 근대를 향한 모험』, 소명출판, 2002.
『주례사 비평을 넘어서』, 한국출판마케팅연구소, 2002.
『조연현, 비극적 세계관과 파시즘 사이』, 소명출판, 2004.
『자명한 것들과의 결별』, 창비, 2004.
『내면 산책자의 시간』, 동베개, 2012.
『부끄러움의 깊이』, 빨간소금, 2017.
『폭력과 모독을 넘어서』, 소명출판, 2021.
『이 모든 무수한 반동이 좋다』, 한겨레, 2022.(공저)
『김구용의 시간과 그의 타자들』, 한국학술정보, 2022.

• 논문 / 비평

「순수시론의 환상과 현실 : 박병철의 시적 변용」, 『어문논집』 22(1), 안암어문학회,
    1981.

「純粹詩의 性格과 文學的 現實－朴龍喆의 詩的 성취와 그 限界」, 『京畿語文學』 2,
    경기대학교인문대학국어국문학회, 1981.

「玄鎭建과 리얼리즘 文學論」, 『論文集』 9, 경기대학교연구교류처, 1981.

「鄭芝溶의 「曲馬團」考」, 『京畿語文學』 4, 경기대학교인문대학국어국문학회, 1983.

「朴南秀論」, 『韓國文學研究』 1, 경기대학교한국문학연구소, 1984.

「鄭芝溶과 金永郎의 詩語」, 『京畿語文學』 5–6, 경기대학교인문대학국어국문학회,
    1985.

「趙芝薰의 初期詩考」, 『京畿語文學』 7, 경기대학교인문대학국어국문학회, 1986.

「審美意識의 詩的 展開」, 『論文集』 27, 경기대학교연구교류처, 1990.

「국문학연구와 문화운동」, 『민족문학사연구』 1(1), 민족문학사학회, 1991.

「李庸岳詩考」, 『論文集』 30, 경기대학교연구교류처, 1992.

「1930년대 중후반 임화 시의 양상과 성격」, 『민족문학사연구』 5(1), 민족문학사학회,
    1994.

「근대화 과정과 시적 대응 : 鄭芝溶의 경우」, 『韓國文學研究』 5, 경기대학교한국문학
    연구소, 1997.

「『귀(鬼)의 성(聲)』과 한 친일개화파의 세계인식」, 『한국학연구』 9, 인하대학교 한국
    학연구소, 1998.

「바람과 죽음의 變奏 : 황동규의 『풍장』론」, 『한국학연구』 11, 고려대학교 한국학연구
    소, 1999.

「조연현의 문학사방법론 비판」, 『한국학연구』 10, 인하대학교 한국학연구소, 1999.

「근대소설(近小說)과 도시성(都市性)의 문제 : 박태원의 「소설가 구보씨의 일일」
    을 중심으로」, 『민족문학사연구』 16(1), 민족문학사학회, 2000.

「21세기에 구상하는 새로운 문학사론 ; 민족문학과 민족문학사 인식의 전환을 위하
    여」, 『민족문학사연구』 19, 민족문학사학회·민족문학사연구소, 2001.

「시간 속을 소용돌이치는 말들의 풍경 : 최하림 시고」, 『한국학연구』 15, 고려대학교
    한국학연구소, 2001.

「지식인 사회 위기론 유감」, 『황해문화』 32, 새얼문화재단, 2001.

「민족문학과 민족문학사 인식의 전환을 위하여」, 『민족문학사연구』 19, 민족문학사
    학회, 2001.

「왜 아직 김수영인가 : 90년대 김수영 연구의 문제」, 『문예미학』 9(1), 문예미학회,
     2002.

「이원수의 해방기 동시에 관하여」, 『한국학연구』 12, 인하대학교 한국학연구소,
     2003.

「손창섭 『異性研究』 : 체념의 미학과 통속적 기호들」, 『한국학연구』 12, 인하대학교
     한국학연구소, 2003.

「빌라도의 손씻기」, 『황해문화』 34, 새얼문화재단, 2002.

「변하는 것과 변하지 않는 것」, 『황해문화』 39, 새얼문화재단, 2003.

「우리 시어의 근대성과 근대적 자각」, 『한국학연구19, 고려대학교 한국학연구소,
     2003.

「세상은 좋아졌는가」, 『황해문화』 42, 새얼문화재단, 2004.

「여름 귀뚜라미의 안타까운 노래」, 『황해문화』 44, 새얼문화재단, 2004.

「비극적 자아의 형성과 소멸, 그 이후 : 1920년대 초반 염상섭 소설세계의 전환과
     관련하여」, 『민족문학사연구』 28, 민족문학사학회, 2005.

「'기업하기 좋은 나라' 이데올로기」, 『황해문화』 48, 새얼문화재단, 2005.

「한국 근대 문학개념의 형성과정 - '비애의 감각'을 중심으로」, 『한국근대문학연구』
     6(2), 한국근대문학회, 2005.

「국가이성의 진보적 재구성을 위하여」, 『황해문화』 46, 새얼문화재단, 2005.

「한국 근현대소설과 가족로망스 : 하나의 시론(試論)적 소묘」, 『민족문학사연구』
     32, 민족문학사학회, 2006.

「황해문화 50호, '대한민국'의 상처와 희망」, 『황해문화』 50, 새얼문화재단, 2006.

「한국 근대시의 토착어 지향성 연구」, 『한국학연구』 25, 고려대학교 한국학연구소,
     2006.

「1987, 그리고 그 이후」, 『황해문화』 54, 새얼문화재단, 2007.

「인천이 진정한 고품격 세계도시가 되려면」, 『황해문화』 55, 새얼문화재단, 2007.

「어느 한없이 부박했던 정신에 대한 역사철학적 보고서 - 김윤식, 『백철연구』(소명출
     판, 2008) - 」, 『민족문학사연구』 37, 민족문학사학회, 2008.

「친일문학 재론 - 두 개의 강박을 넘어서」, 『한국근대문학연구』 9(1), 한국근대문학
     회, 2008.

「임화 민족문학론의 현재성」, 『민족문학사연구』 38, 민족문학사학회, 2008.

「신 반동기의 인문정신」, 『민족문학사연구』 37, 민족문학사학회, 2008.

「혁명과 반동, 그리고 김수영 - 4·19혁명과 김수영의 정치의식 - 」, 『한국학연구』

19, 인하대학교 한국학연구소, 2008.

「이명박 시대에 보내는 고언」, 『황해문화』 58, 새얼문화재단, 2008.

「생각 속의 중국, 생각 너머의 중국」, 『황해문화』 61, 새얼문화재단, 2008.

「서로 마음을 열고 다시 길을 찾아서」, 『황해문화』 63, 새얼문화재단, 2009.

「삽질은 과연 MB만 하고 있는 것일까」, 『황해문화』 65, 새얼문화재단, 2009.

「근대도시의 바깥을 사유한다는 것-이상과 김승옥의 경우-」, 『한국학연구』 21,
　　인하대학교 한국학연구소, 2009.

「백석 시에 나타난 기행」, 『한국시학연구』 27, 한국시학회, 2010.

「대학교수는 무엇으로 사는가?」, 『황해문화』 66, 새얼문화재단, 2010.

「문학사 서술은 불가능한가: 정치적 실천으로서의 민족문학사/쓰기」, 『민족문학사
　　연구』 43, 민족문학사학회, 2010.

「'이명박 이후'를 생각하며 정명(正名)을 다시 묻다」, 『황해문화』 71, 새얼문화재단,
　　2011.

「민족문학론과 동아시아론의 비판적 검토-해방의 서사를 기다리며」, 『민족문학사
　　연구』 50, 민족문학사연구소, 2012.

「유체이탈의 현상학: 표절 사건과 세월호 참사는 무엇이 다른가」, 『실천문학』 119,
　　실천문학, 2015.

「기억과 애도의 문학, 혹은 정치학-한강의 『소년이 온다』」, 『작가들』 58, 인천작가회
　　의, 2016.

「한국 근대소설과 식민지 근대성: 시론적 연구-염상섭의 「만세전」을 중심으로」,
　　『민족문학사연구』 64, 민족문학사학회·민족문학사연구소, 2017.

「김구용의 탈영토화 양상 연구」, 『한국시학연구』 72, 한국시학회, 2022.

「낯선 세상 속에서」, 『황해문화』 119, 새얼문화재단, 2023.

「전향한 남조선노동당원 김수영을 위하여」, 『황해문화』 120, 새얼문화재단, 2023.

▌구모룡(1959)

• 저서

『앓는 세대의 문학』, 부산: 詩路, 1986.

『구체적 삶과 형성기의 문학』, 문학과지성사. 1988.

『한국문학과 열린 체계의 비평담론』, 열음사. 1992.

『문학과 근대성의 경험』, 좋은날, 1998.

『서정시의 본질과 근대성 비판』, 다운샘, 1999.

『제유의 시학』, 좋은날, 2000.

『해양문학이란 무엇인가』, 전망, 2004.

『지역문학과 주변부적 시각』, 신생, 2005.

『시의 옹호』, 천년의 시작, 2006.

『감성과 윤리』, 산지니, 2009.

『예술과 생활 (외) - 김동석 편』, 종합출판범우, 2009.

『가장 따뜻한 등불』, 신생, 2009.

『근대문학 속의 동아시아』, 산지니, 2012.

『노란 꽃들이 숲의 상부에 피어나 - 탈脫』, 도요, 2015.

『해양풍경 - 현대 해항도시와 해양문학의 양상』, 산지니, 2015.

『은유를 넘어서』, 산지니, 2016.

『부산의 문화 인프라와 페스티벌』, 지식과교양, 2017.

『시인의 공책』, 산지니, 2018.

『백신애 문학의 안과 밖』, 전망, 2018.(공저)

『폐허의 푸른빛 : 비평의 원근법』, 산지니, 2019.

『보존과 창조: 현대시조의 시학』, 산지니, 2020.

『문학 속의 부산』, 부산대학교출판문화원, 2023.

• 논문 / 비평

「문학지형의 변화와 생활세계의 문제」, 『오늘의 문예비평』, 1991.

「하창수 論 : 상처와 죄의식」, 『오늘의 문예비평』, 1991.

「생의 형식과 서정적 소설론 - 김동리의 문학유기론에 대한 고찰」, 『韓國文學論叢』 13, 한국문학회, 1992.

「비판사학의 열린 체계 : 해석에서 해체로」, 『오늘의 문예비평』, 1992.

「한국문학과 근대성의 문제」, 『오늘의 문예비평』, 1992.

「시집 『절망의 이삭』의 강현국 시인을 찾아서」, 『오늘의 문예비평』, 1993.

「90년대 시생산의 조건과 양상」, 『오늘의 문예비평』, 1993.

「한국 '해양문학' 연구의 현실과 전망」, 『황해문화』 4, 새얼문화재단, 1994.

「근대성, 혹은 근대의 초극?」, 『오늘의 문예비평』, 1994.

「범람과 과잉을 넘어, 다시, 비평의 시대로」, 『오늘의 문예비평』, 1995.

「야곱의 씨름 : 자기 지키기와 타자 감싸기」, 『오늘의 문예비평』, 1995.

「피난의 추억」, 『오늘의 문예비평』, 1996.

「패러디 시학의 이데올로기」, 『韓國文學論叢』 18, 한국문학회, 1996.

「위기의 시대, 비평의 길」, 『황해문화』 16, 새얼문화재단, 1997.

「한국 문학비평과 유기론적 전통」, 『韓國文學論叢』 20, 한국문학회, 1997.

「현대시학과 서사의 문제」, 『現代文學理論研究』 9, 현대문학이론학회, 1998.

「시와 사회」, 『退溪學論叢』 4, 퇴계학부산연구원, 1998.

「환원주의 비판과 생태학적 전망」, 『문학동네』 6(4), 1999.

「포위된 혁명 : 시적 근대성 비판」, 『韓國海洋大學校 人文社會科學論叢』 7, 韓國海洋大學校 人文社會科學大學, 1999.

「문학과 기술이데올로기」, 『오늘의 문예비평』, 1999.

「한국문학의 근대성, 그 의미와 실체: 한국비평문학의 근대적 성격과 위상-전통과 근대의 관련성을 중심으로」, 『現代文學理論研究』 10, 현대문학이론학회, 1999.

「위험한 순수-김춘수 문학을 지나서」, 『오늘의 문예비평』, 2000.

「시학의 주요 개념에 대한 재고찰-근대시학 극복과 관련하여」, 『韓國文學論叢』 29, 한국문학회, 2001.

「세계화와 문학의 균열」, 『황해문화』 30, 새얼문화재단, 2001.

「해양 인식의 전환과 해양문화」, 『人文社會科學論叢』 13(1), 한국해양대학교 국제해양연구소, 2001.

「한국 근대문학과 동아시아적 맥락-방법론 모색 노트」, 『韓國文學論叢』 30, 한국문학회, 2002.

「한국근대시와 불교적 상상력의 양면성」, 『한국시학연구』 9, 한국시학회, 2003.

「현대시의 진정한 새로움」, 『시작』 2(1), 천년의시작, 2003.

「주변부 지역문학의 위상」, 『오늘의 문예비평』, 2003.

「한국근대문학과 미적 근대성의 관련 양상-미적 근대성론의 한계를 중심으로」, 『국제어문』 29, 국제어문학회, 2004.

「텔러비전의 장과 문학의 장」, 『국어국문학』 137, 국어국문학회, 2004.

「〈해양과 이슈〉를 발간하면서」, 『국제해양문제연구』 16(1), 한국해양대학교 국제해양문제연구소, 2004.

「부산지역 해양문학의 문화론」, 『韓國文學論叢』 37, 한국문학회, 2004.

「반(反)시장, 시적 사회성」, 『시작』 4(3), 천년의시작, 2005.

「의지적 풍경을 향한 시적 전회」, 『시와세계』 9, 2005.

「동아시아 미학과 제유의 원리」, 『성곡논총』 36(1), 성곡언론문화재단, 2005.
「동아시아적 시각, 동아시아 문학론」, 『오늘의 문예비평』, 2005.
「진화하는 문화정책과 〈한국문화예술위원회〉」, 『오늘의 문예비평』, 2007.
「시에 있어서의 제유의 수사학」, 『한국시학연구』 20, 한국시학회, 2007.
「시의 사회적 존재론」, 『시작』 7(1), 천년의시작, 2008.
「김기림 재론 : 동아시아적 시각으로 읽은 1930년」, 『現代文學理論硏究』 33, 현대문학
    이론학회, 2008.
「방법으로서의 부산-해양문화도시로 가는 길」, 『한국학연구』 19, 인하대학교 한국
    학연구소, 2008.
「부산 : 식민도시와 근대도시를 넘어서」, 『인천학연구』 8, 인천대학교 인천학연구원,
    2008.
「21세기 생태비평이 갈 길」, 『시작』 8(4), 천년의시작, 2009.
「해방 이후의 비평-비평과 국가」, 『한국근대문학연구』 10(1), 한국근대문학회, 2009.
「장소와 공간의 지역문학-지역문학의 문화론」, 『어문론총』 51, 한국문학언어학회,
    2009.
「난계 오영수의 유기론적 문학사상에 관한 시론」, 『영주어문』 20, 영주어문학회,
    2010.
「윤동주의 시와 디아스포라로서의 주체성」, 『現代文學理論硏究』 43, 현대문학이론
    학회, 2010.
「구제역과 시 쓰기」, 『시작』 10(1), 천년의시작, 2011.
「종합·체계적으로 인문학의 싹 키워야」, 『부산발전포럼』 129, 부산연구원, 2011.
「한국 근대소설에 나타난 해항도시 부산의 근대 풍경」, 『해항도시문화교섭학』 4,
    한국해양대학교 국제해양문제연구소, 2011.
「동아시아 근본비유로서의 제유」, 한중인문학회 국제학술대회, 한중인문학회, 2012.
「한국문학에 나타난 해항도시 부산의 문화경험」, 한중인문학회 학술대회, 한중인문
    학회, 2013.
「백신애의 청도 기행」, 한중인문학회 국제학술대회 6, 한중인문학회, 2015.
「접촉지대와 선박의 크로노토프-해항도시 부산과 항로들」, 『동북아 문화연구』
    1(49), 동북아시아문화학회, 2016.
「조선통신사의 의리와 명분, 인간애의 전범-이충호의 『이예, 그 불멸의 길』」, 『해양
    담론』 3, 한국해양사학회, 2016.
「다시 바로 서는 촛불」, 『문학들』 47, 심미안, 2017.

「접촉지대와 선박의 크로노토프 – 해항도시 부산과 항로들」, 『해양담론』 4, 한국해양
  사학회, 2017.
「해양경제 발흥기의 사실주의」, 『해양담론』 5, 한국해양사학회, 2018.
「접촉지대 부산을 향한 제국의 시선」, 『해항도시문화교섭학』 18, 한국해양대학교
  국제해양문제연구소, 2018.
「분단을 허무는 문학」, 『서정시학』 28(3), 2018.
「술이라는 플롯 권여선의 『안녕 주정뱅이』를 중심으로」, 『한국연구』 3, (재)한국연구
  원, 2019.
「해양소설과 항해 – 장르 비평적 과제」, 『해양담론』 6, 한국해양사학회, 2019.
「접촉지대 부산의 항로와 문화교섭」, 『새한영어영문학회 학술발표회 논문집』 10,
  새한영어영문학회, 2021.

▌정호웅(1959)

• 저서

『장편소설로 보는 새로운 민족문학사』, 얼음사, 1993.
『한국소설사』, 예하, 1993.
『우리 소설이 걸어온 길』, 솔, 1994.
『반영과 지향』, 세계사, 1995.
『해방 50년 한국의 소설1』, 한겨레신문사, 1995.
『해방 50년 한국의 소설2』, 한겨레신문사, 1995.
『해방 50년 한국의 소설3』, 한겨레신문사, 1995.
『임화(문학의 이해와 감상79, 세계 개진의 열정)』, 건국대학교출판부, 1996.
『한국현대소설사론』, 새미, 1996.
『김남천 전집1』, 박이정, 2000.
『김남천 전집2』, 박이정, 2000.
『한국문학의 근본주의적 상상력』, 프레스21, 2000.
『우리 문학 100년』, 현암사, 2005.(공저)
『한국의 역사소설(비평집)』, 역락, 2006.
『주변에서 글쓰기 상처와 선택』, 민음사, 2006.(공저)
『그들의 문학과 생애, 김남천』, 한길사, 2008.

『문학사 연구와 문학 교육』, 푸른사상, 2012.

『아름다운 우리 소설』, 푸른사상, 2014.(공저)

『한국문학과 실향. 귀향. 탈향의 서사』, 푸른사상, 2016.(공저)

『대결의 문학사』, 역락, 2019.

『시민의 탄생, 사랑의 언어』, 민음사, 2021.

• 편저

『삼대』, 문학과지성사, 2004.

『김윤식 선집7』, 솔출판사, 2005.

『수난이대』, 지만지, 2008.

『김남천 작품집』, 지만지, 2008.

『김동리 작품집』, 지만지, 2010.

『상록수-심훈 장편소설』, 현대문학, 2010.

『감자-김동리 단편선』, 현대문학, 2011.

『김남천 단편집』, 지만지, 2013.

『김동리 평론선집』, 지식을만드는지식, 2015.

• 논문 / 비평

「농민문학 연구의 현황과 앞으로의 연구방향」, 『韓國學報』 10(4), 일지사, 1984.

「염상섭 전기문학론」, 『한국문화』 6, 서울대학교 규장각한국학연구원, 1985.

「30년대 리얼리즘문학의 한 양상」, 『韓國學報』 12(4), 일지사, 1986.

「리얼리즘문학 연구사 검토-경향문학 연구에 국한하여」, 『韓國學報』 14(1), 일지사, 1988.

「서준섭 (著) 한국 모더니즘 문학 연구」, 『韓國學報』 14(4), 일지사, 1988.

「해방공간의 소설과 지식인」, 『韓國學報』 15(1), 일지사, 1989.

「50년대 소설론」, 『문학사와 비평』 1, 문학사와 비평학회, 1991.

「관념편향적 창작방법의 한계-이문열의 《영웅시대》론」, 『문학사와 비평』 1, 문학사와 비평학회, 1991.

「탈향, 그 출발의 소설사적 의미-이호철의 《小市民》론」, 『문학사와 비평』 2, 문학사와 비평학회, 1993.

「한국 근대소설의 기짐 연구」, 『人文研究』 15(1), 영남대학교 인문과학연구소, 1993.

「〈智異山〉론-1970년대 역사소설의 문제점과 관련하여」, 『문학사와 비평』 3, 문학사와 비평학회, 1994.

「김정한론」, 『人文科學』 2, 弘益大學校 人文科學硏究所, 1994.

「70년대 역사소설의 문제점」, 『현대소설연구』 1, 한국현대소설학회, 1994.

「광복 50년의 근대문학 연구사」, 『韓國學報』 21(1), 일지사, 1995.

「임화 소설 비평의 구조」, 『韓國學報』 22(2), 일지사, 1996.

「'임화 소설사'의 몇 가지 내용에 대한 비판적 검토」, 『現代文學理論硏究』 8, 현대문학
이론학회, 1997.

「한국 현대소설에서의 감옥 체험 양상」, 『문학사와 비평』 4, 문학사와 비평학회,
1997.

「한국 근대소설과 자기반성의 정신 – 염상섭의 경우」, 『문학사와 비평』 5, 문학사와
비평학회, 1998.

「〈삼대〉론」, 『현대소설연구』 11, 한국현대소설학회, 1999.

「염상섭 문학 연구의 현재 – 김경수 저, 『염상섭 장편소설 연구』(일조각, 1999)」,
『문학사와 비평』 6, 문학사와 비평학회, 1999.

「한국 역사소설의 미학적 특성 연구」, 『문학사와 비평』 6, 문학사와 비평학회, 1999.

「균형과 조화의 소설미학 – 이범선의 단편소설」, 『한국문학연구』 21, 동국대학교
한국문학연구소, 1999.

「20세기 한국문학과 근대라는 타자」, 『문학사와 비평』 7, 문학사와 비평학회, 2000.

「작가 읽기 / 최인훈 : 『광장』론 – 자기처벌에 이르는 길」, 『시학과 언어학』 1, 시학과
언어학회, 2001.

「한국학과 교양교육」, 『人文科學』 9, 弘益大學校 人文科學硏究所, 2001.

「황순원 소설의 인물성격 연구」, 『독서연구』 6, 한국독서학회, 2001.

「한국 현대소설과 만주공간」, 『문학교육학』 7, 한국문학교육학회, 2001.

「한국 역사소설과 성장의 행로」, 『현대소설연구』 18, 한국현대소설학회, 2003.

「한국 역사소설과 성장의 행로」, 『현대소설연구』 18, 한국현대소설학회, 2003.

「현대문학 교육과 삶의 질 – 부분 읽기에서 전체 읽기로」, 『국어교육』 113, 한국어교육
학회, 2004.

「한국 현대소설과 동학」, 『우리말글』 31, 우리말글학회, 2004.

「김남천의 해방후 문학세계」, 『人文科學』 12, 弘益大學校 人文科學硏究所, 2004.

「해방 전후 지식인의 행로와 그 의미 – 이병주의 「관부연락선」」, 『현대소설연구』
24, 한국현대소설학회, 2004.

「해방 전후 지식인의 행로와 그 의미」, 『현대소설연구』 24, 한국현대소설학회, 2004.

「한국 현대문학 연구의 새로운 모색」, 『국어국문학』 141, 국어국문학회, 2005.

「김남천 소설과 근대성 탐구」, 『人文科學』 13, 弘益大學校 人文科學硏究所, 2005.

「〈고우영삼국지〉와 〈삼국지〉의 서사 변환」, 『한국언어문화』 30, 한국언어문화학회, 2006.

「유진오론」, 『문학교육학』 21, 한국문학교육학회, 2006.

「박태원의 역사소설을 다시 읽는다」, 『구보학보』 2, 구보학회, 2007.

「최근 소설과 역사의 단순화 경향-김경욱의 『천년의 왕국』, 김영하의 『빛의 제국』」, 『문학들』 10, 심미안, 2007.

「한국 현대소설과 상해」, 『한국언어문화』 36, 한국언어문화학회, 2008.

「김동리 소설과 화개-「역마(驛馬)」에 대한 새로운 해석을 중심으로」, 『문학교육학』 30, 한국문학교육학회, 2009.

「한국 현대소설과 불교 설화」, 『우리말글』 45, 우리말글학회, 2009.

「일제 말 소설의 창작방법」, 『현대소설연구』 43, 한국현대소설학회, 2010.

「문학교육에서 바라본 시민 혁명의 기억과 체험-문학교실에서의 「광장」 읽기」, 『문학교육학』 32, 한국문학교육학회, 2010.

「윤흥길론-문학 교육과 관련하여」, 『제한인문학연구』 8, 국제한인문학회, 2011.

「인용과 변용의 어법, 해학과 비판의 정신-일석 이희승의 수필세계」, 『산학보』 37, 애산학회, 2011.

「한국 소설 속의 자기 처벌자」, 『구보학보』 7, 구보학회, 2011.

「박경리 소설의 인물 성격과 '초인론'」, 『국제한인문학연구』 10, 국제한인문학회, 2012.

「근대계몽기 문학교육의 형성과 흔적-근대계몽기 문학과 무학교육」, 『문학교육학』 39, 한국문학교육학회, 2012.

「이병주 문학과 중국 학병 체험」, 한중인문학회 국제학술대회, 한중인문학회, 2013.

「최인훈의 [화두]와 일제 강점기 한국문학」, 한중인문학회 국제학술대회, 한중인문학회, 2014.

「한국 현대소설과 만주라는 기호」, 『현대소설연구』 55, 한국현대소설학회, 2014.

「해방 후의 이광수 문학」, 『춘원연구학보』 8, 춘원연구학회, 2015.

「전상국의 장편 『유정의 사랑』과 '김유정 평전'」, 『구보학보』 12, 구보학회, 2015.

「『토지』와 만주 공간-문학교육과 관련하여」, 『구보학보』 15, 구보학회, 2016.

「최인훈 문학과 한국현대문학의 타자들」, 『우리말글』 68, 우리말글학회, 2016.

「「逆旅」론-한국소설 속의 일본인상 등과 관련하여」, 한중인문학회 국제학술대회,

한중인문학회, 2017.

「이호철의 「逆旅」와 문학교육 - '타자 이해'를 중심으로」, 『구보학보』 18, 구보학회, 2018.

「해방 후 소설과 '소년의 행로'」, 『구보학보』 22, 구보학회, 2019.

「만주(滿洲) 배경의 한국문학과 문학교육」, 『어문연구』 47(2), 한국어문교육연구회, 2019.

「박경리의 시세계」, 『구보학보』 26, 구보학회, 2020.

「중국에서의 독립운동과 한국문학 1 - 김사량의 조선의용군 문학」, 『한중인문학연구』 66, 한중인문학회, 2020.

「한국 현대소설에서의 백석 수용 - 문학교육과 관련하여」, 『구보학보』 31, 구보학회 2022.

▌하정일(1959, 작고)

• 저서
『식민지시대 노동소설선』, 민족과문학, 1988.

『민족문학의 이념과 방법』, 태학사, 1993.

『20세기 한국문학과 근대성의 변증법』, 소명, 2000.

『분단 자본주의 시대의 민족문학사론』, 소명출판, 2002.

『역사용어 바로쓰기』, 역사비평사, 2006.(공저)

『강경애, 시대와 문학』, 랜덤하우스코리아, 2006.(공저)

『탈식민의 미학=Decolonial aesthetics』, 소명출판, 2008.

『탈근대주의를 넘어서 : 탈식민의 미학2』, 역락, 2012.

『구인회문학의 재인식』, 소명출판, 2023.(공저)

• 편저
『홍염(외)』, 종합출판범우, 2005.

『하근찬 선집』, 현대문학, 2011.

• 논문 / 비평
「해방기 문학 연구 ; 남한 문학운동의 이념」, 『현대문학의 연구』 2, 한국문학연구학회,

1989.

「서평 카프문학과 민족해방운동」, 『역사비평』 6, 역사비평사, 1989.

「전후 단편소설의 세계관적 구조와 장르적 특성」, 『현대문학의 연구』(1), 한국문학연
　　구학회, 1989.

「남한 문학운동의 이념」, 『현대문학 연구』(2). 한국문학연구학회, 1989.

「〈태백산맥〉과 '빨치산문학'」, 『원우론집』(17), 연세대학교 대학원, 1990.

「〈고향〉과 농민소설의 방향」, 『연세어문학』 22, 연세대학교 국어국문학과, 1990.

「문학연구방법론의 검토와 새로운 방향 모색 ; 소설사 연구방법론에 대한 문제제기적
　　검토-1919년~30년대 후반 소설사를 중심으로」, 『민족문학사연구』 1, 민족문학
　　사연구소, 1991.

「소설사 연구방법론에 대한 문제제기적 검토 : 1919년~30년대 후반 소설사를 중심으
　　로」, 『민족문학사연구』 1(1), 민족문학사학회, 1991.

「민족문학의 이념과 방법」, 『민족문학사연구』 3(1), 민족문학사학회, 1993.

「1930년대 문학연구 ; 프리체의 리얼리즘관과 30년대 후반의 리얼리즘론」, 『현대문
　　학의 연구』 4, 한국문학연구학회, 1993.

「프리체의 리얼리즘관과 30년대 후반의 리얼리즘론」, 『현대문학의 연구』(4), 한국문
　　학연구학회, 1993.

「이상갑 지음『한국근대문학과 전향문학』」, 『국어국문학』 115, 국어국문학회, 1995.

「해방 50주년과 민족문학」, 『민족문학사연구』 8(1), 민족문학사학회, 1995.

「해방 직후의 민족문학론과 근대관」, 『민족문학사연구』 8(1), 민족문학사학회, 1995.

「[특집: 우리의 자본주의 문화] 후기 자본주의와 근대 소설의 운명」, 『현상과 인식』
　　19(1), 한국인문사회과학회, 1995.

「'천변'의 유토피아와 근대 비판: 박태원론」, 『畿甸語文學』 10, 수원대학교 국어국문
　　학회, 1996.

「계몽의 내면화와 자기 확인의 서사」, 『國語 國文學 硏究』 19, 圓光大學校 人文科學大學
　　國語國文學科, 1997.

「90년대 근대문학비평사 연구의 몇 가지 문제점」, 『現代文學理論硏究』 8, 현대문학이
　　론학회, 1997.

「리얼리즘의 가능성 : 오해와 편견을 넘어서」, 『민족문학사연구』 13(1), 민족문학사학
　　회, 1998.

「한국전쟁의 시공간성과 1960년대 소설의 새로움-하근찬을 중심으로」, 『한국인어
　　문학』 40, 한국언어문학회, 1998.

「전후 소설의 성격과 이범선 문학」, 『한국문학연구』 21, 동국대학교 한국문학연구소, 1999.

「채만식 문학과 사회주의 : 식민지 시대의 작품을 중심으로」, 『國語 國文學 研究』 20, 「圓光大學校 人文科學大學 國語國文學科, 1999.

「해방기 남북한 소설과 근대성」, 『한국언어문학』 45, 한국언어문학회, 2000.

「복수(複數)의 근대와 민족문학」, 『민족문학사연구』 17(1), 민족문학사학회, 2000.

「한국 근대문학 연구와 탈식민 : 친일문학 문제를 중심으로」, 『민족문학사연구』 23, 민족문학사학회, 2003.

「탈식민론과 민족문학 ; 한국 근대문학 연구와 탈식민-친일문학 문제를 중심으로-」, 『민족문학사연구』 23, 민족문학사학회·민족문학사연구소, 2003.

「30년대 후반 문학비평과 '이식'논의」, 『韓民族語文學』 42, 한민족어문학회, 2003.

「1930년대 후반 이태준 문학과 내부 식민주의 성찰」, 『배달말』 34, 배달말학회, 2004.

「탈민족 담론과 새로운 본질주의」, 『민족문학사연구』 25, 민족문학사학회, 2004.

「[소설로 본 현대사] 문학의 눈으로 바라본 인혁당 사건-김원일의 「푸른 혼」」, 『역사비평』 71, 역사비평사, 2005.

「민족과 계급의 변증법-최서해 문학의 탈식민적 성취와 한계」, 『한국근대문학연구』 6(1), 한국근대문학회, 2005.

「민족문학, 국민문학, 민족주의문학」, 『역사비평』 74, 역사비평사, 2006.

「일제 말기 임화의 생산문학론과 근대극복론」, 『민족문학사연구』 31, 민족문학사학회, 2006.

「탈식민의 역학」, 『실천문학』 82, 실천문학, 2006.

「탈근대 담론-해체 혹은 폐허」, 『민족문학사연구』 33, 민족문학사학회, 2007.

「반미의 세 층위 : 1960년대 소설을 중심으로」, 『민족문학사연구』 36, 민족문학사학회, 2008.

「소통의 부재 혹은 민중 동원의 수단으로서의 소통-1910년대 이광수의 문학론과 사회사상을 중심으로」, 『人文研究』 55, 영남대학교 인문과학연구소, 2008.

「신채호의 문학과 아나키즘 ; 후기 신채호의 아나키즘과 최종심급으로서의 민족주의」, 『민족문학사연구』 41, 민족문학사학회, 2009.

「일제말기 임화의 문학비평과 이중과제론」, 『한국근대문학연구』 10(2), 한국근대문학회, 2009.

「탈근대주의와 과잉 식민성 혹은 신실증주의」, 『황해문화』 68, 새얼문화재단, 2010.

「프로문학의 탈식민 기획과 근대극복론 : 볼세비키화 시기를 중심으로」, 『한국근대문
　　학연구』 11(2), 한국근대문학회, 2010.

「한일병합 100년, 한국문학의 식민성과 탈식민성 ; 탈식민과 근대극복」, 『민족문학사
　　연구』 45, 민족문학사학회, 2011.

「지역, 내부 디아스포라, 사회주의적 상상력 - 김유정 문학에 관한 세 개의 단상(斷
　　想)」, 『민족문학사연구』 47, 민족문학사학회, 2011.

「임화의 민족문학론과 언어론」, 『한국근대문학연구』 12(1), 한국근대문학회, 2011.

「일제 말기 임화의 문화산업론과 대중문화론」, 『한국학연구』 28, 인하대학교 한국학
　　연구소, 2012.

「관련성 이론에서 본 과도한 경어 사용과 화용론적 효과」, 『日語日文學硏究』 87(1),
　　한국일어일문학회, 2013.

「현대일본어에 있어서 실례와 무례의 의미확장 - 개념적 중심성과 기능적 중심성 -」,
　　『日語日文學硏究』 93(1), 한국일어일문학회, 2015.

▌정효구(1959)

• 저서

『시와 젊음 : 정효구평론집』, 문학과 비평사, 1989.

『현대시와 기호학 - 문학과예술1』, 느티나무, 1989.

『(정효구 평론집)광야의 시학』, 열음사, 1991.

『상상력의 모험 : 80년대 시인들』, 민음사, 1992.

『우주 공동체와 문학의 길』, 시와시학사, 1994.

『20세기 한국시의 정신과 방법』, 시와시학사, 1995.

『백석 - 한국현대시인연구14』, 문학세계사, 1996.

『20세기 한국시와 비평정신』, 새미, 1997.

『한국현대시와 자연탐구』, 새미, 1998.

『몽상의 시학 : 90년대 시인들』, 민음사, 1998.

『시 읽는 기쁨』, 작가정신, 2001.

『한국 현대시와 문명의 전환』, 새미, 2002.

『재미한인문학연구』, 월인, 2003. (공저)

『시 읽는 기쁨2』, 작가정신, 2001.

『정진규의 시와 시론 연구』, 푸른사상, 2005.

『시 읽는 기쁨3』, 작가정신, 2001.

『한국 현대시와 평인의 사상』, 푸른사상, 2007.

『일심의 시학, 도심의 미학』, 푸른사상, 2011.

『한용운의 『님의 沈默』, 전편 다시 읽기』, 푸른사상, 2013.

『붓다와 함께 쓰는 시론 : 근대시론을 넘어서기 위하여』, 푸른사상, 2015.

『신 월인천강지곡』, 푸른사상, 2016.

『님의 말 : 정효구 시집』, 푸른사상, 2016.

『다르마의 축복: 정효구 산문집』, 푸른사상, 2018.

『불교시학의 발견과 모색』, 푸른사상, 2018.

『바다에 관한 115장의 명상』, 푸른사상, 2019.

『파라미타의 행복』, 푸른사상, 2021.

『사막 수업 82장』, 푸른사상, 2022.

• 편저

『2001 현장비평가가 뽑은 올해의 좋은 시』, 현대문학, 2001.

• 논문 / 비평

「영랑시의 서정시적 특질 재고」, 『冠嶽語文硏究』 9(1), 서울대학교 국어국문학과,
    1984.

「「빼앗긴 들에도 봄은 오는가」의 구조시학적 분석」, 『冠嶽語文硏究』 10(1), 서울대학
    교 국어국문학과, 1985.

「1920년대 한국 모더니즘의 한 모습」, 『개신어문연구』 4, 개신어문학회, 1985.

「카인의 後裔」에 나타난 人間像 考察」, 『語文論志』 4-5, 忠南大學校 文理科大學
    國語國文學科, 1985.

「招魂」의 構造詩學的 分析」, 『국어국문학』 95, 국어국문학회, 1986.

백석시의 정신과 방법」, 『韓國學報』 15(4), 일지사, 1989.

「주요한 作 〈불놀이〉의 상상력 연구」, 『개신어문연구』 9, 개신어문학회, 1992.

「긴장과 중용의 시학」, 『한국현대문학연구』 2, 한국현대문학회, 1993.

「임화의 단편서사시에 나타난 방법적 특성의 고찰」, 『人文學誌』 9(1), 충북대학교
    인문과학연구소, 1993.

「서정주 시의 신화성에 관한 연구」, 『개신어문연구』 11, 개신어문학회, 1994.

「서정주 시에 나타난 여성 편향성 연구」, 『개신어문연구』 10, 개신어문학회, 1994.

「서정주(徐廷柱) 시의 거울 이미지 고찰」, 『人文學誌』 12(1), 충북대학교 인문과학연구소, 1994.

「김상훈 시의 정신과 방법」, 『개신어문연구』 12, 개신어문학회, 1995.

「김춘수 시의 변모 과정 연구-창작방법론을 중심으로-」, 『개신어문연구』 13, 개신어문학회, 1996.

「김관식(金冠植) 시에 나타난 정신세계의 고찰」, 『人文學誌』 14(1), 충북대학교 인문과학연구소, 1996.

「李箱 문학에 나타난 〈사물화 경향〉의 고찰」, 『개신어문연구』 14, 개신어문학회, 1997.

「이승훈의 시와 시론에 나타난 자아탐구의 양상과 그 의미」, 『語文論叢』 7, 충북대학교 외국어교육원, 1998.

「정진규 시의 자연과 자연성」, 『개신어문연구』 15, 개신어문학회, 1998.

「한국1960년대 동인지 「현대시」 연구」, 『개신어문연구』 16, 개신어문학회, 1999.

「해방 후 한국시에 나타난 미국」, 『語文論叢』 8, 충북대학교 외국어교육원, 1999.

「고정희의 시에 나타난 여성의식」, 『人文學誌』 17(1), 충북대학교 인문과학연구소, 1999.

「한국1960년대 동인지 「현대시」 연구」, 『개신어문연구』 16, 개신어문학회, 1999.

「마종기 시에 나타난 이민자 의식」, 『人文學誌』 19(1), 충북대학교 인문과학연구소, 2000.

「IMF 구제금융체제와 한국문학」, 『人文學誌』 21(1), 충북대학교 인문과학연구소, 2001.

「재미동포 동인지 『지평선』의 양상과 그 의미」, 『한국현대문학연구』 10, 한국현대문학회, 2001.

「재미동포 시인들의 시에 나타난 의식의 변천과정 연구」, 『개신어문연구』 18, 개신어문학회, 2001.

「재미동포 시인들의 시에 나타난 의식의 변천과정 연구(II)」, 『개신어문연구』 19, 개신어문학회, 2002.

「김소월 시에 나타난 화자의 성별과 성격」, 『한국시학연구』 6, 한국시학회, 2002.

「재미한인 시에 나타난 〈고향〉의 의미」, 『韓國文學論叢』 33, 한국문학회, 2003.

「高遠 시에 나타난 의식의 변모과정」, 『한국시학연구』 8, 한국시학회, 2003.

「재미한인 시에 나타난 〈고향〉의 의미」, 『韓國文學論叢』 33, 한국문학회, 2003.

「정진규 시에 나타난 미의식」, 『개신어문연구』 20, 개신어문학회, 2003.

「정진규 시와 純一性의 세계」, 『개신어문연구』 22, 개신어문학회, 2004.

「재미한인 시에 나타난 정체성」, 『한국시문학』 14, 한국시문학회, 2004.

「정진규 시에 나타난 에로스 지향성」, 『어문연구』 45, 어문연구학회, 2004.

「정진규 시와 無爲自然의 세계」, 『개신어문연구』 21, 개신어문학회, 2004.

「정진규 시의 '몸'과 치유의 생태학」, 『한국현대문학연구』 15, 한국현대문학회, 2004.

「강경숙 교수 정년 기념호 : 해방 전 한국현대시에 나타난 섹슈얼리티의 양상과 그 의미」, 『人文學誌』 29, 충북대학교 인문학연구소, 2004.

「장정일의 연작시 「프로이트식 치료를 받는 여교사」 속의 금기와 위반」, 『개신어문연구』 23, 개신어문학회, 2005.

「1930년대 시에 나타난 가족의 양상과 그 의미」, 『韓國文學論叢』 42, 한국문학회, 2006.

「김지하 시의 陰陽원리와 '치유'의 문제」, 『韓國文學論叢』 47, 한국문학회, 2007.

「정지용의 시 「鄕愁」와 陰의 상상력」, 『한국시학연구』 19, 한국시학회, 2007.

「『님의 沈默』과 「달마의 침묵」에 나타난 禪의 세계」, 『韓國文學論叢』 50, 한국문학회, 2008.

「김지하의 시와 "흰 그늘의 미학"」, 『人文學誌』 39, 忠北大學校 人文學研究所, 2009.

「一心 혹은 空心의 詩的 기능에 관한 試論 : 공감의 구조와 양상을 중심으로」, 『한국시학연구』 29, 한국시학회, 2009.

「송욱 시에 나타난 자연과 생명」, 『어문연구』 63, 어문연구학회, 2010.

「한국 근, 현대시 속에 나타난 「자화상」 시편의 양상과 그 의미 - 근대적 자아인식의 극복을 위한 하나의 시론(試論)」, 『人文學誌』 43, 충북대학교 인문학연구소, 2011.

「韓龍雲 시집 『님의 沈默』의 창작원리와 그 의미」, 『韓國文學論叢』 62, 한국문학회, 2012.

「韓龍雲의 시집 『님의 沈默』 속의 「군말」 再考」, 『한국시학연구』 35, 한국시학회, 2012.

「한용운의 『님의 침묵』에서의 "苦諦"의 해결 방식과 그 의미」, 『비교한국학』 22(3), 국제비교한국학회, 2014.

「佛敎唯識論으로 본 이승훈 시의 자아탐구 양상」, 『국어국문학』 66, 국어국문학회, 2014.

「'시적 감동'에 관한 불교심리학적 고찰」, 『韓國文學論叢』 71, 한국문학회, 2015.

「具常의 『그리스도 폴의 江』과 불교적 상상력」, 『韓國文學論叢』 74, 한국문학회,

2016.

「조오현의 연작시 「절간 이야기」의 장소성 고찰-'절간'을 중심으로」, 『개신어문연구』 42, 개신어문학회, 2017.

「한국문학에 그려진 원효(元曉)의 삶과 사상-소설문학을 중심으로」, 『한국불교사연구』 11, 한국불교사연구소, 2017.

「최승호의 시집 『달마의 침묵』에 나타난 글쓰기의 양상-'물 위의 글쓰기'를 중심으로」, 『개신어문연구』 43, 개신어문학회, 2018.

「1920년대 시가 발견한 '들'의 표상성과 그 의미」, 『한국시학연구』 56, 한국시학회, 2018.

「조종현의 연작시조 〈백팔공덕가〉의 '공덕행' 담론과 그 미학」, 『개신어문연구』 44, 개신어문학회, 2019.

「정진규 시에 나타난 '歸家'의 상상력-상상력의 성장과 진화를 중심으로」, 『한국시학연구』 64, 한국시학회, 2020.

「서정주 시집 『질마재 神話』의 마을서사와 승화의 메커니즘」, 『韓國文學論叢』 89, 한국문학회, 2021.

「격세유전의 문화적 밈 혹은 '가을 문명'의 한 소식」, 『현대향가』 6, 한국불교사연구소, 2023.

▌한기(1959)

• 저서

『전환기의 사회와 문학: 모색의 글쓰기 I』, 文學과知性社, 1991.

『30년대 휴머니즘 비평의 속성과 그 파장: 白鐵 비평의 원질과 그 지속의 성격을 이해하기 위한 연구』, 안성산업대학교, 1996.

『합리주의의 문턱에서』, 강, 1997.

『미적 이데올로기의 분석적 수사: 김현 비평고』, 서울시립대학교 문리과대학 국어국문학과, 1998.

『한국근대문학의 탐구』, 태학사, 1999.

『현대 한국문학 산책』, 역락, 2000.

『구텐베르크 수사들』, 역락, 2005.

『내 마음속의 한국문학』, 루덴스, 2009.

『한국 근대 문예 비평사 절요: 비평가와 공론의 만남』, 루덴스, 2015.
『비평 에스프리의 영웅들, 혹은 그 퇴행』, 역락, 2019.

• 논문 / 비평

「「탁류」 및 「태평천하」 연구 시론: 비극적 세계관의 소설적 변용과 30년대 사회구조」,
　　『冠嶽語文硏究』 9(1), 서울대학교 국어국문학과, 1984.
「1930년대 리얼리즘 소설의 성격 - 「서화(鼠火)」, 「고향」의 경우 - 」, 『韓國學報』
　　13(3), 일지사, 1987.
「해방공간의 농민문학」, 『韓國學報』 14(3), 일지사, 1988.
「'소설가 구보 씨의 일일' 계보 소설을 통해 본 20세기 서울의 삶의 역사와 그 공간
　　지리의 변모」, 『서울학연구』 13, 서울시립대학교 서울학연구소, 2000.
「문예지의 역사로서의 문학사와 편집자로서의 비평가에 대하여 - 조연현과 「현대문
　　학」의 경우」, 한국현대문학회 학술발표회자료집, 한국현대문학회, 2001.
「12월 '테제'에서 '물논쟁'까지: (혁명적) 계급의식의 분화와 비평의 논리」, 『민족문학
　　사연구』 24, 민족문학사학회, 2004.
「30년대 문단 재편과 시론의 비평적 전개 - '기교주의 논쟁' 재음미」, 『한국현대문학연
　　구』 17, 한국현대문학회, 2005.
「한국 근대 문학과 '민족'(民族)이라는 상상 공동체 - 민족주의적 정열, 혹은 한국
　　근대문학 형성의 주동력」, 『한국근대문학연구』 6(2), 한국근대문학회, 2005.
「二重 言語 社會와 交換 可能性 - 美洲 韓人 社會를 참고하여 二重 言語 敎育 方案을
　　모색함」, 『어문연구』 36(1), 한국어문교육연구회, 2008.
「초기 유종호 비평의 어문민족주의적 정향성에 관하여 - 한글전용의 어문 사상과
　　토착어주의의 문예 미학 수립 양상을 중심으로」, 『한국현대문학연구』 27, 한국현
　　대문학회, 2009.
「김남천의 "고발문학론"과 "유다"론의 행방 - 1930년대 경향 비평의 궤적과 그 의의를
　　살피기 위한 또 하나의 시론」, 『比較文學』 47, 한국비교문학회, 2009.
「양주동 문학 담론의 생산 궤적과 그 내면적 특질: 민족주의적 열정과 근대적 학리
　　지향성 - 시와 비평, 그리고 고전 연구를 포함한 문(예)학적 실천 전반에 있어서
　　살펴지는 의식과 인식의 공통 형질에 주목하여」, 『比較文學』 53, 한국비교문학회,
　　2011.
「한국 탐미(주의) 비평의 한 사례 - 1930년대 후반 김문집 비평의 문단 위상과 그
　　미적 이론의 형성 배경」, 『語文論集』 47, 중앙어문학회, 2011.

「해방 후 김기림의 행적(업적) 속에 담긴 문화정치사적 함의에 대하여」, 『語文論集』 58, 중앙어문학회, 2014.

「서유럽 배경의 텍스트 속 한국(한국인)의 이미지」, 『語文論集』 62, 중앙어문학회, 2015.

「知的 憂鬱의 實存 여정 혹은 强迫 神經症 - 田惠麟 論」, 『어문연구』 45(4), 한국어문교육연구회, 2017.

「欲望'의 리얼리즘, 悲劇的 世界觀, 諷刺, 印象主義, 기타 - 徐廷仁 初期 小說의 美學的 成就와 그 特色」, 『어문연구』 46(4), 한국어문교육연구회, 2018.

집필진 소개

고봉준
문학평론가. 경희대학교 후마니타스칼리지 부교수. 지은 책으로『유령들』,『문학 이후의 문학』,『비인칭적인 것』등이 있다. 고석규비평문학상, 젊은평론가상 등을 수상했다.
bj0611@khu.ac.kr

구모룡
문학평론가. 한국해양대학교 동아시아학과 교수. 지은 책으로『한국문학과 열린 체계의 비평담론』,『제유의 시학』,『근대문학 속의 동아시아』,『폐허의 푸른 빛』 등이 있다. 퇴계학술상, 팔봉비평문학상 등을 수상하였다.
kmr@kmou.ac.kr

김경연
문학평론가. 비평 전문 계간지『오늘의 문예비평』편집위원. 부산대학교 국어국문학과 교수. 지은 책으로『세이렌들의 귀환』,『근대 여성문학의 탄생과 미디어의 교통』등이 있다.
kky@pusan.ac.kr

남송우
문학평론가. 비평 전문 계간지『오늘의 문예비평』발행인. 부경대학교 명예교수. 지은 책으로『전환기의 삶과 비평』,『다원적 세상보기』,『생명과 정신의 시학』,『대화적 비평론의 모색』,『비평의 자리 만들기』,『이것 저것 그리고 군더더기』등이 있다.
swnam@pknu.ac.kr

박동억
문학평론가. 숭실대학교 강사. 주요 평론으로「황야는 어떻게 증언하는가: 2010년대 현대시의 동물 표상」,「정확한 리얼리즘: 작가 이산하의 문학에서 답을 청하다」등이 있다.
suncanon@naver.com

손남훈

문학평론가. 부산대학교 국어국문학과 조교수. 지은 책으로『루덴스의 언어들』
이 있다.

orpeus@pusan.ac.kr

이명원

문학평론가. 경희대학교 후마니타스칼리지 교수. 지은 책으로『두 섬』,『연옥에
서 고고학자처럼』,『타는 혀』 등이 있다.

racan@hanmail.net

하상일

문학평론가. 비평 전문 계간지『오늘의 문예비평』편집인 겸 편집주간. 동의대학
교 국어국문학과 교수. 지은 책으로『한국 근대문학과 동아시아적 시각』,『재일
디아스포라 시문학의 역사적 이해』,『뒤를 돌아보는 시선』,『상하이 노스탤지
어』 등이 있다. 고석규비평문학상, 애지문학상, 심훈학술상 등을 수상했다.

newpoem21@deu.ac.kr

황국명

문학평론가. 요산김정한문학관 관장. 인제대학교 명예교수. 지은 책으로『현대
소설의 역사의식과 기억투쟁』,『우리 소설론의 터무니』 등이 있음.

kllhwang@gmail.com

1950년대생 비평가 연구 2

2024년 2월 20일 초판 1쇄 펴냄

엮은이 오늘의 문예비평
펴낸이 김흥국
펴낸곳 보고사

책임편집 이경민
표지디자인 김규범

등록 1990년 12월 13일 제6-0429호
주소 경기도 파주시 회동길 337-15 보고사
전화 031-955-9797
팩스 02-922-6990
메일 bogosabooks@naver.com
http://www.bogosabooks.co.kr

ISBN 979-11-6587-686-9 93810
ⓒ 오늘의 문예비평, 2024

정가 23,000원